# De thuiskomst

Werk van Anna Enquist bij De Arbeiderspers:

*Soldatenliederen* (1991, gedichten)
*Jachtscènes* (1992, gedichten)
*Een nieuw afscheid* (1994, gedichten)
*Het meesterstuk* (1994, roman)
*Klaarlichte dag* (1996, gedichten)
*Een avond in mei* (1996, tekst herdenkingstoespraak 4 mei)
*Het geheim* (1997, roman)
*De kwetsuur* (1999, verhalen)
*De gedichten* 1991-2000 (2000)
*De tweede helft* (2000, gedichten)
met Ivo Janssen: *Tussen boven- en onderstem* (2001, cd)
idem: *De erfenis van meneer De Leon* (2002, cd)
idem: *Kom dichterbij* (2002, cd)
*Hier was vuur* (2002, gedichten)
*De ijsdragers* (2002, boekenweekgeschenk)
*De sprong* (2003, vijf monologen)
*De tussentijd* (2004, gedichten)
*De thuiskomst* (2005, roman)

# Anna Enquist
# De thuiskomst

*Roman*

Uitgeverij De Arbeiderspers
Amsterdam · Antwerpen

Uitgeverij De Arbeiderspers stelt alles in het werk om op milieuvriendelijke en duurzame wijze met natuurlijke bronnen om te gaan. In samenspraak met leveranciers en drukkers gaat De Arbeiderspers daarom gefaseerd over op het gebruik van papier dat het keurmerk van de Forest Stewardship Council (FSC) mag dragen. Bij dit papier is het zeker dat de productie niet tot bosvernietiging heeft geleid. Een flink deel van de grondstof is afkomstig uit bossen en plantages die worden beheerd volgens de regels van FSC. Van het andere deel van de grondstof is vastgesteld dat hiervoor geen houtkap in de laatste resten waardevol oerbos heeft plaatsgevonden. Daarom mag dit papier het FSC Mixed Sources-label dragen. Voor dit boek is het FSC-gecertificeerde Munkenprint gebruikt. Dit papier is 100% chloor- en zwavelvrij gebleekt en wordt geleverd door Arctic Paper Munkedals AB, Zweden.

FSC
Mixed Sources
Product group from well-managed forests and other controlled sources
www.fsc.org Cert no. GFA-COC-1223
© 1996 Forest Stewardship Council



Omslagontwerp: Marjo Starink
Omslagillustratie voorplat: William Hodges, *Captain James Cook*, ± 1775 © National Maritime Museum, Londen
Omslagillustratie achterplat: William Hodges, HMS *'Resolution' en 'Adventure' met vissersboot in Matavai Bay*, 1776 © National Maritime Museum, Londen

ISBN 90 295 6258 7 / NUR 301
www.arbeiderspers.nl

*Voor Wouter*

*I, who had ambition not only to go further than anyone had been before, but as far as it was possible for man to go, was not sorry at meeting with this interruption, as it relieved us.*

James Cook (1728-1779)

# Inhoud

# Deel 1

# I

Hij verwacht een lege tafel als hij terugkomt, dacht ze. Hij zal koffers en tassen het huis in dragen vol journalen, schetsen en kaarten. Die moeten plat liggen op een schone tafel, geboend en gewreven zodat hij glimt als een waterplas. Een tafel die uitnodigt om er mappen op te leggen en stapels te maken van boeken en papieren in een volmaakte orde. Geen vuilnisbelt. De tuinkamer waarin de tafel staat, die vrijwel geheel door de tafel gevuld wordt – nee, er is ruimte genoeg, het is meer dat de tafel centraal staat in deze kamer, er is geen ontkomen aan, de kamer lijkt erom heen gebouwd, een tabernakel voor een houten altaar –, moet schoongemaakt en misschien gewit worden.

Elizabeth bewoog langzaam langs de tafel naar de erker en keek door de vierkante ruitjes de tuin in. Door de oneffenheden in het glas leken de bloemen boven het gras te zweven; als ze haar hoofd bewoog stulpten de bleekblauwe irissen uit tot monsterachtige vormen en de tuinbank schoot op en neer met het knikken van haar hals. Ze duwde de vensters open; de witgeschilderde latjes waarin de ruiten gevangen waren zagen er smerig uit. Met haar wijsvinger veegde ze een dode vlieg weg.

Lentelucht kwam binnen. Elizabeth zette haar handen in haar zij en snoof. Meidoorn, violieren, weezoete damp uit de ginfabriek om de hoek. Weldra zou de linde boven de tuinbank gaan bloeien en honing lekken op meubels en grasmat. Dichte wolken driftig zoemende insecten zouden zich om de lichtgroene bloesem verdringen. Spoedig.

Ze draaide zich om naar de donkere kamer. Als een bergketen rees de rommel op tafel voor haar op. Hij komt terug, dacht ze, over een maand, deze zomer, misschien pas in de herfst, maar hij komt. Ergens op de wereld is hij onderweg in die benauwde houten hulk die hij zo trots zijn schip noemt. De ontdekkingen zijn gedaan, de kusten in kaart gebracht, de vreemde volkeren beschreven en de terugtocht is ingezet. Langer dan drie jaar kan zo'n reis niet duren. Hoog tijd dus om met de ontruiming van de tafel te beginnen. Het zal zijn of ik een stortplaats afgraaf waar iemand jarenlang zijn troep op heeft gesmeten. Een oudheidkundige onderneming die ik als een uitdaging zou kunnen zien.

De tocht blies koel tegen haar rug, de zware kamerdeur kwam in beweging en viel met een klap in het slot.

Met maaiende armen alles tegen de grond keilen. Schoon schip maken met het bezinksel van deze eenzame jaren. Weg met de kindertekeningen, de nota's, vergeten verstelwerk, ongelezen boeken en vergeelde kranten. Alles in de tuin op een stapel gooien en dan, bij windstil weer, de vlam erin. Ze zou met een stok de afgedwaalde papieren terug het vuur in duwen, de jongens zouden helpen met blaasbalgen en bezemstelen, en alles, alles zou ongezien veranderen in dikke rook en wegwaaien over de daken naar de rivier.

Maar alles moest gezien worden. Er viel pas iets weg te gooien als je wist wat het was. Elke snipper papier zou door haar handen moeten gaan. Ze trok haar schortenbanden strakker aan en stapte op de tafel toe.

Je hand uitstrekken om een brief op te pakken en dan snel terugtrekken. Om de tafel heen lopen en van alle kanten de voorwerpen bekijken en taxeren. Een ordeningssysteem bedenken: een mand neerzetten voor alles wat weg kan, een map voor zakenbrieven die bewaard moesten blijven, een stapel voor tekeningen van de kinderen, voor persoonlijke brieven, een berg boeken om bij de hand te hebben en een met boeken die beter verborgen kunnen wachten op het juiste moment. Ruimte maken op de vloer met de brede planken zodat de stapels op ruime afstand van elkaar neergelegd kunnen worden. Ze wist hoe ze het ging aanpakken maar ze bleef drentelen en aarzelen.

Tien uur was het, een ochtend in het begin van april, de jongens waren op school en bezoek verwachtte ze niet. Er was tijd, die ze niet gebruikte. Waar wachtte ze op? Niet op hulp, ze vervulde deze taak het liefst alleen. Ze ging niet zitten op het smalle bankje voor het raam, ze bleef rondlopen alsof ze iets zocht.

Ze was moe. Alles in haar vierendertigjarige lichaam wilde naar beneden, naar de grond, en daar blijven liggen. Liever nog buiten, in het gras onder de linde. De moeheid viel niet te verklaren want ze had goed geslapen deze week, ze at voldoende en had geen bijzondere inspanningen achter de rug. Toch voelde haar rug alsof ze een juk met zware emmers melk moest dragen.

Tussen de brieven en kranten vandaan plukte ze de dingen die er in elk geval niet thuishoorden: een muts met linten, een zakdoek, een uitgedroogde sinaasappel. De pitten tikten tegen de leerachtige schil toen ze de vrucht op de vloer smeet. Bukken. In de mand. Vanuit de gebogen houding in één beweging opkomen en meteen een greep in de papieren doen. Goed zo.

Een brief van Stephens over geld: *In overeenstemming met de wens van uw echtgenoot heeft de Admiraliteit besloten u gedurende de reis jaarlijks een bedrag van tweehonderd pond uit te betalen.* Bewaren. James zou hem willen lezen. Het was zíjn geld, dat hij verdiende door de wereld rond te zeilen. Volkomen onredelijk om daar zo'n ergerlijk gevoel van verplichte dankbaarheid over te krijgen. Het was geen liefdadigheid, het was geen fooi. Het bedrag, en meer dan dat, kwam haar rechtens toe. In gedachten zag ze de heren van de Admiraliteit in vergadering bijeen, opgewonden over James' onderneming, vol trots, vaderlandsliefde en eigendunk. 'O ja, die vrouw van hem moet ook leven, flink bedrag wel, zorg jij dat ze het krijgt?'

Ze haalde haar schouders op. De volgende brief, in het handschrift van Hugh Palliser, ging over de jongens. *'Ik vernam, lieve Elizabeth, dat jullie oudste, de flinke James junior, na de zomer zijn intrede zal doen in de zeevaartschool te Portsmouth. Hij zal er zeker naar uitzien om in de voetsporen van zijn vader te treden. In diens kielzog, moet ik misschien zeggen! Het is wel fijn voor je dat je de kleine Nathaniel nog een jaar thuis kunt houden, anders zou je wel erg eenzaam zijn. We hopen natuurlijk dat James dit jaar behouden terug zal keren, maar de onzekerheid rond dit soort expedities is je bekend. Je weet ook dat ik voor je klaarsta, wanneer je me ook nodig zou hebben.'*

Palliser, de thesaurier van de Marine, die James had gestimuleerd en aanbevolen, die hem met geweld onder de ogen van de heren had gebracht. Ze glimlachte en legde de brief bij haar eigen papieren. Ze ging hem uitnodigen voor een kopje thee in de tuin, zodat hij Jamie en Nat kon spreken.

Ze verzamelde rekeningen en gooide krantenknipsels weg. De basis van de stapel waaraan ze werkte kwam bloot: drie dikke, donkere boeken over ontdekkingsreizen in de Zuidzee. De naam van de schrijver stond met gouden letters in het leer gedrukt: John Hawkesworth. Ze tilde de delen op en klopte voorzichtig het stof eraf.

James zou woedend zijn. Hawkesworth had zich zijn journalen toegeëigend en had de reis beschreven alsof hij hem zelf gemaakt had. Ze had de tekst vergeleken met de originele logboeken en had zich geërgerd aan de overdrijvingen en de fouten, aan de schrijver, maar ook aan haar man. Wat een stommiteit om je verhaal zo naïef uit handen te geven. Dat James de wereld van verwaten kunst- en literatuurliefhebbers met boerse bitterheid haatte was allemaal goed en wel, maar hij sneed zichzelf in de vingers door zijn geschriften in te leveren en te weigeren zich met de redactie te bemoeien. Hij zei dat hij zich schaamde – hij kon niet foutloos spellen en was niet in staat goede zinnen te bouwen. Dat was zo, maar wat hij te zeggen had was wel de moeite waard. Iemand zou hem moeten helpen. Ik, dacht ze, ik.

Naast de Hawkesworth-folianten lag een tekening van een boot, een zorgvuldig uitgewerkte kindertekening. Jamie. De zijkant van het schip had hij opengewerkt zodat de voorraadkamers met tonnen en balen, het ruim en de verschillende hutten zichtbaar waren. In de kapiteinshut had hij een zittende man getekend, schrijvend aan een tafeltje, de rug naar de toeschouwer gekeerd. Op het achterdek stonden een koe en een geit.

Waarom zou ze James niet kunnen helpen met het volgende boek? Straks zat hij hier aan tafel te zuchten en te vloeken, straks verpestte hij zijn tekst met overdreven dankbetuigingen en vals vertoon van dienstbaarheid terwijl zijn humeur steeds slechter werd. Zonde. Laat mij het doen. Als hij terug zou komen voor de herfst werden de dagen al korter en lagen er lange, donkere avonden in het verschiet. Samen aan iets belangrijks werken zou een afleiding zijn, een goed begin van een gemeenschappelijk leven.

Bij zijn terugkeer zouden ze meer dan twaalf jaar getrouwd zijn maar hadden ze nog geen vol jaar achtereen samen in hetzelfde huis doorgebracht. Steevast vertrok James in de lente om pas in november terug te keren. Kerstmis. Kaarten en kustlandschappen tekenen aan tafel. Hij had twee levens. Zij ook. Er ontstond een ritme en de geruststelling die daarmee samenhangt. Ze was één keer angstig geweest, toen hij terugkeerde met een grof, nauwelijks genezen litteken dwars over zijn rechterhand. Er was een kruithoorn ontploft, zei hij, het had erger kunnen zijn. De schending van gave huid deed haar beseffen dat hij bij de Marine werkte en dat vechten en vernielen onderdeel van dat werk konden uitmaken. Na een dag of wat trok haar angst weg. Het was al gebeurd, hij liep door het huis, ze hoorde zijn stem en zag zijn bezigheden. Zijn aanwezigheid leidde haar aandacht af van de wond en wat die betekende.

Hij droeg sindsdien een handschoen, rechts. Schaamde hij zich voor de verminking of wilde hij anderen niet laten schrikken? De wond was dik en bleek geheeld, het litteken bewoog als een wittige slang over zijn handpalm naar de pols. Ze kon het voelen, 's nachts, als hij zijn handen van haar dijen naar haar schouders schoof. Het litteken wrikte tegen haar huid. Ze zou zijn hand moeten vastgrijpen en langzaam met haar tong over de verwonding moeten gaan, ze zou het litteken moeten inlijven, het moest in de cartografie van haar mans lichaam worden opgenomen, door haar.

Er was veel te doen. Maaltijden moesten bedacht, bereid en gegeten worden; de kleren van de jongens gewassen, hersteld, vervangen. De moestuin ingezaaid, bemest, gewied. Ze had hulp, er waren mensen die haar in deze taken bijstonden en haar prikkelden of ronduit dwongen om initiatieven te nemen. Nat, die demonstratief de kamer doorstrompelde op te klein geworden schoenen. De meid, die met een boodschappenmand op schoot bij haar ging zitten om over het menu van vandaag te praten. De tuinman, die kwam vragen waar de wortelen en waar de pastinaken moesten worden gepoot en pas aan het werk kon als zij een besluit had genomen. Er was veel te doen. Het leek meer dan vroeger, meer dan tijdens de eerste jaren van deze tweede wereldreis. De voorafschaduwing van James' terugkeer begon de dagelijkse taken al te kleuren. Ook hij zou een mening hebben over de plaats van de groenten, een beredeneerde mening met verstandige overwegingen betreffende zonnestand en vochttoevoer. Ze begon huis, tuin en kinderen door zijn ogen te bezien en constateerde dat er veel veranderd, schoongemaakt en weggegooid zou moeten worden. Alsof ze de boel liet verloederen zodra hij weg was, maar dat was niet zo. Haar orde was anders. Of was het inbeelding, en zat de kritische kapitein louter in haar gedachten? Dat de kleine Nat iedere morgen even bij haar in bed kroop, dat kon niet meer, straks. Dat kon nooit meer.

Na deze reis moest het afgelopen zijn. Na deze reis begon een ander leven, een zomerleven.

Twaalf jaar lang was ze 's zomers alleen geweest. Het was niet erg, ze had het geweten en tot zich door laten dringen toen ze besloot met deze zeeman te trouwen, ze kon er goed tegen en had zich, zeker in het begin, zelfs wel op de eenzaamheid verheugd. Steeds was er de hereniging geweest; het bed was te groot of te klein; er was beweging en afwisseling. Toen Jamie was geboren genoot ze nog heviger van het alleenzijn, van het samenzijn met het kleine kind. Elke herfst kwam het schip terug over de Atlantische Oceaan. De appels rijpten, de bladeren verkleurden en begonnen van de bomen te vallen en dan, ineens, ratelde er een rijtuig door de straat en vloog de voordeur open. Wind joeg door het huis en alles werd anders.

Toen, in het voorjaar van 1768, kreeg hij de opdracht voor de eerste grote reis. De Zuidzee zou hij bevaren, de banen van sterren en planeten observeren en nieuwe continenten in kaart brengen. Wonderwel had hij zich geschikt in de rol van bevelhebber. Er was geen spoor van onderdanigheid of onzekerheid zichtbaar geweest toen hij zijn eisen voor het schip, de uitrusting en de instrumenten kenbaar maakte. Hij eiste het beste en het duurste en kreeg dat ook. Maar tot kapitein wilden ze hem niet bevorderen, die titel was weggelegd voor hooggeborenen. Hij bleef luitenant. Het leek James niet te deren zolang hij naar eigen inzicht kon handelen. Kennis vergaren, kijken, beschrijven, zien hoe de wereld werkelijk is – dat wilde hij.

De reis zou zeker drie jaar duren. Toen het schip – een lompe, platte kolenschuit – afvoer had ze drie jonge kinderen en was ze zwanger van de vierde. Ze had zich opgelucht gevoeld toen James' achternichtje Frances in huis kwam om haar gezelschap te houden. Een kind van zeventien was ze, een meisje met een bos rode krullen en schichtige ogen. Ze wekte de indruk dat ze met haar stakerige ledematen overal tegenaan zou stoten, dat ze het vaatwerk uit haar handen zou laten vallen en met een vol dienblad tegen de deur zou lopen, maar niets daarvan. Ze was handig, zag het werk en had plezier in hulpvaardigheid. Ze nam de jongens, vijf en vier jaar toen, mee de tuin in terwijl Elizabeth de kleine Elly in bad deed. Haar bed stond in de jongenskamer en de kinderen waren al snel dol op haar.

Voor Elizabeth was het of ze eindelijk een zuster had gekregen. Vrouwen in huis, een dochtertje, een zus. Ze kende dat niet, er waren altijd mannen geweest: de stiefvader, de oom, de neefjes. De echtgenoot. De zonen. De vader die ze nooit had gekend, die stierf toen zij pas twee was en die volstrekt uit haar herinnering was verdwenen. Wat zei hij tegen me, pakte hij me op als hij thuiskwam, danste hij met me de kamer door? Haar moeder antwoordde niet. Wat er vroeger gebeurd was deed er nu niet toe, nu zat er een zwartharige gedrongen man in de keuken die om pannenkoeken vroeg. Hij leerde haar rekenen en boekhouden. Nieuwe kinderen kwamen er niet. Zij bleef de enige, de dochter.

Haar moeders broer had twee jongens, met wie Elizabeth opgroeide. Zij was de oudste en verzon de spelletjes, tot de jongens naar school gingen en een hekel kregen aan meisjesgedoe. Als ze een zus had gehad, dacht ze, dan was het in elk geval twee tegen twee geweest. Ze had zich teruggetrokken. Ze kon goed lezen en de stiefvader die ze vader noemde, bezat een flink aantal boeken waar zij vrijelijk toegang toe had. Ze kon borduren en breien. Ze redde zich wel.

In de taveerne van haar stiefvader mocht zij niet komen, maar wel hield ze zijn uitgaven en inkomsten bij in langwerpige, gebonden kasboeken. Haar handschrift was duidelijk en regelmatig; ze was een sieraad voor haar ouders. Als er een zusje was geweest, had ze dan onnutte, kinderachtige, lichtzinnige dingen ondernomen? Gearmd langs de rivier wandelen, van onder een parasol naar jongens spieden en dan snel iets belangrijks bespreken als ze terugkeken, elkaar in de arm knijpen en de slappe lach krijgen?

Oom Charles zag haar 's avonds aan de boekhouding werken. 'Kan jij dat?' vroeg hij. 'Hoe is het mogelijk. Je zou een kerel moeten zijn. Geef mij zo'n dochter!'

Ze rechtte haar rug en boog zich over het kasboek. Met vaste hand noteerde ze de daginkomsten. Ze gaf geen antwoord, depte de inkt droog met vloeipapier en verplaatste de lamp om haar werk beter te kunnen zien. Een zusje zou nu haar hoofd door het raam steken en haar roepen om nog even buiten te komen, weg uit de kamer met de lage zoldering waar het stonk naar tabaksrook en smeulend hout, waar de oude mensen met trots en tevredenheid over haar spraken alsof zij ook al zo oud was.

Oom Charles had haar moeder gevraagd of Elizabeth bij hem mocht komen werken. Vlak bij de rivier was zijn bedrijfje in scheepsbenodigdheden gevestigd, de klandizie nam toe, het werd hem te veel en zijn knechten hadden lang zo'n heldere kop niet als dit slimme nichtje. Ze was er met graagte op in gegaan, ze vond het opwindend dat haar oom haar vertrouwde en haar hoger aansloeg dan zijn eigen medewerkers. Ze kreeg een bureautje toegewezen in de propvolle winkel en genoot van de geheimzinnige koopwaar: kijkglazen in leren foedralen, sextanten, barometers, een keur aan globes in verschillende formaten en de angstaanjagende koffers voor de scheepsartsen. Daartussen zat zij, Elizabeth Batts, en beschreef de kosten van de inkomende en uitgaande voorwerpen. Meestal zat ze met gebogen hoofd boven haar papieren en luisterde naar de vrolijke stem van haar oom. Ze probeerde achtergrond en karakter van de klanten te schatten op grond van hun stemmen. Soms keek ze op, nieuwsgierig geworden door een ongebruikelijk woord of een gerekte stilte. Zo was haar blik op James gevallen.

Hij wilde een kwadrant hebben, een ingewikkeld instrument van glimmend koper met schroeven en verschuifbare wijzers. Oom Charles ging het magazijn in en kwam terug met een stapel dozen. De hele morgen bekeek hij de instrumenten samen met de lange, ernstige man die rechtop voor de toonbank stond. Hij wreef het koper met een flanellen lap en pakte de afgekeurde kwadranten weer in. Elizabeth had de kritische klant van onder haar neerhangende haren geobserveerd tot hij, zonder tot aankoop te zijn overgegaan, de winkel verliet. De dozen werden teruggebracht naar het magazijn en de winkel zag eruit alsof er niets gebeurd was. Oom Charles floot een liedje, Elizabeth schreef blozend haar cijfers, straks zouden ze gaan eten.

Een bliksembeslissing was echt iets voor haar. Ze wist meteen welke jurk ze wilde hebben, ze was zonder aarzeling in de winkel van haar oom gaan werken en ze herkende haar echtgenoot toen hij haar leven in stapte. Een onvermogen om te twijfelen of de capaciteit om feilloos te beoordelen wat goed voor haar was? Ze was opgestaan, had stevig over de plooien van haar rok gestreken, had met haar vingers op de puntige botten van haar heupen getrommeld en was haar oom gaan uithoren over de indrukwekkende klant die niets kocht. Drie maanden later trouwden ze.

'Hij weet precies wat hij hebben wil,' zei oom Charles, 'en als het niet perfect van kwaliteit is doet hij het niet. Vind ik niet erg, ik houd wel van klanten met verstand van zaken. Hij komt wel terug, ik ga een bestelling voor hem doen. Nee kind, die lange zal je hier wel terugzien.'

Het had haar gestreeld, natuurlijk, dat zij kennelijk degene was die hij hebben wilde. Hij was dertien jaar ouder dan zij. Gaf niets, ze was het gewend om tussen volwassenen te verkeren, daar voelde ze zich meer op haar gemak dan tussen leeftijdgenoten. Hij was gedreven, het leek of hij wist waar hij zijn leven mee wilde vullen, en alles wat hem daarbij in de weg stond zou hij wel degelijk opmerken en bestuderen maar uiteindelijk zou hij zich er niets aan gelegen laten liggen. Die houding had haar aangetrokken. Twijfelen kon ze niet, het kwam niet bij haar op. Hij ging op al haar vragen in en wekte niet de indruk dat hij haar nodig had zoals haar stiefvader en haar oom haar nodig hadden om de dingen te doen waar ze zelf geen zin in hadden.

James had haar als een gelijke betrokken in zijn plannen, die al snel hun plannen werden. Hun verbondenheid stond haar helder voor de geest, maar wat daaraan vooraf was gegaan kon ze minder goed naar voren halen. Hij had haar opgewacht. Hij stond aan de overkant toen zij de deur uit kwam. Het schemerde al en haar rug deed pijn van het zitten. Hij keek haar aan. Ze stak de straat over en ging naast hem staan. Het was vloed, de rivier klotste hoog tegen de kade. Samen keken ze naar het grijze water. Ze wist dat ze waren gaan lopen, maar wie was begonnen, wie had bepaald waarheen? Wat was er gezegd? Hij had haar met een lange omweg naar huis gebracht. Hij had gevraagd of ze de volgende morgen weer in de winkel zou zijn en of het bestelde kwadrant al was aangekomen. Zij had hem nagekeken toen hij wegliep en zich verwonderd over zijn gedecideerde maar toch op een of andere manier sierlijke gang.

De volgende dag stond hij er weer. Er volgde een bombardement aan ontmoetingen, een wandeling, een kennismakingsbezoek bij haar moeder, haar stiefvader, ze had hem het schenklokaal aangewezen, ze hadden ergens gescholen voor een stortbui, in een gaanderij met pilaren als beukenstammen, de wind blies een tapijt van dor blad over de tegels, het leek een woud waar zo een hert voorbij zou kunnen stormen, het was ijskoud maar ze zweette van het bijbenen van zijn grote stappen, hij had de haren uit haar gezicht geveegd en had zich naar haar toe gebogen.

Vreemd genoeg had ze niet het gevoel gehad dat hij haar opjoeg terwijl hij dat, achteraf gezien, wel degelijk gedaan had. Hij was nog geen week terug van een zwaar karteringsseizoen in Newfoundland en wilde zijn volgende opdracht beginnen als getrouwd man. Hij was vierendertig. Zij was eenentwintig. Maar hij dwong haar niet.

Hij onderzocht. Hij keek. Hij observeerde van zeer dichtbij, zo dichtbij dat ze elk afzonderlijk haartje van zijn zware wenkbrauwen kon zien, de kleine rode bloedvaatjes op zijn strakke wangen en de glimmende tanden achter zijn smalle lippen. Nog nooit had ze zich zo geconcentreerd en welwillend bekeken gevoeld. Zijn vingers, warm ondanks de kille regen, streelden haar oorschelpen. Hij vatte haar natte gezicht tussen zijn handpalmen. Ja, zo was het gegaan. Hij had haar oogleden gekust. Hij had haar naam gefluisterd. Ze had zichzelf in zijn armen geschikt, zelf had ze haar lichaam tegen het zijne gedrukt, een stapje naar voren had ze gedaan, het gebeurde gewoon. Het leek of hij in de omhelzing veranderde, of hij niet langer de observator kon zijn maar zich eindelijk verloor in wat er aan de orde was – en dat was zij.

De kus. De kus die duurde en duurde maar geen echte tijd in beslag nam. Er was alleen ruimte. Moeiteloos zetten zij alle tijd buiten hen stil. De zandloper liep vast, de ingenieuze tijdklok van meneer Harrison stokte en de aarde draaide niet meer.

Later merkten ze verwonderd dat ze in een kerkportaal verzeild waren geraakt, ze hadden staan zoenen in een kerk, hoe konden ze het verzinnen maar ze hadden niets verzonnen, het had zich voltrokken, het had zich onstuitbaar aan hen voorgedaan. Hijgend en gloeiend en lachend waren ze hand in hand de regen weer in gerend. De straten waren hun koninkrijk, de rivier stroomde omdat zij dat wilden en de tijd was weer gaan tikken.

Ze had zich nog meer dan voorheen verwijderd van haar familie en haar vriendinnen om zich te wijden aan dit nieuwe en opzienbarende project. Samen hadden ze hun huis ingericht zoals je de inrichting van een schip bedenkt: degelijk, doelmatig, compact. Toen hij vertrok was ze zwanger.

De eerste jaren in dit nieuwe ritme – eenzame zomers, winters met James – kwam haar moeder helpen met de zomertaken: oogst, inmaak, de grote schoonmaak van huis en tuin. Miste ze James? Als ze iets miste was het de kwaliteit die hij alleen aan haar toonde: zijn vermogen zich te verliezen in haar lichaam. Dat zij hem daartoe kon brengen vervulde haar met een vreemde trots die ze een krap halfjaar in stand kon houden voor ze mismoedig raakte. Dan was het herfst en kwam hij terug.

Hij vatte zijn werk gedreven op. Ze had hem zien zuchten boven wiskundige traktaten, berekeningen makend in de kantlijn, vloekend of triomfantelijk de boeken dichtslaand aan het eind van de dag; ze had zijn kaarten en tekeningen van die koude, onbekende kusten met bewondering bekeken – wat een precisie, wat een liefde voor details, wat een vermogen om zich te concentreren en blad na blad vol eindeloze kleinigheden in te passen in het grote geheel dat hij altijd in zijn hoofd had. Hij hield hartstochtelijk van de wereld, niet om er in op te gaan maar om hem te observeren en te beschrijven. Aan deze tafel, die zij nu moest leegruimen. Voor hem.

Ze had aandachtig geluisterd als hij over zijn werk vertelde. Over de stormen, de mist, de zuipende en ongezeglijke matrozen, de wrede wraak met zweep of karwats. Maar ook over die ene officier die hem leerde hoe je de kust kon meten en met wie hij avond aan avond in de kajuit kaarten had zitten tekenen. En over Hugh Palliser, de kapitein die hem taken toevertrouwde die de tot zijn aanstelling behorende plichten ver te boven gingen. James had een hork van een vader maar inspireerde zijn onderwijzers, bazen en bevelhebbers tot een vaderlijke, bemoedigende houding. Het was een gave, dat vermogen om elders te krijgen wat thuis niet voorhanden was. In die smerige arbeiderswoning in Yorkshire had hij niets te zoeken en de ene na de andere bewonderende autoriteit had hem daarvandaan gestuurd tot hij in Whitby op een werf ging werken. Van daaruit stortte hij zich de zee op, het was de weg die alle kustbewoners gingen, de enige weg. Voor James was het niet genoeg geweest, dat heen en weer varen naar Dantzig en Medemblik, Oslo en Oostende. Er lag een oceaan aan de andere kant van Engeland en een ander continent aan de overzijde van die oceaan. Hij had zich aangemeld bij de Marine.

Tien jaar later, in de winter na zijn eerste wereldreis, waren ze samen naar het noorden gereden om zijn vader te bezoeken, zijn zuster en de mannen die hij zijn vrienden van vroeger noemde. Ze had het een vreemde verschrikking gevonden. De reis in de koude, stinkende koets was ellendig en ze had zich in het benauwde huis van James' zuster Margaret niet op haar gemak gevoeld. De oude had in zijn stoel bij het vuur gezeten en haar onophoudelijk aangestaard. Hij reageerde niet als ze hem aansprak en bleef maar kijken. Ze wist niet hoe ze hem noemen moest. Meneer Cook? Vader? Ze zweeg.

James had een paard geleend om naar Whitby te rijden. Ze was alleen. Ze miste de kinderen. Frances paste op, vertrouwder en veiliger was niet mogelijk, maar ze miste hen. Margaret had met grote passen door de kamer gelopen, een glas gebracht naar de oude dat ze met een klap op zijn armleuning zette en was vervolgens blijven staan. Waarom gaat het mens niet zitten, had ze gedacht, zij en die oude man staren maar, het is verlammend, ik wil dit niet, ik wil weg. Maar de grofgebouwde vrouw – James in een jurk, James met een geplooide muts op het hoofd – handhaafde haar positie en bleef Elizabeth observeren.

'Londen, hè,' zei ze. Elizabeth moest zich inspannen om het dialect van de vrouw te verstaan. 'Kindjes niet mee, dat is niet leuk voor ons. Een grootvader hebben ze, toch? Ja, James weet wat hij doet. Altijd al. Donker hier, hè? Wij doen niet aan licht, dat hebben wij niet nodig. Zeker koud in die jurk? En koud in bed? Zo is dat hier.

Londen, dat is een zee van licht, zeggen ze. Ziet pa dat nog eens? Of ik? Heeft James een lantaarn bij zijn huis?'

Ze had zich geen raad geweten. Moest ze die mensen uitnodigen voor een bezoek? Moest ze een verhandeling houden over het stadsleven? Dit woeste platteland loven? Een tegenvraag. Belangstelling tonen. Onwetendheid veinzen. Ze vroeg haar schoonzuster naar James' schoolloopbaan en kreeg een smalend antwoord. De lieveling van de meester was hij geweest, extra lessen had hij gekregen, zijn schoolgeld werd betaald door de hereboer die ook elk trimester naar de vorderingen kwam informeren. Zij en haar zus werden zo gauw ze met de kop boven het aanrecht kwamen de keuken in gejaagd, voor hen werd geen schoolgeld betaald, trouwens, het waren allemaal verhalen want James was al weg toen zij geboren werd. Verhalen die zij steeds had moeten aanhoren. En nog!

Ze is jonger dan ik, had Elizabeth gedacht, al heeft ze een verweerde kop en ruwe handen, ze is nog jong. De vrouw had haar armen over elkaar geslagen en haar voeten uiteen gezet. Haar rauwe stem denderde over Elizabeth heen en verhinderde nauwkeurige waarneming van de inhoud van de boodschap. De toon klonk naar verwijt en afgunst. Maar Margaret heeft James nooit gekend, hij is een sprookjesfiguur die toevallig familie van haar is, een prins die niets van haar wil weten en die dit modderige dorp heeft verlaten. Nu woont hij met zijn stadse vrouw voor tien dagen in haar huis, ze zou verheugd moeten zijn maar ze voelt iets anders.

We hadden beter thuis kunnen blijven, vond Elizabeth. Ze had koude voeten maar durfde onder geen voorwaarde om een stoof te vragen of haar stoel naar de haard te schuiven. Kwam James maar terug. De oude man spoog in het vuur maar wendde zijn gezicht meteen weer naar haar toe, zonder iets te zeggen.

Ineens had ze er helemaal genoeg van gehad, van deze stuurse mensen die van alles over haar en haar leven fantaseerden zonder een moment belang te stellen in de werkelijke stand van zaken. Had die zure man er enig idee van hoe zijn zoon in dat fameuze Londen moest opboksen tegen adellijke machthebbers, hoe hij zich moest vernederen, hoe hij moest slijmen om zijn zin te krijgen? Wist die jaloerse vrouw hoe het was om jarenlang alleen verantwoordelijk te zijn voor je kinderen en je huis? Om te bevallen terwijl je man op zee was? Keer op keer afscheid te nemen zonder te weten of je elkaar ooit terug zou zien? Hoe het was om je man, die blij en opgewonden terugkeerde na drie jaar, te moeten vertellen wat er intussen thuis was gebeurd? Ze had haar schoonfamilie goedenacht gewenst en was, met rechte rug, naar boven gegaan.

Twee dagen later was James teruggekomen met koude, rode wangen van het paardrijden. Hij was opgewekt en sprak geestdriftig over het weerzien met John Walker, de man bij wie hij in opleiding was geweest, die hem had geleerd hoe een schip gebouwd werd en hoe je ermee om moest gaan, de man die hem in huis had genomen toen hij voor de zee had gekozen.

'Je moet kennis met hem maken! We gaan morgen naar hem toe. Hij en z'n vrienden stonden me op te wachten toen ik over de hei aankwam. Mary, de oude huishoudster, was er ook bij, ze viel me om de hals toen ik afsteeg, ze had het niet meer!'

'Ik ga niet,' had ze gezegd. 'Ik ben bang voor paarden.'

Ze konden toch een koets bestellen, het was belangrijk dat zijn vrouw op goede voet stond met zijn vrienden, in Londen had hij geen vrienden als deze, deze van vroeger die hem kenden zoals hij was, die plezier hadden in zijn succes en zich niet door eigenbelang of jaloezie lieten leiden.

Zij kende dit niet. James hoefde haar nooit om te praten, altijd als hij iets vroeg en uitlegde was zij het met hem eens en stemde ze toe. Zo was het gegaan toen zij zich op de eerste zondag na het huwelijk klaarmaakte om naar de kerk te gaan. Hij deed daar niet aan mee, had hij gezegd, op kousenvoeten naar de tafel schuivend waarop zijn nieuwste kaart lag uitgespreid. Zijn tijd in huis was hem te kostbaar om te besteden aan maatschappelijke conventies en rituelen waar hij het nut niet van inzag. Hij begreep dat ze in de kerk hadden moeten trouwen, want de administratie dient nauwkeurig gevoerd te worden. Daar hield het op voor hem. Geloof was iets wat hij niet begreep en niet in overeenstemming kon brengen met zijn liefde voor de waarheid.

Ze had aandachtig geluisterd, ze had ernstig nagedacht tijdens haar eenzame wandeling naar het kerkje en ze had geprobeerd als een onbevooroordeeld waarnemer naar de preek te luisteren. Goed kijken, zei James altijd, en daarna pas proberen te verklaren wat je gezien hebt. Ze zag een man op een verhoging geweldig tekeergaan tegen een veertigtal vermoeide, dociel in banken zittende mensen, die op bevel knielden, weer opstonden en in zingen uitbarstten.

Ze luisteren omdat ze willen horen, had ze op weg naar huis gedacht. Ze hebben het nodig dat iemand hun vertelt hoe het moet. En ze willen bij elkaar zijn, elkaar bekijken, samen iets doen. Sindsdien was ze 's winters niet meer naar de kerk gegaan. Als James op zee was ging ze een enkele keer. Om iets met anderen te doen. Om bij elkaar te zijn.

Hij kon haar niet overhalen tot een bezoek aan Whitby. Ze begreep zijn wens wel, maar ze wilde niet. 's Nachts, samen in het muf ruikende bed, zei ze gewoon nee. Was ze alweer zwanger en wilde ze daarom niet meer dan noodzakelijk reizen? Ze wilde niet langer bekeken en gekeurd worden. Ze zei het niet.

'Niet iedereen verdraagt Yorkshire,' had James gezegd toen hij begreep dat het haar ernst was. Misschien was ze die nacht zwanger geworden tussen de klamme lakens in zijn ouderlijk huis.

Het zou kunnen, haar buik was gezwollen toen James midden in de zomer aan zijn tweede wereldreis begon.

Ondanks haar afkeer van reizen was ze met de jongens, ze waren nog klein toen, acht en zes, naar Sheerness gegaan om het schip te zien vertrekken. Ik moet meer met ze doen, had ze gedacht, ik moet ze betrekken bij het levenswerk van hun vader, ik moet ze die verleidelijke zee laten zien, ik moet de kiemen zaaien waaruit hun verlangen zal groeien. Jamie was verbijsterd geweest door de aanblik van de schepen. Hij stond op z'n tenen om de frisgeschilderde dwarsbalken van de kaapstaander aan te raken en knielde in verrukking bij een rol kabeltouw. Dan rende hij weer opgewonden het dek over naar de geit, die onwennig met haar hoeven tegen de planken tikte. De kleine Nathaniel had alleen maar oog voor de muzikanten. Er was een man met een doedelzak, een andere met een trommel. Mariniers in schitterende uniformen. De trommelaar draaide zich om en pakte een viool uit een houten kist achter zijn voeten. Hij draaide de strijkstok aan en stemde de snaren. Toen begon hij te spelen.

Ademloos stond de jongen te luisteren. Haast onmerkbaar wiegde zijn kleine lichaam op de maat van het dansliedje. De doedelzakspeler viel in en legde met zijn doordringend geluid een stevige bodem onder de buitelende melodie. Het duurde en Nat luisterde. Elizabeth had het tafereel van een afstand bekeken, onrustig en vervuld van vaag verdriet. Haar man ontving belangrijke gasten in de kapiteinshut, haar zonen verliefden zich in verschillende aspecten van de wereld en onder haar huid voelde zij een nieuw kind bewegen. Ze was op Nathaniel toe gestapt en hand in hand hadden ze naar de violist gekeken.

Opeens moesten de gasten van boord. Scheepstoeter, krakende touwen, harde stemmen en tromgeroffel. 'Ik schrijf je nog vanaf de Kaap,' beloofde James, opgewekt, vastbesloten. Hij had de jongens tegen zich aan gedrukt en iedereen prevelde de te verwachten zinnetjes: goed op mama passen, braaf zijn, neem je cadeautjes voor ons mee, een fluit, een aapje, zal je voorzichtig zijn, ik schrijf je zolang het nog kan, vanaf de Kaap.

Voorbij de Kaap was er geen postdienst meer. Voorbij de Kaap was er eigenlijk niets. Jarenlang zou hij door dat niets heen zwerven en ervoor zorgen dat het op de kaart kwam, een naam kreeg. Ze keek hem aan. Uit de spanning in zijn armen kon ze opmaken dat hij ongeduldig werd. Met dit schip vol gezouten vlees, watertonnen, kanonskogels, zuurkoolvaten, meelbalen, tuinzaden, een smidse, een bibliotheek en een bakkersoven wilde hij dat natte niets in varen. Nu.

Hij had niet gezegd: je bent mijn baken, ik vaar op jou totdat ik thuis ben. Ze had dat ook niet verwacht. Hij was gericht op het uitvaren. Ze zou zelf zorgen dat er een thuis bleef bestaan, hoe dan ook, voor hem om naar terug te keren. Ze had zijn hand gepakt, de rechter, en had het wittige litteken gekust. Even had hij verstild bij haar gestaan, toen glimlachte hij en streelde voorzichtig haar buik.

Ze keken elkaar in de ogen en zeiden niets meer. Jamie en Nat leunden tegen haar benen. Ze had de jongens bij de hand genomen en was aan wal gegaan.

Voor ze de loopplank bereikte werd ze tegengehouden door een lange jongen met bruine krullen. 'Ach Isaac,' zei ze, 'ik had je willen zoeken maar vergat het weer. Er gebeurt te veel.' Ze wist niets meer te zeggen, bevangen door een vreemde verlegenheid. De jongen, haar neef, was negentien en had zich geestdriftig aangemeld toen hij hoorde dat er een tweede reis werd voorbereid. Hij koesterde voor James een onvoorwaardelijke bewondering sinds hij als lichtmatroos de eerste wereldreis meemaakte en, met James' hand in zijn rug, als eerste voet aan wal zette in Nieuw-Holland. Avond aan avond had hij bij James en Elizabeth thuis zitten praten over de komende avonturen. Zij had er wat om geglimlacht, ze zag hem als een kind en zijn enthousiasme roerde haar. Nu leek hij ineens groter geworden, een jonge man in zeemanskleren, aangesloten bij het leger getrouwen rond haar man. Een bewuste vertrekker. Hij zou landschappen zien die zij nooit te zien zou krijgen, wat hij ging beleven zou haar maar fragmentarisch bereiken en het vuur waarmee hij iedereen verliet begreep zij niet.

Ze gaf hem een kus. 'Let een beetje op James, als je kan,' had ze gezegd. Isaac knikte en wuifde naar de kinderen.

De jongens hadden natuurlijk willen wachten om het schip te zien uitvaren, maar de wispelturige wind was alweer gedraaid en de matrozen namen het werk weer op dat ze door het ophanden zijnde vertrek hadden laten liggen. 'Het duurt te lang,' had ze gezegd. 'Het duurt misschien wel tot morgen.' Ze had er ineens tegenop gezien, het aanschouwen van het werkelijke vertrek. Die moeizaam gehesen zeilen, die kabels die op de wal werden losgemaakt en nog even door het water sleepten voor ze door een matroos aan boord werden getrokken, dat moment van huiver voor de wind greep kreeg op het tuig – nee, ze wilde het niet zien.

Thuis, toen de jongens sliepen, had ze nagedacht over het gebrek aan post. 'Je kan een thuisjournaal schrijven,' had

James gezegd, 'zoals ik het scheepsjournaal bijhoud. Je schrijft zoveel beter dan ik. Ik zou het kunnen lezen als ik terugkom. Zo kan je me alles vertellen. Jij leest mijn journaal ook. We weten dan precies wat er gebeurd is, alleen een paar jaar later. Er zit alleen maar tijd tussen.'

Ze had zich vernederd gevoeld en begreep niet waarom. Maanden later had ze zijn brief van de Kaap, die hij aan een snel vrachtschip had meegegeven, ontvangen. Ze was net bevallen en lag in bed. Ze zag het bolle hoofdje van het kind in zijn wiegje. George heette hij, dat hadden ze afgesproken en daar hield ze zich aan. Ze hees zich overeind om de brief te lezen.

*Ik zit al dagen in haast te schrijven. Ik geef brieven mee voor Banks, voor de Admiraliteit, voor Walker. Ik vertrouw erop dat je het goed hebt met de jongens en dat je voorspoedig bevallen bent. Je weet dat de Admiraliteit geld voor je heeft gereserveerd. Als je meer nodig hebt moet je Stephens daarover schrijven. Niet aarzelen! De vis die Banks voor mij aan boord had laten brengen bleek bedorven! Ik heb op Madeira duizend bossen uien gekocht en hier een tiental ganzen. Isaac laat je groeten, hij ontwikkelt zich tot een oplettende zeeman.*

Ze had zich in de kussens terug laten vallen. Inderdaad, er zat tijd tussen.

Ik moet alles heel intens ervaren, had ze gedacht, dan vergeet ik het niet en kan ik het vertellen als hij er weer is. Hoe de jongens groeien, wat ze me vertellen tijdens het eten. Hoe dit nieuwe kind geboren is, hoe versuft en uitgeput het nu ligt te slapen – alles moet ik meemaken en onthouden.

Om zijn opmerking over Banks' afscheidsgeschenk moest ze grinniken. De adellijke botanicus had haar man tot het uiterste getergd en het vertrek voor deze reis maanden weten uit te stellen. Met het volle gewicht van de Academie van Wetenschappen in zijn rug had hij indertijd voor de eerste reis een plaats gekocht, hij was aan boord gegaan met een reusachtig gezelschap wetenschappers, bedienden en hazewindhonden. James was terughoudend geweest maar zag geen mogelijkheid om hem toegang tot de *Endeavour* te weigeren. Na verloop van tijd sloeg de wrok om in waardering. Banks bleek, toen hij eenmaal van de beginnerszeeziekte hersteld was, een onvermoeibaar en geestdriftig onderzoeker. Hij sprong als eerste aan wal als er ergens werd aangelegd en sleepte zijn collega, de dikke Zweed Solander, mee op botanische strooptochten. De gevonden planten en zaden werden getekend, beschreven en opgeborgen. Daar hield James van. Banks had zich van alles gepermitteerd, hij sliep openlijk met inlandse vrouwen en had een slimme Tahitiaan aan boord gehaald om mee naar Engeland te nemen. De stakker was in Batavia aan de hete koorts bezweken, maar toch. Hoewel Banks door zijn daden Cooks gezag leek te ondermijnen nam deze het hem niet kwalijk omdat het op zo'n natuurlijke en ontwapenende manier gebeurde.

De mannen vonden elkaar ook aan tafel. Ze hadden er plezier in de meest uitheemse en weerzinwekkende dieren op te eten: aalscholvers, kangoeroes, honden. Een afspraak voor een apenmaaltijd was niet doorgegaan omdat Banks de aap, aan stokken vastgebonden en angstig krijtend, op het laatste moment had bevrijd. James had hem met het mes in de aanslag op de aap zien toelopen en dacht dat hij het dier ging slachten. Toen knapten de touwtjes en zag hij de aap wegspringen. Ook in zijn strijd tegen de scheurbuik had James Banks, die overal lepelblad en wilde selderij wist te vinden, aan zijn zijde gehad. Bovendien was Banks niet te beroerd geweest om zich naast de matrozen aan de pompen te zetten als de nood aan de man kwam. Tegen het eind van de reis waren ze vrienden.

Terug in Londen liepen hun levens uiteen. Banks vierde triomfen en toonde zijn opgezette dieren, exotische kledingstukken en wapens aan hertogen en gravinnen. Hij bezocht de koning, hij hield voordrachten en protesteerde niet als men repte van 'de reis van Banks'. James worstelde met zijn kaarten en het scheepsjournaal dat moest worden overgeschreven en werd niet in de huldigingen betrokken.

Toen de tweede reis op stapel stond kwam Banks met nog verder doorgevoerde eisen. Een twintigtal mensen, onder wie natuurlijk de goedmoedige Solander, maar ook twee hoornblazers, moest plaats krijgen aan boord van de *Resolution*, een schip dat weliswaar groter was dan de *Endeavour*, maar niet berekend op deze invasie. Hij dwong de Marineautoriteiten het schip te laten verbouwen. Er kwam een verdieping op en James verloor de kapiteinshut aan wetenschappers en kunstenaars. Bij de proefvaart dreigde het schip te kapseizen en kwam iedereen tot bezinning. Het gloednieuwe bovendek werd gesloopt, Banks kreeg een woedeaanval op de werf van Sheerness en liet al zijn bezittingen van boord halen. Er volgde een onverkwikkelijke briefwisseling tussen Banks, lord Sandwich en Hugh Palliser. James vertrok met als afscheidscadeau acht kistjes gezouten vis die dus bedorven bleek, maar bracht het toch op Banks een verzoenende brief te schrijven. Als het gevaar geweken is, had Elizabeth gedacht terwijl ze naar het kale hoofd van haar nieuwe zoon staarde, dan kan hij het. Zodra hij weet dat hij niet hoeft te buigen voor zo'n hooggeplaatste kan hij zich de waardering en het plezier weer herinneren.

Onder de indruk van James' correspondentie-ijver was ze dan toch aan het thuisjournaal begonnen. Het moest hier ergens op de tafel liggen, in de onderste laag papieren. Ze begon vaart te maken met het opruimen en kiepte hele stapels pamfletten en kranten ongelezen de mand in. Het tafelblad kwam hier en daar bloot. Dof, smerig.

Ze vond haar dagboek onder een catalogus voor scheepsinstrumenten. Ze was gaan schrijven in een ongebruikt kasboek van haar stiefvader; de gewoonte om over zo'n boek gebogen te zitten zou haar helpen, had ze gedacht. Ze liet het boek in haar handen openvallen, de bladen sprongen weg onder haar duim. Lang had ze het niet volgehouden, de pagina's waren onbezoedeld wit op een paar in het begin na. Ze ging zitten en legde het boek op de vieze tafel.

Dat hij zou lezen wat zij schreef had haar aangezet om de inspanning te leveren. Ze wilde toch dat hij zou weten wat zich hier in huis afspeelde? Dat hij de ontwikkeling van zijn kinderen kon volgen, zich een voorstelling kon maken van het huishouden als hij er niet was, kon zien wie er op bezoek kwam? Ja, ja, ja. Maar als de kinderen sliepen en zij zich bij de lamp zette met pen en inkt had ze zich ongemakkelijk en geremd gevoeld. Er zat dwang achter, het moest, ze voelde zich een schoolmeisje met strafwerk. Ze had gemerkt dat ze probeerde mooie zinnen te schrijven en de gebeurtenissen zo te presenteren dat zijzelf een volwassen en verantwoordelijke indruk maakte. Voor wie doe ik zo mijn best, wat maakt me bang, waarom schrijf ik niet gewoon wat ik denk? Voor mezelf. Ik hóéf het toch niet te laten lezen? De gedachten hadden haar verward.

Ze sloeg het boek open. Data in een keurig handschrift.

*Vanmorgen zijn we naar de markt gegaan. Nat heeft de mand gedragen, die behoorlijk zwaar was: appelen, schorseneren en selderij. We zagen mooie kabeljauw op de vismarkt.*

Saaie, smakeloze dagen, zo te lezen. Na een paar bladzijden veranderde het handschrift, het werd onregelmatig, er verschenen strepen en uitroeptekens tussen en soms bleef er een halve pagina leeg.

*Jamie om vijf uur vanmiddag om vroedvrouw gestuurd. Durf de nacht* NIET *in. Pijn!! Kan me haast niet goedhouden. De jongens mogen me niet horen, ze moeten weg. Kalm nu.*

Na de geboorte wat korte zinnetjes: *Erg moe, maar tevreden. Kindje ziet er gezond uit, stevig. Jamie en Nat hand in hand met buurvrouw. Durfden niet dichtbij. Rook het raar? Toch schone lakens op het bed. Kan helemaal niet slapen.*

Er volgden twee onbeschreven bladzijden. Dan, in stijve, kleine letters, een datum: 30 oktober 1773.

*James, drie dagen geleden werd je vierenveertig. Ik schrijf een verlaat verjaardagsbericht. Je hebt waarschijnlijk je bemanning een extra rantsoen rum laten geven, ze hebben vast voor je gezongen en jullie hebben een feestelijke dag gehad. Dansen op het achterdek met viool en doedelzak, zo stel ik het me voor. Als ik eraan denk kan ik de dranklucht haast ruiken en voel ik de hitte van de tropische baai waar jullie overwinteren.*

*Fantasie is bedrieglijk, je ziet wat je wilt zien. Jij hebt vast aan ons gedacht, aan hoe wij hier om de keukentafel zitten, het vuur laait hoog op in de haard en we eten een feestmaal ter ere van jou. Waar of niet? Nee, niet waar. Het is hier anders. Wij hebben geen eetlust hier en geen kracht om het vuur aan te maken. Nathaniel hangt witjes tegen mijn knieën en Jamie is de hele dag op straat. Ik weet niet wat hij daar uitvoert. 's Avonds komt mama met een pan. Je weet hoe beroerd zij kookt, ze kan meestal de helft weer mee terugnemen.*

*Hoe moet ik het je zeggen. Ik moet het je zeggen. Ik moet het opschrijven: Georgie is dood.*

*Hij stierf op 1 oktober. Ik was er niet op voorbereid.*

*Vier jaar geleden, toen de kleine Joseph stierf, wist ik dat het ging gebeuren. Ik zag het aan hem, meteen na de bevalling, dat hij zou wegkwijnen en uitdoven. Zo ging het ook. Hij miste wat je hebben moet om in leven te blijven. Het was verschrikkelijk dat ik hem niet kon verwarmen en dat hij mijn melk niet kon drinken, maar ik wist het.*

*Georgie was anders. Fors, beweeglijk, met rode wangen. Hij dronk zo gulzig dat hij zich verslikte en woedend met zijn vuistjes tegen mijn borst trommelde.*

*Ik legde hem op dat schapenvel uit Yorkshire voor de haard en dan keek hij naar de vlammen. Hij trapte met zijn dikke beentjes en brabbelde tegen het vuur. De jongens zaten bij hem op de grond zodra ze uit school kwamen. Ze waren gek op hem. Hij kraaide van plezier als hij hun stemmen hoorde. Ik nam hem op schoot als we aten, de laatste weken gaf ik hem al wat gestampte groente of appelmoes. Ik dacht aan jou.*

*Ik moet het schrijven. Eind september kreeg hij koorts. Ik moet het je zeggen. Heel kort dan: dokter, aderlaten, insmeren met balsem, nog meer koorts, stuipen, dood. Hij lag bij mij in bed. Tegen de morgen is hij gestorven. Oom Charles heeft een kistje getimmerd. Ik heb de wieg naar zolder gedragen. En de kleine kleren. En het schapenvel.*

*Steeds als hij mij zag lachte hij en stak zijn armpjes naar mij uit. Wij hadden van hem zoveel vreugde.*

*Er is een maand voorbijgegaan. Ze vragen zich af, de vrouwen in de straat, waarom ik nog niet buiten kom. Maar ik wil hier binnen zijn. Het lijkt of het niet waar is zolang jij het niet weet. Jij denkt aan een gezonde baby, een George of een Georgina. In jouw hoofd is hij er nog. Met deze woorden maak ik hem dood.*

*Jij zou tegen me zeggen: houd je flink voor de jongens, ze hebben je nodig. Ik probeer dat ook, lieve James, maar de moed ontbreekt me vooralsnog. Het is wreed dat onze kinderen sterven. Ik kan nergens mijn beklag doen. Het protest zakt als lood in mijn benen en maakt me onbeweeglijk.*

*Ik denk niet dat ik hierna nog in het thuisjournaal zal schrijven. Ik denk niet dat ik je laat lezen wat ik hier vandaag schreef.*

Ze sloeg het boek dicht en liep naar de mand. Verbranden was het beste, dit was voor niemand goed om te lezen. Maar haar vingers bleken het boek niet los te laten, het zweefde een moment boven de verkreukelde kranten maar het viel niet. Ze legde het boek voorzichtig neer op het stapeltje persoonlijke documenten. Straks in een doos doen, dacht ze, en dan ver weg opbergen, boven in een kast.

Ze overzag het tafelblad. Bijna klaar. Straks kwamen de jongens en moest er gegeten worden, gepraat en geluisterd. Voortmaken, sneller, zodat de taak voltooid raakt en in de dag past, zodat ze kan zeggen: vanmorgen heb ik de tafel leeggeruimd.

Er restte een stapel brieven. Sommige nog verzegeld, gericht aan James maar aangekomen toen hij al weg was. En een voor haar, van Frances.

*Lieve Elizabeth – ik hoorde – ja, ze schrijven mij nog weleens, de dames uit de straat, als er een nieuwtje te vertellen is – ik hoorde dat James weer op reis moest, met twéé schepen deze keer, en dat jij, net als vier jaar geleden, zwanger bent achtergebleven! Ach Elizabeth, kon ik maar bij jullie zijn. Mijn verlangen is zo groot, ik kan het je niet beschrijven. Begrijp me niet verkeerd! Het is heerlijk om getrouwd te zijn en mevrouw McAllister te heten! Het is hier zo anders dan thuis. Weet je nog dat we op zo'n stille morgen naar buiten gingen, er hing mist boven de weiden en het leek of de koeien daarop dreven, hun poten verloren in wit. Hoe het rook. Dat is Engeland. Ons huis hier is groot en goedgebouwd. Ook is er enorm veel land omheen, ik heb een boomgaard en een moestuin. Het waait hier vaak. De buren wonen op grote afstand. Oude mensen zonder kinderen. Iedereen is hier altijd aan het bouwen en timmeren. Gisteren heb ik geholpen met het vastzetten van de stormluiken want er komt een orkaan aan. Wat niet stevig vastzit wordt weggeblazen, de wind tilt alles op, dieren, bomen, hele schuren!*

*Wat klets ik, Elizabeth. Schrijf me of je al bevallen bent en hoe het met de jongens gaat. Door te trouwen en naar Amerika te gaan ben ik jullie ontrouw geweest. Maar wat kon ik anders? Schepen op de wind zijn we. Ik kan wel huilen, en dan ineens ben ik weer opgewekt en ga ik de keuken witten. Zou ik zwanger zijn? Ik denk veel aan je, of je ongerust bent, ja, dat ben je natuurlijk. Weet je dat ik een brief kreeg van James' zuster? Poeslief! Begrijp jij het? O, ik hoop zo dat deze jaren voor jou niet zo stormachtig en verdrietig zijn als de jaren die wij samen doorbrachten! Misschien heb je, als je deze brief krijgt, al een gezonde dochter gekregen. Dat is toch het mooiste. Zonen worden opgegeten door de zee. O, wat zeg ik. Ik kan hier geen personeel krijgen en doe vrijwel alles zelf. Niet dat ik het erg vind, het is prettig om iets om handen te hebben.*

*Ik draai eromheen, Elizabeth. Ik ben bezorgd. Ik wens je een gezond en sterk kind. Als de situatie anders is wring ik mijn hart uit van spijt dat ik niet bij je ben. Schrijf me snel! Kus de jongens namens mij en wees omhelsd door je vriendin Frances.*

Ze wierp de brief in de mand en bukte diep om die op te tillen en naar de keuken te sjouwen. Het fornuis zou loeien. De tafel oogde als een stille waterplas.

# 2

Ze opende de keukendeur en liep op blote voeten de tuin in. Dauw hechtte zich in kleine druppels aan haar enkels en rokzoom. Het gras was te ver doorgegroeid, de bomen en struiken stonden haast trots te pronken met ongesnoeide bladerpracht. Het was vroeg, het zonlicht viel nog bleek door de takken, windstil was het en ze rook de rivier als ze even bewegingloos bleef staan met gesloten ogen. Weer een dag. Straks zouden de jongens wakker worden, moest er pap gekookt en thee gezet, zou de keuken trillen van schelle kinderstemmen.

Nu, hier, in de haast benauwende stilte, was ze met zichzelf alleen in de tuin die ze als haar huis beschouwde. Langzaam draaide ze een rondje. De kweepeer met zijn witroze bloesem, iets kwetsbaarders kon je je niet voorstellen en toch zouden de bloemen uitgroeien tot keiharde, vuistgrote vruchten; de kruisbessen met hun venijnige vlijmscherpe stekels, de moerbei en de mispel vol beloften. Hier en daar staken uitheemse gewassen de kop op, vreemde gasten in de Londense aarde. Een kleine ananas op een stengel, de opschepperige bladeren van de bananenplant, een palm en een agave in het warmste hoekje, tegen de muur. Op een rommelig, half opengegraven akkertje achterin lag verflenst groen dat op aardappelloof leek maar het niet was tussen vreemde, donkere knollen in de onregelmatige voren.

James nam zaden en wortelstokken mee als hij op reis ging. Overal waar hij voet aan wal zette had hij aardappelveldjes en tuintjes met mosterdzaad aangelegd. Wortels, meloenen en erwten bracht hij naar de inboorlingen. Hij spitte de grond om, legde de zaden voorzichtig in hun bedjes, dekte ze toe en gaf ze water. Hij had zich verheugd op het weerzien met de proeftuinen: hadden de wilden alles onrijp van de takken gerukt of hadden ze het begrepen en was er geoogst en weer gepoot? Van de eilanden nam hij planten mee, het liefst eetbare gewassen. Het merendeel ging naar de botanische tuinen van Banks in Kew, maar enkele overgeschoten exemplaren had hij hiernaartoe laten brengen en zorgvuldig in vochtige aarde gezet. Soms stierf er iets en ruimde ze het besmuikt weg, onzeker over de oorzaak van het wegkwijnen. Klimaat, bodem of de neerslaande dampen van de ginfabriek naast de deur? Ze wist het niet.

Appel en vlier stonden terzijde van de bijkeuken. Onverwoestbaar, ieder jaar weer.

Sinds de dag van de tafelopruiming, nu een maand of twee geleden, besefte ze dat ze met een dubbele blik keek naar huis, tuin en kinderen. James had voortijdig zijn intrede gedaan in haar manier van kijken. Veranderingen werden door die dubbele blik aangekondigd, ze was al niet meer helemaal alleen. De ananas zou hij toejuichen. Dat ze de vlier niet had laten snoeien zou hem ontstemmen, hij zou er niets van zeggen om de broze harmonie van de terugkeer niet te breken, maar ze zou zien hoe hij zijn wenkbrauwen even samentrok. Achter de geveerde vlierbladeren woonde een merelpaar. Het vrouwtje schoot de tuin in en landde op het gras met haar dikke, vaalbruine lijf. De vogel stelde zich niet aan, deed niets overbodigs maar pikte snel een worm uit de natte aarde en vloog in een rechte lijn terug naar het nest. Gekwetter, geritsel van bladeren, een heel zacht piepen. De eieren waren uitgekomen.

Ze bleef achter met de aangekoekte pan en de papborden toen de jongens naar school gingen. Niet dralen, meteen water pompen, spoelen, schuren. Verbeten wreef ze het vaatwerk droog en zette het weg. De borden in de kast, de pan in het rek, de lepels in de lade. Het hoeft allemaal niet meteen schoon, dacht ze, waarom dwing ik mezelf zo, hij is er nog lang niet. Haar schouders deden pijn van de spanning en toen ze aan de keukentafel ging zitten merkte ze dat er tranen in haar ogen stonden.

Tussen afwezig-zijn en terugkeren bevond zich een tussengebied. Daar was zij nu. De keukenmuren zouden gewit moeten worden, de stoelen waarop de jongens altijd zaten te wiebelen gerepareerd. Ze moest een nieuwe jurk laten maken.

Er werd geklopt. Toen de deur openging zat ze nog in gedachten. Een lange man in kapiteinsuniform stond in de schaduw naast het fornuis. Ze schrok.

'Ik overval je, neem me niet kwalijk!' Hij bewoog zijn arm naar voren om een paar brieven op tafel te leggen. Een mouw met gouden stiksels.

'Hugh! Kom je met nieuws?'

Palliser zette zijn stok tegen een stoel en kwam naast haar zitten. Hoe kon ze hem met James verwarren, hij had een makkelijkheid, een vanzelfsprekende hartelijkheid die James niet kende. Een paar weken terug had ze met hem in de tuin gezeten; de jongens waren thuisgekomen en er ontstond een vrolijk gesprek over het leven aan boord. Vragen en antwoorden ketsten snel heen en weer – hoe hoog de golven, hoe groot de vissen, hoe smerig het eten.

Ze had geluisterd, niet naar wat de kinderen vroegen en wat Hugh antwoordde, maar naar de muziek uit de opgewonden jongenskelen en het contrapunt van Pallisers diepe bas.

'Fijne jongens heb je,' had hij bij het afscheid gezegd.

'Je bent een goede moeder voor ze, maar ik hoop dat hun vader niet te lang wegblijft. Die hebben ze ook nodig. Fijne jongens, Elizabeth.'

Hij gaf haar een ongeopende brief. Haar naam stond in James' handschrift op het couvert. Ze boog haar hoofd.

'Ze zijn onderweg naar huis. James heeft op Kaap de Goede Hoop een kist met kaarten, brieven en logboeken meegegeven aan de *Dutton*. Koopvaardij, een snel schip. Uit de brief aan Stephens begreep ik dat de *Resolution* over een dikke maand hier kan zijn. Hij heeft een ongelooflijke reis achter de rug, maar dat wil hij je natuurlijk zelf vertellen. Kerngezonde bemanning, piekfijne kaarten, een zeer interessant journaal, alles in James' stijl. Alsof het heel gewoon is.'

Ze zweeg. Een maand. Het huis zou ineens te klein aanvoelen, alsof het niet paste. Een groot lichaam zou tegen haar aan liggen in bed, de nacht vervuld van onverwacht gekraak en snurkende adem. Ze zou tegenover hem zitten. Aarzelend zouden ze hun verhalen beginnen te vertellen, jij eerst, nee, eerst jij maar. Hier aan tafel. Dat er geen kindje was zou hij al zien, ruiken, voelen zodra hij de drempel over stapte. Ik moet blij zijn, dacht ze, het moet. Ze verkreukelde de brief tussen haar verkrampte handen. Palliser legde zijn hand op de hare en trok voorzichtig het papier los. Hij raakte even haar schouder aan.

'Meisje toch,' zei hij zacht, 'ik help je wel. Hierna hoeft hij nooit meer weg, daar zorg ik voor.'

Ja, dacht ze, ja. Een doel om naar te streven, een belofte. Een man aan het einde van zijn schitterende loopbaan, tweemaal de aarde rond, een sieraad voor de wetenschap en de cartografie, is het gegund om in roem te baden en voortaan tevreden thuis te blijven. Genoeg te doen. Hij zou dit keer zijn reisbeschrijving zelf kunnen bewerken en doen uitgeven en niet door de een of andere broodschrijver laten verpesten. Hij zou zijn zoons kunnen leren kennen zonder de opwinding van een vertrek in het verschiet. Hij zou zijn vrouw zien.

Hij rekent erop dat ik het gewone leven handhaaf, ik moet de hoeder zijn van de thuishaven, ik moet de kinderen dagelijks het beeld van hun vader voorhouden zodat ze niet schrikken als hij ineens echt binnen komt lopen. Ik moet de kruisbessen inmaken, ik moet zorgen dat er niets te gronde gaat in de tuin. Dat ik dat allemaal doe is de voorwaarde waarop hij weg kan. Dat ik ertoe in staat ben is de reden dat hij terug kan komen. Hij wordt voortgeblazen langs het drijfijs van de zuidpool, maar in zijn hoofd bestaat er een bloeiende tuin in een straat in Londen, een tuin met vrolijk spelende kinderen en een vrouw die zich kan verheugen.

Een vrouw die blij kan zijn voor hem, met hem. Een vrouw die hem steunt in zijn gevecht tegen graven en baronnen, een standvastige vrouw die weet wat ze wil en daarnaar handelt.

Zo'n vrouw was zij geweest en was ze ongetwijfeld in zijn gedachten nog steeds. Over een maand zou hij haar zien. Ze voelde alle kracht die ze nog bezat uit haar lichaam vloeien. Ik moet blijven zitten, dacht ze, niet omvallen, niet naar de vloer.

Die naast haar, de begrijpende nieuwsbrenger, had zijn arm om haar schouders gelegd. Hij wist hoe het was, hoe huis en schip ieder hun eigen weg gingen en hoe schokkend het kon zijn als na verloop van tijd die twee lijnen weer bij elkaar kwamen. Dat hij dat begreep, dat ze in elk geval dacht dat hij het begreep, deed de laatste rest van haar kalmte smelten. Ze viel samen met de wanorde in haar binnenste. Scheurende, onbeheerste adem, tranen als lenteregen, lichaam dat schaamteloos trilt en huivert.

De man naast haar knoopte zijn manchet los, schoof de

bleekblauwe mouw van zijn jas omhoog en stroopte zijn hemd op tot boven zijn elleboog. Zonder nadenken legde ze haar wang tegen de warme huid, haar lippen voelden de stevige spieren daaronder, ze wreef haar gezicht over de behaarde onderarm, kwijlde en snotterde. Met zijn andere hand streelde hij haar haren. Hij dekte haar hoofd toe zodat ze op die troostende arm kon blijven liggen zo lang als het moest. Een nat gezicht. Een naakte arm.

Of ze een zee van lucht kreeg. Haar schouders ontspanden, het snikken kreeg regelmaat, en uiteindelijk kwam ze tot rust. Stil lag ze tegen zijn arm.

Zo had ze vroeger haar kind gekalmeerd, zo'n baby'tje dat overstuur was en de reden daarvan niet kon vatten – ze had het kind tegen haar blote huid gelegd en tot rust gebracht. Zo deed je dat, vanzelf, zonder plan. Het gebeurde. Ze glimlachte en voelde zijn haartjes kriebelen tegen haar mond. Elk besef van tijd was verdwenen, alsof ze door de trooster voor even uit deze ochtend was getild. Ze droogde haar wangen – met de theedoek? zijn zakdoek? – en hoorde haastige stappen door de bijkeuken dreunen.

'Mam! Ben je daar?' Haar oudste zoon stormde binnen en bleef abrupt staan toen hij kapitein Palliser aan de tafel zag zitten. Jamie had een stevig, gedrongen postuur, hij miste volledig de lange benigheid van zijn vader. Dik haar dat in kleine krullen tegen zijn schedel lag, vrolijke ogen, korte, snelle bewegingen. Nat zou hem binnenkort boven het hoofd groeien. Ze kon niet bevatten hoe het mogelijk was dat deze jongenslichamen iets met elkaar te maken hadden. De zonen zijn van de vader, dacht ze, James is in verschillende gedeelten in zijn zoons terechtgekomen. De jongere heeft zijn lichaamsbouw gekregen en de oudste zijn daadkracht, zijn ondernemingslust.

Nog even en Jamie zou vertrekken naar de zeevaartschool in Portsmouth. Ze stond bij het raam met de ongelezen brief in haar handen en luisterde naar het gesprek dat zich ontspon tussen de man en de jongen. Opwinding over de terugkeer van de *Resolution*, zou Jamie nog thuis zijn als het schip arriveerde of al op school, misschien werd Portsmouth de aanleghaven, dat lag voor de hand, dan zou hij als eerste zijn vader zien, met de hele klas zouden ze het schip opwachten, hij in het nieuwe uniform met de laarzen, zo zou hij nog eerder dan zijn broer en zijn moeder zijn vader ontmoeten.

Terwijl Palliser haar zoon bedolf onder verhalen over de expeditie trok Elizabeth zich terug in de tuin. De brief had zij in de halsopening van haar jurk gestoken. De zon had kracht gekregen. Laat ik me toch overgeven aan de warmte, dacht ze, aan wat er nu gebeurt: een zoon die geestdriftig de projecten van zijn vader volgt, een vriend die mij troost. Laat ik toch dat moeilijke, dat zware opzijschuiven en gewoon leven, nu. Ze veegde de tuinbank schoon, ging zitten en opende de brief. Hij is verzadigd van het ontdekken, dacht ze, hij is op weg naar huis.

*Hugh Palliser zal je ongetwijfeld vertellen waar ik geweest ben en wat ik daar aantrof. Het is vreemd om hier op de Kaap weer in onze eigen wereld te komen. Ik zit aan bij banketten en diners, ik wissel verhalen uit met collega's. Ik ontmoette een betrouwbare Fransman, Crozet, die ook de Zuidzee heeft bevaren. Ik zou zijn gegevens over de mijne heen willen leggen zodat het net zich sluit. Wat we weten! Er was alleen leegte, gevuld met stompzinnige en inaccurate fantasie, en nu is er zekerheid. Exacte plaatsbepalingen, beschrijvingen van eilanden en volkeren. Ik hoorde verhalen waar je van op zult kijken, over oorlogvoering en eetgewoonten, en kan die uit eigen ervaring bevestigen. Kan nu niet verder. Over een maand ben ik bij je, het roer wordt nog gerepareerd.*

*Ik had verwacht hier een bericht van jou aan te treffen en maakte me wel even zorgen toen er niets van Mile End op me lag te wachten. Kwijtgeraakt? Ik reken op je en kan niet geloven dat er iets aan de hand zou zijn. Ik houd het erop dat er iets is misgegaan met het transport. We zullen hard moeten werken deze winter, ik heb een berg aan gegevens om een boek van te maken. Kreeg trouwens een exemplaar van Hawkesworth' boek onder ogen en barstte haast van woede. Nooit meer! Die zogenaamde intellectuelen krabben je leeg en pronken met zaken waar ze part noch deel aan hebben en niets van begrijpen! Een schande is het. En dan te bedenken dat hij er een fortuin mee heeft binnengehaald! Ik moet me eroverheen zetten, gedane zaken. Het zal me niet meer overkomen.*

*Lieve Elizabeth, straks zal ik bij je zijn en kunnen we alles bespreken. Vraag Palliser naar mijn route. Ik ga de brieven verzegelen en laat ze wegbrengen. Omhels de kinderen!*

Kwelwater. Haar verdriet was als opgeweld water onder aan een dijk en was moeizaam, onder hoge druk te voorschijn gekomen. Ze moest zich niets meer afvragen, ze moest zich omdraaien en met haar gezicht naar de volle rivier gaan staan. Vanuit de keuken klonken de stemmen van Hugh en Jamie.

'Maar ze hebben toch genoeg te eten,' zei haar zoon, 'ze hebben varkens en vogels, waarom doen ze het dan? Het is verboden!'

'Het is de andere kant van de wereld, jongen. Wij begrijpen heel veel dingen niet. Ze spreken een andere taal. Misschien zijn ze ervan overtuigd dat ze zo de kracht van hun vijanden overnemen. Ze doen in hun ogen niets verkeerds, het is hun manier van gevechten voeren. Je vader vindt dat je ze niet kan veroordelen volgens onze regels.

Het is daar zo anders, je kan je er moeilijk een voorstelling van maken. Griezelig, niet?'

'Ik zou ze straf geven,' zei Jamie fel. 'Als ik de kapitein was schoot ik met scherp. Om het ze af te leren. Ik denk dat mijn vader is teruggevaren en ze allemaal heeft doodgeschoten.'

Ze hebben een vader nodig, dacht ze. De stad gonst van verhalen, natuurlijk vangen ze van alles op en fantaseren ze daarover, ze worden bang, ze stellen vragen en ik doe of ze nog klein zijn en of ik ze kan beschermen door zwijgzaamheid.

Het zusterschip van James' expeditie was vorig jaar teruggekomen, alleen. In de onvoorstelbare mist bij de zuidpool waren de schepen elkaar kwijtgeraakt en de rendez-vousafspraak was mislukt. Toen het schip Londen binnenliep was er een passagier te veel aan boord: de kapitein had een inboorling meegenomen om aan het Engelse volk te tonen. Hij heette Omai en werd onmiddellijk door Banks geadopteerd. Er ontbraken ook mensen: de voltallige bemanning van een sloep was door wilden aan een verre zuidkust opgegeten. Ze had de krantenverhalen gelezen en gehoopt dat ze er tegenover de kinderen het zwijgen toe kon doen.

'Ik denk van niet, Jamie,' hoorde ze Palliser zeggen. 'Ik denk dat jouw vader probeert die mensen te begrijpen. Dat is niet laf, dat is verstandig.'

'Misschien eten ze hem ook op!'

Ze liep de keuken weer in en zag Palliser geruststellend zijn hoofd schudden. 'Je vader is een gewaarschuwd man, hij laat het zover niet komen. Bovendien: hij is al bijna terug en al zijn mannen leven nog.' Hij stond op om afscheid te nemen.

Frances. Ze zou Frances een brief schrijven zodat het even zou lijken alsof ze met haar vriendin sprak. Zoveel mannen, op schepen, in keukens, met verhalen en oordelen. Vanavond, als de jongens in bed lagen, zou ze zich uitspreken tegen haar vriendin in Amerika. Ze zou schrijven over de haastige zinsneden uit de brief van James, over de vanzelfsprekendheid waarmee haar zoons door de scheepvaart werden opgeëist, over de gesprekken met Palliser – zou ze vertellen over de bizarre scène met zijn blote arm? Misschien was het niet eens echt gebeurd, het kon bijna niet waar zijn, al zou ze het patroon van de haren op zijn arm kunnen uittekenen. Al voelde ze zijn warmte nog tegen haar wangen.

Dat de tafel in de grote kamer geschuurd en geboend stond te glimmen, leeg en kaal, dat ging ze vertellen.

Je moet weer iemand in huis nemen om je te helpen, had James gezegd voor zijn vertrek. Gezelschap, zoals Frances. Ze had het voorstel afgewimpeld. Wat moest ze met een vreemde vrouw in huis, een nieuwe stem waarvan je maar moest afwachten of ze zou mengen met de hare? Ze was liever alleen gebleven deze keer. En nu kon er geen ramp meer plaatsvinden, de kleine George was al tweeënhalf jaar geleden gestorven, ze had zichzelf weer in de hand, ze zou als een rots in de branding tegenover haar teruggekeerde man staan. Tegen het einde van zo'n reis moest er niets gebeuren wat je uit balans bracht, het was een opgave om alles in vertrouwd gareel te brengen, de planten, de meubels, de mensen. Geen verstoringen graag.

Vanmorgen was ze even aan zichzelf ontkomen. Dat ging nu niet meer, dat moest afgelopen zijn. Ook aan de wazige omgang met de tijd zou een einde moeten komen; ze had eigenlijk geen idee hoever de dag was gevorderd en voelde zich nog steeds verzonken in dat vreemde moment aan de keukentafel. Ze wreef over haar gezicht en schudde haar hoofd als een dier dat een lastige vlieg kwijt moet.

Jamie kwam naar buiten met een emmer en begon te pompen. Nat, ze ging Nat ophalen. Natuurlijk was er een plan voor de dag. Een wandeling, een gesprek, een maaltijd. Een schema om in te stappen als in een boot.

Achter haar viel het tuinhek in het slot. Ze stak de weg over en liep het pad in dat tussen twee rijen tuinen naar de rivier voerde. Het water glom in de verte. Ze zag ernaar uit, het viel niet te ontkennen dat het haar plezier deed dat daar water was. Toch was James de waterliefhebber, niet zij. Omgrensd water, dacht ze, water in sloten, in een rivier met zichtbare dijken, in een vijver waar wilgen omheen staan – daar houd ik van. Zijn liefde voor de zee had ze nooit echt kunnen navoelen, ze werd angstig van de weidsheid en de onvoorstelbaar grote massa van dat wereldwater als ze erover probeerde na te denken. Geen bakens, geen wegen, geen afgrenzingen. Voor James lag elk werelddeel in water en voor haar was elk water aan land gebonden.

Ze leunde tegen de kademuur en keek hoe de kleine golven tegen de stenen sloegen. De rimpelingen kwamen vrolijk aan, als huppelende kinderen; ze werden onverschillig teruggestuurd en sprongen welgemoed de andere kant op. Onbegrijpelijk.

James kon niet zwemmen. Eigenlijk had ze nooit van een zeeman gehoord die dat wel kon. Het is beter, zei hij, je bent verloren als je te water raakt, of je kan zwemmen of niet. Snelheid is dan te verkiezen boven een langdurige worsteling die toch fataal afloopt. Ook dat begreep ze niet echt. Als ik van het water hield zou ik me erin thuis willen voelen, dacht ze, dan zou ik me erin onder willen dompelen, als een gelukkige vis in mijn element willen zwemmen. Hoe kan je je leven zo inrichten dat er een huid van hout tussen jou en je grootste liefde moet staan?

Aan de overkant van de rivier lagen de roomwitte paleizen van Greenwich tegen de heuvels; ze zag kleine figuurtjes heen en weer lopen en een bootje aanleggen bij de steiger. In die gebouwen klopte het hart van de Admiraliteit, daar werd beslist over hun leven. Haar leven. Over een paar weken zou James daar voorrijden in een snelle koets, hij zou die trappen op rennen en zich naar zijn opdrachtgevers spoeden om verslag te doen van zijn reis. Pas daarna zou hij overvaren en, te voet, zijn gezin gaan begroeten. Zijn huis binnengaan. Zijn vrouw omarmen.

Maar het leek of een eerder weerzien zich voor het huidige wrong, of er een ontredderd meisje tussen haar ribben stond. Met grote stappen was hij toen, na de eerste wereldreis, het huis in gekomen, hoed in de hand, gebruind, gespierd. Zij had verslagen tegen het lauwe fornuis gestaan. Frances week met de jongens aan haar zij uit naar de gang. Hij was op anderhalve meter van haar tot stilstand gekomen, zijn ogen joegen snel langs muren en vloer – geen pop, geen kinderstoel, geen verfrommeld schortje met papvlekken. Ze zag zijn wangen grijs worden.

Ja, ze had in zijn armen moeten gaan staan, natuurlijk, hij was jaren weggeweest en kwam terug, er ontstond een omhelzing maar ze vervloeide niet, ze bleef zich bewust van haar huid, die het verhaal omgrensde dat ze nog vertellen moest. Stijf als een stuk hout had ze naast hem gelegen die nacht. Hij was wanhopig geweest, ontroostbaar, maar zij was de ontroostbaarheid voorbij. De gebeurtenissen moesten aan hem voorgelegd worden in hun trieste volgorde. Ze was rechtop in bed gaan zitten en voor zich uit kijkend naar de bleke muur had ze met strakke stem de woorden uitgesproken, in een veel te hoog tempo.

Nooit ziek, het kind, het meisje, haar meisje, hun meisje. Blij met iedere morgen, met elke gelegenheid om door keuken en kamer te scharrelen, om de bloemen in de tuin bij hun naam te noemen en ernstig te helpen met het uitzoeken van groente op de markt. Gek was ze op haar broers, ze kon uren naast Jamie staan om te kijken naar de tekeningen die hij maakte. Haar ogen glommen van genot als Nat haar een liedje leerde. Toen de buurvrouw met een tuit suikerballen kwam verdeelde ze die in drie bergjes op tafel: voor Jamie, voor Nathaniel, voor haarzelf.

Voort. Niet uitwijken. Dat kan altijd nog.

Frances haalde het paardje van zolder, weet je wel, het paard op die plank met wielen, waar de jongens mee speelden, het had echte manen en een oud stuk scheepstouw om het aan voort te trekken. Opgetogen was ze, verrukt. Ze sjouwde het dier de tuin door, gaf het gras en appels en brood. We hebben niet opgelet. Ik heb niet opgelet. Frances en ik wasten de lakens in de bijkeuken. Ineens was het stil in de tuin. We misten haar stem en keken elkaar aan boven het verwrongen laken in onze handen. Dat was vlak voor de klap. In de stilte hoorden we paardenhoeven. Iemand schreeuwde. Gekraak, een donderend razen van hout op steen. Het is mijn schuld. Ik lette niet op.

Buiten brieste een paard onophoudelijk. Mensen renden de tuin in en riepen maar ik stond al op straat, eerst zag ik het speelgoedpaardje ongeschonden midden op de weg staan maar toen keek ik bij mijn voeten, blote voeten, de klompen had ik zeker uitgeschopt geen muts had ik op nee –

'Vertel gewoon,' zei James. Hij had zich omgedraaid. Ze sprak tegen zijn rug. 'De feiten,' zei hij. Feiten.

Elly lag op de grond. Geen verwondingen, gaaf. Even had ze opluchting gevoeld: we zijn ontkomen, er is niets!

Maar het kind was wit en bewegingloos. Ze had geknield met blote knieën in de modder, ze had het kind op schoot getrokken, ze hield de dochter vast. Boven haar hoofd schreeuwden mensen, ze herkende de stem van Frances, schel en strak tussen de mannenstemmen. Iemand spande het paard uit. Er gebeurde heel lang niets. Het rare was dat al die tijd de zon bleef schijnen, het bleef gewoon dag, een ochtend in Londen.

Frances stuurde een jongen naar de overkant om Palliser te halen. Hij spoot in spetterend water de rivier over. Gelukkig was Palliser in Greenwich en niet op de werf. Hij was meteen meegekomen. Vreemd dat ze alle kleinigheden nog nauwkeurig voor zich kon zien. Zijn schoenen en broekspijpen waren nat geweest door het onstuimig roeien. Doffe gespen.

'De feiten,' zei de man naast haar. 'Waar waren de jongens?'

De dokter kwam. Dat was later, toen Elly al in de kamer lag. Dat James iets vroeg was goed, een teken dat hij luisterde. De buurvrouw had Jamie en Nat uit school gehaald misschien. Niet Frances, die was bij haar gebleven, dat wist ze zeker. Frances had zo getrild en gebeefd dat ze nauwelijks kon helpen om Elly het hemd aan te trekken, het doodshemd. Elizabeth had een vaste hand gehad, ze had het meisje gewassen, verzorgd, gekleed. Het was 9 april 1771.

Hugh Palliser regelde alles. Hij zat in haar keuken en lepelde de soep die Frances gekookt had. Hij ontving de timmerman, de doodgraver, de dominee. Hij dwong Elizabeth te gaan liggen, maar dat kon ze niet. Angst kwam als een verstikkende deken over haar heen zodra ze haar hoofd op het kussen legde. Ze zat naast het kind. Ze probeerde de geluiden uit de keuken weg te schuiven en te luisteren naar de stem van het kind die nog in haar hoofd moest zijn, ergens, onvindbaar. Ze wachtte.

Frances was bij haar in het grote bed gekropen die nacht, en de volgende nachten. Te weinig vrouwen in huis. In een flits had ze beseft dat de dochter de vrouw van de toekomst was geweest en dat die toekomst nu ook reddeloos verloren was gegaan. 'De feiten,' zei James.

Begrafenis. Dat was een mannenzaak. Vrouwen bleven thuis om voedsel te bereiden voor de terugkerende begrafenisgangers. Palliser zou gaan namens James. Maar toen Elizabeth op de ochtend van de plechtigheid uit bed stapte – zodra het licht werd, een verlossing dat de lucht bleek opkleurde, dat ze niet meer slapeloos was maar gewoon wakker – wist ze dat ze zelf zou gaan. Frances hield haar niet tegen maar hielp haar met de zwarte japon en haalde ergens en sluier vandaan die ze voor haar gezicht kon plooien. Palliser verscheen met de dragers. Hij zag haar staan naast de kleine kist en knikte. Ze pakte zijn arm – ja, dezelfde arm, toen al, toen al –, en samen waren ze Elly gevolgd over het voetpad naar het kerkhof. Naast de in het gras verzonken klinkers bloeiden witte primula's, de bladrozetten haarscherp in het schuine zonlicht, een loper van bloemen zover ze kijken kon. Dat had ze gezien. Welke gezichten er tussen de banken stonden toen ze het kerkje binnenschoven wist ze niet meer. Hugh duwde haar neer op de voorste rij. Hij liet haar hand niet los. Van achter de doorzichtige zwarte voile staarde ze naar de kist vlak voor haar. Ze dacht niet, ze keek alleen maar.

Feiten, fluisterde James. Er waren geen feiten. Welke psalmen, welke tekst, welke gebeden – ze was het vergeten. Had ze toen al kunnen denken aan de haren van het kind, haar mond, haar kinderbotten, aan hoe ze zelf de grond in wilde kruipen om dat tere skelet vast te houden? Nee, dat kwam later pas.

De mensen zaten geknield en hielden hun ogen gesloten. Zij niet. Ze keek omhoog naar het orgel en zag meneer Hartland achter het dubbele klavier zitten. Zijn grote, witte handen lagen in zijn schoot en hij tuurde voorovergebogen in de partituur die op zijn lessenaar stond. Hij draaide zijn hoofd naar haar toe alsof hij haar blik voelde. Nee, ze had zich niet geschaamd, ze had haast hongerig opgekeken naar de oude man, zijn verkreukelde wangen en de glimmende schedel onder de spaarzame haarslierten stonden in haar geheugen gegrift, ze had lang en zonder met haar ogen te knipperen in zijn gezicht gekeken. Ze hadden niet naar elkaar geglimlacht.

Pas toen de dominee het 'amen' uitsprak hadden hun blikken zich van elkaar losgemaakt en was ze naar de stenen voor haar voeten gaan kijken. Steen, had ze gedacht, steen, hout, aarde. Het moment dat de kist naar buiten zou worden gedragen kwam eraan. Ze had geprobeerd rustig te ademen. Hoewel ze omringd was door een zee van zwartgeklede mensen voelde ze zich totaal alleen. Opstaan. De dragers zien toetreden. Langzaam draaien om de trage voortgang van de processie te volgen. Een ongenaakbare alleenstaande boom in een weiland, dat was zij. Toen was meneer Hartland gaan spelen. Even was ze van de volle orgelklank geschrokken, want er klonk een lied vol vaart en vreugde dat niet leek te passen bij wat zich op de vloer van het kerkje afspeelde. Ze zag de dominee verstoord kijken; Palliser naast haar hield zijn adem in. Toen kneep hij in haar hand en lachte hij haar even toe. Händels *Water Music*, wist ze ineens. Ze herkende de melodie. De oude organist riep de zee op, hij herinnerde haar aan het feit dat James bestond, dat haar man daarbuiten, ver weg, op het water voer en naar haar terug zou keren, dat niet alles verloren was. Het kistje was tot halverwege het middenpad geschoven. Aan de arm van Palliser volgde zij, omspoeld door muziek. De volle klank verdween om plaats te maken voor een puur houtblazersgeluid. Het was alsof het breekbare trio gespeeld werd door in volmaakte eenheid opererende hobo's, fluiten en fagotten. Op het eerste gehoor leek het een vrolijk lied, maar zij wist wel beter en meneer Hartland ook. De manier waarop hij steeds de korte, smekende frases afsloot brak haar hart. Zo was het. Een huppelend meisje op de weg. In de zon. Onder de zware koets.

'Feiten,' vroeg James. 'Wie bestuurde de wagen?'

Natuurlijk. Ja. De koetsier had het niet aangedurfd zijn opwachting te maken. Hij had zijn vrouw langsgezonden met een half speenvarken als zoenoffer. Frances had haar ontvangen terwijl Elizabeth boven, in de slaapkamer, roerloos voor het raam stond.

James draaide zich op zijn rug. 'Wat heb je met het varken gedaan?'

Ze zag het gehalveerde karkas voor zich, hoe het op een jutezak naast het fornuis had gelegen, roze, met witte beensplinters, zo groot als een kind.

'Frances heeft ervoor gezorgd. Weggegeven. Begraven. In de rivier gesmeten. Ik weet het niet, we hebben er nooit meer over gesproken.'

Ik lig met mijn man die ik drie jaar niet gezien heb over een varken te praten, had ze gedacht. Onze dochter is met geweld gestorven en hij vraagt wat we met het varken hebben gedaan. Ik geef antwoord, maar onder dit gesprek ligt een vraag die we niet het hoofd kunnen bieden. Ik kan het niet eens hardop zeggen. Ik kan het nauwelijks denken. Toch moet het.

Ze liet zich zakken tot ze haar hoofd naast het zijne op het kussen kon leggen. Ze keek opzij en zag dat hij huilde. Het is mijn schuld. Ik had haar moeten behoeden. Ik was de moeder. De trap sloot ik af met een plankier en de vleesmessen legde ik buiten haar bereik. Het tuinhek heb ik niet gesloten. Ik beschermde haar tot die ene keer, het was bijna volbracht, jij was al op weg naar huis, bijna –

James snoot zijn neus en begon te spreken. Ze begreep aanvankelijk niet waar hij het over had en liet de zinnen als golven over zich heen komen. Een koraalrif, duisternis, een klap, een kraken. Het schip had muurvast gelegen en liep vol water. Gedreven door doodsangst had iedereen aan de pompen gestaan, ook de officieren en de wetenschappers. Ze hadden de kanonnen overboord gezet, de watervoorraad, de vleestonnen. Na een etmaal waren ze als door een wonder weer vlot geraakt en dreven ze stuurloos langs het rif op het verwonde schip. Hij had zijn bemanning om raad gevraagd, in de ochtendschemer, in de ijzige wind hadden ze in een kring op het dek gestaan terwijl een paar meter onder hen het water door een groot gat het ruim in gutste. De broer van de chirurgijn had een oplossing geweten. Op zijn aanwijzingen sjorden ze een zeil, ingesmeerd met mest en uitgeplozen touw, om de kapotte wand van het schip heen, een geweldig gedoe met kabels en katrollen; iedereen had zwijgend, met strak gezicht, de bevelen opgevolgd.

Het werkte. Het zeildoek plakte tegen de scheepshuid en gaf precies voldoende respijt om het strand te bereiken. Daar lagen ze anderhalve maand om het schip te repareren.

'Ik heb een groot risico genomen,' zei hij, 'en ik vraag me nog steeds af of ik anders had kunnen handelen.'

Elizabeth zweeg. Door het open raam dreef de geur van de rivier naar binnen. Waar is ze, waar is ze – ze is op het kerkhof, ze is alleen. Stil, doe weg die gedachten, luister.

Het schip was provisorisch hersteld maar bleef lekken. De tuigage was aan flarden en rafels hingen aan de touwen. Ze waren in de haven van Batavia aan land gegaan. Ze moesten wel.

'Geen scheurbuik op mijn schip,' zei James. 'Ik heb drie jaar lang onder de meest barre omstandigheden rondgevaren en verloor geen enkel bemanningslid aan de zeemansziekte. Niemand. We gingen in Batavia van boord in blakende gezondheid. De Hollanders wisten niet wat ze zagen. De toestand van het schip bewees wat we achter de rug hadden, maar de stevige lichamen en de volle wangen van de mannen waren daarmee niet te rijmen. Het was mijn trots. Ik zat in mijn kajuit en schreef naar Londen: geen man verloren!

Het is een kwestie van wilskracht. Discipline. Ik dreigde met zweepslagen als ze zich niet zouden wassen. Niet dat ik dat dreigement ooit heb uitgevoerd. Beddengoed luchten, kleding reinigen zodra het weer het toestond. In zeewater, de hemden kraakten van het zout, maar toch. Ik hield het drankrantsoen in als ze het ruim bevuilden. In het begin wekte het weerstand omdat ze het niet gewend waren. Een zeeman vindt het stoer om drie jaar lang in hetzelfde hemd rond te lopen. De stank merken ze niet meer op, of ze zijn eraan gehecht geraakt.'

Hij is nog niet thuis, had ze gedacht. Hij heeft de snelheid van zijn schip niet bijgehouden en ijlt erachteraan. Hij kan nog niet in zijn eigen bed om het kind liggen huilen, hij staat nog op het dek te schreeuwen en emmers van zeildoek uit te delen om water mee omhoog te hijsen. Hij ligt hier wel maar hij is er nog niet.

Eten, dat was van het grootste belang, Als het hem zou lukken een remedie tegen de ziekte te vinden betekende dat een reuzenstap voorwaarts in de geschiedenis van de zeevaart. Het dieet moest de sleutel zijn. Het was een wetmatigheid dat tandvlees ging zwellen na een week of zes op zee. De tanden gingen loszitten en vielen uit. Blauwzwarte plekken ontstonden onder de huid omdat de aderen het bloed niet meer vast konden houden. Het sijpelde in spieren en gewrichten tot elke beweging onmogelijk werd. Niet te verdragen was de pijn, hij dwong de zieke om stil te blijven liggen tot de dood kwam. Ze vonden het normaal, de heren van de Marine, een natuurwet! Ze hielden er rekening mee bij de monstering: altijd meer mensen in dienst nemen dan noodzakelijk, want de helft zou zeker sterven. Dat was verstandig. Hij vond het dom. Waarom werd een mens ziek op zee en niet aan wal? Wat was het verschil? Er moest een reden voor zijn. Opletten. Nadenken. Experimenteren. Je niet neerleggen bij onbegrepen feiten maar proberen erin door te dringen.

Elizabeth wist nog dat ze een vlaag afgunst voelde toen zijn verteltempo versnelde en zijn stem dieper werd. Hij maakte zich ergens druk om, er was iets waarvoor hij warm liep, iets wat hij wilde. En wat wilde zij? Storm, ze wenste een ijzige storm die de golven op de Theems tegen de kade zou ranselen. Ze zou een muts strak om haar hoofd binden, de zware omslagdoek pakken en gaan lopen. Naar nergens, tegen de wind, stap voor stap. Maar de rivier was een stille spiegel en de lucht was lauw.

Aan wal kregen de mannen vers voedsel, je sprak de voorraad niet aan als er wild te schieten was en fruit te plukken. Daar ergens verschool zich de oplossing. Op zee aten ze ingezouten vlees dat een ontzaglijke stank verspreidde en keiharde scheepsbeschuit waar de maden gaten in hadden geboord. Het schip moest vaste wal worden, moest een eiland zijn waarop dieren en planten konden leven. Kippen! Tuintjes in kisten achter de mast! Maar de wind blies de vogels van boord en de regen spoelde de aarde weg. Toch had hij zijn heil gezocht in het zo goed mogelijk nabootsen van de omstandigheden aan land. Hij begon met het ontslag van de kok, een luie en domme man die geen enkele belangstelling toonde voor het voedselprobleem. De vervanger die zich op last van de Marine aandiende was een grote kerel met wie goed en vruchtbaar te overleggen viel. Hij had geen bezwaar tegen het verwerken van geperste erwten, wortelsap en bouillonextract in zijn gerechten en begon uit zichzelf over gedroogde vijgen en rozijnen. Helaas was zijn linkerarm weggeslagen door een losschietende kabel, maar met de rechter had hij een verbluffende handigheid ontwikkeld.

Luisterde ze nog? Ze hoorde hem wel, de woorden deinden door de slaapkamer en ze voelde zijn ribben, zijn borstkas meetrillen. Ze vond het vreemd om niet meer alleen te zijn; eigenaardig dat iemand gaten prikte in haar gedachten, ertussen kwam met beelden en begrippen die voor haar niet aan de orde waren. Hij is je man, had ze gedacht, luister, verzamel je aandacht.

Het tuinenproject was mislukt maar de begeerte naar groente bleef de leidraad van de veranderingen in het scheepsmenu. Wie aan land ging moest naast zijn reguliere taak – het vullen van de watertonnen, het opstellen van de sterrenkijker – de ogen openhouden voor alles wat groen was en mocht pas terugkomen met een bos loof in z'n hemd, zevenblad, kaasjeskruid, smeerwortel en wat daar maar enigszins op leek. Het koksmaatje verzamelde de giften en bracht ze naar zijn baas, die alles op het hakblok versnipperde met zijn ene arm. Hij roerde de bittere moes de volgende morgen door de gerstepap. Ontbijt.

Als er geen land was? Dan was er zuurkool. Iedereen had hem voor gek verklaard toen hij de stinkende vaten aan boord liet slepen. De fijngesneden koolslierten gistten in het zout, explosies werden verhinderd door zware stenen op de deksels. Wie zou dat zurige bederf door z'n keel kunnen krijgen? De matrozen liepen kokhalzend door de voorraadkamer. James had getwijfeld of dreiging met stokslagen hier iets uit zou halen.

'Ik moest aan onze jongens denken,' zei hij. Hij draaide zich naar haar toe. De gebruinde huid van zijn hals ging abrupt over in bleekwit op de plaats van zijn uniformkraag. Als Jamie en Nat hun ouders iets zagen eten wat zij niet kregen stormden ze eropaf en zeurden ze net zo lang tot ze mochten proeven. Hij had de kok opgedragen de zuurkool uitsluitend aan de officieren te serveren, en die kregen de instructie ruim op te scheppen en de smaak van het gerecht luidkeels te prijzen. De bemanning protesteerde tegen de ongelijkheid. Ze eisten zuurkool.

Waar gaat het over, had ze gedacht. Als verlamd lagen haar handen gevouwen over haar maag. Ze zag in de verte de deken opbollen waar haar voeten moesten zijn maar voelde niets. Ook haar gedachten leken van vuur ontdaan.

Het kind stierf omdat ik niet oplette.

De woorden waren er maar hadden geen betekenis. Schuld. Ramp. Zuurkool.

De stem van James: 'Zo is het gegaan. Iedereen bleef gezond. Geen loszittende kiezen, geen kniegewrichten als blauwe kanonskogels. Krachtig en blakend kwamen we in Batavia aan. Ik wilde mijn timmerlieden zelf de reparaties laten doen. De gierige Hollanders weigerden, ze wilden erop verdienen natuurlijk. Ruzie, uitstel. Uiteindelijk won ik, maar toen was het al te laat en had de moeraskoorts toegeslagen. Wat ik ook verordonneerde: ontsmetten, zwavelen – het hielp niet meer. Mijn mannen lagen te ijlen van de koorts en konden geen voedsel meer binnen houden. De Hollanders konden hun geld verdienen met het oplappen van het schip, maar de rekeningen heb ik niet betaald! De een na de ander stierf. Zelfs de dokter moesten we begraven. Ik ben vertrokken zonder toestemming van de havenmeester. Op zee ging het sterven door, we moesten elke dag bemanning in zee storten. Mannen met wie we drie jaar lang alle avonturen hadden gedeeld. Het drong nauwelijks tot me door, weet je dat. Ik was alleen maar woedend op die Hollanders met hun smerige, stinkende kanalen. Intussen was mijn triomfantelijke brief onderweg naar Londen.'

Ze had geprobeerd zich het dodenschip voor te stellen, de in zeildoek genaaide lijken die, met stenen verzwaard, langs een plank over de reling werden geschoven. Iemand zou uit de Schrift moeten lezen en een ander moest een signaal spelen op de trompet. De overlevenden zouden angstig of mismoedig in een halve cirkel op het dek staan. Terwijl ik lakens waste in de bijkeuken, dacht ze. Terwijl ik niet oplette. Hoe moeten we die twee werelden bij elkaar brengen? Hopeloos, onbegonnen werk. In de verte, bij de rivier, schreeuwden ineens de ganzen. Het onrustbarende geluid zwol aan en stierf weer weg. Wie las er bijbelteksten voor aan boord? Het was de taak van de dokter omdat James geen nutteloze dominee wilde meenemen, maar de dokter was dood. Als er niemand meer in leven was die op de bugel kon spelen, voltrok de plechtigheid zich dan in stilte? Krakende touwen, de klap van de plank tegen de reling, de plons als het lijk de waterspiegel kliefde.

'Elizabeth,' zei James, 'ik verloor dertig man binnen een paar weken. Dertig man. Je zou kunnen zeggen dat het mijn schuld is. Ik was de gezagvoerder. Ik besloot de haven van Batavia aan te doen. Ik gaf de bemanning toestemming om aan land te gaan. Ik had voor mijn mannen moeten zorgen zodat ze veilig thuis zouden komen. Dat was mijn taak en die heb ik verzaakt. Ik heb risico's genomen. Dat we vastliepen op het rif was het gevolg van zo'n risico. Het liep wonderbaarlijk goed af maar het had volstrekt verkeerd kunnen gaan. Batavia was ook een risico. Daar ging het fout. Onder mijn bevel. Ik heb er veel over nagedacht, de hele terugreis hield het me uit de slaap. Heb ik dertig mannen de dood in gejaagd? Vermoord? Ik weet het niet. Ik werd verteerd door spijt, nog steeds, spijt dat ik mijn hoop had gevestigd op de Hollanders en hun stinkende nederzetting. Wroeging, schuld. Maar ook woede, ik kon niet in mijn bed blijven liggen van razernij. Wat er gebeurde dwarsboomde mijn plannen. Ik wilde mijn mannen niet zien wegkwijnen, ik heb die ziekte niet over ons heen gehaald, ik – '

Hij zweeg. Ze hoorde zijn opgewonden ademhaling geleidelijk aan regelmatig en rustig worden. De kamer kleurde grijs, de dag kwam eraan.

'Het gebeurde. Een ramp gebeurt. Je kan het niet voorzien, niet altijd. In zekere zin ben je aan de omstandigheden overgeleverd. Je bent verplicht zo goed mogelijk op te letten. Je bent niet onfeilbaar. Je macht reikt zover hij reikt. Niet verder. Er blijft altijd een domein waar je machteloos bent. Ik kan dat eigenlijk niet aanvaarden maar ik heb bedacht dat het wel zo is. Begrijp je?'

Bleekgeel was de hemel achter het raam. Het was of het ook in haar hoofd lichter werd. Ze had haar benen opgetrokken en haar stramme spieren gerekt. Ze voelde de warmte van de man die naast haar lag. Het gebeurt, dacht ze, je onderhandelt met je angst en met je verstand en je neemt een beslissing die meestal goed uitpakt en soms, fataal genoeg, niet. De schuld blijft, want je bent verbonden met je beslissing. Toch zijn we overgeleverd aan wat er gebeurt. Ik. Hij.

De stijfheid had haar lichaam verlaten. Ze was tegen James aan gaan liggen. Het was al ochtend toen ze uitgeput in slaap waren gevallen.

Hoe lang had ze nog? Een maand, zes weken? Ze huiverde en snoof de metaalachtige, zoete geur van het rivierwater op. Deze terugkeer zou anders zijn. Het vooruitzicht op een stevig bestaan met een man die thuis was en thuisbleef zou haar sterk maken. Ze stapte weg van de kademuur en was zich bewust van de kracht in haar kuiten. Haar muts zat los, ze trok hem van haar hoofd zodat ze de wind door haar haren kon voelen. Ik sta rechtop bij de rivier, dacht ze, er komt een nieuw leven aan en ik ga daar instappen, zonder bedenkingen. Ze keerde haar rug naar het water. De zon had de grijze wolken eindelijk verdampt en verwarmde de donkere stof van haar jurk. Niets aan de hand, voel maar, zelfs het zonlicht steunt mij.

Ze tuurde de kade af en zag in de verte een smal figuurtje lopen met een zwarte kist in de hand.

Geruime tijd na de begrafenis van Elly was ze op een winderige dag op straat de organist tegengekomen. Ze herkende hem eerst niet, ze keek ook nauwelijks om zich heen op die dagelijkse wanhoopswandelingen, voort moest ze, het ene been voor het andere, de minuten moesten voorbij, de uren gevuld met daden die niet naar een toekomst verwezen die toch niet te verdragen was. Ze moest lopen; ze kon de blikken van de mensen op straat niet velen en deed of ze alleen was in de volle stad. Ze had zich mismaakt gevoeld, zichtbaar beschadigd en vernederd. Ze moest zich verbergen maar stikte in het sombere huis. Dus liep ze.

'Mevrouw Cook?' had een zachte stem vlak bij haar gezicht gezegd. Geschrokken keek ze op, ze knipperde met haar ogen om het beeld scherp te krijgen en zag Hartlands vriendelijke gezicht. Hij glimlachte niet maar keek haar indringend aan. Ze herinnerde zich hun vreemde contact tijdens het gebed en hoe hij haar later met zijn welgekozen muziek had willen troosten.

Ze was welkom, had hij tijdens de gure ontmoeting gezegd. Hij dacht vaak aan haar, hij zou haar graag ontvangen als ze, vermoeid van de wandelingen, even bij iemand tot rust zou willen komen. Tot haar eigen verbazing had ze dat een paar maal gedaan. Zijn huishoudster had thee gebracht, of bier als het een warme dag was, en ze had in de extreem rommelige werkkamer van de organist gezeten zonder iets te zeggen. Hij bladerde in zijn partituren en sprak over de kracht van de muziek. Aan de muur hingen instrumenten: fluiten, een hobo, een viool.

Wat doe ik hier, had ze gedacht, wat heb ik hier te zoeken? Ik weet niets van muziek, wat wil ik van die man, dit slaat nergens op. Langzamerhand had ze begrepen dat het wel ergens op sloeg. Hij was een verschoppeling, een buitenstaander zoals zij, in die tijd. Zoals hij vocht om in de kerkdienst ruimte en aandacht voor de muziek te behouden, zo wilde zij vechten voor de herinnering aan haar dochtertje.

Toen de kleine Nathaniel op het dek van de *Resolution* de vioolspeler had gehoord, kon hij zich daar niet meer van losmaken. Dag in dag uit had hij tegen haar gekwetterd, hij wilde dat óók kunnen, die liederen spelen, hij zou violist worden, hij wilde een viool.

Ze vroeg Hartland om raad en Nat kreeg vioolles. In het begin rende de jongen iedere keer als hij wilde gaan oefenen naar de organist om het instrument te laten stemmen. Al snel kon hij het zelf. Als hij speelde zat zij aan de keukentafel te luisteren. Hij vertelde haar verhalen zonder woorden. Dat hij hartstochtelijk kon houden van een zaak die hij helemaal op eigen kracht had ontdekt, maakte haar gelukkig.

Daar liep hij, haar jongste zoon. De vioolkist slingerde aan zijn lange, magere arm en de wind blies het dunne blonde haar in zijn ogen. Hij zag haar staan en zwaaide met zijn vrije hand. Over een jaar zou ook hij naar de zeevaartschool gaan, wat konden kapiteinskinderen anders doen, het was de loop der dingen, hij wilde niet maar wist niet beter – maar nu, hier, liep hij met zijn viool en grijnsde naar zijn wachtende moeder.

Alles zou goed komen, wist ze ineens. De jongens zouden een vader hebben die niet meer weg zou gaan, die met hen zou spreken over de zeevaart en de sterrenhemel en de wetenschap, die tevreden zou zijn met wat hij bereikt had en alle aandacht zou hebben voor de loopbaan van zijn kinderen. Ze waren een gezin. Alles kwam goed.

In een flits zag ze het scherpe gezicht van Hugh Palliser voor zich. Er was vanmorgen in haar keuken iets gebeurd waaraan ze niet terug kon denken. Ze voelde nog de huid van zijn arm tegen haar lippen en schrok en kreunde onwillekeurig. Het is niets, dacht ze, een zwakte, onverklaarbaar en tijdelijk – het is niets. Met al haar kracht duwde ze de herinnering aan de man die voor haar zijn arm ontbloot had opzij. Daar kwam Nathaniel aan. Hij rende op haar toe en ze ving hem op in haar armen.

# 3

De laatste dag van de lange maand juli was een maandag, een begin en een einde tegelijk. Elizabeth was met een zekere besluitvaardigheid wakker geworden en had de ochtend besteed aan het inpakken van Jamies reiskist. Zou hij zijn vader nog zien voor hij naar Portsmouth vertrok? Mocht ze hem thuishouden tot James terug was? Ze had geen geduld meer om zich met dit soort vraagstukken bezig te houden. De school ging beginnen, Jamie was aangenomen en ingeschreven als leerling, het reisklaar maken moest gebeuren. Dat haar zoons naar zee zouden gaan stond vast, daar was nooit een gesprek over mogelijk geweest. Toen James de bemanning voor zijn eerste wereldreis selecteerde had hij aan de lijst de namen van zijn zoontjes toegevoegd. Ze waren zes en vijf geweest, ze bleven thuis bij haar en Frances, maar ze stonden op de monsterlijst als 'bediende van de derde luitenant' en 'timmermansknecht'. Elizabeth had bezwaar gemaakt, het opvoeren van de knulletjes als aankomende matrozen was een leugen en bracht James' eigen carrière in gevaar. Als iemand het bedrog ontdekte en aangaf zou James voorgoed zijn ontslag bij de Marine krijgen. Dat de vanzelfsprekende en voortijdige beroepskeuze van haar kinderen haar ergerde zei ze niet. Als James weg was kon ze dat bedenken, als hij tegenover haar zat waren die overwegingen buiten haar bereik.

'Ze moeten ervaring hebben,' had hij uitgelegd. 'Hoe meer dienstjaren, hoe sneller de promoties. Ik ben zelf veel te laat begonnen; als Palliser mij niet steeds had aanbevolen en onder ieders aandacht had gebracht was ik nu nog gewoon stuurman geweest. De loopbaan van de jongens mag niet door dit soort toeval bepaald worden. Ik wil dat ze een betere uitgangspositie hebben dan ik had.'

Ze had het begrepen; toen Jamie en Nat ook voor de tweede reis op de monsterlijst stonden had ze gezwegen.

Ondanks de bereisdheid op papier moest haar oudste nog aan zijn opleiding beginnen. Ze had de witte hemden met open kraag gewassen en gestreken. Nu vouwde ze ze op en legde ze boven in de kist. Kinderhemden. Waarom Jamies vertrek haar zo stoorde wist ze niet goed. Ja, ze zou hem natuurlijk missen, het zou verschrikkelijk zijn om zijn stem niet meer dagelijks te horen, zijn stevige lijf niet meer in huis te weten, niet meer te kunnen lachen om zijn verhalen. Onder het aanstaand gemis school iets anders, een onrust, een ongenoegen waar ze geen greep op kon krijgen.

Jamie zelf verheugde zich al maanden. Hij kon niet wachten om kennis te maken met zijn klasgenoten en liep door de kamer te paraderen in zijn nieuwe laarzen. Om hem hoefde ze niet verdrietig te zijn, hij ging onbevreesd en vol kinderlijke verwachting zijn vader achterna. Ze trok haar schouders omlaag en klapte de kist dicht.

Met de tuinschaar in de hand liep ze naar buiten. Eigenlijk zou ze op de knieën moeten om de kiemblaadjes van het onuitroeibare zevenblad uit te rukken, maar ze knipte van het tomeloos bloeiende kaasjeskruid een roze boeket. Haar hand lag al op het tuinhek, ze wilde even naar de begraafplaats hollen voor een snel bezoek aan haar dochter, toen ze iemand op de voordeur hoorde bonzen. Ze ging opendoen, de bloemen liggend op haar arm.

Er stond een jongen op de stoep, misschien een jaar of twee ouder dan Jamie, een hijgende, opgewonden leerling-matroos met rode wangen. Hij hield zijn pet in de hand en keek haar recht aan.

'De kapitein!' riep hij. 'De kapitein is terug! Ik moest het u komen vertellen. Hij is aan de overkant. Daarna komt hij naar huis. Dat u het weet. Hij kwam in een rijtuig, met de andere heren. Ze hadden de klok bij zich. Die liep nog steeds! Meneer Solander zei dat ik naar u toe moest om het te vertellen. Mile End, zei hij. Hij zat daar ook op de kapitein te wachten, iedereen liep heen en weer. Ik wachtte ook, want ik wilde hem zien. Mijn dienst was klaar maar ik bleef. Hij sprong uit de koets en rende de trappen op! Ik zag hem!'

Ze nam de jongen mee naar de keuken en gaf hem iets te drinken. Hij was zo opgewonden dat hij niet kon blijven zitten; hij vloog van zijn stoel en draaide om haar heen terwijl ze de bloemen in het water zette. Ze schikte de stelen in de vaas en luisterde naar de hoge, harde stem. Was dit het bord van de kapitein, was dat zijn stoel? Hoe stralend wit had de kapiteinsbroek eruit gezien op de zonovergoten trappen van het Admiraliteitsgebouw, hoe schitterend het goudgalon, hoe voornaam de grijze pruik! Ze tastte in de zak van haar schort naar een munt en werkte de jongen de deur uit. Op de stoep bleef hij haar verbluft aanstaren, het geld in zijn vuist geklemd. Toen draaide hij zich om en holde de straat uit.

De bloemen, ineens een welkomstboeket geworden, stonden midden op tafel te pronken in roze en teer groen. Ze schudde haar hoofd en ging zitten. Met de armen om haar maag geslagen wiegde ze traag heen en weer. Op een kilometer afstand zat James nu ook aan een tafel en deed verslag van zijn reis aan lord Sandwich, aan Stephens, aan Palliser misschien – een beknopt verslag, want hij zou haast hebben en naar huis willen. Naar haar. Hoe meer verplaatsingen en beweging ze om zich heen fantaseerde, hoe zwaarder de verstilling bezit van haar nam. De braadpan, vlees moest ze braden, groenten snijden, schone lakens op het bed leggen, de rommel van de kinderen ergens uit het zicht opstapelen, een andere jurk aantrekken, het kon nog, ze had nog een uur, een halfuur, eventjes –

Hij kwam achterom. Er viel een schaduw langs het keukenraam, ze keek op en zag hem in de tuin staan. Hij rukte de pruik van zijn hoofd en wierp hem op de tuintafel. Met beide handen masseerde hij zijn hoofdhuid tussen het stugge donkerbruine haar. Wijdbeens stond hij in de tuin en keek naar de kwee, de agave, de palmboom. Nu, dacht ze, nu. Hier heb ik jaren op gewacht. Hij draalt in de tuin, zijn kop moet in de wind. Hij gaat eerst naar zijn opdrachtgevers en dan pas naar mij. Waarom voelen mijn benen zo zwaar, licht als een veertje zou ik in zijn armen moeten springen, want kijk, daar staat hij! Vluchtig schoten de gedachten door haar heen zonder een plaats te krijgen, ze dacht maar wat, deed maar wat. Haar hand ging door de roze bloemen, hoe zacht waren ze, zacht en stevig tegelijk, vooruit, loop naar de deur, trek hem open en stap naar buiten, er is geen andere weg dan de weg naar de tuin.

Ze trok haar jakje omlaag en wreef even over haar hals. Tien stappen. Hij liep, ineens met een vaart, op haar toe. Ze hief haar gezicht naar hem op. Allebei stokten ze in hun beweging. Een kloof van een halve meter bleef open tussen hun lichamen. Zijn armen kwamen omhoog, ze zag de hand met het bleke litteken, hij zweefde voor haar gezicht en even was ze totaal verlamd. Toen kuste ze zijn vingers en deed ze een stap naar voren tot ze in zijn armen stond.

Hij ging door het huis alsof hij een schip inspecteerde. Toen hij de drempel over stapte boog hij zijn hoofd, precies zoals hij de lage kajuit betrad. In keuken en kamer keek hij om zich heen en zag ze de afmetingen krimpen onder zijn blik.

Het kon niet anders of hij registreerde de afwezigheid van speelgoed, een kinderjasje, een besmeurde slab. Met zijn lange benen liep hij langs de muren en mat in een paar passen de armzalige diepte van de vertrekken. Voorwerpen pakte hij soms even op – een schaaltje, een tekenstift –; hij streek over de bolle bodem van een koperen pan en legde zijn hand een ogenblik op de ontruimde tafel. In de keuken boog hij zich over het boeket en ademde diep in boven de roze bloemen. Ten slotte zaten ze tegenover elkaar.

Ze steunde met haar voeten op de spijlen van haar stoel zodat ze de armen om haar knieën kon slaan. Er is maar één dood, dacht ze, en alle doden daarna rakelen de ijzige wanhoop van die eerste weer op. Huilde hij om George, een kind dat hij nooit had vastgehouden, een kind uit een verhaal? Om het instorten van de verwachtingen die hij over haar zwangere buik had gekoesterd? Om het beeld van de zeemansvrouw die alleen haar kind moest begraven? Ze kon zich niet anders voorstellen dan dat alle tranen maar één oorsprong hadden en dat hij, zonder het te kunnen of durven zeggen, huilde om het verlies van de dochter die al vier jaar in de aarde lag. Hoewel ze zichzelf stevig vasthield voelde ze de machteloos makende zuigkracht van dat verlies aan haar lichaam trekken. Het verhinderde haar om in beweging te komen, zijn hoofd naar haar borst te trekken, zijn hand te pakken, hem desnoods alleen maar een zakdoek aan te reiken. Ze bleef stokstijf zitten wachten tot zijn verdriet bedaarde. Ze bestudeerde de stof van haar rok, niet de teruggekeerde man, niet haar man.

De komst van de kinderen doorbrak de klamme verlamming met rennende voeten, verraste uitroepen en omhelzingen. Ineens leek de verkleinde keuken weer de vertrouwde vorm aan te nemen en kon Elizabeth gaan staan, borden en bekers uit een kast pakken, iets te eten maken terwijl ze ondertussen de kinderen toesprak met betekenisloze zinnetjes – laat je vader rustig zitten, later krijgen jullie cadeautjes, er is alle tijd voor de verhalen, eerst aan tafel – die haar gerustestelden door hun gewoonheid.

Pas toen ze haar stem had teruggevonden kon ze weer kijken. Jamie stond wijdbeens voor zijn vader en tetterde opgetogen over de zeevaartschool waar hij volgende week ging beginnen. De kleine Nathaniel had zich eerst bij Elizabeth gevoegd en observeerde James vanaf de overkant van de tafel. Ze voelde zijn smalle hand in de hare kruipen en sloeg een arm om hem heen. De jongen keek haar aan, het sluike haar hing voor zijn ogen, toch nog vergeten hem te knippen dacht ze, en ze glimlachte. Na een kwartier zat hij bij James op schoot en vertelde stotterend over meneer Hartland en de viool om daarna zijn vader onder vragen te bedelven zonder hem tijd voor antwoorden te laten. Jamie vroeg hoe koud de zuidpool was, hoe hard het schip ging als alle zeilen stonden, hoe oud je moest zijn om mee te mogen varen. Nat dacht aan de dieren en wilde weten of ze de kippen hadden opgegeten en wie het varken had durven slachten.

Daar zat hij, in gesprek met zijn enig overgebleven kinderen. Daar zat hij, en hij ging op hun vragen net zo ernstig en serieus in als op de vragen van Stephens en Sandwich een paar uur geleden. Hij was dikker geworden, zag ze. Het roomwitte vest spande om zijn buik en ter hoogte van zijn maag had hij twee knopen losgemaakt. Hij had volle wangen. Zijn gezicht was bruinverbrand.

De tijd verstreek met razende vaart; voor ze het wist waren de jongens gaan slapen en schemerde het in de tuin. Avond, en straks de nacht. Ze stond gebogen over het vaatwerk en was zich hinderlijk bewust van de man die achter haar rug aan tafel zat. Een gast in haar huis die ze moest verwelkomen en ter wille zijn. Maar zo was het niet, hij woonde hier en zou hier blijven wonen. Ze moest terugtreden uit haar kamers om ruimte voor hem te maken. Zweet prikte in haar hals en ze dacht aan haar huid onder de zomerjurk, aan de onbekend geworden, zoute huid van de ander onder zijn uniform. Ze wilde stampvoeten van woede omdat ze het verlangen naar hem niet kon oproepen. Waar was het vuur van al die eenzame zomernachten, waarom voelde ze geen vreugde maar slechts een onbehaaglijk ongemak? Hij zat daar maar, zijn lange benen uitgestrekt onder de tafel, hij zat maar en keek. Straks zouden ze naar boven gaan. Naar het bed.

'Wil je ook nog?' vroeg hij. Ze draaide zich om en knikte. Hij schonk de twee glazen vol. 'Kom even zitten, laat die borden nou maar.'

Ze schoof de bloemen opzij en legde haar handen op het tafelblad. Het was niet te doen, dacht ze ineens met een vreemde helderheid. Hij had de hele wereld in zijn hoofd, hij had dingen meegemaakt waar zij zich geen voorstelling van kon maken, hij had moeten zorgen voor honderd mannen in omstandigheden die haar totaal vreemd waren. Hoe kon hij zich nu tot deze keuken beperken, hoe kon hij van het ene uur op het andere weer een vader worden, een echtgenoot? Het was onmogelijk om hier, in de korte tijd tussen schemering en duisternis, drie hele jaren in te halen. Ze zouden over die kloof heen moeten springen in het vertrouwen dat ze de leemte in de komende weken en maanden wel op zouden vullen. Zo moest dat. Zo was het altijd gegaan.

Hij dronk. Ze hoorde hem slikken en zag zijn adamsappel bewegen. Met een ruwe tik kwam het glas op tafel neer. Hij vecht zich het huis in, dacht ze, hij zet zijn stempel op de dingen, alles moet weer van hem worden. Ik ook. Maar ik bén toch van hem? Hij heeft toch vrij toegang tot alles wat ik denk?

Ze voelde een blos opstijgen. Hij wist helemaal niet wat ze dacht; niet dat ze er vast op rekende dat hij nooit meer op reis zou gaan, niet dat ze aan deze tafel had zitten huilen tegen een naakte mannenarm, niet dat ze krampachtig de gedachte aan het bed daarboven zat uit te bannen.

Hij stond op en liep zwijgend tot achter haar stoel. Hij plaatste zijn handen in haar nek, hij schoof haar kraag opzij en wreef met zijn duimen over haar wervels, omhoog in haar haren, omlaag langs haar rug. Ze hoorde de zolen van zijn laarzen piepen tegen de vloer, ze voelde de warmte van zijn massieve lichaam, ze zag door het raam het zwarte van de nacht.

Opstaan. Langzaam draaien in die warme armen. Het vest ruiken, de vreemde lucht van kleren die de aarde hadden omcirkeld. Het hoofd tegen zijn borst leggen en het bonzen van een sterk hart horen, voelen. Dan opkijken en voorzichtig een hand langs zijn wang leggen. Het gezicht aanraken, de woeste wenkbrauwen, de onverwachts tere oogleden, de smalle lippen.

Hij beet zacht in haar vinger, likte haar handpalm. Hij doofde de lamp. Met de armen om elkaar heen liepen ze naar boven.

Voorzichtig droeg ze het uniform naar buiten om het te laten luchten in de tuin. Met de essentie van zijn kapiteinschap op haar onderarmen liep ze in de richting van de vuilnishoop. Weg ermee, dacht ze, verbranden, voor altijd onbruikbaar maken. Ze hing de kleren in de schaduw van de kweeperenboom, opdat de zon het blauw van de jas niet zou bleken. James zat in burgerkleding, meer gevuld met lichaam dan ze zich herinneren kon, op een stoel tegen de muur. Zijn gezicht zag er ontspannen en uitgerust uit. Ze liep op hem toe; het gras voelde zacht tegen haar voetzolen.

Lang zou hij niet blijven zitten, al snel zou hij opspringen en in actie komen. Dat was zijn aard. Zodra de loomheid van de nacht week zou hij bezig willen zijn, plannen willen maken en mensen willen spreken. Nu nog niet, nu waren ze even verstild samen in hun tuin.

Van zeevaart en wind had ze geen verstand, ze wilde daar ook eigenlijk niets van weten, maar toch kwam het beeld van een vredige windstilte tussen twee stormen bij haar op. Als de wind verdween veranderde het tempo aan boord. Onder de slap hangende zeilen gingen de matrozen aan de slag met achterstallige taken. Schoonmaken, repareren. Misschien vertelde iemand verhalen of speelde de muzikale marinier op zijn viool. Sommigen hingen over de reling om vis te vangen, anderen wasten hun hemd. James zou in zijn kajuit zitten om het journaal bij te werken.

Hij kon niet veel doen. De *Resolution* was op weg van Portsmouth naar Londen en zou pas over een week bij het dok van Deptford aankomen met alle verzamelde schatten. De kaarten en de logboeken lagen aan de overkant in Greenwich, op tafels en bureaus in het Admiraliteitsgebouw. Sandwich en Stephens zouden daar aandachtig en vol bewondering overheenhangen, pagina na pagina verslindend met hun blik. Tot ze uitgelezen waren was er deze windstilte en was de wereld niet veel groter dan de tuin. James bukte en streelde haar naakte wreef. Toen stond hij op. Wat zou ze gaan doen? Tuinboontjes doppen voor het eten, straks. De zwarte bessen plukken. De laatste hand leggen aan Jamies reiskist.

Ze zat op een krukje tussen de bessenstruiken en liet de zware trossen, nog warm van de zon, op haar handpalm rusten voor ze ze in de schaal op haar schoot liet glijden. Ze hoorde James met de jongens praten. Hij had de kleine globe uit de kamer gehaald en op de tuintafel gezet om de kinderen te tonen waar hij had gevaren. In de uitgestrekte, lege oceaan wees hij de plaatsen aan waar hij land had gevonden. Verbluft en trots waren de jongens, het was een triomf dat hun vader meer wist dan er op de wereldbol stond aangegeven.

'Als je een land vindt,' vroeg Nat, 'hoe weet je dan hoe het heet?'

'Dat vraag je toch aan de wilden,' zei Jamie ongeduldig. 'Het is hun land, zij weten de naam heus wel.'

'Maar als er geen mensen zijn? Of als je ze niet kan verstaan? Ze praten heel anders dan wij, hoor!'

'Als je een land ontdekt geef je het een naam,' zei James. 'Je meet waar het precies ligt, je tekent het in op de kaart en je bedenkt de naam. Dan schrijf je die erbij.'

Maar hoe ging dat dan, wilden ze weten, en James vertelde over baaien die hij vernoemde naar wat ze daar aantroffen: de Baai van Overvloed en de Armoedebaai; over kapen en klippen die hij de namen gaf van zijn vrienden en zijn meerderen. Soms noemde hij een eiland naar de matroos die het als eerste had gezien.

De zon was heet tegen haar schouders. Ze deed haar omslagdoek af en legde die naast zich in het gras. Uit de schaal steeg de geur van de bessen op, bijna weerzinwekkend sterk maar nog net verrukkelijk. Er is geen Zuidland, hoorde ze James uitleggen, het zuidelijk continent bestaat niet. Het moest bestaan, dachten de zogenaamde geleerden, de massa's land in het noorden moesten toch in evenwicht gehouden worden door corresponderende massa's aan de andere kant van de aarde. Ze hoorde de globe draaien onder zijn handen. Maar er is niets! Niets dan ijskoude zee met reusachtige drijvende eilanden van ijs daarin. Storm die je gezicht deed bevriezen, water dat onder je ogen stolde tot ijs. De zeilen kletterden als metalen platen en de touwen werden ijzige stokken. Als daar, achter de ijsbergen, land zou zijn kon niemand daar leven en niets daar groeien. Een witte woestijn waar je zo snel mogelijk weg moest zien te komen voordat je schip werd vermorzeld.

Ze probeerde het zich voor te stellen en dacht aan matrozen met onhandige wanten en gebreide mutsen die uitgleden op het bevroren dek, aan de knappende kabels die uit hun handen schoten. Ze zouden vloeken en schelden, hevig verlangen naar het bevel om de koers naar het noorden te verleggen waar ze de warme eilanden wisten, begroeid met palmen en bloeiende struiken, de behaaglijke baaien omzoomd door heet zand. James zou zich niet snel gewonnen geven. Ze wist hoe hij geconcentreerd aan de reling zou staan, turend naar de geheime tekens van golfslag en kleurverandering in het water. Keer op keer zou hij de steven laten wenden naar het bevroren zuiden, tegen ieders wens in, hij wilde verder zeilen dan iemand ooit gezeild had, hij zou zich slechts laten tegenhouden door het onmogelijke. Vrolijk gestemd zou hij zijn, in tegenstelling tot zijn matrozen; het aftroeven van de kamergeleerden die lukraak continenten tekenden op de wereldkaart, zonder ooit gezien en gemeten te hebben wat ze met hun burijnen inkrasten, zou hem plezier doen.

Het gesprek achter haar rug was verstomd. Ze rekte zich uit en droeg de schaal met bessen naar de keuken.

Samen liepen ze de tuin uit; hij opende het hek en liet haar voorgaan. Er was niets gebeurd die dag, geen boodschappers, geen brieven, geen bezoekers. De lome windstilte duurde voort, nog even. Zwijgend wandelden ze naar de rivier. Ze merkte dat het haar niet lukte in de pas te lopen met zijn grote stappen. Bij de oever bleven ze staan. James wees naar het Admiraliteitsgebouw aan de overkant. 'Ze vergaderen, de heren,' zei hij. 'Ik krijg een promotie. Daar kunnen ze niet omheen.'

Ze knikte. Natuurlijk gingen ze hem bevorderen tot de hoogste kapiteinsrang. Ook zouden ze alle bemanningsleden over wie hij een gunstige beoordeling had geschreven opstuwen in de scheepvaarthiërarchie. Hij hoefde niet meer voor zijn positie te strijden maar was het schitterend uithangbord van de Admiraliteit geworden. Ze zouden hem in alles ter wille zijn.

Niets zeggen, nu. Laat de dingen hun loop nemen en kijk ernaar. Palliser zou haar helpen. Een hoge functie aan de wal? Eervol ontslag met een ruim jaargeld? Ze hield haar mond. James draaide zich naar haar toe en pakte haar hand. Langzaam liepen ze langs het water, in volmaakte cadans.

Al snel hadden ze de paleizen van Greenwich in de rug en liepen ze tussen de weilanden.

Vanmorgen was Nat voor het eerst niet naar de slaapkamer gekomen zoals hij de afgelopen jaren gedaan had. Zij had wakker gelegen naast het grote, hete lichaam van James, die zwaar ademde in diepe slaap, en had de blote kindervoeten over de traptreden horen schuiven. Voorzichtig was ze uit bed gestapt.

In de keuken zat haar jongste zoon aan tafel in zijn nachthemd en keek van onder zijn vlassige haarlok naar haar op. Ze was naast hem gaan staan en had zijn blonde haar gestreeld, haar hand gelegd tegen zijn gewelfde achterhoofd.

'Blijft hij nu hier?'

'Ik hoop het,' had ze gezegd. 'Ik denk dat hij genoeg gereisd heeft.'

'Maar wie zegt dat? Wie is de baas?'

Hij wilde niets eten of drinken en wachtte gespannen op haar antwoord. Ze had hem uitgelegd dat Stephens het dagelijks bewind voerde en lord Sandwich de hoogste baas was.

'Daarom heeft papa zoveel eilanden naar hem genoemd,' zei de jongen. 'Ik dacht dat die kapitein die laatst hier kwam de baas was. Hoe heet hij ook weer?'

'Hugh Palliser.' Ze voelde dat ze een kleur kreeg en draaide zich om naar het aanrecht, borden moest ze pakken, lepels, een mes – nee, ze moest een gesprek voeren met haar zoon.

'Palliser is de baas over de schepen, de dingen die ze nodig hebben, de bemanning, wie op welk schip werkt. Ik denk dat Sandwich, Stephens en hij samen beslissen hoe het verder gaat. En je vader heeft daar zelf ook wat over te zeggen. Als hij iets niet wil, gebeurt het niet.'

Het pad tussen de weiden was omzoomd door bloeiende bermen: ze zag margrieten, fluitenkruid en de rode stippen van klaprozen daartussen. Ze vroeg zich af of hij het gemist had, dit vruchtbare, vochtige landschap, deze zware geur van gras en schapenmest, de heggen met hun kunstig door elkaar gevlochten takken en de bolle ruggen van de schapen daarachter. Ze bleven staan bij een hek. Hij draaide haar naar zich toe, liet haar leunen tegen de planken en begon langzaam vanaf haar heupen langs haar ribben omhoog te wrijven. Met grote nadruk en kracht streelde hij haar borstkas, die geribbelde wanden waarbinnen haar hart tekeer ging, het hekwerk dat haar gretige longen omsloot.

'Dit ben ik,' zei ze, 'hier, dit ben ik.'

Het was alsof alle eenzame zomers vergeten waren, de radeloosheid, de onrust, de woede. Hij fluisterde woorden in haar oor die ze niet verstond, het deed er niet toe, ze stonden net als vroeger in het rivierland en hadden een leven voor zich, samen. Hij is er weer, dacht ze. Hij is werkelijk teruggekeerd en aan land gegaan.

Er kwam een brief op zwaar papier, verzegeld met bloedrode lak, gestempeld met een kroon.

'Ik word verwacht bij de koning,' zei James. 'Volgende week. Jij moet mee.'

Hij legde de brief in de kast. Ze zou zijn uniform borstelen. Had ze een jurk waarmee ze zich in het paleis kon vertonen? Hoe dan ook zou ze meegaan. Als hij aan wal ging leven, wilde ze aan dat leven deelnemen. Ze zou zwijgend kunnen observeren wat er gebeurde als hij met de hooggeplaatste heren sprak, en later, thuis, zouden ze daar van alles van vinden en er samen over praten.

Ze zaten met zijn vieren aan tafel. Ze had geen honger en de etenslucht vervulde haar met lichte weerzin. Met de armen over elkaar geslagen leunde ze tegen de rug van haar stoel en keek toe hoe haar man en haar zoons aten. Ze zou naast mij hebben gezeten, dacht ze, een meisje van acht. Wat vreemd dat de gestorven jongetjes echt verdwenen zijn maar dat zij er nog is, dat zij met mij meegroeit en altijd naast mij loopt. Ik zeg het tegen niemand. Het is ondankbaar. Het is niet goed. Maar het *is*.

'Als jullie naar de koning gaan, ben ik weg!' riep Jamie. Zijn kist stond in de gang. Over een paar dagen gingen ze hun oudste wegbrengen; hij zou met zijn gedrongen, stoere lijf voor het raam van de postkoets zitten, onverschillig en onaangedaan. Ze zouden nog even naar hem wuiven voor de koets wegratelde en verdween, de lading vastgesnoerd op het dak.

'Koning George heeft belangstelling voor de zeevaart,' zei James. 'Hij financiert onze expedities en laat zich uitgebreid voorlichten. Ik hoorde dat hij ook zeer gecharmeerd is van Omai. Banks en mijn geachte collega

Furneaux zijn natuurlijk meteen met hun buit naar het paleis getrokken.'

Zijn stem werd vlak en scherp van ergernis. Hij had met de kapitein van het zusterschip niet veel op gehad, de man was slordig en had geen belangstelling voor het ontdekken en nauwkeurig in kaart brengen van nieuw land. Bovendien negeerde hij James' instructies, hij was laks met het luchten van het ruim en dwong zijn matrozen niet om vers voedsel te eten en zich dagelijks te wassen. Dat deed hij zelf ook niet, vermoedde James. Maar een vrolijke inboorling naar Engeland slepen, dat deed hij wel. Omai zelf kon zijn geluk niet op en had zich met huid en haar in het Londense leven gestort. Iedereen wilde hem zien en hem de groet horen uitspreken die de matrozen hem aan boord hadden geleerd. Een wonder, die verbasterde taal uit de mond van iemand die aan de andere kant van de wereld woonde! Men had hem geestdriftig onthaald op bals en banketten, men had hem zonder succes leren paardrijden en naar tevredenheid leren schaatsen. Hij bezat een jachtkostuum en een geweer. Hij kon elegant op schoenen lopen. Sandwich en Solander hadden hem gepresenteerd aan de koning, die hij enthousiast en onbevangen begroette.

Al tijdens zijn verblijf op de Kaap had James over het sociale leven van de charmante wilde horen vertellen. Het had hem razend gemaakt. Wat had het voor zin om een inboorling uit zijn eigen omgeving weg te voeren? De Londenaren vergaapten zich aan de ijdele man alsof hij een neushoorn of een kangoeroe was en zouden hem volgend seizoen als een steen laten vallen. En dan? Ook vond hij Omai dom en kinderlijk; als je dan iemand uit de Zuidzee naar Engeland haalde moest je er een kiezen die iets te vertellen had, zodat je een woordenboek kon maken van zijn taal en een beschrijving van de geschiedenis van zijn eiland. Schaatsen! De man zou teruggebracht moeten worden. Daarna zou hij ongetwijfeld door zijn stamgenoten uit afgunst worden bestolen en uitgestoten.

'Wat ga je zeggen tegen de koning?' vroeg Nat.

'Ik ga de koning voorstellen Omai te laten terugbrengen. Hij hoort hier niet. Hij zal hier ongelukkig worden.'

De jongen schrok. 'Ga je hem zelf wegbrengen?'

James zweeg. Ineens hing er een gespannen stilte boven de tafel. Bestek viel kletterend neer.

'We gaan eerst eens overleggen. We zullen zien wat er gebeurt.'

Beide kinderen bogen zich over hun borden. Een mes kraste tegen aardewerk. Elizabeth luisterde naar kauwende kiezen en slikkende kelen. Ze probeerde aan niets te denken.

De koning had een rijtuig gestuurd om hen naar het paleis te brengen. Na de ontvangst stond hetzelfde rijtuig onder aan de trappen voor de tocht naar huis over de lange weg langs de rivier. James en Elizabeth luisterden naar het stampen van de paardenhoeven en keken uit over het water. Hij wrong zijn handschoenen uit en propte ze in zijn broekzak. Even legde hij zijn rechterhand tegen haar wang.

Er was een week voorbijgegaan. Ze had gezien hoe hij al snel een patroon aanbracht in de dagen. 's Morgens las hij de post en schreef hij brieven, zittend aan de leeggeruimde tafel. 's Middags verdween hij door het tuinhek om in zijn vaste schenklokaal te gaan zitten, waar hij ongetwijfeld geestdriftig werd verwelkomd door vrienden en kennissen die zijn verhalen wilden horen. Als hij daar genoeg van had stond hij op en liep naar huis. Daar was Elizabeth, bezig in de tuin of in de keuken. Ze spraken nauwelijks met elkaar over de reis. Ze spraken niet met elkaar over de toekomst. Ze bewogen langs elkaar heen door kamers en gangen zonder elkaar te storen.

's Nachts, in het krappe bed onder het raam, vonden ze elkaar terug.

Jamie was vertrokken op de dag voor de koninklijke ontvangst. Zijn gladde jongensgezicht toonde geen onzekerheid of angst, hij deed wat gedaan moest worden, sjouwde zelf zijn kist naar buiten en poetste voor de laatste keer zijn laarzen. James had hem apart genomen om te vertellen aan wie hij de groeten moest overbrengen. Ze zag vader en zoon staan bij de palmboom achter in de tuin en had ineens medelijden met het kind dat zo vanzelfsprekend de vader volgde die hij nooit zou kunnen evenaren. Jamie kon niet buiten de gebaande wegen kijken. Moest dat dan? Misschien was hij het gelukkigst als hij deed wat voor de hand lag. Hij was geen angstig kind, en verdriet leek langs hem af te glijden. Ze moest hem aan de sterfdag van zijn zusje herinneren want uit zichzelf dacht hij daar niet aan. Hij ging met haar mee naar het graf als zij het hem vroeg, anders niet.

Op de ochtend van zijn vertrek gaf hij James een hand en kuste hij zijn moeder. Nathaniel, die met grote ogen naar de drukte stond te kijken – het aansjorren van de touwen waarmee de kist werd vastgebonden, het duwen tegen de dikke paardenkonten, het rondrennen van de koetsier die bevelen schreeuwde – kreeg een stomp tegen zijn schouder. Lachend stapte Jamie de koets in. Nat kwam dichter bij Elizabeth staan en zocht haar hand. Hij is bang, had ze gedacht, hij wel. Hij denkt aan zijn toekomst, aan hoe hij over precies een jaar ook in een koets wordt gezet en weg wordt gereden. Hij vraagt zich af of hij dat wil, of hij dat kan. Hij maakt zich een voorstelling van de school, van de woeste en lawaaiige leerlingen, de eenzame bedden op de slaapzolder, het vreugdeloze eten. Hij voelt daar iets bij. Hij wel.

James stootte haar aan en wees naar buiten. Langzaam en statig dreef een schip over het rimpelloze water; het stemde haar droevig, al wist ze niet waarom, maar James' ogen schitterden. Ze had zich verbaasd over zijn gedrag bij de koning, ze had erop gerekend dat hij stijf en stug aan de kant zou staan of zich van de weeromstuit bijna kruiperig zou aanstellen tegenover de aanwezige hooggeplaatsten. Het morsige huis van zijn vader in Yorkshire was haar in gedachten gekomen; die afkomst zat hem dwars en verplichtte hem, zodat een innerlijke strijd tussen onderdanigheid en minachting hem dooorgaans verlamde.

Hij had lord Sandwich echter enthousiast de hand geschud en was meteen in een levendig gesprek verwikkeld geraakt. Zij keek. Niet de graaf en de landarbeider, maar twee gelijkwaardige mannen, zo zag het eruit. Philip Stephens kwam erbij staan. Ze hoorde James hardop lachen, ontspannen en natuurlijk. De binnenkomst van de koning verstoorde de sfeer niet. Hij had een rond, vriendelijk gezicht en stapte uit zichzelf op James af, die een buiging maakte waar hij geen moeite mee leek te hebben. Vreemd. Had deze laatste reis hem veranderd? Hoe dan, en waarom? Wat was er gebeurd in de Zuidzee dat hem toestond zijn woede te laten varen en zich zo wellevend te gedragen?

Toespraken, lof, hulde. De verwachte promotie. James nam het allemaal met genoegen in ontvangst en hield zelf een korte dankrede waarin hij de aanwezigen in volgorde van rang allemaal noemde. Hij besloot met een saluut aan zijn bemanning en riep zo het beeld op van honderd haveloze zeelieden die zich tussen de in brokaat en fluweel gehulde machthebbers drongen.

'Vond je het prettig?'

Hij knikte. Ze waren er bijna, de koepel van de sterrenwacht op de groene heuvel was al te zien.

'Hij lijkt een onbenul, de koning, maar hij heeft een kop op z'n hals. Eigenlijk heeft hij me gered door zijn belangstelling voor Harrisons klokken. Hij vond het zo interessant dat hij er zelf mee aan de slag ging, hij experimenteerde in het paleis. De Admiraliteit zag er nauwelijks nog iets in, ze vonden het allemaal te duur, of Harrison te lastig. De koning zette door, en het werd een mislukking. De klok liep nu eens voor, dan weer achter en bleef ten slotte staan. Hij gaf zich niet gewonnen, hij hield van die apparaten, hij wilde dat ze tot hun recht kwamen. Er bleek een sterke magneet in de zaal te liggen, vlak naast de proefopstelling. Toen ze die weggesjouwd hadden liep de klok regelmatig en stipt op tijd. De koning heeft mij een grote dienst bewezen met zijn koppigheid.'

Door de aanwezigheid van het gestaag lopende uurwerk aan boord wist hij op elk moment hoe laat het in Londen was. Waar hij zich ook bevond kon hij aan de hand van de plaatselijke tijd, die hij op grond van de stand van de hemellichamen bepaalde, het verschil met de thuisbasis uitrekenen. Die tijd vertaalde hij in afstand en hij wist waar hij was. Exact. Hij had het haar uitgelegd en soms begreep ze het. Ze wist dat hij de klok met enorme zorgzaamheid behandelde. Na zijn terugkeer had hij de knorrige, achterdochtige klokkenmaker meteen een bezoek gebracht. Later had hij hem een vat port laten bezorgen.

James wilde gaan slapen toen ze thuiskwamen. Ze hoorde zijn voeten in ongewoon traag tempo over de traptreden slepen. Had hij niet bleek gezien, grijzig eigenlijk, op de terugweg? In de opluchting over het goede verloop van de ontvangst had ze er geen aandacht aan geschonken. Misschien was hij gewoon moe en had de huldiging hem uitgeput. Ze had de koning en de koningin, een smalle vrouw die geen woord had gezegd, ontmoet en een hand gegeven. Ze hief de hand in de lichtbundel van de lamp en keek ernaar. Dit moest goed gaan. Als James zich zonder ergernis kon handhaven in dit gezelschap was er een toekomst aan de wal. Voordien kon hij zich alleen als bevelhebber vrij voelen, tijdens de eerste reis had hij die positie met succes op Banks bevochten en tijdens de tweede reis twijfelde hij niet meer en vond hij het volstrekt vanzelfsprekend dat men hem gehoorzaamde en respecteerde. Zo had hij er vanmiddag ook uitgezien.

Adviseur van de Admiraliteit zou hij kunnen worden, een wijze, ervaren kapitein die anderen op zijn aanwijzingen het ontdekkingswerk liet doen. Hij zou toezicht kunnen houden op de bevoorradingsfilosofie, op de scheepsbouw, op het promotiebeleid. Hij zou 's avonds thuiskomen bij haar en Nat, luisteren naar het vioolspel, spreken over de toekomst van deze tweede zoon. Ze haalde de schouders op. Het was niet aan haar.

Hij had vanmiddag het bevel gekregen over een van de grootste schepen, met vierenzeventig kanonnen aan boord. Ze wist niet hoe sterk dat aan hem trok. Vermoedelijk maar matig, hij had meer belangstelling voor cartografie en navigatie. Ze zou met Hugh kunnen praten maar schrok daarvoor terug, alsof het actief beramen van een strategie zich later zou wreken. Het moest vanzelf gaan, alles moest zonder ingrijpen goed komen.

De volgende dag kwam er bericht van de Admiraliteit: de benoeming was ingetrokken en kapitein Cook werd beleefd verzocht te solliciteren naar de positie van bevelhebber in het Marinehospitaal. Het bevel over de vierenzeventig kanonnen was een formaliteit geweest. Slechts kapiteins die zulke enorme schepen onder zich gehad hadden kwamen voor het hospitaal in aanmerking.

'Zitten,' zei hij. 'Je hoeft daar alleen maar te zitten de hele dag. Er zijn vier kapiteins en ze hebben alle vier niets te doen. Het is niet eens meer een echt hospitaal, maar een tehuis voor oude matrozen. Het verdient enorm goed. We krijgen een dienstwoning. Een verkapte pensionering, dat is het. Zeer eervol. Gratis vuur en licht. Ik moet een brief schrijven.'

Ze onderdrukte de aanvechting om naar binnen te rennen en pen en papier te pakken. Verbeeldde ze zich het of zag hij er inderdaad slecht uit? Het leek of hij was ingezakt, hij steunde met zijn armen op de tuintafel.

'Voel je je wel goed?' De vraag ontsnapte haar en ze had er meteen spijt van. Hij rechtte zijn rug en plaatste zijn voeten naast elkaar. Ontoegankelijk gezicht.

'Hoe zou ik me hier anders dan goed kunnen voelen?'

Zweetdruppeltjes stonden op zijn bovenlip. Maar het was warm, zelfs onder het lommer van de kwee was het warm.

'Wat vind jij, Elizabeth, gaan we in het paleis aan de overkant wonen?'

Ja, wilde ze zeggen, ja! Een glooiend grasveld voor de deur. Marmeren gangen. Rust. Tijd om een nieuw kind geboren te laten worden, een kind dat ze samen kunnen zien opgroeien. Dat tegen de heuvel van de sterrenwacht op en neer kan rennen in het besef dat zijn vader aan tafel zit als hij moegespeeld thuis komt. Hij? Een dochter zouden ze krijgen als hij deze kans greep. Ze wist het zeker. Ze zweeg.

Maar de hoopvolle stemming hield aan. Elke gelegenheid om het huis uit te gaan greep ze aan om een omweg te maken langs de rivier. Ze keek naar de overkant. Een dienstwoning met personeel. Het bedaagde tempo van het hospitaal. De zekerheid dat hij naast haar zou liggen, elke nacht.

Palliser kwam en sprak met James. De beide mannen liepen rond de grote tafel waar alweer stapels brieven op lagen, een kaart van de Zuidzee, een inktpot, een schaar. Elizabeth, die uien en selderij stond te snijden, hoorde hun stemmen in de keuken. Als ze zich concentreerde kon ze flarden van het gesprek verstaan.

'We moeten hem thuisbrengen. Clerke zou dat kunnen doen met de *Resolution*, zodra het schip is opgelapt.'

De diepe bas van Palliser. Een stilte. Dan James: 'Een schip met negentig man uitrusten om één ten onrechte meegenomen inboorling terug te brengen? Ik begrijp de verplichting, Omai had nooit hier moeten komen, maar ik zou aan zo'n expeditie andere instructies vastknopen. Het noordelijke gedeelte van de Grote Oceaan is nog maar gebrekkig geëxploreerd.'

'We moeten overleggen,' zei Palliser. 'In elk geval staat vast dat Omai teruggaat, met al z'n onzinnige geschenken en bezittingen.'

'Geen vuurwapens. De pistolen en het jachtgeweer moeten hier blijven. Die man is een kind, hij zal z'n landgenoten in drift of overmoed neerschieten. Ze zullen hem ongetwijfeld beroven en de schedel inslaan. Hij is ruim een jaar hier geweest, hij had een vak kunnen leren zodat hij daar van nut kan zijn. Dan accepteren ze hem misschien.'

'Tja,' zei Palliser, 'hij kan de polka dansen. Hij kan een kreeft eten met een kreeftentang. Zijn buiging is zeer elegant en hij flaneert door de stad, met een wandelstok. Ik ben het met je eens, James, we hadden hem moeten scholen tot timmerman of zoiets.'

'Ze bouwen daar op een manier die perfect geschikt is voor het klimaat. Onze spijkers roesten daar weg als ze al niet voordien gestolen worden. Tuinman, daar heb ik wel over gedacht. Dat hij iets zou leren over bodemverzorging, zaaien, wieden, oogsten. Hij zou een plantage kunnen beginnen en jonge eilanders opleiden om het werk voort te zetten. Graan. Aardappelen. Maar hij heeft geen geduld. Zaden zijn er in zijn ogen om te roosteren en op te eten. Hij is dom en ijdel. Wel opgewekt en vrolijk als een kind. We zullen zijn terugkeer met grote zorgvuldigheid moeten voorbereiden. Omai kan het niet helpen, hij is een prooi van de modieuze nieuwsgierigheid van het publiek hier. Wanneer vertrekt Clerke?'

Ze hoorde het. Clerke vertrekt, niet hij. Hugh zal ervoor zorgen, die ziet ook wel hoe uitgeput en moegereisd hij is. Hugh staat aan mijn kant. Is het dan een gevecht, zijn er partijen? Ik wil wat voor James het beste is. Terugtrekken uit actieve dienst en genieten van het succes. Ik wil dat hij tijd en rust heeft om zijn kaarten te perfectioneren en uit te laten geven. Dat hij zijn journalen redigeert en publiek maakt, precies zoals hij het hebben wil, zonder haast. Ik wil niet meer alleen zijn. Ik heb recht op een huwelijksleven, op een echt gezin. Maar er is geen recht. Er is alleen deze kans, deze mogelijkheid om de rivier over te steken en onze intrek te nemen in het hospitaal.

Ze roerde met kracht door de soep. Het geluid van pollepel tegen pannenwand verdrong de mannenstemmen.

Die avond trok hij zich terug in de grote kamer. Elizabeth liep in de schemer door de tuin om de uitgedroogde bloemen te begieten en zag hem door de kleine ruitjes gebogen aan de tafel zitten. Hij schreef. Later liep hij de keuken in.

'Ik heb het gedaan,' zei hij. De glinsterend witte brief schitterde in zijn hand.

De *Resolution* was eindelijk aangekomen in het dok van Deptford en het ontruimen van het schip kon beginnen. Maar eerst was het feest. Lord Sandwich, de minister van Marine, had besloten de terugkeer te vieren met een ontvangst aan boord en een feestelijke maaltijd. Hij stond zelf, geflankeerd door zijn minnares, aan de reling en begroette de gasten. Achter op het dek speelde de marinierskapel in de felle zon die weerkaatste op de bekers van de trompetten. De gezette Solander wiebelde de loopplank op met overdreven voorzichtige stapjes, Clerke was er, en Stephens; Palliser kwam in een snelle koets van de Admiraliteit aangestoven en had zijn vrouw thuisgelaten. Forster, de man van de wetenschap, stond zwijgend, met een misprijzende uitdrukking op zijn gezicht naast zijn zoon, en in de wirwar van vrolijk geklede mensen herkende Elizabeth de schilder Hodges en Wales, de astronoom. Het was een stralende, heldere augustusdag. In de verte zag ze de koepels van het Marinehospitaal. Nu heb ik voldoende rust om nauwkeurig naar dit schip te kijken, dacht ze, deze onschuldig ogende houten huls waarmee hij de zee over ging, die bijna vermorzeld werd tussen ijsschotsen en als een dor blad door de storm over de golven werd gesmeten. Ik kan het allemaal tot me door laten dringen want het is verleden geworden, het is geweest.

Ze liep achter James aan naar boven waar ze werd opgenomen in de uitgelaten menigte. Iemand deelde glazen wijn rond en een vrouw in een gele japon dronk haar toe op de behouden thuiskomst, op het succes, op de toekomst! Sandwich klom op een verhoging en begon, toen het krachtige applaus verstomd was, aan een lange toespraak. Ze leunde tegen de reling en keek. Ze lijken op renpaarden, de hoge heren, ze hebben langgerekte paardenkoppen en dunne benen. Haar James was een trekpaard dat in de verkeerde stal leek beland. Hij had zich laten intimideren door de verschillen, maar dat leek nu voorbij. Ze zag hem staan naast Hugh Palliser. Die twee aten uit dezelfde ruif. Palliser keek haar aan, ze knikte en vestigde haar aandacht op de toespraak.

Sandwich haalde een lijst uit zijn jaszak en begon de bevorderingen voor te lezen onder luid gejuich van de aanwezigen. Eerst waren de officieren aan de beurt, daarna benoemde hij Clerke tot kapitein van de *Resolution* en bood hem met een elegant gebaar het schip aan waarop ze zich bevonden. De glazen werden bijgeschonken en een matroos ging rond met een blad vol pasteitjes. Ten slotte noemde hij James. Er viel een stilte waarin Sandwich langzaam en duidelijk het Admiraliteitsbesluit voorlas om kapitein Cook te benoemen tot vierde kapitein aan het Marinehospitaal. Elizabeth keek naar het gezicht van haar man, waarop geen enkele uitdrukking viel waar te nemen.

'Om u een indruk te geven van het leven op dit wonderbaarlijke schip verzorgt luitenant Pickersgill een rondleiding,' besloot Sandwich.

De luitenant, een kleine, gespierde man met een scherp gezicht, stond klaar bij de deur naar de grote kajuit. Een groepje gasten, voornamelijk vrouwen, drong om hem heen. Hij maande tot voorzichtigheid, vloeren en traptreden waren glibberig, hij wees naar de satijnen schoenen, de gladde zolen.

Ze wilde het hele schip zien, ze wilde het allemaal zien. De lacherige nieuwsgierigheid van het gezelschap waarin ze ongewild verkeerde, maakte haar beschaamd. De vrouwen wilden huiveren en griezelen, ze gilden het uit toen Pickersgill dreigend met een zweep zwaaide en sloegen de handen voor hun ogen toen hij hun de gaten aanwees die als latrine voor de bemanning dienden.

Waar ze opuit was wist ze niet precies. Het voelde als een afscheid. In de grote kajuit stond het donkere bureautje dat James graag meenam om aan te schrijven. Ze bedwong de neiging om de laden open te trekken. Wat wilde ze vinden? Een gevouwen papier met een lok kinderhaar? Over een paar dagen zouden Admiraliteitsdienaars het meubeltje over hun tuinpad naar binnen sjouwen, naar de vaste plaats in de hal.

Los van de groep dwaalde ze door de lage ruimtes, klauterde over trappen en wrong zich door nauwe gangen. De lucht hierbeneden was verstikkend, ze snoof diep en proefde verrotting, scherp bederf onder een dekmantel van azijn en zwavel.

Alle overgebleven voorraden waren al van boord gehaald en vernietigd: de vaten met gepekeld vlees, de kisten met door maden en muizen aangevreten scheepsbeschuit en de tonnen met rottend water, maar in het hout hing nog een zweem van stank.

Met de handen langs haar lichaam stond ze in de kleine kombuis. Vloer en wanden van de kookplaats waren betegeld en schoongeschrobd. Hoe was het mogelijk om in deze minieme ruimte eten te bereiden voor meer dan honderd man? Elke dag, driemaal, tijdens een storm, een hittegolf?

Ze daalde af naar de ruimtes waar de voorraden werden opgeslagen. Voor het vertrek besteedde James dagen aan het ontwerp van een opslagsysteem. Hij hield rekening met tal van factoren: rottingsgevoelige waren moesten droog blijven, kruit en alcohol dienden bewaakt te worden, geschenken voor de inlanders hoefden niet vooraan te liggen, en nog veel meer. Het uiteindelijke plan stemde hem tevreden. Hij beschouwde het als geheim en deelde het slechts met een select groepje sjouwers. Iedereen verbaasde zich over de enorme hoeveelheid spullen die hij aan boord wist te krijgen.

Benauwd, beperkt, dat was de voornaamste indruk die het schip op haar maakte. Mensen dachten aan weidse ruimte en oneindigheid als ze zich een zeereis voorstelden. Je moest ertegen kunnen en niet overmand raken door angst in die uitgebreidheid. Maar het was niet zo. Een misvatting. Wie scheep ging moest zich verzoenen met gevangenschap, moest kop aan kont kunnen liggen met stinkende mannen en verdragen dat hij door de huid van het schip werd vastgeklemd. Je kon er niet af. Je was overgeleverd aan het lawaai, aan de bedorven lucht, aan elkaar.

Op het dek had zich een groepje verzameld rond Pickersgill. Hij stond te midden van kisten en dozen die hij een voor een opende om de meegebrachte inhoud te laten zien. Handenvol vuurrode vogelveren strooide hij over de opgetogen dames uit; hij drapeerde kunstig geweven lappen van onbekende stoffen over de schouders van Sandwich' vriendin en zwaaide vervaarlijk met felgekleurde, bewerkte speren. Elizabeth trok zich terug tegen de reling en keek toe hoe de vrouwen veren in elkaars kapsel staken, keurend over de stof wreven en de luitenant aanmoedigden door te gaan. James was nergens te bekennen, hij zou wel in zijn kajuit zitten, voor het laatst heer en meester op zijn schip.

Ze voelde zijn lichaam voor ze hem zag. Palliser was naast haar geschoven en keek haar vragend aan.

'Een kermis,' zei ze. 'Ze hebben geen idee wat ze zien, wat ze aanraken. Geen benul. Het interesseert ze niet.'

'Meestal zien mensen alleen wat ze al weten. Daarom stoppen de dames veren in hun haar. Je hebt gelijk, echte nieuwsgierigheid naar wat de dingen voor een ander betekenen is zeldzaam. James heeft dat. Hij is een uitzondering. Er is ook moed voor nodig.' Zijn schouder drukte tegen de hare. Ze liet het gebeuren, ze schoof niet opzij.

Pickersgill had een glazen bokaal uit een kist getild en hief het glas de hoogte in zodat de vloeistof die zich daarin bevond heen en weer schommelde. Het gegil van de omstanders verstomde toen het vocht tot rust kwam en het bezinksel naar de bodem was gezweefd. Dwars door de iets vertroebelde alcohol schemerde een pluk zwart haar en traag openbaarden zich twee rijen glimmende parels die zich ineens vormden tot een gebit. Toen zagen de toeschouwers pas de holtes van de oogkassen, de platte, vlezige neus, de flarden huid aan de losgesneden nek.

De vriendin van Sandwich gilde en rende naar de reling om over te geven. Vrouwen klampten zich aan elkaar vast en zelfs de mannen trokken bleek weg.

'Menseneters!' riep Pickersgill. 'U gelooft het niet, maar wij zijn erbij geweest. We hebben het wetenschappelijk onderzocht. Eerst dachten we dat het griezelverhalen waren. Maar het is waar, ze eten hun vijanden op. We hebben ze aan boord gehaald, ze hadden dit hoofd bij zich in een rieten mand. Onze kok sneed er plakken af die hij braadde als biefstuk. Toen presenteerden wij de schaal met mensenvlees aan de wilden. Ze aten alles op!'

Op het dek werd gebraakt, gegruwd en ongelovig gekeken. Sommigen kwamen dichterbij en wilden het geschonden hoofd nauwkeurig bestuderen; anderen draaiden zich om en drentelden in de richting van de loopplank. Toen verscheen Sandwich in de deuropening van de grote kajuit en nodigde de gasten aan tafel.

'Eten,' zei Palliser naast haar. 'Het gaat allemaal om eten. Je denkt dat je eet om gezond te blijven, maar er komt veel meer bij kijken. Ga je mee?'

Ze kon een lichte misselijkheid niet onderdrukken en draaide zich om naar het uitzicht over de stad.

'Hij heeft het gedaan,' zei de man naast haar zacht. 'Hij heeft de brief geschreven, het verzoek is in overweging genomen en bewilligd, het is allemaal besloten en vastgelegd. Daar bij die koepels gaan jullie wonen.'

Ze knikte. Het was stil geworden aan dek. Ze legde haar hand op zijn arm en keek hem aan.

'Dank je,' zei ze, 'ik kan je niet zeggen hoe dankbaar ik je ben.'

Kisten en dozen werden het huis in gedragen. Er verschenen felle kleuren in hoeken en nissen. Een reusachtige mantel van veren stond oranjerood te gloeien op een standaard in de gang, in de kamer lagen geverfde maskers en gevlochten manden op de grond. James droeg zelf een kistje met noten en zaden naar de bijkeuken. Hij zette het voorzichtig naast de schop en de schoffel en stapte naar buiten om naar de hemel te kijken. Diep snoof hij de zomerlucht op, met geheven kin.

'Te droog. Zodra er regen komt begin ik met zaaien. Het is eigenlijk te laat, de herfst komt eraan, maar ik doe het toch. Ik dek alles af als het gaat vriezen. Je zal niet weten wat je ziet als de boel opkomt.'

Ook de grote tafel lag vol. Journalen, kaarten en aantekeningen waren door de heren van de overkant vluchtig gelezen en bekeken, vervolgens weer ingepakt en naar het huis in Mile End gebracht. Elizabeth zag de ordeloze stapels groeien, er kwamen dagelijks brieven en onderzoeksrapporten bij; ook de in beslag genomen dagboeken van de officieren werden geleidelijk aan vrijgegeven. Er lag een immense chaos op tafel, een taak voor de winter, een belofte van samenwerking, eenheid, succes.

James had de spade gepakt en groef ondiepe zaaibedden uit langs de heg; ze zag hem de opgeworpen aarde bijeenvegen onder de struiken. Ze deed haar schort af en liep de tuin in.

Hij kwam overeind en zette de handen in zijn rug. Even vertrok zijn gezicht; toen wendde hij zich naar haar toe en greep haar hand.

'Ik heb bollen meegebracht om bij haar te planten. Kleine blauwe bloemen met een bijzondere, kaneelachtige geur. Ik heb ze apart gehouden voor haar, voor jou en haar.'

Samen liepen ze door de gang, voorzichtig om de bewerkte roeispanen en de metershoge speren die tegen de muren geleund stonden niet om te stoten.

'We zullen het allemaal ordenen. Weggeven, opbergen. Eerst wil ik de jongens alles laten zien. Het komt wel goed.'

Het kon haar niet schelen, ze verzekerde hem dat ze alleen maar blij was met het volle huis, blij en nieuwsgierig naar de verhalen die al deze bij haar aangespoelde voorwerpen met zich meedroegen. Zijn rechterhand lag om haar schouders en in de linker droeg hij het zakje met bloembollen.

Zwijgend liepen ze naar het kerkje. Het hek stond open en ze ging hem voor naar het graf. De kleine steen met haar naam en de haar zo krap toebemeten tijd stond rechtop in het gras. Daarvóór was een donker bloembed uitgegraven waarin leeuwenbekjes, klaprozen en violen bloeiden. Met duim en wijsvinger plukte ze de uitgebloeide bloemen weg. Ze legde haar hand op de steen.

James haalde water en begoot de verdroogde aarde. Met een stok stootte hij gaten in de grond waarin zij de bollen kon duwen. Met blote handen harkte ze de vochtige aarde weer glad, een ijzerachtige geur drong in haar neus; doorgaan, dacht ze, dit werkje moet gedaan worden, aan de bovenkant van de diepte verricht ik een taak, het moet gebeuren, het is een oppervlakte die ik moet verzorgen, niets meer.

Ze duwde de laatste bloembol de grond in en dekte hem toe. James was in het gras gaan zitten en strekte zijn armen naar haar uit. Ze zette zich tussen zijn benen en leunde tegen zijn borst. Als wazige kleurvlekken zweefden de bloemen voor haar ogen. Hij ziet een kind van een jaar, dacht ze, een kindje dat nog niet kan spreken, dat stralend van plezier op hem toe loopt. Een van de kinderen.

Ik zie iets anders. Mijn meisje kent hij niet. Het is tussen haar en mij. Ons verwoest verbond ligt hier een meter onder ons begraven.

Hij hield haar vast. Strak staarde ze voor zich uit: groen, wit, zwart. Het is om te huilen, dacht ze, maar ze huilde niet.

# 4

'Hij gaat niet weg,' zei Nat. 'Ja, hij gaat de deur uit aan het eind van de middag, maar 's avonds komt hij weer bij ons. Als hij niet vaart, is hij dan toch kapitein? Blijft het nu zo? Mag hij het uniform wel aantrekken als hij geen schip heeft? Als ik op de zeevaartschool ben is hij dan nog hier?'

Ze had hem midden op de keukenvloer op een stoel gezet en een laken over zijn schouders gelegd. De gladde, blonde jongensharen hingen tot ver over zijn kraag. Met rustige, lange halen trok ze de kam erdoorheen, steeds tegendruk gevend met haar vrije hand zodat het lostrekken van de klitten hem geen pijn zou doen.

'Nu stilzitten, Nat, ik ga knippen.' De jongen kneep zijn ogen dicht en wachtte op de schaar.

'Je denkt o, wat zal dat pijn doen,' zei hij, 'maar je voelt het niet. Je hoort het alleen: krrrrt, krrrrt!'

Zorgvuldig knipte ze het vlassige haar tot vlak onder de kinderoren. Van tijd tot tijd deed ze een stap achteruit en keek of ze niet van de geplande rechte lijn afweek. Een krans van afgeknipte haren lag rondom op de vloer.

'Hij blijft kapitein,' antwoordde ze, 'in zijn uniform. Hij heeft zelf geen schip meer, maar hij gaat de schepen voor andere kapiteins uitzoeken. Hij is adviseur geworden, hij geeft de anderen goede raad. En hij gaat zijn boek schrijven. Als het af is kan je alles lezen over de laatste reis. Of ik lees het je voor.'

Hij schudde met zijn hoofd en lachte toen hij de korte haren in zijn hals voelde kietelen. 'Het jeukt in mijn oren!'

Ze veegde zijn oren en nek schoon met een punt van het laken. De jongen sprong van de stoel af en vloog de keuken uit. Even later hoorde ze hem de viool stemmen.

Hij is anders, dacht ze, hij kijkt niet zoals zijn vader en zijn broer naar de dingen. Hij heeft nauwelijks belangstelling voor de afmetingen van de aarde en heeft geen verlangen naar zee. Ik zou hem thuis moeten houden. Hij wordt ongelukkig op de zeevaartschool, ze zullen hem pesten, zijn viool verstoppen of stukmaken, hij komt in de verdrukking tussen die ruwe jongens daar. Ik moet hem beschermen maar ik kan het niet. Zijn loopbaan ligt vast, onwrikbaar, een dwingend snoer van hier naar Portsmouth en vandaar de zee in. Niets tegenin te brengen, iedere jongen zou jaloers zijn op zijn kansen, zijn positie. Hij zal eraan kapot gaan.

Eén lok blond haar hield ze apart, de rest veegde ze op om in de haard te gooien. Blauwgroene knetterende vonken spatten even op en er walmde een schroeigeur de keuken in. Ze vouwde de haarlok om een vinger en luisterde naar de viooloefeningen.

Sinds een paar weken wist ze dat ze zwanger was. Alles paste haar nog, aan haar lichaam was nog niets te zien, maar ze wist het. Onwillekeurig vlamde de vreugde in haar op; meteen voelde ze zich beschaamd en overmoedig. Beheersing, daar kwam het op aan. Kalm en beheerst moest ze nu haar taken vervullen. Voor Nathaniel zorgen, regelmatig naar Elly's graf gaan, de logboeken van James van begin tot eind doornemen. Het gaf geen pas zich stiekem terug te trekken in een geheim verbond met een kind dat nog niet bestond. Blijdschap kon ze zich niet toestaan, eerst zou ze zich in deze herfst moeten nestelen en vrede vinden in dit huis met zijn nieuwe, onwennige orde.

Hoewel James de aanstelling in het hospitaal had aanvaard bleven ze voorlopig in hun eigen huis wonen en liet hij zich de rivier over roeien als hij aan de overkant moest zijn. Hij was veel weg, want het bezinksel van jaren dat in het schip was neergeslagen moest zorgvuldig worden onderzocht en gedistribueerd. De planten en zaden werden verpakt en naar Kew gevaren, de schetsen van landschappen en getatoeëerde personages gingen naar het atelier van Hodges, de schilder, om te worden getransponeerd tot indrukwekkende olieverfschilderijen, en de kennis, het residu aan ervaring dat James in zijn eigen hoofd had verzameld, moest worden gedeeld met wetenschappers van verschillende disciplines. Elke middag zat hij in de ene of de andere taveerne te overleggen, nu eens met geografen en astronomen, dan weer met biologen en medici. Verspreiding van ziektes, het voorkomen van zeemanssterfte, de zuidelijke sterrenhemel, de maatschappelijke structuur van de eilandbevolking, godsdienstige rituelen, exotische botenbouw, kleding of het ontbreken daarvan – hij was zo vol van belangwekkende observaties en gedachten dat het een noodzaak leek die veelheid zo snel mogelijk onder te brengen in andere geleerde hoofden.

Men trad hem tegemoet met respect, met bewondering zelfs. Hij had een vaste plaats in de gelegenheid waar de leden van de Academie van Wetenschappen met elkaar converseerden.

'Soms heb ik het gevoel dat ze willen opstaan en buigen als ik binnenkom,' zei hij, 'het moet niet gekker worden.'

Maar het deed hem goed en hij genoot van de scherpzinnige gesprekken. De bovenmatige verering ergerde hem minder dan de sensatiezucht van sommige gesprekspartners. Dan kwam hij thuis met een strakke kop en begon pas na een hele tijd zijn gram en minachting te uiten.

'Geen enkele werkelijke belangstelling. Blote meiden, daarover willen ze horen. Gruwel, terechtstellingen. Orgieën. Al zijn ze van adel en opgeleid aan de beste universiteiten, toch zijn ze alleen op pikanterieën uit. Ze kunnen niet denken, dat is het. En niet kijken. Lord Monboddo bijvoorbeeld, een rechter nota bene, je weet wel, met donker haar en van die treurige soepogen – ik sprak hem vanmiddag maar hij luisterde niet, hij wilde alleen maar horen dat de eilanders pratende apen zijn, want hij vindt dat wij van de apen afstammen. Wat hij ziet en hoort verdraait hij tot het in zijn theorie past. Mensen, zei ik, het zijn mensen zoals u en ik. Hij droop af, teleurgesteld. Ik kon zien dat hij me niet geloofde.'

Het drukke leven van James gaf haar de tijd. Als hij weg was, ging ze aan de grote tafel zitten en las ze de logboeken. De plaatsbepalingen, de aantekeningen van de astronoom, de weersbeschrijving, de observaties over kleur en oppervlakte van de zee nam ze plichtmatig tot zich om ze meteen weer te vergeten. Aandachtig boog ze zich over de passages waarin ze James hoorde denken en spreken over het gedrag van de bemanning en over de wonderbaarlijke mensen en dieren die aan de andere kant van de aarde leefden.

Ze was altijd gespannen. Ze wist niet beter dan dat ze uit was op het zo goed en aantrekkelijk mogelijk ordenen van het materiaal zodat de toekomstige lezers een duidelijk beeld konden krijgen van het genie en de onverschrokkenheid van haar man. Daaronder was ze bang en de angst stuurde van tijd tot tijd zijn waarschuwingspijlen in haar omhoog. Bang voor wat?

Verstoring, dat kwam het meest in de buurt. Een enkele keer, vanmorgen nog, toen ze roerloos in de tuin stond en zich realiseerde dat haar tailleband echt strakker om haar middel spande dan vorige week – ze legde haar armen over haar buik, ademde in – was het haar ineens helemaal helder hoe ze het verhaal van de gelukkige thuiskomst in stand hield. Niet alleen dat alles nu goed zou komen, dat haar eenzaamheid en dapperheid vanzelfsprekend zouden worden opgeheven en beloond, maar dat dat ook moest. Een dwingende noodzaak tekende in haar het beeld van de man die na zijn omzwervingen voldaan tot rust komt naast de vrouw die vol vertrouwen op hem heeft gewacht. Die voorstelling had haar jarenlang overeind gehouden en moest nu werkelijkheid worden.

Even, met haar armen beschermend rond het groeiende kind geslagen, begreep ze dat haar gedachtegang als een lint was dat boven de werkelijkheid werd gespannen, een glinsterende leidraad die haar de weg wees naar de plaats waar alles goed zou zijn. Alles. Daaronder raasden de schaduwen van alledag. Uit donkere hoeken en gaten verschenen halfgeformuleerde gedachten, ze zag nauwelijks herkenbare schimmen van mensen, van kinderen – als ze zich zoals nu doodstil hield, als ze leunde tegen de stevige stam van de kwee kon ze voor een moment de dreiging voelen die haar knieën deed knikken.

Misschien was de man die thuiskwam niet de man op wie ze gewacht had. Ja, ze had die eerste nacht zijn geur herkend, ze had zich langs zijn lichaam gelegd als water, als een beek in de vertrouwde bedding, maar het was ochtend geworden. Zij hadden hun nachtlichamen verpakt in de kleren die op stoelen lagen te wachten en de eenheid was in het daglicht gespleten. Hij kwam thuis in een ander huis, ze kon het zien aan zijn strakke gezicht, aan het optrekken van de zware wenkbrauwen zodra hij de viool van Nat hoorde. Ze zag hoe hij vragen en opmerkingen verbeet en, voorlopig, voor zich hield, alsof ook hij zijn best deed om over de richels en hobbels en valkuilen van het aanwezige heen te leven op zoek naar een gaaf en geurig grasveld.

Vreugde over deze nieuwe zwangerschap hoorde bij de illusie. Nee, ze riep zichzelf tot de orde, een illusie was het niet, het paradijselijk gras bestond, het moest er zijn; maar het was slechts een schil, het was de bovenkant van een veelzijdigheid die ze niet kon overzien. Achter het nieuwe kind gingen de schimmen van andere kinderen schuil en gaapte een ravijn van verschil en verwijt. Zij had Georgie zien sterven. Hij niet. Zij had door haar onoplettendheid Elly de dood in laten gaan. Niet hij. Waar bleef zijn woede, waar was zijn nieuwsgierigheid, waarom weigerde hij de kinderen die hij niet had gekend door haar verhalen tot leven te laten komen, waarom bedolf hij haar niet onder verwijten, waarom kreeg ze geen straf?

In die duisternis van halfbegrepen gedachten en angsten waren zij niet samen. Nee, het samenzijn hing daarboven en was glorieus en triomfantelijk, het ging zich afspelen in een nieuw leven, het werd ingeluid door een stralend, nieuw begin. Greenwich, de nieuwe dochter, het perfect geschreven reisboek. Dat was de waarheid die ze kon voelen aan het knellen van haar rok, de waarheid die binnen op tafel lag in de vorm van logboek en journaal, de waarheid die hen verbond en verenigde. Ze maakte haar rug los van de boomstam en ging het huis binnen, hun huis.

'Kom, we gaan even lopen,' zei hij. 'Doe iets warms aan.' Hij zat achterovergeleund aan de keukentafel, met gestrekte benen. In de verte klonk vioolmuziek, een droevige melodie, steeds herhaald met andere accenten en nieuwe versieringen. Ze bleef staan luisteren, geboeid, verstrooid, tot James haar bij de arm pakte en naar buiten trok. Hij sloeg de landweg tussen de weilanden in, grauw oktoberlicht hing over de velden, haast paars, met slierten damp daartussen. Ze gaf hem een arm en paste onwillekeurig haar passen aan de zijne aan, rechts bij zijn rechterbeen, links bij het linker. Hij glimlachte en kneep stevig in haar hand.

'We moeten praten. Het huis leidt me af. Buiten is beter.'

Ja, een gesprek, dacht ze. Zeggen wat ik denk, ook de schaamtevolle, de scheve dingen vertellen. Ze zweeg.

'Er was een brief uit Portsmouth,' zei hij, 'een rapport over Jamie. Hij doet het goed daar, vooral het tekenen is boven de middelmaat. Ze nemen de leerlingen mee op een kustvaarder en laten ze het land schetsen, al die klippen en inhammen en rotspartijen. Jamie is er goed in. Hij wordt een goede cartograaf. Betrouwbaar. Nauwkeurig.'

Omdat hij geen fantasie heeft, dacht ze. Hun oudste was een serieuze jongen die het leven nam zoals het zich voordeed. Ze kon zich precies voorstellen hoe hij op het achterdek van het opleidingsschip zat met de tekentafel op zijn knieën en strak naar de kust tuurde. Daar zou hij gelaagde rotsen zien en beekjes die zich door ravijnen de zee in stortten. Geen ridders op dravende paarden, geen brandende vesting, geen wanhopige vrouw op een klip.

'Ik hoop dat Nathaniel het net zo goed zal doen volgend jaar,' bromde James naast haar. 'Ik maak me zorgen over hem. Hij ziet zo bleek en lijkt geen belangstelling te hebben voor dingen waar jongens van zijn leeftijd warm voor lopen. Heeft hij vrienden? Hij speelt nooit buiten. Ik zie hem alleen het huis uit gaan naar die oude organist. Ik ken hem slecht, jij weet er meer van. Is hij nog niet toe aan de zeevaartschool, moet hij nog een jaar wachten?'

Nu moet ik het zeggen, dacht ze. Dat er mensen bestaan die niet gelukkig zijn op een boot en dat deze zoon daar een van is. Hij zal het niet begrijpen. Nee, hij zal het niet accepteren.

'Nat heeft belangstelling voor muziek.' Ze probeerde haar stem laag en rustig te houden. 'Meneer Hartland vindt hem begaafd, een getalenteerd musicus. Nat zou door moeten studeren bij een echte violist. Hartland zei: die jongen is een vreugde voor een leraar, hij pikt alles meteen op en het is een genot om naar hem te luisteren.'

'En dan?' James bleef staan en draaide zich naar haar toe. 'Violist worden? Wat is dat? Ondenkbaar! Dat is geen vak. Een zoon van mij wordt zeeman. Ik heb ze allebei vrijwel vanaf hun geboorte op mijn bemanningslijsten laten zetten. Niemand krijgt zo'n kans. Die mogen ze niet weggooien. Trompetter bij de Marine desnoods, maar naar zee zal hij!'

'Hij wil niet, James.'

Zijn ogen werden donker. 'Al mijn zoons gaan naar zee. Twee zijn er gestorven. De andere twee staan niet alleen voor hun eigen loopbaan maar zijn ook verantwoordelijk voor hun dode broers. Nat heeft niets te willen.'

Hij draaide zich weer om en zette de pas erin. Met inspanning bleef ze op gelijke hoogte; alle aandacht besteedde ze aan het bijhouden van zijn vaart, zodat ze geen energie over had om op zijn woorden te reageren.

'Muziek is louter versiering,' ging hij voort. 'Een schilder kan iets tonen wat mensen niet zo gauw in de werkelijkheid kunnen zien. Een schrijver kan iets uitleggen of vertellen. Maar muziek? Dat speelt zich af aan de rand, het is niet meer dan franje.'

Ze moest denken aan het orgelspel van Hartland op de begrafenis van Elly. Franje? Het was het enig wezenlijke wat ze zich nog van die ochtend herinnerde.

'Ik wil niet dat mijn zoons aan de rand verkeren, ze zijn geboren om een rol in het centrum te vervullen. Dat kan een bescheiden rol zijn, misschien onaanzienlijk, maar wel in het brandpunt van de vooruitgang. Ook de jongste timmermansknecht bij mij aan boord werkt daaraan mee. Het is mijn taak, en ook de hunne, om de wereld te onderzoeken en te beschrijven. Op grond van wat we weten kunnen we verbeteringen aanbrengen. Niet moraliseren, niet oordelen, maar kijken. Er is maar één werkelijkheid en die moet gezien worden. Zo is het.'

Geen speld tussen te krijgen, dacht ze. Zoals hij het zegt, zo is het gewoon. Iedereen zou het met hem eens zijn. Toch klopte er niets van. Eén werkelijkheid? Ze merkte toch iedere dag dat het huis waarin hij rondliep niet hetzelfde was als het huis waar zij in woonde?

Neem de keuken. Kijk rond met de blik van de onderzoeker. Je ziet een vader, een moeder, een bleke zoon van elf jaar. Ze eten. De moeder ruimt als ze klaar zijn de drie borden weg. Maar zo is het niet. Er is een andere werkelijkheid daarachter. Daar krioelt het van de kinderen, de zevenjarige Joseph hangt slap in zijn stoel, hij is ziekelijk gebleven maar zit hier aan tafel en wordt gevoerd door zijn zusje van acht. In de kinderstoel zit George met zijn stevige kleuterlijf en ramt vrolijk met een houten lepel op zijn lege bord. De onderzoeker heeft geen oog voor deze drukte, maar zij wel. Vaak moet ze zich weerhouden om niet voor de anderen te dekken. Drie borden, niet meer.

'Begrijp je?' vroeg James. Hij was wat langzamer gaan lopen. 'Ik wil ze helpen. Ze hoeven niet alles alleen te doen. Ik steun ze, ik sta achter ze. Je zal zien dat het goed komt. Nat is lusteloos omdat hij te hard is gegroeid. Je moet hem veel vers vlees geven en gevarieerde groenten. Het is een goede jongen. Anders dan Jamie, maar een goede jongen.'

Ze hadden een lange lus gelopen tussen de weilanden en zagen het huis weer liggen. Hersenschimmen, dacht ze, ik haal me maar wat in m'n hoofd door alle spanning en verandering. Ik heb zo lang alleen moeten denken dat het me moeilijk valt me nu op hem te verlaten. Toch moet dat. Hij moet vrede krijgen met hoe het hier is en ik moet dat toelaten. Niet zeuren en tegenstribbelen, maar me verdiepen in wat hij wil, hoe hij het ziet. Samenwerken, luisteren. Dan wordt het ook vrede voor mij.

Het beeld van de overvolle, vrolijke keuken, dat zoeven nog haast tastbaar en hoorbaar in haar aanwezig was, verdampte.

Ze kwamen terug in een leeg huis. Elizabeth ontstak de lampen en glipte even Nats kamer binnen. Leeg. De viool was weg, de bladmuziek. Hij was bij zijn leraar.

James scharrelde rond in de bijkeuken, ze hoorde een doffe bons en het geklater van vloeistof in glas.

'Proost!' Hij hief de fles toen hij binnenkwam. 'Uitstekende port, bezorgd door Banks. Hij bedankt voor de zending naar Kew. Ik zal je inschenken.'

Bruinrode kleur met vonken licht erdoor; stroperig kleefde de drank aan de gewelfde binnenzijde van het glas. Ze dronk; een zoete, behaaglijke smaak. De alcohol prikte achter in haar keel en neus, zodat ze moest niezen. Hij schonk haar bij.

'Het verkeer van zaden over de wereld. Jammer dat men het belang daarvan nog niet voldoende inziet. Banks is een uitzondering. De Admiraliteit is gericht op het ontwikkelen van handelsroutes, de koning wil zijn gebied uitbreiden en de Academie is uit op het vermeerderen van kennis. Voedselvoorziening is geen prioriteit tenzij het direct nut heeft, zoals de zuurkool. Jammer.'

Ze voelde haar spieren ontspannen onder invloed van de drank. Zijn vader, de boze oude man uit Yorkshire, had altijd op het land gewerkt. Bij James thuis aan tafel werd vast gesproken over de kwaliteit van de rogge, het juiste tijdstip om pootuien te plaatsen, de dreiging van een misoogst. Hij had het land achter zich gelaten maar bleef denken in de taal van bevruchten en oogsten. Hij had haar ook jaar na jaar bevrucht, was vervolgens als een echte boer weggegaan om weer terug te keren als de oogsttijd daar was. Misoogst. Bederf. Het moest hem hebben gepijnigd en gekrenkt. Meer dan dat.

'Op de meeste Zuidzee-eilanden is het klimaat zo gunstig dat je minstens twee keer per jaar zou kunnen oogsten. Daarom groeit er ook voldoende zonder enige inspanning van de bevolking. Wie honger heeft gooit een steen omhoog en dan valt er een kokosnoot naar beneden. Grond omspitten, lucht erin brengen, ruimte voor wormen en insecten, zaden niet meteen opeten maar in de grond leggen, toedekken, bewateren, wieden – steeds weer heb ik het uitgelegd en voorgedaan. Zelden werd het begrepen. Iets in de tijd overzien en uitstel verdragen is een moeilijke zaak. Ze gristen de druiven, nog klein als waterdruppels, van de rank. Met vertrokken smoelen spuwden ze de zurigheid uit. Probeer het maar eens uit te leggen in een taal die je eigenlijk niet beheerst.

Op deze reis heb ik een paar plantages van de vorige keer teruggezien: overgroeid, verwaarloosd. Soms had een mosterdplantje of een pompoen zich gehandhaafd en was gaan woekeren. Meestal was er niets meer terug te vinden. Eigenlijk zou Omai ze de tuinmanskunst moeten leren en erbij blijven tot er geoogst kan worden. Hij mist het juiste karakter daarvoor, het moet bij hem ook meteen iets opleveren. Jammer.'

Ze dronken door van de bedwelmende port. Luisteren, dacht ze. Het is belangrijk, al begrijp ik niet waarom. Ik hoor de hartstocht. Ik zie hem voor me, spiedend naar een plat stuk land om de planten in uit te zetten. De matrozen zwemmen met inlandse meisjes in de baai, geschreeuw en gegiechel, daar gaat ook gezaaid worden; James keert zich geërgerd af, hij vreest de verspreiding van ziektes maar kan wat er gebeurt niet tegenhouden.

Nee, hij zal zich niet afzonderen onder de palmen met de prinses, daar hoef ik niet bang voor te zijn; hij zet zijn uit Engeland meegebrachte spade in de grond en woelt het vreemde land om. Daarin stort hij zorgvuldig de uitgekozen zaden, met een door zijn bemanning onbegrepen ernst.

Ze knikte. Hij keek haar vriendelijk aan met zijn diepliggende ogen die in het lamplicht haast zwart leken. Ze ging hem helpen, ze moest, nee, ze wilde hem helpen om van dit nieuwe boek een succes te maken. Een boek waarin zijn zeemanskunst en zijn zorgzaamheid uit elke pagina zou blijken; een boek waarin zijn ideeën over voedsel verbouwen en eten van de bladzijden zouden spatten zodat niemand er meer omheen kon. Morgen.

Gestommel in de keuken verstoorde haar gedachtegang. Nat kwam binnen met de vioolkist op zijn rug. Zijn haren waren vochtig van de mist.

'Heb je fijn gespeeld?' vroeg Elizabeth. 'Je was zo lang weg.' Hij bromde wat en keek haar niet aan. Zijn blik gleed over de tafel waarop de portfles en de geslepen glazen stonden te glinsteren. Hij draaide zich om en ging zijn viool wegleggen. Die smalle schouders, dacht ze, die veel te lange, veel te dunne benen. Hoe moet het gaan met dit kind. Een paar maanden geleden kroop hij nog bij me in bed en nu wil hij me niet zien.

'Naar bed, jongen, het is tijd,' zei James. 'Slaap wel!'

Nat bleef even in de deuropening staan en keek naar zijn ouders. Hij slikte, leek te gaan spreken maar rende de trap op.

Nog één glas. James legde zijn hand langs haar wang toen hij haar inschonk. 'Hij trekt wel bij. Het is voor hem ook wennen zonder broer en met een vader. Morgen is het weer opgeklaard. We gaan beter op de maaltijden letten.'

Vanuit haar stoel keek ze naar hem op. Voor een man die zo door eten geobsedeerd was, oogde hij wel heel mager. Hij was afgevallen sinds de thuiskomst. Het vuur in hem brandde sterker dan in andere mensen.

Hij zat weer. Hij sprak over de moeite die het kostte om de mannen voldoende vers vlees te geven.

'Als we stil liggen kunnen ze vissen, dan is er eerder te veel dan te weinig. Aan wal beginnen we meestal meteen te handelen. Kralen, messen, stoffen in ruil voor varkens. Het probleem ligt vooral bij de lange tochten; weken, soms maanden zonder een gelegenheid om te foerageren. Daarom neem ik die dieren mee. Het is gekkenwerk, het is vol en onoverzichtelijk aan dek en het eist veel mankracht om ze te voederen en de hokken schoon te houden. Als er een golf over het dek slaat worden de kippen en de ganzen nat en krijgen ze de vliegende koorts. Als ik ze benedendeks houd verga je van de stank en heb je grote kans dat ze stikken. Dat is alleen nog maar het pluimvee. Ik had schapen mee. Een geit voor de melk. Runderen! De mensen hebben zelf ook nogal eens beesten bij zich, voor gezelschap, vermaak. De matrozen kan ik het verbieden, apen, katten – overboord ermee. De zogenaamde wetenschappers moet ik hun gang laten gaan. Ik eis wel dat ze de dieren in hun hut opsluiten. Dat keffertje van die zure Forster! Die man kon tegen niemand een vriendelijk woord zeggen maar zat wel altijd met z'n hondje op schoot. Toen ik ziek was hebben ze het voor me geslacht, dat moet ik hem nageven. Hij huilde, zeiden de officieren later. Ik kreeg bouillon, getrokken van Forsters kameraadje, en drie dagen achtereen hondenbiefstuk. Dat heeft me goed gedaan.'

Ziek? James was nooit ziek. Ze moest zo snel mogelijk de journalen uitlezen. Hij antwoordde ontwijkend op haar vraag.

'Koliek. Iets verkeerds gegeten misschien. Ik kreeg

enorm de hik van die ellendige braakmiddelen die de dokter voorschreef. Maar van die hond knapte ik op. Het is niet belangrijk, het ging zo over.'

In bed. Het ravijn van ongedeelde ervaring tussen hem en haar werd overbrugd, moeiteloos. Haar zorgen over Nat werden louter woorden. De angst over zijn ziekte leek haar ineens absurd. Zwaar zonken ze in hun slaap.

'Lord Sandwich wil één boek,' zei James. De hele ochtend was hij voor overleg aan de overkant geweest. Het had een dubbelzinnige invloed op hem waar ze niet helemaal de vinger op kon leggen. Energiek werd hij ervan, zeker, hij nam grotere stappen en verhoogde het tempo van zijn bewegingen. Had hij genoten van de overtocht in de Admiraliteitssloep, had hij zich even op zee gewaand? Er was ook een andere kant, een minimale gekwetstheid die ze kon afleiden uit zijn blik. Tussen de mannen van de wetenschap en de letteren was hij niet de bevelvoerder, hoogstens een gelijke, maar in zijn eigen ogen minder dan dat. Die onzekerheid kon ze zien.

'Forster schrijft de helft. Observaties en beschouwingen over planten en dieren en bodemgesteldheid. Zijn zoon assisteert hem. Die mag ik wel, een toegankelijke jongen. Spreekt veel beter Engels dan zijn vader. Maar ik vrees dat ik met die ouwe zaken moet doen. Arrogante vent. Hij weet veel, hij is heel geleerd, maar dat zullen we allemaal weten ook. Sandwich leek me nogal geïrriteerd. Dan wordt hij kortaf, bijna bits.'

'Wat verwachten ze van jou?'

'Het gaat om míjn reis. Ik schrijf het verhaal. De wetenschap kan daar kanttekeningen bij plaatsen in de vorm van Forsters filosofieën. Ik zie dat als een soort illustraties, net zoals de gravures van Hodges en de kaarten die ik tussen de tekst wil plaatsen. Ik wil aan het roer staan. Ik heb zo hard aan dit journaal gewerkt tijdens de reis, daar ligt de vijfde versie!'

Hij stond op en legde zijn handen op het openliggende manuscript. Het was een chaos, een rotzooi tussen de lijnen op de pagina's. Weggekraste zinnen, priegelig toegevoegde woorden vergezeld van pijlen en strepen, passages schuin neergeschreven in de kantlijn, halfvastgeplakte papiertjes met nog meer toevoegingen, en overal doorheen krachtige lijnen met rode inkt en uitroeptekens.

Ze gingen naast elkaar aan de grote tafel zitten.

'Opnieuw,' zei Elizabeth. 'Je kan nu een definitieve versie maken, nu heb je tijd en rust om erover na te denken.'

Nee, hij liet zich niet opjagen. Niet door de inhalige Forster die enorme sommen bedong voor zijn medewerking, en niet door de dreiging van een vroege publicatie door bemanningsleden die hun geheime aantekeningen voor de Admiraliteit verborgen hadden weten te houden. Zijn boek. Zijn tempo.

Dat de nautische gegevens wel wat minder uitgebreid konden zijn voor een lekenpubliek, zei ze. Meer dan een aanduiding van tijd, plaats en weersgesteldheid was niet nodig. Veel belangwekkender waren de zaken die hij van dag tot dag onder het hoofd 'opmerkelijke gebeurtenissen' had samengebracht. Hoe de inboorlingen in Nieuw-Zeeland, op Tahiti, op het geheimzinnige Paaseiland eruitzagen, hun kleding, hun tatoeages, hoe hij contact met ze legde, wat hij gaf en ontving aan geschenken, de feesten, de ceremonies, de taal, de misverstanden, de wonderlijke vriendschappen – daar ging het om, dat wilde het publiek lezen en herlezen.

Hij luisterde. Ze bladerden de vellen door. Hier en daar viel zijn oog op een passage die hij dan glimlachend doorlas en haar aanwees.

'Toen ik uit Raiatea vertrok,' vertelde hij, 'dat is een

eiland ten noorden van Tahiti, nam ik afscheid van het opperhoofd, Orio. Hij had ons vorstelijk ontvangen. Hij liet zijn dochter voor ons dansen. Hij was op mij gesteld en wilde namen ruilen zodat ik in zekere zin bij hem zou blijven als ik wegging. Mijn zoons zouden altijd welkom zijn, zei hij. Het was een dramatisch afscheid. Ik moest hem beloven dat ik terug zou komen, hij smeekte me erom. Ik kon dat niet en ik wilde niet tegen hem liegen. Toen hij begreep dat het mij ernst was, wilde hij de plaats van mijn "marai" weten. Zo noemen ze hun begraafplaats. Het is méér, het lijkt misschien op een kerk in de openlucht. Ze brengen er offers en houden er bijeenkomsten. Hij wilde weten waar ik word begraven. Het ontroerde me, ik moest even nadenken over mijn antwoord. Hoe kan een zeeman daar met zekerheid iets over zeggen? Ik was bang voor hoogmoed en moest denken aan alle mannen die we op weg van Batavia naar huis in zee hadden moeten laten glijden terwijl ik een maand daarvoor zo overtuigd was geweest van een behouden vaart voor ons allen. Er is geen zekerheid.'

Elizabeth zat stil te luisteren en had haar handen in haar schoot gelegd. Ze zag dat hij tranen in zijn ogen kreeg.

'Stepney, zei ik. Hier, waar wij wonen, onze parochie. Ze konden het vreemde woord maar moeilijk uitspreken. Orio herhaalde het totdat het ergens op leek. Toen praatten ze hem na, alle eilanders die daar op het strand afscheid van ons namen, het klonk uit honderd monden: Stepney is de begraafplaats van Cook, Stepney, Stepney!'

'Misschien heb je de waarheid verteld,' zei Elizabeth. 'Je woont nu hier. Het ziet ernaar uit dat je hier blijft. Je vreemde vriend kan zich rustig het kerkhof in Stepney voor de geest halen. Je hebt niet gelogen.'

De bewerking van het journaal gaf structuur aan de dagen. 's Morgens, als Elizabeth naar de markt ging of bloemen bracht naar het kindergraf, zat James de definitieve versie van zijn reisverhaal te schrijven. Na het middagmaal ging hij de stad in om overleg te plegen met deze of gene, om afspraken na te komen of om gewoon te gaan drinken in zijn stamkroeg. Elizabeth ging op haar beurt aan de grote tafel zitten en las wat hij had opgeschreven. Met een potlood verbeterde ze spelling en zinsbouw. Soms zette ze een vraagteken bij een passage die haar niet duidelijk was. Aanvankelijk voelde ze een zekere schroom om zich te verdiepen in aantekeningen die zo overduidelijk niet voor haar bedoeld waren; ze vond zichzelf een stiekeme bespieder die ongezien de mannengemeenschap observeerde; ze liet zich een wereld in slepen waarin voor haar eigenlijk geen plaats was.

Ze hield zichzelf voor dat ze hem voor stomme fouten moest zien te behoeden. De onderhandelingen met de Admiraliteit waren al ingewikkeld genoeg; denigrerende opmerkingen van Forster over de ongeletterdheid en het gebrek aan literaire stijl van sommige navigatoren konden ze niet gebruiken.

Dat was allemaal verstandig en realistisch. Maar de waarheid was dat het verhaal haar bovenmatig boeide. Het hield haar bezig, ze dacht eraan als ze langs de marktkraampjes slenterde, en zelfs als ze naar Nats vioolspel luisterde liet het haar niet los. Natuurlijk ging het om de angst, de gevaren van de vreselijke sneeuwstormen bij de zuidpool, de huizenhoge golven, de verraderlijke ondiepten. Ook om de ongewone, soms paradijselijke situaties waarin de mannen verzeild raakten – de halfnaakte vrouwen met tatoeages op hun billen, de stamhoofden die ruimhartig hun echtgenotes aanboden, de nachtelijke, woeste danspartijen.

Het meest fascineerde haar het beeld van James zoals

dat uit de journalen naar voren kwam. De man van wie zij hield, die deel van haar was, de vader van haar kinderen, werd een onbekende in het boek. Geen vreemde, want de keuze van de beschreven scènes en onderwerpen, de manier van kijken en nadenken en de gedetailleerde schrijftechniek kwamen haar vertrouwd voor. Toch zag ze een wonderlijk andere James door het verhaal lopen. Een wrede man die matrozen liet afranselen en rantsoenen inhield, die zijn mannen tot volledige uitputting aan toe liet zwoegen met bevroren touwen en steeds maar weer de steven wendde naar de zuidpool terwijl het hele schip naar de tropen snakte. Een gekwelde man die in zijn logboek jammerde over de ellende die de eilandbewoners werd aangedaan door het bezoek van de ontdekkingsreizigers. Deze mensen, die gelukkig leken en alles hadden wat er voor hun bestaan nodig was, raakten begerig naar onzin: gevoerde jasjes met tressen, tinnen borden en jachtgeweren. De ergste wroeging had hij over het feit dat hij onmachtig bleek de verspreiding van venerische ziekten tegen te gaan. Voor de matrozen aan land gingen, liet hij ze in een rij langs de dokter paraderen. Ze moesten hun broek laten zakken zodat de scheepsarts met spatel en vergrootglas hun genitaliën kon inspecteren. De goedgekeurde matrozen renden juichend van boord, maar na twee weken zag James hoe de inlanders voorzichtig gingen zitten en verdacht wijdbeens liepen.

Ze zag de vriendelijke, belangstellende man die geen angst voor het vreemde en weerzinwekkende leek te kennen. Hij liet zich roeien naar een onbekende kust waar de inboorlingen dreigend met stenen en speren stonden te wachten. Hij stapte het strand op, alleen, hij spreidde zijn armen om te laten zien dat hij geen wapens had en liep op de mensen toe tot ze hun speren omhoogbrachten en begonnen te schreeuwen. Dan ging hij op de grond zitten. Hij maakte zich klein. Uit de zakken en mouwen van zijn uniformjas haalde hij voorwerpen die hij om zich heen in het zand legde: een zakdoek, een paar kralen, muntjes, een ui. Hij wachtte. Achter de branding wachtte ook de sloep met de ademloos toekijkende bemanning.

Vrijwel altijd maakte zich uiteindelijk iemand uit de kring van inlanders los – de nieuwsgierigste, de moedigste, de jongste. James liet hem rustig naderbij komen en stond niet op. Hij reikte een voor een de voorwerpen aan en nam ze terug als de man er geen belangstelling voor had. Na verloop van tijd zakte de man door zijn knieën en waren hun gezichten op gelijke hoogte. Dan bracht James zijn hoofd dichterbij en wreef met zijn neus tegen de neus van de vreemde, beschilderde, stinkende man.

Zulke passages las Elizabeth met tintelende wangen en verhitte oren. Pas later besefte ze dat ze woedend was: die man had hier bij haar op de keukenvloer moeten zitten, tussen zijn eigen kinderen. Hij was een vader voor de inlanders. Als een vader zorgde hij voor zijn bemanning, hij voedde ze met zuurkool, hij strafte ze streng voor overtredingen en hij verdiepte zich in hun geschiedenis en ambities. Ze dacht aan Nat, die zonder een woord te zeggen de trap op schoot.

Alles zou anders worden. Alles wás nu anders. Deze logboeken waren historie, het huiselijk leven begon nu, in een ongedeeld heden waarin zij beiden aanwezig zouden blijven.

Aanwezig was hij, in deze kale tweede helft van de herfst. Hij kwam elke dag terug in haar keuken en vertelde over de gesprekken die hij had gevoerd. Hij stond erop dat ze met hem meeging naar ontvangsten en diners. Ze liet een jurk maken met een lijfje van Tahitiaanse textiel. De vreemde, stugge vezels sloten stevig om haar borsten en de felrode kleur paste goed bij de zwarte taft van de rok. Toch voelde het alsof ze geen recht had op deze kleding en ze schaamde zich toen ze de jurk aanpaste om hem aan James te laten zien. Stijf en onwillig stond ze midden in de kamer, ze wilde stampvoeten, schreeuwen, wegrennen, maar draaide langzaam om haar as tot ze recht voor hem stond. 'Goed,' zei hij. 'Mooi. We eten morgen met Sandwich. Doe hem aan!'

Ze deed het en was zich de hele avond bewust van haar vurige bovenlijf. Het leek of ze maar half aanwezig kon zijn bij zulke partijen. Ze dacht aan Nat, die thuis koud vlees en soep at met haar moeder. Ze luisterde naar de gesprekken over scheepsbouw en koninklijke subsidies en zag met instemming hoe iedereen aandachtig toehoorde als James het woord nam. Zelf sprak ze weinig, niet zozeer uit verlegenheid maar meer omdat ze haar aandacht nodig had om te observeren wat er rond de tafel gebeurde. De weidsheid van de wereld hangt boven onze hoofden, dacht ze. Schepen die zich een weg zoeken rond de hele aardbol, onbegrensde mogelijkheden, men kan een pas ontdekt land betrekken als een nieuw huis, gewassen en scheepsbouwtechnieken uitwisselen, niets is te ver of te vreemd. Ze zag het maar kon er niet bij, bewust als ze was van haar kern, van het nieuwe kind dat groeide achter de taftzijden japon.

Hugh Palliser was naast haar geschoven. Hij wreef even voorzichtig over de exotische stof die rond haar bovenarm spande en glimlachte.

'Je houdt James bezig,' zei hij. 'Het lijkt of hij geen tijd heeft voor zijn adviseurstaak. Ik probeer hem al weken mee te krijgen naar de werf, ik wil dat hij eens goed naar de *Resolution* kijkt en een uitspraak doet over de omvang van de reparaties, maar steeds heeft hij het over zijn verplichtingen in de stad. Wat doen jullie toch?'

De druk van zijn vingers op haar arm tintelde na, ze

hoorde nauwelijks wat hij zei maar registreerde het kabaal van het algemene gesprek waarbinnen zij beiden als in het rustige middelpunt van een windhoos samen waren.

'Ik ben zwanger,' zei ze.

Hij hief zijn glas en dronk haar toe. Het was volstrekt ongepast om hem zo'n intimiteit toe te vertrouwen. Ze bloosde. Samen keken ze naar James, die aan de overkant van de tafel in een gesprek was verwikkeld met Stephens.

'Waarom is James geen lid van de Academie?' vroeg ze.

'Dat wordt hij wel,' zei Palliser. 'Ook al heeft hij geen academische graad, ze zullen trots zijn als hij een van hen wordt. Ik hoorde dat er een vergadering is geweest, ze hebben het over hem gehad. Er is een petitie in de maak waarin een aantal vooraanstaande leden hem voordraagt. Wees gerust, hij krijgt de erkenning die hij verdient. Het komt goed.'

Aan de overkant ging het over ijs. Ze hoorde James vertellen dat hij altijd had gedacht dat alleen zoet water kon bevriezen. De reusachtige eilanden van ijs die hij in het zuidpoolgebied tegenkwam moesten brokstukken van gletsjers of rivieren zijn. Waar ijs was kon land niet ver weg wezen.

'Onzin! Quatsch! Uw redenering is ondeugdelijk,' kraaide de oude Forster vanaf zijn plaats aan een uithoek van de tafel. James negeerde de wetenschapsman en sprak door. Hij had de temperatuur van het zeewater gemeten: onder het nulpunt, en toch was het water vloeibaar. Bij strenge koude verscheen het gestapelde pakijs zo snel en zo overvloedig dat een oorsprong op eventueel land ondenkbaar was. Het moest zo zijn dat ook de zee bevroor als het maar koud genoeg werd. Misschien was er iets nodig als eerste aanhechtingsplaats voor de ijsvorming, een drijvende boomstam of het lijk van een walvis, maar zeevorst viel niet te ontkennen.

'Heb ik altijd beweerd,' riep Forster. 'Niemand luisterde natuurlijk.'

'Maar het zout,' zei James, 'waar blijft het zout? We dachten eerst dat het in het ijs zou zijn opgenomen, maar toen we een ijsklomp uit zee lieten smelten veranderde die in het zuiverste, zoetste water.'

Was het dan toch een uitgestoten blok bevroren rivierwater? Dat kon niet waar zijn, in geen enkel ijsblok werd ooit iets aangetroffen wat van land afkomstig leek: aarde, takken, gras. Nooit.

Forster snoof verachtend. Hij was mager en klein van stuk; toch at hij enorme hoeveelheden en liet zich herhaaldelijk opnieuw opscheppen.

'We hebben zo wel een nieuwe manier van water innemen ontdekt,' zei James, die geen tijd had om zijn bord leeg te eten. 'We namen de drijvende ijsbergen aan boord, we takelden ze omhoog met lieren als het eenmaal gelukt was om er een touw omheen te spannen. We vulden de deksloepen ermee en als we water nodig hadden hakten we een klomp in stukken en smolten die in de ketel. Heerlijk water. Het zou kunnen dat het zout tijdens het vriezen naar buiten wordt geperst zodat het ijs zelf zoutvrij blijft. In dat geval wordt de zee steeds zouter. Het probleem is nog niet naar tevredenheid opgelost, maar we weten nu wel dat ook zeewater kan stollen, precies zoals de geleerde Forster zegt!'

Forster, die zijn mond al open had om James tegen te spreken, hapte naar lucht en deed er het zwijgen toe.

Palliser schudde zijn hoofd en trok het servet op Elizabeths schoot recht. 'Een mand met krabben,' zei hij zacht. 'Ze bijten elkaar de poten af als je niet oplet, die wetenschapsmensen. Sandwich heeft er helemaal genoeg van, elk overleg met die Forster eindigt met geschreeuw en handgemeen. Wat vindt James van de samenwerking?'

'Er is geen samenwerking. Ze schrijven ieder een eigen boek, zonder overleg, zonder afbakening van onderwerpen. Ik denk dat James het liefst alleen zou publiceren, maar hij is er onzeker over. Je moet het hemzelf vragen.'

Hij ging verzitten en trok een grimas. 'Heb je last?' vroeg ze. Als jongeman was hij ernstig gewond geraakt bij een ongeluk aan boord; sindsdien was zijn linkerbeen vrijwel verlamd en had hij voortdurend pijn. Hij liet er nooit iets van merken.

'Ja. Het zal de weersomslag zijn. In de herfst is het meestal erger. We letten er niet op, Elizabeth, dat heeft geen zin. Zullen we James een goede redacteur op z'n dak sturen, zou dat hem helpen bij het schrijven? Hij krijgt er misschien meer plezier in als iemand hem aanmoedigt.'

Nee, dacht ze, niet doen, het is van ons, ík wil hem helpen, zonder bemoeial van de Admiraliteit.

'Hij schrijft aan een nieuwe versie. Ik help hem daarbij. We kunnen het wel aan iemand voorleggen als we ermee klaar zijn. Laten we er op een ander moment over praten, goed? Hoe is het met je vrouw, heeft ze nooit zin om mee te gaan?'

Palliser keek haar aan van opzij en legde vork en mes op zijn bord.

'Alleen maar akelige onderwerpen vanavond. Als wij naast elkaar zitten zouden we het over iets vrolijks moeten hebben. Het gaat niet goed. Eigenlijk is ze gek. Ik zorg voor constante bewaking zodat ze zichzelf niets aan kan doen. Ik wil het er niet over hebben.'

Elizabeth zocht naar woorden om hem af te leiden maar bleef met haar gedachten rond de vrouw van Palliser cirkelen. Een zware melancholie, had hij ooit gezegd. Zij had die ziekte in verband gebracht met de kinderloosheid. Een blos steeg naar haar wangen toen ze besefte dat ze Hugh zo-even verteld had dat ze zwanger was. Ze legde verontschuldigend haar hand op zijn arm – wat was er toch met zijn armen – maar zei niet waarvoor ze zich excuseerde.

'Muziek! Laten we het over muziek hebben.'

Zijn hand omvatte de hare. Hij lachte. Vorige maand had hij een concert bijgewoond waar een symfonie gespeeld werd van een nieuwe, nog vrijwel onbekende componist die aan het Hongaarse hof werkte, zei Palliser. Haydn. Nog nooit had hij zoiets gehoord: fris, inventief, vrolijk maar tegelijkertijd met een ongehoorde diepgang. 'Dat zou iets voor jou geweest zijn, Elizabeth. En voor Nat.'

Het was tijd om op te breken. De vrouwen werden geacht een poosje samen in de salon door te brengen terwijl de mannen hun discours voortzetten met glazen port en rookwaar. Zou ze met Hugh over Nat spreken, zijn raad vragen? Zou hij haar ongerustheid begrijpen? Ze kon het niet doen. Nu was James er. Nu moest ze uitsluitend met hem in gesprek. Het zou ook niet uitmaken, voor Hugh was de zee even onontkoombaar als voor James.

Ze tilde haar taftzijden rok op en liep de eetzaal uit.

Regenvlagen ranselden de ruitjes van de kamer waar de tafel stond. 's Morgens vroeg moest de lamp al aan en de hele dag hingen er donkergrijze wolken boven Londen. Wintergroenten moesten ze eten, James sprak erover met heimwee, hij had naar de penen en spruiten verlangd. Elizabeth werd de licht zwavelige koollucht met walging gewaar en liet het koken graag aan de meid over.

Ze zette zich met hernieuwde geestdrift aan het bewerken van het journaal, alsof ze wilde aantonen dat James en zij geen hulp nodig hadden. Toch had het gesprek met Palliser haar onzeker gemaakt. Het verbeteren van de spelling, het bijschaven of in tweeën knippen van te lange zinnen ging haar goed af, maar als ze probeerde een heel hoofdstuk te overzien en nadacht over de volgorde van de scènes of de opzet van een gedachtegang kreeg ze het gevoel dat de tekst haar ontglipte en dat ze niet bij machte was om in vrijheid met de passages te schuiven. Of ze te schrappen. Ze kon zich niet aan de indruk onttrekken dat er de hele tijd een strenge leraar met een fluwelen baret op over haar schouder stond te kijken, klaar om commentaar te leveren en haar werk af te keuren.

James was tevreden met haar hulp. Hij schreef vrijuit als hij wist dat zij er later met de correctiepen doorheen zou gaan. Ze besloot voorlopig te zwijgen over het voorstel van Palliser.

Er lag een tapijt van bruine bladeren in de tuin. Ze kon zich er niet druk over maken. Een voor een zouden de regenwormen de blaadjes de grond in trekken, soms zag ze een blad rechtop staan als een vaasje in de aarde. Wachten moest je, rustig wachten, dan kwamen de meeste dingen vanzelf goed. Behalve de dingen die nooit meer goed zouden komen. Ze boog zich over de tekst. Opletten. Concentreren. Traag, als de wormen, de blik over elk woord laten gaan.

'Ze hebben me voorgedragen!' Met grote passen kwam James de kamer in. Er lagen regendruppels op zijn jas en zijn haren waren vochtig. 'Vijfentwintig leden! Er zijn er maar drie nodig, maar ik heb er vijfentwintig. Iedereen: Banks, Solander, Stephens natuurlijk, en Maskelyne – zelfs die oude Forster! Ik word lid van de Academie!'

Hij ziet er ineens tien jaar jonger uit, dacht ze, met een ontspannen gezicht, vrolijke ogen, lachend. Ze stond op om hem te omhelzen, de pen hoog geheven achter zijn schouder.

'Ik moet een introductielezing houden,' zei hij over haar hoofd heen, 'in de lente. Het moet een soort artikel zijn, een wetenschappelijke verhandeling.'

Zijn stem klonk geestdriftig, zonder een spoor van onzekerheid of rancune.

'Waar ga je over spreken?' vroeg ze. Ze voelde dat hij diep ademhaalde, zijn borstkas werd breed.

'Eten,' zei hij. 'Ik ga schrijven en spreken over voedsel.'

Ze zaten met zijn drieën aan tafel. Elizabeth had een enorme pastei laten bereiden, gevuld met groente, paddestoelen en schapenvlees. Nat had voor de tweede keer opgeschept en luisterde aandachtig naar het gesprek over de Academie.

'Ga je ook over de menseneters vertellen? Ze eten toch mensen daar?'

James legde zijn bestek neer en keek zijn zoon aan. 'Ja, ze eten mensen, maar ik ben er nog niet achter waarom ze dat doen. Ik weet niet of ik het daarover ga hebben. Het is beter om alleen te spreken over dingen waar ik zeker van ben.'

'Kapitein Palliser heeft het ons verteld. Toen jij nog weg was. Ze hebben een hele sloep vol mannen opgegeten! Wel tien mannen!'

'In Nieuw-Zeeland,' zei James. 'Dat was in Nieuw-Zeeland. Er was een schermutseling, een misverstand. Er ontstond een gevecht. Degenen die ze verslagen hebben eten ze op, het is een gewoonte. Het is moeilijk om er iets van te begrijpen, onze beheersing van de taal schiet tekort. Ik wilde de mensen daar niet straffen omdat ik het niet begreep. We zijn weggevaren zonder wraak te nemen.'

'En als je daar weer komt, krijgen ze dan straf?'

Elizabeth ging rechtop zitten.

'Ik denk het niet, Nat,' zei James. 'Ze weten niet beter, en ik kan daar niet veel aan veranderen. Wij zijn voorbijgangers, we gaan altijd weer weg. Hoe dan ook, ik zal daar niet meer komen. Ik blijf hier.'

Ze herademde. Het licht leek haar ineens mooier, warmer. Ze snoof de geur van de hete pastei op en was tevreden.

'Op Tahiti was het anders,' zei James tegen Nat, die nog steeds aandachtig naar zijn vader keek. 'Daar offeren ze echt mensen, met opzet. Ze weten het van tevoren, ze spreken het af, net zoals hier als er een misdadiger wordt gestraft.'

'Was jij daar bij? Heb je het gezien?'

James zuchtte. 'Ja, ik heb het gezien. Later heb ik geprobeerd erover te praten, te vragen of het een terechtstelling was, een manier om mensen te straffen, of dat het om iets anders ging, een offer om hun goden gunstig te stemmen of zoiets. Het werd me niet duidelijk. Ik had de indruk dat ze het niet wilden vertellen, uit schaamte of omdat het een geheim is. Hodges heeft er een tekening van gemaakt, die zal ik je laten zien.'

'Eten ze ook kinderen? En baby's?'

'Nee,' zei James, 'ik heb nooit gezien dat ze kinderen of baby's aten.'

Nat boog zich over zijn bord. Elizabeth vouwde haar handen over haar buik. Wij. In deze keuken. Een gezin, dacht ze, een beschadigd maar gelukkig gezin aan de maaltijd.

# Deel II

# 5

Het zag er niet naar uit dat het met Kerstmis zou sneeuwen. De dagen waren kort, de wolken hingen laag, maar de temperatuur deed aan september denken. In de tuin staken de stevige bladeren van de wilde hyacinten, gedoemd om in januari kapot te vriezen, omhoog tussen het frisgroene gras. Afdekken met stro? Elizabeth haalde haar schouders op. Er was geen beginnen aan, en waarom zou ze een tuin beschermen als er zoveel andere taken schreeuwden om vervulling.

Jamie was onderweg naar huis voor zijn kerstverlof. Ze moest een gans bestellen voor het kerstmaal. Rode kool en goudreinetten uitzoeken, haar jurken laten uitleggen zodat ze kon ademen ondanks haar groeiende buik. En ze moest praten met James over Nathaniel.

De jongen leek zich vast te klampen aan de viool. Hij begon al te spelen voor hij 's ochtends naar school ging, en Elizabeth moest hem dwingen om te ontbijten. Dan zat hij afwezig achter de pap en at met lange tanden tot hij ineens gehaast de deur uit stormde, zijn halflege kom achterlatend. Zodra hij terugkwam hoorde ze de viool weer. Een kerstconcert, zei hij toen ze vroeg wat hij aan het oefenen was. Hij zou met Hartland tijdens de kerkdienst een concert uitvoeren, hij noemde een componist met een Italiaanse naam – Corelli? Vivaldi? Ze had het niet onthouden.

'Wil je dat wij komen luisteren, vind je dat goed?' vroeg ze. Hij keek weg en roerde door de grijswitte pap. Stom, dacht ze. Ik moet dat niet vragen. We gaan gewoon, op kerstavond, James ook, we gaan naar de kerk en we luisteren naar Nat, of hij het wil of niet. Jamie moet ook mee. Een keuze is niet aan de orde.

Ze stond op met de handen in haar rug, alsof ze moest helpen haar lichaam rechtop te zetten. Ze herkende het gevoel: nog voor er iets te zien was, op een wat uitgezette taille na, liet de zwangerschap zich kennen als een innerlijke verslapping. Banden en pezen werden gevierd om ruimte te maken voor het nieuwe kind. Ze voelde het, eigenlijk was het pijnlijk, maar ze kon het toch geen pijn noemen.

Nat keek naar haar buik. Hij weet het, dacht ze. Het leek of hij iets wilde vragen, maar hij hield zijn mond. Waarom was het ineens zo moeilijk geworden om met hem te praten? Het lag aan haar, het kwam omdat ze niet kon stoppen met denken en zich bij elke uitspraak afvroeg of ze het wel goed zei, of ze niet iets anders moest zeggen, of helemaal niets. In de omgang met Nat was een bevangenheid geslopen die ze niet kon plaatsen. Ze stak haar hand uit om zijn hoofd te strelen maar hij glipte schichtig weg, alsof ze hem te na kwam. Weer had hij zijn bord niet leeg gegeten. Zou ze hem achternalopen, was dat wat hij eigenlijk wilde? En dan?

Van boven klonken de losse snaren van de viool. Hij stemde het instrument rustig en nauwkeurig; een klap in haar gezicht, een signaal dat ze afstand moest houden. Hij was pas elf, een kind nog, het gaf geen pas om met hem om te gaan als met een man, met een minnaar. Ze moest voor hem zorgen en de zwaarte van zijn schouders nemen. Niet aarzelen, niet tobben en niet onderhandelen.

Morgen zou Jamie komen met verhalen over de zeevaartschool. Ze kon zich er nauwelijks op verheugen, bezorgd als ze was dat de confrontatie voor Nat louter een bedreiging zou zijn. Ze moest niet alles zo zwart zien. Het werd Kerstmis, ze was zwanger, ze ging eten om het kind te laten groeien. Eind mei zou het voldragen zijn, had ze uitgerekend. Als Nat het huis uit ging, zouden James en zij met een nieuw kind achterblijven. Het voelde als verraad.

Ze wandelde in het vreemdzachte weer naar Elly's graf. James zat aan zijn boek te werken en ze was de deur uit gegaan zonder hem te storen. Schaamde ze zich voor het frequente bezoek aan haar dochter? Je moest loslaten, zeiden ze, je moest aanvaarden dat kinderen stierven en dat je ze aan de aarde toevertrouwde. Het was gevaarlijk om je te verheugen in een kind want de kans was groot dat het je zou worden afgenomen. James wist dat, hij had drie zusjes en een broertje op jonge leeftijd dood zien gaan. Zijn oudere broer stierf, twintig jaar, toen James net in Whitby bij Walker in de leer was gekomen. Er was geen zekerheid en er was geen recht. Dat ze stiekem, diep vanbinnen, wist dat het kind dat ze nu droeg het zou gaan redden sloeg nergens op. Het was niet waar dat tegenover elk verlies een beloning stond, dat je een kind in leven kon houden door een ander kind te verliezen. Niets van wat de mensen zeiden was eigenlijk waar. Het idee dat er een god was die de kinderen die hem lief waren voortijdig tot zich riep leek haar een kwaadaardig verzinsel, en evenzo de notie dat de dood van een kind bedoeld was als bestraffing van de ouders.

In de week na Elly's dood was de dominee op bezoek gekomen om een theorie over het lijden te ontvouwen. Frances had hem iets te drinken gegeven. Elizabeth hoorde hem slurpen en slikken terwijl hij haar voorhield dat ze uitverkoren was: God stelde haar op de proef door haar zoveel leed en verlies te laten ervaren. Ze moest zich gelukkig prijzen dat ze deze reeks beproevingen mocht ondergaan. Man weg, baby dood, dochtertje verongelukt. Hij nam een plak van de cake die Frances net had gebakken en kauwde nadenkend. Toen likte hij zijn vingers af.

'Frances,' had Elizabeth gezegd, 'wil jij de dominee nú uitlaten?'

Het had haar voor een kort moment enorm opgelucht dat ze dat zalvende orakel de deur kon wijzen, maar toen hij was afgedropen had de verlamming des te harder toegeslagen. Als er geen god was die besliste over dood en leven, als aan het sterven geen enkele bedoeling ten grondslag lag was er slechts toeval. Ze was machteloos. Iedereen was machteloos. De mensen verzonnen verhalen over lotsbestemming en de zin van het lijden om die gekmakende onmacht niet te hoeven voelen.

Frances was geschokt geweest, geschrokken van de afgedwongen onbeleefdheid jegens de dominee, maar ze had zonder aarzeling gedaan wat Elizabeth haar opdroeg.

'Hoe gaat dit nu verder?' vroeg ze. Elizabeth haalde haar schouders op.

'Het gaat niet verder. Ik luister niet meer naar die man. Hij doet de dienst, daar kunnen we niets aan veranderen. Maar we hoeven niet naar hem te luisteren.'

Het had haar extreme moeite gekost om de zinnen uit te spreken, nooit had haar lichaam zo zwaar en onwrikbaar aangevoeld. Toch deed het haar goed dat ze de slijmerige mildheid die de meeste mensen voor troost aanzagen had doorzien en afgewezen. Maar dan, maar dan. Frances vond dat ze even moest gaan liggen, gewoon naar boven, een halfuurtje op het bed, uitrusten – angst flakkerde in haar op, zodra ze lag begon het onbeheersbare malen in haar hoofd en kon ze niets meer overzien, overgeleverd als ze was aan de verschrikkelijke voorstellingen die ongevraagd bezit van haar namen.

Niet liggen, nooit.

Ze opende kordaat het hek en liep het kerkhof op. Bij de kerkmuur stonden twee mannen een graf te spitten. Ze knikte kort en wendde haar gezicht af. Ik zou een sluier moeten dragen, dacht ze, een masker om me te beschermen tegen de blikken van mensen die in het gewone leven staan, die gedachteloos meelopen met de tijd. Maar dat doe ik toch ook? Het kerstmenu, het boek, het kind! Niet als ik hier ben, bij haar. Dan is mijn gezicht achtergebleven bij het uur van haar dood. Haar teloorgang staat op mijn wangen te lezen en niemand mag dat zien.

'We slapen in hangmatten; je kan iemand pesten door de knoop los te maken. Dan dondert hij op de grond als hij erin wil stappen!'

Jamies stem was dieper geworden. Verwonderd keek Elizabeth naar haar oudste zoon – die korte, stevige armen, dat zelfvertrouwen, de trots waarmee hij over zijn opleiding vertelde!

Ze glimlachte naar James. Wat was het goed om weer met z'n vieren te zijn. Zelfs Nathaniel leek op te leven en vroeg zijn broer de oren van het hoofd. Wat leren ze jullie, hoe laat moet je eten, en wat, ben je vaak op het water, hoe heten je vrienden, mag je de hangmat ophangen waar je wilt, krijg je vaak straf? Ben je zeeziek geweest, was je bang, heb je heimwee?

Ze verdwenen samen naar buiten. Elizabeth begon de tafel af te ruimen en wierp een blik op de tekening van een rotsige kust die Jamie voor zijn vader had meegenomen. De lijnen leken zonder aarzeling getrokken en de begroeiing op de klippen was met liefde voor details ingevuld. Inlijsten en ophangen, dacht ze.

'Gisteren heb ik met Sandwich gesproken,' zei James. 'Hij heeft enorm de pest aan Forster gekregen, er is met die man niet te overleggen, zegt hij. Toch wil hij hem nog niet de wacht aanzeggen. De Admiraliteit heeft in Forster veel geld geïnvesteerd. Er ligt zoveel informatie in die man z'n aantekeningen; moeilijk om dat zomaar weg te gooien. Ik zie niet hoe Sandwich dat wil oplossen. Blij dat ik niet in zijn schoenen sta.'

'Hebben jullie het over jouw boek gehad?' vroeg Elizabeth. In de grote kamer lagen dertien donkerblauwe schriften op tafel, de laatste versie van het reisjournaal. James had er de afgelopen weken hard aan gewerkt. Urenlang zat hij op de voorlaatste versie te studeren om tussen de regels, uit de wirwar van losse aantekeningen en bijgevoegde opmerkingen de essentie van het verhaal te vangen. Tijdens het schrijven werd hij geremd door het idee dat een publiek zijn zinnen zou lezen en hij vroeg herhaaldelijk haar oordeel over passages die aanstootgevend zouden kunnen zijn. Zij had daar geen oordeel over. Zijn beschrijving van een ceremoniële ontmaagding waarbij de bevolking geestdriftig commentaar leverde, zijn speculaties over trouw en ontrouw, zijn zinspelingen op het losgeslagen gedrag van de bemanning fascineerden haar. Ze kon de geur van Tahiti haast ruiken als ze las. Hij vertelde hoe het was – warme, groene zee waarin naakte meisjes schaamteloos op hun rug dreven –, wat hij had aangetroffen en welke gedachten dat in hem opriep. Het kwam niet bij haar op om daar afkeuring over uit te spreken. Ze lette op de zinsbouw en de interpunctie. De inhoud nam ze voor lief.

'Hij bood me aan om het geheel door een adviseur te laten bekijken. Hij noemde een naam, een kanunnik uit Windsor. Sandwich liet doorschemeren dat de koning erachter zit, maar je weet hoe hij is, als hij niets wil prijsgeven houdt hij heel diplomatiek zijn mond. Ik kreeg het gevoel dat we geen keus hebben.'

Elizabeth dacht na over de koninklijke wens het reisboek te laten redigeren. Ze verwachtte dat ze het erg zou vinden, een belediging, een motie van afkeuring, maar ze registreerde slechts opluchting. Er lag een keurig manuscript waar de meeste spelfouten en kromme zinnen uit weggewerkt waren. Ze hadden ernstig en eendrachtig aan het verhaal gewerkt. Het was Kerstmis, James zou thuisblijven, er kwam een kind. Misschien was het niet meer nodig om zo'n gezamenlijke taak te verrichten. Laat hem maar met die kanunnik overleggen. Laat hem maar.

'Je kan die man toch eens laten kijken? Stuur hem de eerste vijf schriften op en kijk wat hij zegt.'

'Je vindt het niet erg?' Hij nam de schriften van de stapel en legde ze apart.

'Nee. Als jij het goedvindt.'

Hij kwam naast haar staan en streelde haar haren. 'Je hebt me zo geholpen,' zei hij. 'Ik ben geen schrijver. Het kost me de grootste moeite en ik weet nooit wanneer iets af is. Hoe moet ik van de ene scène naar de andere komen? Wat moet ik doen met al die kleinigheden die ik er absoluut in wil hebben maar die het verhaal zo vertragen? Ik keek gisteren nog eens in dat verschrikkelijke boek van Hawkesworth, hij doet alles fout wat de feiten betreft, maar je blijft wel geboeid, hij weet hoe je een verhaal moet vertellen. Ik heb daar geen gevoel voor.'

Ze nam de cahiers van hem over. 'Pak ze in, stuur ze weg. Laat je gewoon helpen door die man. Als hij een soort Hawkesworth blijkt te zijn, zien we weer verder.'

De opluchting gaf haar vleugels. Het kerstdiner! Palliser en zijn vrouw werden uitgenodigd; Nat en Jamie zouden helpen met het tafeldekken. Noten, appels, confituren en kazen werden uit de kelder naar boven gedragen. De gans, met zijn vulling van broodkruim en pruimen, begon zachtjes te geuren in de pan. Voor het eerst sinds weken kwam Nat tegen haar aan leunen in de keuken.

'Je hebt zo prachtig gespeeld gisteren,' zei ze. 'Ik vergat alles toen ik naar je luisterde.' De jongen schepte met de soeplepel het gesmolten vet op en liet het over de ganzenrug druipen. Boven, bij het orgel, had hij gestaan, kaarsrecht en mager, de viool hoog geheven. Ze had gezien dat hij zijn ogen sloot toen hij de strijkstok op de snaren legde na het voorspel van de organist. Het was doodstil geworden in de kerk, zelfs Jamie, die achter James en haar zat te klieren met een schoolvriend, was opgehouden en had zich door het spel van zijn broer laten vangen.

'Het ging goed,' zei Nat. 'Ik wist precies hoe ik het wilde, en dat lukte ook. Het ging vanzelf. Mag ik de pudding omkeren als hij klaar is? Ja?'

Een koude windvlaag vanuit de gang kondigde Pallisers komst aan. James kwam de keuken in met een enorme ham in zijn armen. Palliser volgde, alleen.

'Het gaat niet,' zei hij. 'Ze voelt zich niet goed. Ze laat zich excuseren. Maar ík ben er. Dag Nat, ik heb van je spel genoten gisteren. Zeer goed. Zoiets maakt het de moeite waard om naar de kerk te gaan op kerstavond.'

Hij keek Elizabeth aan, zijn ogen fel en lichtblauw in het warme kaarslicht. Misschien is hij gewoon blij om hier te zijn, dacht ze. De werf is dicht, de Admiraliteitskantoren zijn gesloten en hij is liever in deze keuken dan in zijn eigen huis bij de zieke, de kinderloze vrouw.

Jamie kwam binnen met de geur van buitenlucht om zich heen. Hij gaf Palliser beleefd een hand en trok hem daarna mee naar de grote kamer om hem iets te laten zien. Nat liep erachteraan. Door de openstaande deuren kon ze het gesprek volgen.

'Maar wie is dan de baas?' vroeg Jamie.

'Papa natuurlijk,' zei Nat meteen.

'Het is ingewikkeld.' Palliser schraapte zijn keel. 'Er zijn verschillende bazen. Lord Sandwich is de minister van Marine. Hij is de hoogste baas, hij staat direct onder de koning en heeft contact met de regering. De Admiraliteit zelf, het kantoor, staat onder leiding van Philip Stephens. Hij is de baas over alles wat met de scheepvaart van doen heeft. En geld.'

'En u dan?' vroeg Jamie.

'Ja jongen, ik ben ook een soort baas. Inspecteur van de vloot zou je het kunnen noemen. Ik moet zorgen dat er schepen zijn om uit te varen op de expedities die Sandwich en Stephens bedacht hebben. Ik koop ze, ik kijk of ze in goede staat zijn, ik laat ze repareren als dat niet het geval is. Als ik het niet zeker weet vraag ik advies aan jullie vader. Zo zit het.'

De gans pruttelde zo krachtig dat ze niet meer kon verstaan wat er in de kamer gezegd werd. Ze haalde de pan van het vuur. Nog even en de maaltijd kon beginnen.

Ze hadden het zware damasten kleed op tafel gelegd. Op het laatste moment had ze bord en bestek van Pallisers vrouw weg gehaald. Nu zaten ze aan met z'n vijven: James tussen zijn zoons aan de ene kant, Palliser en zij aan de andere. In de haard brandde een uitbundig vuur en de tafel werd verlicht door nieuwe, bleke kaarsen.

Er ontspon zich een scheepvaartgesprek, hoe kon het anders. Hugh en James spraken over de terugreis van Omai, de jongens luisterden ademloos en Elizabeth leunde achterover met de armen over haar buik. De gans was perfect gebraden.

Kapitein Clerke zou Omai naar zijn eiland terugbrengen en voor dat doel zouden er twee schepen uitvaren, de opgelapte *Resolution* en een nieuw, door James uit te kiezen schip.

'Neemt Omai zoveel mee dat het in twee schepen moet?' vroeg Nat. Jamie begon een opsomming: kleren, geweren, planken om een huis van te timmeren, marmeren tegels, paarden, een os!

'Misschien gaan ze nog iets anders doen als Omai is thuisgebracht. Ik weet niets zeker, de instructies aan de kapitein zijn altijd geheim. Er zíjn nog geen instructies, er is nog niet eens officieel een kapitein.' Palliser pauzeerde even en keek James aan. Toen hij verder sprak klonk zijn stem strak en zakelijk.

'Gisteren heeft de koning een prijs uitgeloofd voor de man die een noordelijke doorgang ontdekt. Een riant bedrag.'

James keek verrast en de jongens zaten vol vragen. Palliser legde uit hoe omslachtig de weg naar China en de eilanden van Indonesië was als je steeds om Kaap Hoorn of Kaap de Goede Hoop moest zeilen. Stel je voor dat je bij Schotland gewoon naar het noorden kon varen, boven Zweden koers wijzigen naar het oosten en uiteindelijk in het noordelijke deel van de Stille Oceaan zou uitkomen. Wat een verschil in reistijd, wat een kansen voor handel en verkeer!

'Het is wel geprobeerd, maar ik heb de indruk dat de expedities slecht voorbereid en erbarmelijk toegerust waren. Het is daar koud, je moet je weg zoeken tussen het ijs en de voedselvoorziening is natuurlijk een groot probleem. Voor je aan handeldrijven kan denken moet de route in kaart gebracht worden. Kusten, eilanden, stromingen, de reikwijdte van het poolijs. Twintigduizend pond.'

'Ik wist dat het eraan zat te komen,' zei James, 'maar niet dat het zoveel was. Ik zou zeggen: westelijk, via Newfoundland.'

Hij zweeg plotseling en verzonk in gedachten. Palliser probeerde de kinderen uit te leggen wat je met twintigduizend pond kon doen en vertelde dat de koning de prijs na Kerstmis officieel zou uitloven.

'Vanuit de Zuidzee. Eerst Tahiti, dan naar het noorden,' mompelde James. Elizabeth ging rond met de gans en gaf haar man een tweede portie. Hij leek het niet te merken.

'Papa!' De stem van Nat sneed door het huiselijk rumoer van lepels tegen porselein en knappend hout in de haard. 'Papa, ga jij de prijs winnen?'

Ze droeg de schaal met de resten van de gans naar de keuken. Het antwoord hoef ik niet te horen, dacht ze. Kerstmis. Alles moet blijven zoals het nu is. Ze hield haar pas in en bleef staan op de drempel van de keuken, de schaal hoog geheven op haar onderarmen. Ze hield haar adem in.

'Nee jongen,' zei James. 'Ik ga de prijs niet winnen want ik ga niet meer op reis. Kapitein Clerke krijgt nu de kans en ik zal prima schepen voor hem uitzoeken. Het zou geweldig zijn als het hem lukte de doorgang te vinden. Niet eens voor het geld, maar voor onze kennis van die noordelijke zeeën. Ik ga niet mee, ik heb genoeg gevaren.'

Ze zijn teleurgesteld, dacht ze terwijl ze de vette schaal schoonveegde. Jamie zit vast al te bedenken wat je met dat enorme bedrag allemaal kan kopen. Voor Nat is het misschien vertrouwder als zijn vader weg is. Hij zal wel fantaseren dat hij niet naar zee hoeft als James er niet is om hem naar die school te sturen.

Ze riep haar jongste naar de keuken om te helpen met de kerstpudding. Samen legden ze een krans van hulstblaadjes rond de donkere, geurige massa waarin de krenten glommen als hagelkogels. Nat droeg het gevaarte de kamer in; zij volgde met de roomkan. Lichtvoetig, zodat de rok om haar kuiten danste, opgelucht zoals ze zich in geen jaren had gevoeld. Zorgvuldig schepte ze de porties op de borden, met gebogen hoofd. Ze keek James pas aan op het moment dat ze hem zijn bord aanreikte. De pudding zweefde boven het damast, een eindeloos ogenblik keken ze in elkaars gezicht. Lieve ogen, dacht ze, hij heeft lieve ogen.

Midden in de nacht werd ze wakker, alleen. Ze ging rechtop zitten en spitste haar oren. Op de bovenverdieping was het stil, maar van beneden kwamen vage geluiden. Ze gleed het bed uit en liep op blote voeten de trap af. Op de tast ging ze de keuken binnen, waar de vettige walm van de gebraden gans nog in de lucht hing. Er moest een kaars op het aanrecht staan. Ze gaf haar ogen even de tijd om aan het schemerlicht te wennen. Ja, daar. Aansteken. De vlam lichtte flakkerend op. Ze stootte de deur naar de bijkeuken open.

James braakte in een emmer. Zijn haar hing in vochtige pieken om zijn hoofd en het nachthemd plakte kletsnat tegen zijn rug. Zijn gekokhals en gekreun weerklonk hard tussen de kale muren. Hij lag op zijn knieën op de oneffen klinkers van de vloer; de achterkant van zijn naakte, magere benen zag er bleekgrijs en levenloos uit.

'Wat is er, James,' zei ze geschrokken.

Hij reageerde niet. Zijn gezicht ging verscholen in de emmer die hij met beide armen omklemde. Ze hurkte naast hem neer en legde haar hand in zijn nek. Klam zweet.

'Deur dicht!' hijgde hij ten slotte. 'De jongens!'

Ze stond op, sloot de deur, pakte een handdoek en schonk water in een beker. Nu niet in paniek raken, dacht ze, gewoon doen wat gedaan moest worden.

Hij tilde zijn hoofd op en ze begon zijn gezicht schoon te vegen zoals ze dat vroeger deed bij Jamie als hij in de modder was gevallen. Uit de emmer steeg een weerzinwekkende stank op van zurig, halfverteerd voedsel.

Ze gaf hem te drinken. Prompt begonnen de krampen weer door zijn bovenlijf te trekken. Strelen. Vasthouden. Geduld. Hij kwam tot rust en schoof de emmer opzij. Als futen op het water zaten ze tegenover elkaar op hun knieën. Ze schrok van zijn ingevallen, gelige gezicht waarin de ogen donker en groot schitterden.

'Het is niets,' zei hij schor. 'Indigestie. Een kerstziekte.'

Hij probeerde overeind te komen en leunde zwaar op haar schouders. Op haar vraag of hij kon lopen knikte hij kort, met samengeperste lippen. Traag zwoegden ze samen de trap op. Met alle kracht klemde hij zich vast aan de leuning, het leek of hij zich aan zijn armen omhoogtrok. Ze bleef iets achter hem uit angst dat hij zou vallen. Als dat gebeurde zou ze weinig kunnen uitrichten, hij zou haar met zijn lange lichaam meesleuren tot ze beiden aan de voet van de trap op de grond lagen, maar toch steunde ze voorzichtig zijn rug.

Hij vertrok zijn gezicht in een als glimlach bedoelde grimas toen hij weer in bed lag. Onder haar ogen viel hij in slaap.

De volgende morgen leek het alsof er niets gebeurd was en zat hij opgewekt pap te eten met de jongens. Elizabeth ging de bijkeuken in. De emmer stond schoongeboend op het rek.

Erover praten, dacht ze, vragen of hij vaker last had, op reis was hij zo ziek geweest, ze moest weten wat er aan de hand was. Gewoon vragen, zo moeilijk was dat niet. Maar ze zweeg.

'Kijk,' zei James, 'een brief van Douglas. Hij heeft de schriften doorgenomen die ik laatst heb opgestuurd. Lees jij eens, ik ben benieuwd wat je vindt.'

Ze nam de brief van hem aan. Douglas had een vriendelijke, beleefde schrijfstijl en een terughoudende opstelling. Hij complimenteerde James met zijn journaal en vertelde hem hoezeer hij door de beschreven gebeurtenissen werd geboeid. Hij zou het als een eer beschouwen om het boek samen met James persklaar te maken en nodigde de schrijver uit voor een bezoek aan zijn woning in Windsor om een en ander eens rustig te bespreken.

James hoefde niet te vrezen voor ingrijpende veranderingen, niet in de inhoud en niet in de stijl, want naar zijn bescheiden mening maakte de directe en praktische schrijfwijze deel uit van de aantrekkingskracht van het boek. Met de grootste achting en bewondering, met de hartelijkste groeten.

Elizabeth keek op en knikte. 'Ik zou het maar doen. Het klinkt gewoon aardig, toch? Hij zal niet met jouw verhaal op de loop gaan. Wanneer wou je gaan?'

'Ik ga niet,' zei James. 'Het kost me veel te veel tijd. Ik heb een paar dagen nodig om de volgende zending schriften af te maken en die stuur ik dan met de postkoets naar hem toe. Ik moet naar de werf, komende week. Er liggen nu drie schepen die misschien geschikt zijn. Daar moet ik m'n tijd aan besteden. Ik zal hem schrijven, die Douglas. Hij begrijpt het wel. En anders begrijpt hij het maar niet.'

Ze zag hem ineens weer op het achterdek van de *Resolution* staan: wijdbeens, gedecideerd, met snelle bewegingen en een blik die alles overziet. De voorstelling was niet te rijmen met het beeld van de geknielde, brakende man die ze in de bijkeuken had aangetroffen. Ze schrok ervoor terug hem naar zijn gezondheid te vragen nu hij er zo energiek uitzag, maar wat er gebeurd was bleef knagend aanwezig in haar gedachten.

'Banks heeft ons uitgenodigd voor zijn nieuwjaarsontvangst,' zei James. 'Iedereen komt, althans wie Banks onder iedereen verstaat. Graven en hertoginnen.'

Het gala-uniform uithangen en borstelen, dacht ze. Zelf zou ze haar Tahiti-japon aantrekken, een goede keuze voor een gezelschap dat zoveel belangstelling voor de Zuidzee-eilanden koesterde. En ze kon er nog net in.

'Hij heeft zijn vrienden van de Academie vast ook geïnviteerd,' zei ze. 'Solander zal er toch zeker zijn, en anderen die jij graag ziet. Omai natuurlijk. En de Burneys.'

James snoof. 'Ze bedoelen het goed, maar ze hebben geen idee. Ze denken dat ze geïnteresseerd zijn maar ze hebben vooral belangstelling voor zichzelf. Ze zijn zo blij dat ze de beste opleiding hebben, zo tevreden dat ze alle nieuwe boeken kunnen lezen en alle concerten bijwonen – en dan ook nog die interessante, nieuwe wereld die hun in de schoot valt; nee, ze kunnen hun geluk niet op. Ze gedragen zich of ze op dat alles recht hebben. Toen ik op reis zou gaan vond die oude Burney het vanzelfsprekend dat zijn zoon zich kon inschepen, want de jongen wilde het zo graag!'

'Maar ze hébben belangstelling, James,' zei Elizabeth. 'En die jongen, zoals jij hem noemt, heeft wel een complete opleiding bij de Marine achter de rug. Waarom zou hij zich niet bij jou melden als hij op reis wil?'

James ging zitten. In zijn armen klemde hij de schriften die hij naar Douglas wilde sturen. Hij dacht even na en zei toen: 'Je hebt gelijk. Natuurlijk moet zo'n jongen mee. Dat is het niet. Hij heeft het ook goed gedaan. Het gaat om iets anders. De vanzelfsprekendheid waarmee die mensen zich alles in de wereld toeëigenen. Ze vragen zich nooit af of ze ergens welkom zijn maar gaan ervan uit dat iedereen de deur voor hen open zal doen. Ze vóélen zich overal welkom, en dan zíjn ze het ook. Thuis hebben ze een bibliotheek vol met de kostbaarste boeken, ze laten zich portretteren door de beroemdste schilders, ze zitten elke avond in hun eigen loge in de opera en vinden dat allemaal heel gewoon. Ik word daar nijdig van, al weet ik wel dat ze er niets aan kunnen doen.

Toen ik daar op een soiree was, na de eerste reis, voelde ik me boers en onhandig. Een lompe zeeman. Er was geen enkele reden voor want ze hingen aan mijn lippen, de vader, de zoon en die vreselijke dochter. Ze stelden goede vragen en luisterden aandachtig naar mijn antwoorden, maar toch kan ik er niet bij horen. Weet je dat ik hun exemplaar van Bougainvilles reisboek heb beklad? Op hun eigen verzoek, hoor. De oude wilde weten hoe ik rond de wereld was gevaren en ik pakte een potlood uit mijn zak en tekende mijn route in op de overzichtskaart in het begin van het boek. Die dochter, die Fanny, hing met open mond van verbazing over mijn schouder omdat ik zomaar in hun erfstuk zat te knoeien; maar even later liep ze te gillen dat het een historisch moment was en dat ze de potloodlijn moesten fixeren zodat hij voor de eeuwigheid bewaard zou blijven! Zie je, ze nemen aan dat hun boeken en atlassen voor altijd in museumvitrines zullen liggen!'

Op de dag van het feest zette hij zijn pruik op en trok hij het gala-uniform aan. Het rijtuig reed voor en ze vertrokken. Er straalde licht uit alle vensters van het huis van Banks. De deuren stonden wijd open, koetsiers schreeuwden, paardenhoeven roffelden op de keien en gasten in bontgekleurde kledij liepen opgewonden pratend de trappen op. In de hal stond Banks zijn gasten welkom te heten; zijn ronde gezicht lichtte op toen hij James en Elizabeth zag. De mannen omhelsden elkaar. Banks sprak zijn voldoening uit over James' aanstaande toetreding tot de Academie, nooit was er een lid met zo'n overdonderende bijval verkozen, en hoe verheugden ze zich op James' eerste lezing, zijn maiden speech, die vast en zeker zou gaan over de wonderlijke sociale orde op Tahiti, de seksuele gewoontes van de inboorlingen, de mensenoffers! James maakte zich gereed om een antwoord te formuleren, maar Banks was al weggesprongen om nieuwe gasten te woord te staan.

Hij nam haar hand en voerde haar onder de enorme kroonluchter de hal door, een zaal in. Op een verhoging stond Omai te zingen. Hij droeg een witzijden gewaad dat meer leek op een Romeinse toga dan op de klederdracht van de eilanders. Met gesloten ogen en wijdopengesperde mond zong hij luid en hees een monotoon lied in zijn eigen taal, daarbij ritmisch stampend met zijn blote voeten. Toen hij klaar was huppelde hij het podium af en begon de handen van de dames, die met bewondering en afgrijzen hadden staan luisteren, met kussen te overladen. Als een opgetogen kind nam hij hun complimenten in ontvangst. Iemand reikte hem een glas aan waaruit hij schielijk dronk; giechelend en gierend van plezier werd hij door een jonge vrouw meegetrokken naar een bejaarde heer die met een opschrijfboekje op schoot bij de haard zat. De woeste wilde met de hartverscheurende stem die hij een ogenblik geleden nog was leek restloos verdwenen.

'Burney,' zei James, en wees naar de man bij het vuur. Omai lag geknield aan Burneys voeten en fluisterde met heftige bewegingen van zijn hoofd in diens oor. Op haastig getrokken notenbalken noteerde de musicoloog de ritmes in zijn opschrijfboek.

Elizabeth zag ernaar uit om met de man te spreken, hij zou haar alles kunnen vertellen over het muziekleven in de stad, over de veelbelovende componist Haydn over wie Hugh laatst had gesproken, en misschien over de kans die een violist had om een bestaan op te bouwen in de muziek.

James stond gereserveerd tegenover Burney, omdat deze indertijd de verschrikkelijke Hawkesworth had aanbevolen als bewerker van de *Endeavour*-journalen. Toch drukte hij de oude man hartelijk de hand en sprak hij lovend over de inzet en het plichtsbesef van Jem, de zeevarende zoon. De vader straalde. Omai verdween in het gewoel en een strijkorkestje begon in een andere zaal te spelen.

Ze wandelden rond om overal mensen te begroeten, alsof het huis een park was.

'Aardig dat je dat zei, over zijn zoon,' zei Elizabeth. 'Die jongen zat toch niet op de *Resolution*, of wel?'

'Nee. Hij was wel bij mij ingedeeld maar op het laatste moment waren er allerlei verschuivingen en kwam hij op het andere schip terecht. Hij was teleurgesteld maar heeft zich als een goede zeeman gedragen. Hij leidde het onderzoek naar de moord op de bemanning van de sloep in Nieuw-Zeeland. De dag na het drama ging Jem Burney in die baai aan land en vond de aangevreten resten van zijn vrienden. Hij heeft er een goed verslag over geschreven.'

Lord Sandwich arriveerde met zijn minnares aan de arm en stevende op James af. Elizabeth stapte na de begroeting wat naar achteren en luisterde op afstand naar het gesprek, dat over de redactionele en sociale kwaliteiten van Douglas ging. Ze liet haar blik over de menigte gaan, ze zag Fanny Burney buigingen en danspassen aan Omai voordoen, ze zocht naar vader Burney met zijn muzikale notitieboekje maar zag hem nergens. Ineens besefte ze dat ze uitkeek naar Hugh Palliser. Het was hoogst onwaarschijnlijk dat die zich hier zou vertonen, hij zat liever in een koffiehuis met zijn vrienden te praten. Misschien was hij thuis bij de zieke vrouw. Niet hier, niet bij haar. Ze had hem een paar dagen geleden nog te eten gehad, ze zou hem ongetwijfeld de komende week zien als hij met James naar de schepen ging kijken, ze kon hem zien wanneer ze wilde, er was geen enkele reden om nu naar hem te zoeken. Behalve dat ze hem kennelijk graag zou zien. Ze rechtte haar schouders en deed een stap naar voren om het gesprek beter te kunnen verstaan.

'Clerke,' zei Sandwich, 'het is de bedoeling dat Clerke de expeditie gaat leiden. Hij heeft nu de juiste rang, en de ervaring. Voor het nieuwe schip zoeken we er iemand bij, in overleg met jou natuurlijk. Prettig dat je het schrijfwerk uit handen hebt gegeven, nu kunnen we vaker een beroep op je doen. Ik verwacht je opinie over de schepen volgende week. De tijd begint te dringen, ik zou het liefst een vertrekdatum in maart als doel voor ogen houden. Je weet wel waarom.'

Miss Ray, de flamboyante vriendin, trok Sandwich aan zijn mouw. Er moest gesoupeerd worden, andere gesprekspartners vroegen om aandacht, de glazen dienden gevuld.

'We gaan,' zei James toen ze ineens wat verloren samen onder de kroonluchter stonden. 'Je moet rusten, je bent zwanger.'

Ze volgde hem zwijgend. Buiten ademde hij diep en zag ze zijn wangen opkleuren. Hij wenkte de koetsier en hielp haar instappen. Gespannen zat hij uit het kleine raampje te kijken; hij zoekt water, dacht ze, en ja, hij wees haar de rivier in de verte zodra hij hem zag.

Ze bleven het rijtuig nakijken, dralend op hun stoep in de ijskoude nacht. Een nieuw jaar was begonnen.

*Lieve Frances,* schreef Elizabeth, *ik ben al zo lang van plan je te schrijven maar de hele tafel lag vol met versies van James' journalen, en atlassen, en kaarten, en briefjes met aantekeningen die ik niet durfde verplaatsen. Nu hebben we alles opgeborgen en min of meer geordend. De nieuwe versie van het reisverhaal is ter correctie naar meneer Douglas gezonden. Hij schrijft steeds naar James, hij wil overleggen en de verbeteringen bespreken maar James laat alles aan hem over. Hij is blij dat hij eraf is, geloof ik, hoewel hij er een eer in stelde om het ditmaal zelf te doen. Ik heb hem natuurlijk geholpen, daar had ik me echt op verheugd, maar het werd toch niet zoals ik me had voorgesteld. James was niet echt op z'n gemak, ik had het idee dat hij de lezers al over zijn schouder voelde meekijken zodat hij niet vrij was om gewoon te denken en te schrijven zoals het bij hem opkwam.*

*Ik verzuim helemaal om naar jou te vragen, hoe je het redt met de storm, met je echtgenoot, met de politieke onrust in je nieuwe land. Wij lazen hier dat jullie bevelhebber George Washington een verzoeningsbrief aan onze koning heeft gestuurd. Ik geloof niet dat het iets heeft geholpen. In plaats van de zo gewenste onafhankelijkheid hebben jullie nog steeds oorlog!*

*Als ik aan je denk, wat ik vaak doe, mis ik je vooral. De saamhorigheid in huis, wij met de kinderen, daarvoor zal ik je altijd dankbaar blijven. Sinds jij weg bent heb ik geen echte vriendin meer. Natuurlijk ga ik om met buurvrouwen en met de echtgenotes van James' collega's, maar het zijn oppervlakkige vriendschappen, als je ze al zo mag noemen, bepaald door de omstandigheden. Ik vertel nooit wat me echt bezig houdt. Alleen, soms, in momenten van zwakheid, aan Hugh Palliser. Maar die is geenszins een vriendin!*

*Jamie lijkt het goed te maken op de zeevaartschool. Hij was thuis met Kerstmis, groter, gespierder, pronkend met zijn nieuwe wijsheden. Over Nat maak ik me zorgen die ik niet met James kan delen. Hij is een kwetsbaar kind, ik zie dat hij over van alles tobt, maar hij zegt niets. Sinds James terug is, staat Nat verder van me af. Hij heeft zich teruggetrokken. Of ik ben anders. Soms denk ik dat hij weet dat ik weer zwanger ben. Ik heb nog niets gezegd, uit angst dat hij het niet prettig zal vinden. Eigenlijk heeft hij alleen meegemaakt dat er kinderen kwamen die weer stierven. Om het jaar was er een dood, en kon ik een tijd niet echt voor hem klaarstaan. Nee, ik aarzel om hem te belasten maar zie hem naar mijn buik loeren. Moet ik met hem praten? De muziek is zijn enige troost, en komende zomer, als ook hij naar Portsmouth moet, zal hij die kwijtraken. Ik denk aan de avonden dat jij voor hem zong, hoe blij hij dan werd. Wat is het toch moeilijk om te weten hoe je moet handelen.*

*We blijven hier in Mile End wonen. James heeft in het hospitaal niets te doen en we willen graag onze zelfstandigheid behouden. Zijn aanstelling is een sinecure, hooguit eens per maand vergadert hij een keer met de andere directeuren. Ook over hem maak ik me zorgen. Na mijn kerstdiner had hij een aanval van acute indigestie waar ik erg van schrok. Hij is enorm vermagerd sinds zijn terugkeer en ziet er gespannen uit. Hij wil er niet over praten en zegt dat hij volstrekt gezond is. In zijn boeken las ik dat hij op reis ernstig ziek was en dagenlang in bed lag met reumatische koortsen. Hij kon niet eens eten! Van het Engelse eten knapt hij wel op, denk ik, maar ik weet niet of dat waar is.*

*Gisteren vertrok hij opgeruimd naar de werf, waar Palliser op hem wachtte. Ze gingen een schip selecteren dat samen met de* Resolution *op reis zal gaan komende lente, vermoedelijk onder bevel van kapitein Clerke. 's Avonds kwam hij teleurgesteld terug, hij had weliswaar een aardig schip laten aanschaffen zei hij, er moest nog een derde mast op en een aantal andere dingen die ik vergeten ben, maar hij was geschrokken van de staat waarin de* Resolution *verkeerde. In de zes maanden dat zijn lievelingsschip in dat dok heeft gelegen is er bitter weinig gebeurd. Hij maakt zich verwijten, hij had er bovenop moeten zitten en toezicht moeten houden op timmerlieden en touwslagers. Ik vroeg hem wat Palliser ervan vindt; die is verantwoordelijk en had het verloop van de reparaties in de gaten moeten houden. James zei niet veel. Ik kreeg de indruk dat ze ruzie hadden gehad. Dat kan nooit lang duren, ze hebben zoveel gemeen, die twee. Het enige waarin ik ze echt verschillend vind is, hoe zal ik het zeggen, de omgang met hoger geplaatsten. James lijkt daarin altijd op z'n hoede en heeft het idee dat hij zich bewijzen moet. Hugh kan het helemaal niets schelen, die gaat zijn eigen gang zonder zich over de opinies van anderen druk te maken. Ik heb hem veel gezien de laatste tijd, hij is een grote steun voor mij.*

*Het is guur weer. Natte sneeuw en windvlagen. Ik heb hooischelven rond de exotische planten laten zetten, nu ziet de tuin eruit zoals ik me een indianendorp voorstel. Bij Elly bloeit er niets. Ik vlocht een krans van sparrentakken en hulst voor op haar graf. Nu komt James thuis. Hij laat je groeten. Schrijf me snel terug! Een kus van je vriendin Elizabeth.*

Nu de tafel leeg was zou ze kunnen beginnen aan het vest voor James. Ze opende de kist die in de hoek van de kamer stond en tilde voorzichtig de zware stof eruit. De vezels leken op niets wat ze kende. Ze voelden zacht aan maar waren zo taai dat de schaar er met moeite doorheen kwam, wist ze van de naaister die haar Tahitiaanse jurk had gemaakt. Ze wilde het vest zelf naaien, zag zich al zitten op een stoel bij het raam, met de donkerrode stof op haar schoot. De kleur was zo intens, zo diep dat het haar duizelde als ze er lang naar keek. Een voering van zilverkleurige zijde zou er goed bij passen. De knoopsgaten kon ze omboorden met zilverdraad. Zilveren knopen, op stift gezet. Ze spreidde de stof uit op tafel en probeerde te zien hoe de onderdelen van het vest uit de vierkante lap gesneden moesten worden. Denk aan de vleug. Borduursel van zilver op de zakken? Doet dat afbreuk aan het overweldigende rood? Eerst moest ze de juiste maten hebben, over versiering kon ze later nog beslissen.

Ze vond het meetlint in de naaidoos en liep de keuken in, waar James met potlood en papier bij het venster zat.

'Reparaties!' zei hij. 'Niet te geloven hoe weinig ze gedaan hebben. En wat ze deden deugt niet. Een misdaad om zo'n prachtig schip te verwaarlozen. Corruptie ook, denk ik, ze krijgen goed materiaal. Ik zie het niet terug op het schip, wie weet verkopen ze het, ze smokkelen het over de hekken heen en vervangen het door rotzooi. Een schandaal. Ik zou er elke dag heen moeten, maar hoe moet ik in godsnaam de tijd vinden? Om de haverklap komen die boeken terug van Douglas die ik moet bekijken en verbeteren! Laat die man het zelf doen, het is zijn vak!'

'Ga eens staan,' zei Elizabeth. 'Ik wil je nieuwe maten hebben.'

Hij vroeg niet waarom, hij voldeed aan haar verzoek. Stokstijf stond hij voor haar, het was of ze de ingehouden woede in golven van hem af voelde slaan. Hij hield zijn mond en ademde oppervlakkig.

De omvang van de borstkas op het breedste en het smalste punt. Schouderbreedte. Van nek naar taille. Van taille naar oksel. Na iedere meting boog ze zich over de keukentafel en noteerde ze de uitslag op een velletje papier, het meetlint tussen haar tanden geklemd.

'Klaar. Ik weet genoeg.'

Hij beende heen en weer voor het raam, de handen ineengeslagen op zijn rug.

'Die lezing voor de Academie, daar zou ik nu over na moeten denken. Dat is belangrijk. Ik kom nergens aan toe; al die verplichtingen, al die informatie die maar binnenstroomt en om reactie vraagt. Ik overzie het niet, hier, het ontglipt me, ik ben overgeleverd aan wat er om me heen gebeurt en het heeft geen zin om plannen te maken of de boel te sturen. Er komt altijd iets tussen, het gaat altijd weer een andere kant op. Zo'n Forster die alleen maar dwarsligt en alles vertraagt – ik zie het aan, maar kan er niets tegen uitrichten. Aan boord zou ik hem tot de orde roepen. Dan was het uit met dat arrogante gedrag.'

Ze pakte het papiertje met de maten op en liep naar de deur. Hij vraagt niet eens wat ik ga maken, dacht ze. Het is hem te veel. Langs zijn pas opgemeten lichaam zag ze de hooischelven in de sneeuw staan. Het zag er belachelijk uit.

'Het nieuwe schip verkeert in goede staat,' begon hij weer, 'maar die hele ellendige expeditie zal moeten wachten tot de *Resolution* hersteld is. En niemand doet iets voordat ik gezegd heb hoe het moet. Wat krijgt Omai mee, en hoeveel ruimte nemen die spullen in? Hoeveel wetenschappers willen ze mee hebben? Welke voedselvoorraden, hoeveel kanonnen, hoeveel mariniers? Er gebeurt helemaal niets en straks is het te laat om nog met enige kans op succes uit te varen. Dan moeten ze weer een jaar wachten!'

Hij stampvoette bijna, een beweging die hij op het laatste moment omvormde tot een stap.

'Die zending van Douglas laat ik even liggen,' zei hij. 'Ik ga nu kijken of ik Palliser in het koffiehuis kan vinden.'

Hij ging de deur uit zonder haar nog aan te kijken. Met het meetlint in haar hand liep ze naar de kamer waar de lap dieprood lag te stralen. Ze mat zijn borstkas uit in het rode en tekende met krijt voorzichtig de punten af waarlangs de schaar moest gaan. Ze aarzelde om daadwerkelijk te gaan knippen en vouwde de lap weer op. Beter nog even denken, wachten tot morgen, tot een dag met minder hindernissen. Het briefje met zijn maten verborg ze zorgvuldig in de rode plooien.

De volgende dag sloeg het weer om. Binnen enkele uren smolt de dunne sneeuwlaag. Elizabeth verlangde naar een wandeling en stond op de stoep naar de toestand van de weg te kijken. Plassen, modder, vuil. Een rijtuig ploegde zich door de verweekte aarde en kwam vlak voor haar tot stilstand. Hugh Palliser liet zich door de koetsier naar buiten helpen. Toen zijn slechte been de grond raakte vertrok zijn gezicht een ogenblik van pijn; daarna stapte hij vastberaden de stoep op.

'James is niet thuis,' zei ze. 'Hij is naar de graveur om de illustraties te bekijken.'

'Maar jij bent er.' Hij kuste haar op de wang en ging naast haar naar binnen. In de gang voelde ze zich duizelig en zocht steun tegen de muur. Hij deed omstandig zijn jas uit en wreef zijn koude handen.

'Port!' zei hij. 'Of madera. Ik weet dat het er is. James heeft nog een voorraadje uit de *Resolution*.'

In de keuken kreeg ze weer vat op zichzelf, kon ze bedrijvig zijn met glazen en flessen. Palliser installeerde zich aan de hoek van de tafel en vroeg of hij zijn been op een stoel mocht leggen.

'Heb je pijn?'

Hij knikte kort. 'Met dit weer. Vocht. Als het vriest is het beter. 's Zomers ook. Maar ik ben het gewend. Het is niets.'

Uiteindelijk moest ze toch gaan zitten, schuin tegenover hem, en rees de stilte als een zuil boven de tafel. Ze zocht gespannen naar gespreksonderwerpen maar er vielen haar alleen conflictueuze zaken in. Hij dronk. Hij zweeg.

Na verloop van tijd merkte ze dat het eigenlijk niet onprettig was, dit stille samenzijn. Er hoefde niets. Wat ze hem zou willen zeggen of vragen kon later nog. Hij zat rustig naar haar te kijken en maakte nergens haast mee. Ze ademde diep uit en hief haar glas. Ze keken elkaar glimlachend aan en begonnen tegelijkertijd te spreken.

'Wanneer –,' zei hij.

'Hoe –,' begon zij.

Ze hernamen zich en hij informeerde naar de vermoedelijke geboortedatum van het kind. Ergens in mei, had ze uitgerekend, als de hele tuin in bloei zou staan.

'Ik kan het me nu niet voorstellen,' zei ze. 'Alles zal dan anders zijn. James zal er zijn. Hij heeft nog nooit zijn eigen kind ten doop gehouden. Of begraven.'

Palliser schudde zijn hoofd. 'Het kan ook goed gaan, Elizabeth. Twee jongens heb je behouden. Die zijn er nog.'

Hij pakte haar hand en begon die verstrooid te strelen. Ze kreeg hevige aandrang om te gaan huilen en dwong zich om aan het patroon van James' vest te denken, aan het menu van vanavond, aan het zaaigoed dat ze voor de lente wilde aanschaffen. Mei. Bijna tijd voor Nat om weg te gaan. Niet janken nu, praat er gewoon over.

'Nee,' zei Hugh, 'ik geloof ook niet dat die jongen op zee gelukkig zal zijn. Jamie wel, dat zie je, die kan het aan en komt tot zijn recht. Nat is anders. Nu is het wel zo dat de Marine ruimte biedt aan vogels van diverse pluimage. Als hij eenmaal de ellende van die opleiding heeft doorstaan ziet het er echt beter voor hem uit. Niet iedereen hoeft voortdurend op een schip te zitten. Er zijn functies aan de wal. En ze hebben muzikanten nodig. Hoornblazers, slagwerkers, trompettisten. Het is sneu dat hij zo jong al weg moet van huis, en zo snel na de geboorte van een nieuw kind. Nee, dat is niet leuk.'

Hoe weet hij dat, dacht ze, hij heeft geen kinderen, hij is niet bang voor de zee en toch weet hij wat Nat voelt. Ze zag haar hand trillen toen ze hem bijschonk. Over James ga ik het niet hebben, besloot ze. Hij kent hem, hij weet wel dat er niet te praten valt over een ander beroep voor de jongens. Hij weet het wel.

'Moeilijk voor Nat, moeilijk voor jou.' Hij kneep in haar hand. Ze begon gehaast te spreken over het werk aan de journalen, de ordening, het verbeteren, de vriendelijke bemoeienis van Douglas.

'Mooi, goed zo,' knikte hij. 'Dan krijgt James eindelijk

tijd om de expeditie voor te bereiden. We hebben er in Deptford onenigheid over gehad, dat heeft hij zeker wel verteld? De werklui daar hebben niets uitgevoerd. Wormstekig houtwerk bedekt met verf, verrotte onderdelen laten zitten – je gelooft je ogen niet. James werd woedend, en met recht. Ik had er toezicht op moeten houden, hij heeft volkomen gelijk. Ik heb natuurlijk mijn excuses aangeboden, hij heeft die aanvaard, de vriendschap heeft er niet onder geleden. Ik maak mezelf verwijten. Onvergeeflijke nalatigheid.'

'Wat was er dan?' vroeg ze. 'Waarom kon je het niet opbrengen?'

Haar hand tussen zijn handen. Hij keek haar niet aan, streelde haar handrug met zijn duimen.

'Die ellendige onderneming om die wilde terug te brengen. De koning wil dit, Sandwich wil dat en de Academie weer iets anders. Waar moet het geld vandaan komen, wie moet het bevel voeren, hoe moeten de instructies luiden. Het houdt me bezig en ik kom er niet uit. Toch: onvergeeflijk. Ik had de wilskracht moeten hebben om dagelijks naar de werf te gaan. Ik deed het niet.' Hij was even stil.

'Er is meer. Meer wat me afleidt en in verwarring brengt. Ik heb veel en vruchteloos zitten peinzen, deze herfst. Ik word oud, Elizabeth. Wat ik vroeger gemakkelijk verdroeg kost me steeds meer moeite en put me uit. Zoveel conflicten overal. En thuis – '

Hij tilde zijn been van de stoel en ging verzitten.

'Ik ga jou niet met mijn problemen lastigvallen. Je hebt al genoeg aan je hoofd. Deze madera is zeer goed, een geslaagde aankoop van James.'

'Hoe gaat het thuis?' vroeg ze. 'Is er iets veranderd?'

Hij schudde zijn hoofd. 'Alles is hetzelfde. En blijft hetzelfde. Ze is ziek, zeg ik meestal. Maar ziek is ze niet. Ze is ongeschikt voor het leven, maar kerngezond. De dokter geeft haar ongehoorde hoeveelheden laudanum zodat ze dag en nacht slaapt. Ik slaap heel weinig. Mijn been speelt op als ik rust. Als ik ga liggen is het onverdragelijk. Ik zit in mijn stoel de hele nacht, en wacht op de dageraad. Hier wil ik helemaal niet over praten met jou. Ik wil niet klagen.'

'Je klaagt niet. Je vertelt hoe het is. Ik wil dat wel horen.'

Hij streek over zijn gezicht, masseerde zijn voorhoofd.

'Als ze geen slaapmiddel krijgt, gaat ze dwalen. De tuinman heeft haar eens bij de vijver weggesleurd. De ramen van haar slaapvertrek heb ik aan de buitenkant laten vergrendelen. Ze wordt verpleegd en verzorgd, maar eigenlijk wordt ze bewaakt. Ik laat haar voortdurend in de gaten houden door verplegers die eigenlijk bewakers zijn. Het is goed dat ze tegenwoordig zo veel slaapt. Als ze wakker is huilt ze. Ik kan daar slecht tegen. Ook daarom ben ik vaak weg. Niet zo mooi, maar zo is het.'

'Wat erg voor je,' zei ze. 'Wat een uitzichtloze toestand. Hoe moet dat verdergaan?'

'Het zal gaan zoals het gaat,' zei hij gedecideerd. 'De situatie is al jaren stabiel. Zolang ik mijn bezigheden heb kan ik het wel volhouden. Het is alleen, soms, dat het me aanvliegt, dat het me spijt dat mijn leven niet anders gelopen is, dat ik verlang naar een nieuw begin. Oudemannenverdriet! Ik ben blij dat ik jou zo nu en dan eens kan opzoeken, blij dat James terug is, blij dat ik getuige kan zijn van jullie gezinsleven. Nee, ik wil niet klagen. Ik wou dat ik een eindje met je kon gaan lopen, maar het been wil niet vandaag.'

Het begon te schemeren. Ze bleven aan de tafel zitten zonder licht te maken.

'Moet je zien,' zei James. Hij hield een stapel schriften omhoog. Er vielen losse papiertjes met aantekeningen uit. 'Hij verwacht dat ik dit nu allemaal wéér doorkijk en van commentaar voorzie. Zo komt het nooit af. Hij zegt dat de lezers zich zullen storen aan het gedrag van mijn mannen. Onzedelijk gedrag, zegt hij. Of ik dat overal wil schrappen. Ik dacht dat ik dat al gedaan had. Hoe weet ik wat hij onzedelijk vindt?'

'Schrijf hem een brief,' zei ze. 'Als het je echt niet kan schelen, laat hem dan uitmaken wat er wel of niet moet blijven staan.'

James raapte de omlaaggedwarrelde papieren op en schikte ze tot een stapeltje.

'Ik wil een zo getrouw mogelijke beschrijving,' zei hij. 'De eilanders gedragen zich anders dan wij. Bij ons zou je wat zij doen onbeschaamd en losbandig vinden. Maar vinden de eilanders dat zelf ook? Nee, dat vinden ze niet. Zij hebben hun eigen gewoontes. De betekenis daarvan kennen wij niet, en omdat we schrikken van die blote lichamen en openbare intimiteiten denken we niet na en roepen we: onzedelijk! Moet je daarom de beschrijving van wat wij zagen uit het journaal wegstrepen? Ik zou liever alles laten staan zoals het er staat. Maar het is geen wetenschappelijk verslag voor de Academie, het is een boek tot vermaak van het publiek. Ik moet me aanpassen, denk ik. De inlanders op Tahiti copuleerden in het openbaar, ik zag een oude man met een jong meisje, een kind nog, zouden wij zeggen. De mensen stonden er in een kring omheen en riepen aanmoedigingen, aanwijzingen, commentaar. Welke indruk maakt dat op de lezers hier? Hoe moet ik dat weten? Het kind leek het niet erg te vinden, integendeel. Krijg ik een proces als ik dat opschrijf? En denk eens aan de vrouwen van mijn bemanningsleden. Misschien hoef ik geen namen te noemen, maar onrust en heibel zal er zeker ontstaan. Ik laat alles schrappen.'

Hij smeet de schriften met een klap op tafel en beende

boos heen en weer voor het raam.

'Al die gevoeligheden. Regels. Ik ben daar niet geschikt voor. Ze moeten het me uitleggen en dan weet ik het nóg niet. Douglas moet het maar zeggen. Ik leer het nooit, het is opvoeding, denk ik, scholing, geld. Ik bemoei me er niet meer mee.'

Elizabeth besefte dat ze hem had willen provoceren met haar suggestie om Douglas de regie te geven. Het was pijnlijk om te zien hoe onzeker hij werd, hoe hij bereid was om in zijn eigen tekst te snijden en zijn mening geweld aan te doen.

Ineens was ze razend. Ze strekte haar rug en zette haar voeten uit elkaar. Met geheven hoofd keek ze James aan.

'Je laat het afweten. Het is jóúw reis, jóúw boek. Ik zie niet in waarom jij je zou moeten aanpassen aan regels die hier toevallig van kracht zijn. Waarom verander jij die regels niet door aan je eigen criteria vast te houden? Ben jij minder dan Douglas? Sandwich? Banks? Je bent toch geen knecht van de Admiraliteit? Je bent de baas. Jij hebt de ontdekkingen gedaan, jij geeft de toon aan. Ik begrijp die onderdanige houding van jou niet.'

Ze zag hem voor haar ogen inzakken, alsof de spanning in zijn spieren plotseling verdween. Een oude man stond daar onhandig met schriften te schuiven. Kromme rug, afhangende schouders. Afgewend gezicht.

'Ik vind het ook niet leuk dat jouw matrozen overal hun broek uittrekken. Ik schaam me tegenover hun vrouwen. Ik geneer me dat jij daar geen eind aan weet te maken. Ik vind het een schande dat ze ziekte en schurft verspreiden, die mannen van jou. Soms ben ik bang dat jij ook door de knieën gaat en je een prinses laat aanbieden. Dat is allemaal waar. Maar wij hadden een verbond, James. Wij zouden niet buigen voor conventies, niets geloven wat we niet met eigen ogen konden zien, eerbied hebben voor de feiten. Jij bent bereid om die feiten door te strepen. Je schendt ons verbond. Dat mag je niet doen. Ik wil dat je kiest voor ons, niet voor het toevallige fatsoen van je opdrachtgevers.'

Ze stopte abrupt, geschrokken van haar eigen heftigheid. De stilte was zwaar en ongemakkelijk. Ze wilde naar de keuken gaan om gewone, dagelijkse dingen te doen. Maar ze bleef staan.

'Je hebt gelijk.' Zijn stem klonk hees en zwak. 'Je hebt helemaal gelijk. Maar je begrijpt het niet. Aan boord bepaal ik de regels, daar ken ik geen onzekerheid die niet valt op te lossen. Hier, in de stad, is het anders, Elizabeth. Als ik me hier wil handhaven zal ik hun regels moeten accepteren. En kennen. Je weet niet hoe moeilijk dat is. Wat voor pruik ik op moet voor een ontvangst weet ik wel, maar wat ik moet zeggen als het niet over wind en getij gaat weet ik niet.

Maar gelijk heb je. Ik zou mijn boek moeten schrijven zoals ik het zelf wil, zonder concessies aan goede smaak of fatsoen. Als er maar één lezer zou gaan nadenken in plaats van verontwaardigd of verlekkerd zijn, dan was ik tevreden. Eéntje maar.

Ik eet niet thuis vanavond. Sandwich en ik gaan bij Stephens dineren aan de overkant. Hugh Palliser komt ook. Er moeten beslissingen genomen worden over de expeditie. Het zal wel laat worden.'

Ze volgde hem naar de gang en keek hoe hij zich klaarmaakte voor het vertrek. Hoed, mantel, laarzen. De radeloze schrijver transformeerde zich binnen enkele ogenblikken tot zelfverzekerde kapitein. Ze rilde. Het was steenkoud.

Hij trok haar tegen zich aan en sloeg zijn jaspanden om haar heen. 'Je hebt gelijk,' zei hij nogmaals. 'Je bent verstandig. Ik zal over je woorden goed nadenken.'

Toen klopte de jongen die hem naar de overkant zou

roeien op de deur. Ze keek hen na, ze zag hoe James zich naar de jongen overboog, ze hoorde hun stemmen wegsterven toen ze het pad naar de rivier in liepen. IJzige mist over de stad, dacht ze, het is 9 januari en de stad is toegedekt met mist.

Ze sloot de deur.

# 6

Bitter koud werd het in de tweede helft van januari. De rivier vroor dicht, maar door de waterstromen onder het ijs was het gevaarlijk om over te steken. IJsschollen zo groot als tafelbladen schurkten tegen elkaar, vroren vast aan de randen maar lieten elkaar weer los als de steun van het onderliggende water verdween. Langs de oevers was het ijs steviger, daar zaten jongens te vissen met lijnen die ze door een wak naar de bodem lieten zinken. De boomtakken hingen zwaar van rijp omlaag en de weg was een woestenij van ijzige ribbels waarover de rijtuigen hobbelden en slipten.

Het was onmogelijk het huis vorstvrij te houden. De haard in de kamer loeide de hele dag maar kon de groei van ijsbloemen op de ruiten niet verhinderen. Het water dat in een kan op tafel was blijven staan bevroor en deed de kruik barsten. Er was niets te zien en toch werd alles op klaarlichte dag vernield door koude.

In de keuken was de temperatuur dragelijk omdat het grote fornuis op volle kracht gestookt werd. Hele boomstammen verdwenen in het bescheiden brandstofluikje zodat de lucht boven de kookplaat trilde.

De muziekklessenaar van Nat stond pal naast het fornuis. James zat met zijn aantekeningen en atlassen aan de keukentafel. Elizabeth, die na lang wachten de schaar in de stof uit Tahiti had durven zetten, zat op een stoel tegenover het fornuis de achterpanden van het vest aan elkaar te naaien. Buiten blies een ijzige storm, binnen brulden de opgesloten vlammen.

Nat kwam binnen met zijn vioolkist onder de arm. Hij had een oude hoed van James over zijn oren getrokken; zijn gezicht zag blauw van de kou. Hij wilde de viool op tafel leggen maar schrok toen James opkeek en droeg de kist naar het aanrecht. Zijn handen waren rood en opgezwollen.

'Waarom heb je geen wanten aan?' vroeg Elizabeth. Nat gooide de belachelijke hoed in een hoek.

'Laten liggen bij Hartland. Ik voel niks meer in m'n vingers!'

Elizabeth trok een pan met water van de plaat en testte de temperatuur. Lauw.

'Doe hier je handen maar even in, dan is het zo over.' De jongen stroopte zijn mouwen op en stak zijn handen tot voorbij de polsen in het water. Zo bleef hij staan, zwijgend.

De afstand van de drie personen in de keuken tot elkaar was niet meer dan een krappe meter. Allen deden hun best om in hun eigen bezigheden te verzinken. James trok met potlood lijnen op een kaart, Nat bewoog langzaam zijn handen in de pan, Elizabeth duwde de naald door de stugge stof.

Na het diner met Sandwich, Stephens en Palliser was James pas tegen de ochtend thuisgekomen. Elizabeth werd wakker uit een onrustige slaap toen hij in bed stapte en tegen haar aan ging liggen. Van zijn naar drank stinkende adem werd ze misselijk en ze had zich zo ver mogelijk van hem af gedraaid. De volgende morgen was hij in bed blijven liggen en ze had hem pas weer gezien toen ze terugkwam van haar wandeling. Na haar bezoek aan Elly was ze op de markt geweest, veel te veel had ze gekocht, ze stapelde de bundels en zakken op het aanrecht en begon de etenswaren te ordenen en op te bergen.

Ik ga niet vragen hoe het was, dacht ze. Er is niets aan de hand. Ik ga soep koken.

James had roerloos in een hoek van de keuken gestaan en naar haar rug gekeken. Een paar keer schraapte hij zijn keel en verwachtte ze dat hij iets ging zeggen. Het bleef stil.

De dagen verstreken, gevuld met de strijd tegen de vorst. James leek het druk te hebben en ging elke dag de deur uit. Hij vond geen gelegenheid om haar over de maaltijd en de reden van zijn dronkenschap te vertellen. Geleidelijk aan verdween haar nieuwsgierigheid en zakte haar onrust weg. Weliswaar vond ze hem gesloten en afwezig, maar dat schreef ze toe aan de lezing voor de Academie die hij aan het overdenken en voorbereiden was. De kou gaf alles een onwezenlijk, toegedekt aspect dat zich tot de onderlinge omgang in haar kleine gezin leek uit te strekken. Ze zag Nat langslopen met zijn bleke gezicht en wist niet wat ze moest zeggen om hem te bereiken. Ze wilde James iets vragen maar hij was al verdwenen voor ze een zin kon formuleren. Het kind in haar groeide onmiskenbaar, het bewoog, het liet zich gelden; maar ook voor haar zwellende buik voelde ze voornamelijk een afstandelijke belangstelling.

Op een heldere, zonnige morgen ging ze naar buiten omdat de benauwde keuken haar beklemde. Het ijs op straten en wegen was bedekt geraakt met zand en vuil zodat ze niet bang hoefde te zijn om te vallen en er flink de pas in kon zetten. Het wandelritme bevrijdde haar van de vreemde desinteresse, ze begon benen en wangen te voelen en het was of ze tussen weiden en velden weer in zichzelf terugkeerde. Oplossingen, dacht ze, problemen moeten opgelost worden. Zijn lezing moet af, de vete met die rare Forster moet een einde krijgen en de tekst van het boek moet klaar, hoe dan ook. Na het gesprek over het schrappen van de aanstootgevende passages was ze ervan overtuigd geweest dat James voet bij stuk zou houden en niet zou toegeven aan de druk om zijn beschrijvingen aan te passen.

Maar toen hij op de ochtend na het zware diner eindelijk was opgestaan schreef hij Douglas een brief waarin hij hem de vrije hand liet alle passages te verwijderen die beschaafde lezers zouden kunnen ergeren.

'Ik heb er geen tijd voor,' zei hij. 'Kijk even of ik veel fouten heb gemaakt. Moet ik hem overschrijven?'

Ze had de korte brief gelezen; zoals altijd had zijn overdreven afsluitfrase 'uw bescheiden dienaar' haar boos gemaakt. Ook was ze verbaasd geweest over zijn capitulatie, ze had hem willen vragen waarom, waarom nu deze beslissing, wat verhinderde hem om de regie over zijn eigen teksten te houden – maar iets weerhield haar. Lakzegel, postkoets, klaar.

Ongemerkt was ze op weg terug naar huis. Ze sloeg de hoek om naar haar eigen straat en botste bijna tegen Hugh Palliser op. Hij hield zich staande met behulp van zijn wandelstok en leek te schrikken van de ontmoeting. Haar verraste glimlach viel dood en ineens stonden ze schutterig en ongemakkelijk tegenover elkaar.

'Ik ben je een uitleg verschuldigd,' zei hij na een te lange stilte. 'Laten we ergens even praten, wil je dat?'

Hij gaf haar een arm en langzaam liepen ze naar het koffiehuis. Het viel haar op hoe moeizaam hij zich bewoog, hoe zwaar hij op haar leunde. Binnen legden ze mantels en sjaals af, het was behaaglijk warm, ze streken neer en Palliser bestelde warme wijn.

'Ik heb het niet kunnen verhinderen. Het spijt me meer dan ik zeggen kan. Je moet het niet verkeerd begrijpen, wij hebben hem niet overgehaald. Hij wil het zelf.'

Elizabeth keek hem vragend aan. Warm was het hier,

ze schoof haar muts naar achteren en leunde tegen de muur. Waarom was hij zo zenuwachtig?

'We zaten in de torenkamer. Stephens had een reebout laten stoven en er was een vat port opengemaakt dat Sandwich voor de gelegenheid had bewaard. We keken uit over de rivier aan de ene kant en de sterrenwacht aan de andere.'

Port. Hij had het over die avond, die nacht dat James dronken thuis was gekomen. Ze warmde haar handen aan haar glas.

'Je weet dat het gaat om de noordelijke doorgang? Het is geheim, maar ik neem aan dat James er met je over heeft gesproken. We zaten daar met de kaart op tafel, de wereldkaart tussen de schotels en de glazen; we spraken over de verschillende mogelijkheden, de beste tijd van het jaar, de benodigde voorraden.'

Palliser legde zijn slechte been over het andere en begon aandachtig over zijn enkel te wrijven.

'Ga door,' zei ze.

'Bemanning,' zei hij met gebogen hoofd. 'Hoeveel manschappen. Mariniers. Of er wetenschapsmensen mee moeten. Daar ging het over.'

Weer viel hij stil. Elizabeth was rechtop gaan zitten en had de wijn weggezet. Ergens in haar hoofd besefte ze dat ze niet wilde horen wat hij nu ging zeggen. 'En?' vroeg ze.

Hij keek haar aan. 'Wie het bevel over de expeditie zou kunnen voeren. Een zeer ervaren persoon met grote kwaliteiten op cartografisch gebied. Clerke werd genoemd, door Stephens, meen ik. De namen van verschillende officiers gingen over tafel: Pickersgill, Gore. Ik herinner me dat James zich zeer positief over Clerke uitliet. Hoe geliefd hij bij de bemanning was. Hij is een rokkenjager, zei Sandwich. Er werd getwijfeld. Zou Clerke voldoende serieus zijn om zo'n zware opdracht tot een goed einde te brengen? In de noordelijke zeeën is het van het grootste belang om het dieet aan boord nauwlettend te bewaken. Konden we dat aan Clerke toevertrouwen? Stel dat hij zijn mannen te vriend wil houden en te ruimhartig omgaat met de voorraad? Het valt hem zwaar om verzoeken inzake ruimere rantsoenering te weigeren, dat is bekend. Te vriendelijk. Te vrijgevig. Zelf houdt hij ook van een glas, dat weten we.'

'Zeg het nu maar,' zei Elizabeth. Ze hoorde dat haar stem strak en ijzig klonk, ze luisterde ernaar alsof het de stem van een ander was, van een kaarsrecht zittende vrouw die zich nergens iets van aantrekt.

'Heen en weer praten,' zei Palliser. 'Ik nam het op voor Clerke. Ik hoor van zijn mannen alleen maar goede berichten. Hij is toegeeflijk, dat is waar, maar dat heeft voordelen voor de sfeer aan boord. En hij is spaarzaam met de zweep.'

Hij stokte. De waard kwam met een dampende kan en schonk de glazen nog eens vol. Palliser wachtte tot de man was weggesloft.

'We kwamen er niet uit. Sandwich was duidelijk ongelukkig met de keuze voor Clerke. Hij nam het woord. Hij zei dat hij die middag met de koning over de expeditie had gesproken. Vanuit het paleis waren specifieke wensen geuit, de majesteit zou graag zien dat de duurste en belangrijkste onderneming uit de maritieme geschiedenis geleid zou worden door de meest illustere en ervaren kapitein.'

'Laat die woorden maar weg,' zei ze. 'Vertel gewoon wat er gebeurde.'

'James stond op. Ik doe het, zei hij. Als jullie het mij vragen ben ik bereid. Dat waren zijn woorden. Zijn gezicht was rood, we hadden allemaal stevig doorgedronken. We juichten en klonken elkaar toe. Iedereen was opgelucht, weet je, James gaf een oplossing voor een groot probleem. Sandwich omhelsde hem en bedankte hem voor zijn besluit. Stephens schonk nog meer port in, we gingen alle vier weer zitten en spraken nog uren over de expeditie. Zo is het gegaan. We hebben James niet onder druk gezet, niet overgehaald. Hij wil het zelf.'

In de stilte hoorde ze een paardenkar op straat. De koetsier schreeuwde, het hoefgetrappel verstomde en een luide bons duidde op een vat dat werd uitgeladen. De waard opende de deur en een vlaag ijskoude wind woei binnen. Elizabeth bleef roerloos zitten tot het vat achter de toog was gerold, de kruier betaald, de deur gesloten. Palliser zat gebogen over zijn been, dat hij met beide handen masseerde. De wijn stond onaangeroerd op tafel.

Het was geen verrassing, eigenlijk had ze het altijd geweten. Nu pas besefte ze dat het haar moeite had gekost om hem thuis te houden. Ze had deze herfst haar best gedaan, ze had scherp in de gaten gehouden wat ze deed, wat ze zei. Ze had, toen het ging vriezen, hooi gedrapeerd om de tropische planten. Ze had zich ingehouden bij de gesprekken over de toekomst van Nat. Ze had zich op haar mooist gekleed om hem naar diners en ontvangsten te vergezellen. Ze had zich in bochten gewrongen om hem ter wille te zijn, ze had hem koste wat het kost willen begrijpen, ook al begreep ze hem niet, en ze had elke dag moeten vechten tegen de onwennigheid en de spanning die niet week. En nu opluchting?

Ze haalde diep adem en voelde haar kind van binnen tegen haar buikwand trappen. Ze glimlachte. Ze werd een langzaam toenemende ijskoude woede gewaar.

'Jij,' zei ze, 'jij hebt mij iets beloofd. Uit jezelf, zonder dat ik erom vroeg. Jij zou ervoor zorgen dat hij nooit meer hoeft uit te varen. We hadden twijfels, weet je nog? Twijfels over zijn gezondheid, over zijn spankracht, over zijn vermogen zich nog een keer voor te bereiden op zo'n onmenselijk zware prestatie. Wij waren het met elkaar eens: dat zou niet weer gebeuren. Ik had een blind vertrouwen in onze afspraak. Ik rekende op je.

Jij zegt: hij wil het zelf. Zeker. Ongetwijfeld. Het volste gelijk heb je. Natuurlijk wil hij. De zee is zijn element. Hij kan niet anders willen dan scheepgaan. Daar gaat het niet om.

Jij zegt: we hebben hem niet gevraagd, niet overgehaald. Nee, vast niet. Daar zijn jullie veel te geslepen voor, veel te diplomatiek en veel te beschaafd. Zomaar iets vragen, stel je voor! De Admiraliteit stelt geen vragen. Ze beveelt. En als dat niet gepast is kiest ze een andere weg. Nee, iemand overhalen is veel te gewoon, veel te gevaarlijk ook, want je geeft je eigen wensen prijs. De Admiraliteit wenst niet. Zij stelt.

Je hebt het bekwaam aangepakt. Mijn felicitaties. Je had het niet beter kunnen bedenken. Clerke naar voren schuiven is een meesterzet. Je weet hoezeer James op hem gesteld is. En hoezeer James aan hem twijfelt. Heb je gedacht aan die idiote lezing die Clerke voor de Academie heeft gehouden, over de zogenaamde reuzen in Patagonië, zonder ze ooit gezien te hebben? Dat moet je hebben geweten. En je weet ook hoeveel respect James voor de Academie heeft. Chapeau!

En dan die subtiele toespeling op de wens van de koning. Een kunststuk! Hoe kan een op eigen kracht opgeklommen man de verlangens van de koning naast zich neer leggen? Een koning die hem gesteund heeft in de strijd om Harrisons uurwerk, die vurige belangstelling heeft voor de ontdekkingen en die kapitalen in de onderneming investeert?

Nee, je hebt hem niet overgehaald. Je hebt niets gevraagd. Het ging helemaal vanzelf. Wat zal je verbaasd zijn geweest.'

Ineens was het op, haar vuur, haar woordenvloed. Ze sloeg de omslagdoek om haar schouders en zette haar muts recht. Toen stond ze op. Palliser maakte aanstalten uit zijn stoel omhoog te komen, maar ze gebaarde dat hij kon blijven zitten. Een moment, een tijdloos ogenblik keek ze hem recht in zijn ogen. Teleurstelling? Wanhoop? Verlangen?

Ze draaide zich om en verliet het lokaal met snelle pas. De deur knalde dicht achter haar kaarsrechte rug.

Ze stak haar hoofd de gang in en riep hem. 'Hij is er niet!' schreeuwde Nat vanuit zijn kamer. Elizabeth trok de deur weer dicht en begon voor het huis op en neer te lopen. Ze voelde het zweet prikken op haar rug; haar wangen gloeiden. Een gesprek bij de haard, in de benauwde kamer? Geen denken aan. De wijde hemel boven de rivier leek nauwelijks groot genoeg voor haar opwinding en woede. Stappen, omdraaien, stappen; ze besefte ternauwernood dat ze aan het wachten was.

Ze zag hem meteen toen hij de hoek om kwam. Hij keek haar aarzelend aan, wilde naar binnen, het warme huis in. Ze schudde haar hoofd, afgemeten, beheerst, pakte zijn arm en leidde hem om het huis heen de tuin in. Op de bank onder de kale kwee ging ze zitten nadat ze de sneeuw had weggeveegd. Met een snel gebaar nodigde ze hem uit om naast haar plaats te nemen. Voor hen stond de tuintafel, gekroond met een bolle last sneeuw waarin de vogels hun tere sporen hadden getrokken als potloodpijlen op een zeekaart.

'Je zult kou vatten,' zei hij schor, 'waarom gaan we niet naar binnen?' Ze keek hem aan en zweeg. Armen over elkaar, voeten in de sneeuw. Vaag klonk uit het huis een stijgende toonladder die almaar hoger en hoger klom. Ze wachtte.

'Ik zal het uitleggen,' zei hij eindelijk. 'Sinds die avond loop ik te denken. Waarom heb ik het gezegd? Het maalt en maalt in m'n kop. Is het de beloning? Twintigduizend pond. Het zou alle verschil maken. Een huis in de stad met een ontvangsthal, kroonluchters, een stal met onze eigen rijtuigen. De ene avond worden de mensen bij Banks ontvangen, de volgende avond is er een bal bij Cook. Wil ik dat? Misschien. Maar het is niet de reden dat ik uitvaar. Deze tuin past beter bij mij, al ken ik de afgunst op degenen die door hun geboorte in grotere tuinen thuiszijn.'

Met zijn laarzen draaide hij cirkels in de sneeuw. Ver weg speelde de viool haast stilstaande samenklanken waarin zo nu en dan traag een toon verschoof.

'Aanzien. Respect. Op het schip ben ik de baas. Waar we ook aan land gaan word ik gezien als een vorst. Ik vind dat prettig. Dat is een feit. De ongemakkelijkheid die me hier soms overvalt, leg ik af als ik aan boord ga. Het is moeilijk om die rol aan een ander te gunnen. Clerke zou ik het nog wel toevertrouwen, al heb ik m'n twijfels over zijn objectiviteit. Hij heeft gevoel voor de sfeer aan boord, hij is vriendelijk en heeft geen kapsones. Als ze over John Gore beginnen moet ik me beheersen. Die heeft me op de *Endeavour* behoorlijk dwarsgezeten. Hij pochte met zijn tropenervaring en probeerde zich aan mijn gezag te onttrekken. Pedant is hij ook. Toch, misschien zou hij een goede kapitein kunnen worden op zijn eigen manier. Ooit zal ik het bevel aan een ander moeten overlaten, dat weet ik wel. Ik zal aan wal moeten aarden, dat weet ik ook. Is het niet nu, dan is het over een paar jaar. Dat ik dat zwaar vind, speelt zeker mee, maar het geeft niet de doorslag.'

Geen vioolklanken meer. Doodstil was het in de besneeuwde tuin, alsof bomen en struiken hun adem inhielden.

'Na mijn geboorte kreeg mijn moeder vier kinderen, die allemaal stierven. Ze veranderde van een vrolijke, ondernemende vrouw in een grijze schim die zich met moeite door het huis sleepte. Ik probeerde haar op te vrolijken, ik dacht dat het mijn schuld was dat ze zo'n verdriet had. John, mijn grote broer, was de hele dag weg, hij werkte met vader op het land. Ik bleef achter en vocht tegen die verstikkende droefheid. En verloor. Ik kon haar niet redden. Dat ik naar school mocht was een bevrijding. Skottowe, de landheer bij wie vader werkte, zag wel iets in mij en betaalde het schoolgeld. Ik geloof dat moeder daar een rol in speelde en heb een vage herinnering dat ik ze samen in de schuur zag staan, heftig tegen elkaar fluisterend, te dicht bij elkaar – misschien verbeeld ik het me. Ik was nog klein.

Letters en cijfers wezen me de weg uit het sombere huis. Toen ik klaar was met school bracht Skottowe me naar Staithes. Je weet niet wat je ziet als je daar komt. Het dorp ligt op een smalle richel onder aan hoge klippen, de huizen zijn tegen de steile helling gekwakt en kijken allemaal uit op zee. Ik kreeg werk in de winkel en verkocht suiker, bonen, spijkers en zeep. Ik vulde puntzakken met gedroogde pruimen en als ik opkeek zag ik door het raam de grijze golven van de Noordzee. Er gebeurt helemaal niets in Staithes. In het haventje liggen kleine vissersboten. 's Nachts varen ze uit, in de ochtend komen ze terug. De vissers verkopen de vangst op de smalle kade. Dat is het.

Op een van mijn eerste werkdagen gebeurde er iets wat ik eigenaardig vond. Het liep tegen zessen, de dag zat er bijna op en er waren geen klanten meer in de winkel. Ineens liepen buiten mensen te hoop, het hele dorp verzamelde zich bij de lage muur langs het water. De zee stond hoog, een golf sloeg over de stenen van de muur, en nog een; de mensen bleven staan, lieten zich nat spatten, stonden met hun voeten in het schuimende water en klapten en juichten bij elke overslaande breker. Na een kwartiertje begon de zee zich terug te trekken en dropen de mensen af naar hun huizen. Dat is Staithes. Het keren van het tij is het hoogtepunt van de dag.

Achter de branding zag ik zware schepen voorbijvaren op weg met kolen van Newcastle naar Londen. Iets dichter onder de kust voeren de schuiten die pis naar de aluingroeven brachten. De hele ellende van die streek is samengebald in die trieste bedrijvigheid. Tonnen en tonnen moeizaam losgehakte schalie liggen tegen de klippen te smeulen en te stinken. Na een jaar moet de rotzooi in loogbakken worden geschept en gemengd met rottend zeewier en mensenurine. Zoals dat stinkt! Uiteindelijk blijft er aluinkristal over. Dat gebruiken ze om textiel te verven. De schuiten die aan mij voorbijtrokken vervoerden pistonnen uit Londense kroegen, want de kust is zo dun bevolkt dat er niet voldoende gepist wordt.

Alles daar kwam me zo armzalig voor, zo uitzichtloos. Overdag de erwten en de opkomende vloed, 's nachts de herinneringen aan het sombere huis in het achterland. Ik begon al te zweten als ik eraan dacht dat ik met Kerstmis naar huis zou moeten. Toen kwam er bericht dat mijn broer tijdens een mesttransport van de wagen was gevallen en zijn nek had gebroken.'

Elizabeth keek roerloos voor zich uit. Twee eksters zaten elkaar achterna bij de hooischelven rond de palmboom. Het boze, ongeduldige gekwetter echode tegen de tuinmuur en drong hard en rauw haar oren in.

'Als ik daaraan terugdenk voel ik me nog steeds beroerd. Uit lafheid ben ik niet naar huis gegaan. Ik schreef een brief, dat ik niet weg kon vanwege de drukte. Drukte! In Staithes! Eindeloos keek ik naar de grijze zee, ik stond daar maar te wachten en te turen alsof er iets gebeuren zou, alsof er iets of iemand zou komen om me te verlossen van die verlamming. Het raam in mijn slaapkamertje boven de winkel was ondoorzichtig door het aangekoekte zout. Ik zette het wijd open. Het regende, er was niemand op de kade. Toen kwamen er twee jongens aan. Ze maakten een bootje los, roeiden het haventje uit en hesen een zeiltje toen ze buiten de branding waren. Ik keek het scheepje na en wist ineens dat de zee mijn bestemming zou worden. Honderd keer had ik een boot zien uitvaren maar deze keer betrok ik dat vertrek plotseling op mezelf. De zee spreidde zich uit voor mij en betekende een bevrijding. De volgende dag ben ik naar Whitby gelopen en meldde ik me aan bij Walker.'

Ze had haar handen op haar knieën gelegd en keek naar de rode, door koude aangetaste huid. Pijn voelde ze niet. De eksters waren weggevlogen en de tuin was een stille, witte kamer waarin niets gebeurde.

'Buiten dat ellendige leven aan land waar ik geen weg mee wist, die narigheid die ik niet kon verhelpen, die armoede waar ik niets aan kon doen, lag een immense, wijde wereld die ik over zee kon bereiken. Het klinkt als een vlucht en dat was het ook. Maar niet alleen. Er was iets anders wat mij maar langzaam duidelijk werd, aan het eind van mijn vluchtroute. Beheersing, controle, overzicht. Daar heeft mijn verlangen om uit te varen mee te maken. De wereld ligt daar, de eilanden, de continenten, en wij kennen die wereld en de mogelijke wegen daarover maar zeer gebrekkig. Ik ontwikkelde een grote behoefte om landen en vaarroutes te ontdekken en zodanig te beschrijven dat de generaties na mij in mijn voetsporen zouden kunnen treden.

Ik wil een net van waterwegen over de aarde spannen zodat er geen onbekende streken meer zijn. Ik moet uitvaren omdat de wereld daar is.'

Hij gebaarde vaag in de richting van de rivier. Het schemerde en de vorst leek toe te nemen. Een tak knapte; uit de loodgrijze hemel begonnen kleine, glinsterende sneeuwkristallen te vallen.

'Dat is het, Elizabeth. Beter kan ik het niet uitleggen.

Het heeft niets met jou te maken. Jij bent geweldig, de beste vrouw die ik ooit had kunnen uitkiezen. Het gaat er niet om dat ik bij jou zou willen weglopen, veel liever zou ik altijd bij je blijven, bij je aan tafel zitten, naast je lopen. Maar de zee is daar. Ik moet. Niet omdat het eervol is, niet omdat de koning het vraagt maar omdat het mijn bestemming is.'

De sneeuwvlokken werden zwaarder en groter. Ze dwarrelden neer op hun hoofd, schouders en dijen. Het was donker geworden.

'Je moet het begrijpen. Ik doe niets tegen jou. Je staat erbuiten. Er is iets in mij wat ik niet kan ontkennen. Ik voel het zodra ik de loopplank over ga. Als ik op het dek sta en uitkijk over zee, als ik het schip onder me voel bewegen en de stagen tegen de mast hoor kletteren word ik een ander. Dan word ik mezelf.'

In de lichtbundel van een verre straatlantaarn dansten de vlokken geluidloos door elkaar. Haar muts werd zwaar van sneeuw. Een koude klodder gleed langs de halsdoek haar nek in. Ze verroerde zich niet.

De keukendeur vloog open.

'Waarom zitten jullie daar? Waarom zijn jullie niet binnen?'

Nats stem klonk schril. Hij is een kind, dacht ze, hij weet zich geen raad. Het fornuis gaat uit, de keuken koelt af, hij heeft honger, hij is alleen. Ineens voelde ze de kou en begon ze te klappertanden. Met haar verstijfde handen duwde ze zich aan de tuinbank op. James' hoed was door sneeuw bedolven. Ook hij kwam overeind. Ze stonden stram naast elkaar en klopten de sneeuw van hun kleren. Hij sloeg zijn hoed af tegen de leuning van de bank en veegde daarna de sneeuw van haar muts. Met oneindig vertraagde bewegingen liepen ze naar de keuken, zonder elkaar aan te kijken.

Ze deed haar doorweekte schoenen uit en huiverde. James rommelde met houtblokken bij het fornuis. Langzaam hees ze zichzelf de trap op. De natte rok uitdoen. Op zoek gaan naar droge kousen, een andere jurk. Ze hing de vochtige kleren zorgvuldig uit en ging meteen toen ze klaar was naar beneden. Het was avond, een gewone avond, er moest gegeten worden.

Nat had brood op tafel gezet, borden, een stuk kaas en een schotel met aangesneden ham. Alles stond lukraak door elkaar, er lagen kruimels en kaaskorsten, ze zag een aarden pot met augurken en dacht aan de tuin, zulke aardige planten, die kleine komkommers, en zo feestelijk om ze in te maken met zout en azijn, wat dille erbij, dat zou ze dit jaar weer doen – waar is hij eigenlijk? Een aangevreten snee brood lag op het aanrecht maar Nat was nergens te bekennen. James kwam de bijkeuken uit met een kan bier. Ze pakte het broodmes en begon te snijden.

Toen zaten ze tegenover elkaar. Haar verstijfde kaken konden nog geen voedsel aan en ze keek toe hoe hij nam van de ham, de kaas, de knapperige augurkjes. Ik moet iets zeggen, dacht ze, maar ik ben zo moe dat het gewoon niet gaat. Nooit ben ik zo uitgeput geweest, nooit. Niet na een bevalling, niet na een afscheid, niet na een begrafenis. Nooit zo moe als na dit tuingesprek. Het is al een zware taak om te blijven zitten, om adem te halen en mijn hoofd rechtop te houden. Ze zag dat ze over haar hele lichaam beefde en kon het niet tegenhouden. Dan niet, dacht ze, dan beef ik maar.

Ze hoorde James kauwen, slikken, een slok bier nemen. De sneeuw smolt van zijn natte laarzen, het vocht drong in de plavuizen en maakte daar donkere vlekken. Het fornuis loeide, hij had gelukkig het vuur weer aan weten te krijgen. Waar is Nat, we moeten nu eerst aan Nat denken. Een kind dat voor zijn eigen eten moet zorgen omdat zijn ouders onbeweeglijk in de sneeuw zitten, dat kan niet, dat mag niet weer gebeuren. Ze bewoog haar pijnlijke, verkilde handen. Ze schraapte haar keel.

'Heb je al officieel toegezegd?'

Hij schudde zijn hoofd. 'Ik moet een brief sturen naar Sandwich om het te bevestigen. Dat heb ik nog niet gedaan.'

Het is nog niet verloren, dacht ze. Er is nog een moment respijt, ik hoef het nog niet echt onder ogen te zien. Pas na de brief. De gedachte maakte geen enkel verschil en luchtte haar niet op. De last van zijn beslissing bleef zwaar als hij was en gaf haar het gevoel in een dichte mist rond te dwalen. Werktuiglijk ruimde ze de tafel af. James draalde nog in de keuken. Ga weg, dacht ze, ik moet alleen zijn, ik kan niet denken als jij naar me kijkt. Of wilde ze dat hij vier stappen zou doen en zijn armen om haar heen zou slaan, zou zeggen dat het een misverstand, een tijdelijke verstandsverbijstering was – geen haar op zijn hoofd die eraan dacht haar te verlaten en alle uitgesproken en verzwegen afspraken te schenden? Bijna liet ze de augurkenpot uit haar handen glijden. Waarom ging hij niet naar de kamer, naar zijn kaarten kijken? Ze zette het laatste bord in de kast en veegde haar handen af aan haar rok. Alsof hij er niet is, dacht ze – doe alsof hij al weg is. Je weet hoe dat moet, toe maar.

Hij volgde haar niet naar boven. Voorzichtig opende ze de deur van Nats kamertje. De jongen lag boven op de dekens te slapen met al zijn kleren aan. Elizabeth ging aan het voeteneind van zijn bed zitten en deed zijn schoenen uit. Een voor een nam ze de voeten van haar zoon tussen haar handen en wreef ze warm. De jongen kreunde, opende even zijn ogen maar leek haar niet te zien. Ze trok de zware sprei onder hem weg en dekte hem daarmee toe. Hij krulde zich op met zijn gezicht naar de muur; zij bleef zitten met haar hand op de bolling waar ze zijn voeten vermoedde. De gordijnen waren open en ze zag de sneeuwvlokken zweven, gestaag, onstuitbaar.

Ze werd wakker uit een droomloze slaap. Ze lag op haar rug en voelde het kind in haar bewegen. Ze duwde tegen haar buik en het kind duwde terug met een voetje, een arm, de kleine billen? Opstaan. Het ijskoude water tegen haar gezicht deed haar naar adem snakken.

Ze kookte pap voor haar zoon en keek kritisch naar zijn kleren. Het hemd was smerig en het jasje zat te krap. Terwijl hij at ging ze in kisten en kasten op zoek naar afleggertjes van Jamie en vond een mooi linnen hemd en een blauwe jas waar nauwelijks slijtplekken op te zien waren. Ze schrok toen ze zag hoe mager hij was. De wervels stonden als spitse knoppen op zijn rug en de huid spande strak over de ribben. Als een klein kind hield hij zijn armen omhoog zodat zij het hemd over zijn hoofd kon laten glijden. Ze trok hem mee naar de spiegel en hielp hem met de jas. Hij lachte toen hij zichzelf zag en gooide met een stoer gebaar van het hoofd zijn haren achterover.

'Vanmiddag gaan we samen bij de schoenmaker langs,' zei ze. 'Je krijgt nieuwe laarzen. Eet nu je pap op, je moet gaan.'

Gehoorzaam lepelde hij het bord leeg. 'Sneeuw is regen,' zei hij. 'Koude regen die op de grond blijft liggen. Waar is papa?'

'Aan het werk. Hij zoekt mannen uit voor de nieuwe expeditie. Hij heeft veel te doen. Kom je straks meteen terug uit school?'

Nat knikte, griste zijn tas van een kist en vloog naar de deur. 'Jas dicht!' zei Elizabeth. 'Zet je pet op en geef me een kus.' Ze bukte en voelde de smalle, natte kinderlippen tegen haar wang.

Ze keek hem na, als een onbezorgd hert sprong hij over

straat, steeds na drie stappen van richting veranderend.

Ze bracht de dag door in een somber waas, alsof bij haar van binnen ook alles met sneeuw was toegedekt. De meid kwam en maakte enorme herrie in de bijkeuken terwijl Elizabeth de kamer opruimde. In de kast stuitte ze op het rode vest dat ze voor James had willen maken. Het briefje met zijn maten, een klosje met zilverdraad. Ze vouwde alles bij elkaar in een stuk papier en borg het weg in de grote kist. Toen ze zich oprichtte stond James in de deur en keek naar haar, zwijgend. Ze knikte hem toe, een idiote handeling die nergens op sloeg, alsof hij een vage bekende was die ze op straat tegenkwam. 'Ik moet gaan,' zei hij.

De schoenmaker lag op zijn knieën en mat nauwkeurig de omtrek van Nats voeten op. 'Ik maak ze op de groei,' zei hij, opkijkend met het hoofd in de nek. 'Maar niet té groot want dan vallen ze van je voeten als je holt.' Het rook naar olie en leer in de werkplaats; Elizabeth was op een krukje bij de deur gaan zitten en bestudeerde de plank met afgetrapte schoenen die gerepareerd moesten worden, de her en der verspreide gereedschappen, de kale kruin van de vriendelijke man.

Hij liet Nat een lap leer zien. 'Voel eens,' zei hij, 'het is zacht en soepel maar heel sterk. Je moet er ook even aan ruiken.' Nat, op kousenvoeten midden in het vertrek staand, deed zonder morren wat hem gezegd werd en knikte goedkeurend toen hij de geur van het leer opsnoof.

'Twee weken,' zei de schoenmaker, 'over twee weken breng ik ze.' Hij keek vragend naar Elizabeth.

'Dat is goed,' zei ze. 'Misschien heeft mijn man ook nieuwe laarzen nodig en kan u zijn maten meteen opnemen.'

De schoenmaker klopte op zijn vestzak. 'Ik draag mijn

meetlint altijd bij me. Tot uw dienst! Ik ga mijn best doen; mevrouw, jongeheer, tot ziens!' Nat wrong zijn voeten met moeite in de oude schoenen en gaf de schoenmaker een hand.

'Wat zullen we gaan doen?' vroeg ze toen ze weer op straat stonden. De jongen keek haar verbaasd aan. 'Gaan we niet naar huis?'

'Wat jij wilt. Waar heb je zin in?'

'Naar oma,' zei Nat. 'We gaan naar oma, pannenkoeken eten.'

Elizabeth keek in haar beurs. Geld genoeg voor een rijtuig naar Barking. Ze pakte haar zoon bij de hand.

Haar moeder keek verrast op toen Elizabeth en Nathaniel de taveerne binnenkwamen. Ze liep achter de toog vandaan en omhelsde haar kleinzoon. 'Je bent jarig geweest,' zei ze. 'Twaalf jaar geworden, is het niet? Ik heb nog iets voor je, wacht even.' Uit de kassa pakte ze een munt die ze Nat in zijn vuist duwde. Pas daarna wendde de vrouw zich tot Elizabeth.

'Het geeft niet,' zei ze. 'Ik ben blij als je komt, ik verwijt je niets. Je bent met een beroemde man getrouwd, je hebt het druk, dat weet ik. Voel je al leven?'

Elizabeth knikte. Ineens was ze zich meer dan tevoren bewust van de omvang van haar zwangere buik. Haar rok zat eigenlijk veel te strak en haar rug deed pijn, ze wilde zitten, haar opgezette enkels op een krukje leggen en klagen. In de verhitte ruimte rook het naar oud bier. Ze maakte haar tailleband los en zeeg neer op een brede stoel. Nat glipte de keuken in, ze hoorde hem kletsen met haar stiefvader.

'Het gaat hier goed, hoor,' zei haar moeder. 'Genoeg klanten en ik heb een nieuwe hulp voor de avonden, als het vol zit. Last van m'n tanden heb ik wel. Ze vallen eruit. Ik kan alleen soep eten, en pap.' De oude vrouw trok haar mond wijd open en toonde haar dochter een ravage van grijzige stompjes met bleekroze gaten daartussen. Met tegenzin gluurde Elizabeth in de mond van haar moeder.

'Ik probeer het met kruidnagelolie. Veel gin drinken, dan voel ik de pijn minder. Wat een lieverd, die Nat. Moet hij nu ook al naar dat instituut? Nou ja, ze moeten een vak leren, die koters, je kan er niet vroeg genoeg mee beginnen. Jij zat ook al jong achter de kasboeken, toch?'

Ze moest die stroom stuiten, dacht ze, maar onmachtig liet ze het gekwetter over zich heen komen. Pas toen haar moeder even pauzeerde om zich van nieuwe drank te voorzien viel er een gat tussen de zinnen.

'Moeder,' zei ze. De vrouw keek haar aan, vriendelijk, afwachtend. 'Hij gaat weer. Nat weet het nog niet.' Ze legde haar vinger waarschuwend tegen haar lippen. 'Hij had beloofd thuis te blijven maar hij gaat weer.' Ze voelde de tranen achter haar ogen prikken, zo kinderachtig, zo voorspelbaar dat ze er woedend om werd.

De oude vrouw kwam met slepende tred naderbij, de fles in de hand. Ze ging bij Elizabeth zitten en nam nadenkend een slok uit haar glas. 'Gaat hij veel verdienen?'

Elizabeth knikte. 'Vast wel. En een enorme prijs daarbovenop als hij de opdracht goed volbrengt. Maar hij verdient nu ook genoeg.' Haar stem klonk zwak, onvast, ze hoorde het zelf. Uit haar mouw pakte ze een zakdoek, ze snoot haar neus en veegde over haar ogen.

'Je houdt het niet tegen,' zei haar moeder. 'Het blijven mannen, hè? Ze willen eruit.'

Onwillekeurig schoot Elizabeth in de lach om die vrouw in haar donkergrijze kleren die, gesterkt door de gin, de troostende wijsheden uit haar geschonden mond liet vloeien. Haar moeder lachte mee en legde haar hand op Elizabeths knie.

'Goed zo. Je kan er alleen maar om lachen. Wat willen

ze bereiken, waarom al die moeite, waar willen ze heen? Hij komt wel weer terug, dat heeft hij altijd gedaan. Gewoon wachten, ooit raakt hij uitgereisd. En je kletst het hem toch niet uit zijn hoofd, hij is koppig als een oude stier, dat weet je. Hier, neem ook wat.' Ze hield de fles omhoog.

'Een klein beetje,' zei Elizabeth. De scherpe geur van de gin maakte haar onpasselijk maar ze dwong zich om een slok te nemen. De alcohol brandde in haar keel zodat ze bijna weer moest huilen. Uit de keuken dreef een walm van schroeiend vet.

'Wanneer ga je bevallen?'

Elizabeth gleed nog verder onderuit in haar stoel. 'Mei. Dan is hij al vertrokken, als alles volgens plan verloopt.'

'Nou ja, je weet niet anders, toch? Ik kom je wel helpen, John redt het hier makkelijk een tijdje alleen. Of heb je die vriendin nog, Fanny, Franny?'

'Frances,' zei Elizabeth. 'Nee, die is geëmigreerd naar Amerika. Toen vader stierf, hoe was dat toen voor jou om alleen te zijn? Je vertelt daar nooit iets over.'

De vrouw schonk haar glas weer vol en kneedde haar pijnlijke kaken.

'Oom Charles heeft ons geholpen. Ik kwam ook al snel je stiefvader tegen. Het is lang geleden, ik denk er nooit meer aan. Je moet niet zo tobben. De dingen zijn zoals ze zijn, kind. Je wordt er alleen maar moe van als je ze wilt veranderen. En teleurgesteld, want alles gaat zoals het gaat en jij kan daar niets aan doen. Niets.'

Ik kan er niets aan doen, dacht ze. Zoals James zei: het ligt niet aan mij, ik sta erbuiten. Maar het gaat toch over mij, over ons? Het ís toch zo dat hij me in de steek laat? Waarom denkt iedereen aan zíjn beweegredenen en verplaatst niemand zich in mij? Zie ik het verkeerd, begrijp ik iets niet? Kon ik maar zijn zoals moeder. Niet tobben! Als mijn toekomst in duigen valt!

Ze dronk haar glas leeg. Nat kwam binnen met een schaal pannenkoeken waar de damp vanaf sloeg. Hij lachte.

In geen tijden had ze zich zo op haar gemak gevoeld. Alle vier hingen ze met de ellebogen op de smerige, rommelige tafel en aten. Nat sprak geanimeerd met haar stiefvader, ze hoorde verhalen die hij thuis nooit had verteld. Vetvlekken op zijn nieuwe hemd. Het deed er niet toe. Ze leunde achterover en duwde haar buik naar voren. Straks weer in die ellendige koets naar het ellendige huis; ze wilde er niet aan denken. Nat was aan zijn derde pannenkoek bezig, ondertussen met volle mond over zijn viool vertellend. Hij sprak trots over zijn leraar, die alles kon: orgelspelen, componeren, strijken.

'Trompet kan hij niet meer. Hij heeft geen tanden. Zingen wel, dat leer ik ook van hem.'

'Je moet hier eens komen fiedelen,' zei haar moeder. 'Kan je wat verdienen op zaterdagavond. Als je iets groter bent.' Ze keek schuin naar Elizabeth, die bevestigend knikte. Wat doe ik, dacht ze, ik laat mijn kind toch niet in zo'n vieze kroeg spelen, vol dronken matrozen, daar ben ik het toch helemaal niet mee eens? Ze hield haar glas omhoog en kreeg meer gin. Er rinkelde een bel, er klonken snelle voetstappen.

'Isaac!' riep haar moeder. 'Wat een verrassingen vanavond! Kom zitten, neem een pannenkoek. Kijk eens wie we hier hebben: je nicht Elizabeth met haar muzikantje.'

Elizabeth probeerde ongezien haar rok dicht te maken maar kon de haakjes niet vinden. Nat sprong op en gaf Isaac een hand. Laat maar, dacht ze, wat kan het schelen. Ik ben thuis. Haar neef was peziger geworden en zag er minder jongensachtig uit. Het viel haar op hoezeer hij op zijn tante, haar moeder, leek. De haren, bij hem gezonde donkerbruine golven en bij haar grijszwarte pieken, vielen op dezelfde wijze om hun gezicht.

'Tante Mary,' zei Isaac, 'blijf zitten, ik kom erbij.'

Hij trok een stoel bij en ging wijdbeens aan het hoofd van de tafel zitten tussen Elizabeth en Mary in. Hij maakte zijn halsdoek los en knoopte zijn vest open. John bracht bier, Isaac dronk en veegde zijn volle lippen af met de rug van zijn hand. Nat zat met grote ogen te kijken.

'Weet je het nog, Nat?' vroeg ze. 'Isaac was met papa mee. We zagen hem op de *Resolution* vlak voor ze vertrokken. Jij luisterde naar de doedelzak. En de viool.'

'Ik ben al twee keer met je vader de wereld rond geweest,' zei Isaac tegen de jongen. 'Hij liet mij als eerste aan land gaan in Nieuw-Holland. Dat was op de reis met de *Endeavour*. We voeren een schitterende baai binnen en gingen daar voor anker. Iedereen was opgewonden en blij dat we eindelijk land in zicht hadden gekregen. De kapitein liet de sloep zakken en wenkte mij om in te stappen. We roeiden naar het strand. Het was moeilijk te zien of er mensen stonden, misschien daarachter, tussen de bomen. Hij had de kijker om zijn hals, de kapitein. De sloep schuurde tegen de bodem en we stonden op. "Jij eerst, Isaac," zei de kapitein en hij liet me in de branding stappen. Zo werd ik de eerste vreemdeling die een voet zette op het nieuwe land.'

'Waren er mensen?' vroeg Nat.

'Ze deden net of ze ons niet zagen,' antwoordde Isaac. 'Heel vreemd was dat. Er lag een reusachtig schip in hun baai, ze hadden zoiets nog nooit gezien natuurlijk – maar het was of we niet bestonden. Ze gingen gewoon door met hun bezigheden: schelpen verzamelen, een vuurtje verzorgen. Ze keken door ons heen. De kapitein probeerde ze iets te geven, hij legde spijkers en kralen bij hun hut. Ze lieten de geschenken op de grond liggen. Hun blik gleed eroverheen, ze moeten alles gezien hebben maar het drong niet door. Wij, met onze schepen en spullen, bestonden niet.'

'Ben je nu vrij?' vroeg Mary.

'Net terug. Nu sta ik op halfgeld. Ik heb me op de lijst laten zetten voor de nieuwe expeditie. Ik wacht.' Hij keek verlegen naar Elizabeth terwijl hij doorkletste. 'Er is niets mooier dan over de Stille Oceaan te varen. De laatste keer heb ik echt meegedaan met het tekenen van de kaarten. Land dat niemand nog kent! Door onze tekeningen bestaat het ineens! Dat wil ik graag nog eens meemaken, het liefst weer met kapitein Cook natuurlijk. Gaat hij mee?'

'Er staat nog niets vast,' zei Elizabeth. 'Ze oefenen druk op hem uit, ze willen dat hij gaat. We moeten er nog over spreken.'

Ze voelde niets en sprak de gevaarlijke woorden uit als een losse mededeling. Ineens besefte ze dat Nat meeluisterde en het speet haar dat ze haar mond had opengedaan. Het mogelijke vertrek was een zaak tussen haar en James, tussen haar en Palliser; de kinderen stonden erbuiten.

Nat at onverstoorbaar door. Toen hij de vierde pannenkoek achter de kiezen had vatte hij moed en begon Isaac te ondervragen over de Marineopleiding.

'Wij hadden twee hoornblazers in de klas,' zei Isaac. 'Ze deden mee met alle lessen en moesten net als iedereen het want in, maar ze mochten ook elke dag oefenen op hun instrument. 's Avonds speelden ze altijd een lied voor we gingen slapen. Dat was zo mooi, zo verschrikkelijk verdrietig en prachtig tegelijk, die twee stemmen door elkaar. Je moet hoornist worden, Nat.'

Elizabeth stond op en bracht haar afzakkende rok op orde. Ze volgde haar moeder naar de keuken, een stapel vuile borden in haar handen. Een olielamp stond te flakkeren in de tocht en deed hun schaduwen griezelig groot bewegen tegen de witgekalkte muren.

Mary nam een flesje kruidnageltinctuur uit haar schortzak en wreef met haar wijsvinger haar pijnlijke tandvlees in. Elizabeth zakte neer op een kruk. Alsjeblieft geen afwas. Alsjeblieft helemaal niets meer. Ze trok haar muts af en leunde met haar hoofd tegen de muur.

'Blijf vannacht hier,' zei Mary. 'Isaac gaat terug naar de stad, hij kan wel een boodschap bij James afgeven. Jij kan met Nat in het gastenbed.'

Ze knikte. Plotseling huilde ze hete tranen die ze gewoon over haar wangen liet lopen. Het voelde verdrietig maar niet onaangenaam. Mary worstelde verder met haar gloeiende kaken; uit de verte klonken de mannenstemmen. Van tijd tot tijd rinkelde de bel en stapten er klanten binnen. In het keukentje kwam niemand de twee vrouwen storen.

Mary nam de vinger uit haar mond.

'Als je iets wilt raak je teleurgesteld,' zei ze. 'Het loopt altijd anders. Je maakt je ergens sterk voor, ik zie het aan je. Zo ben je altijd geweest, als meisje al. Je hebt plannen, je weet hoe je het hebben wilt. Kind, dat maakt je kwetsbaar. Nu zit je met de gebakken peren.' Ze pakte een vunzige theedoek en gaf hem aan haar dochter, die er langzaam mee over haar natte wangen veegde.

'Het enige wat je kan doen is: meegeven. Je moet zijn als het gras. Ze vertrappen je met hun zware klompen, en je buigt mee. Ooit zullen ze hun voeten verplaatsen, dan richt je je weer op. Als je stijf rechtop zou blijven staan, zoals het riet, dan breek je. Het gaat voorbij, Elizabeth, aan alles komt hoe dan ook een einde. Wachten. Geen verzet, dan ga je verliezen.'

'Als het gras,' fluisterde Elizabeth. Wat mooi. Het gras langs de rivier: verdronken, verdroogd, opgevreten, platgeranseld. Altijd komt het weer op. Als het gras zal ik zijn. Als het gras.

# 7

Ze zag wel dat hij zich enigszins verlegen wilde terugtrekken in de kamer. Omdat hij de deur niet achter zich sloot hoorde ze de verraderlijke geluiden: het schrapen van stoelpoten over de vloer, het openen van de inktpot, het kraken van papier en ten slotte het fluisterend ruisen van de pen. Zonder onderbrekingen. Hij wist wat hij schreef.

Op de gang liepen ze elkaar tegen het lijf; hij had de verzegelde brief in zijn handen.

'Een formaliteit,' zei hij, 'in wezen is het een formaliteit. Ik zeg toe wat ik al beloofd heb en ga me nu op de voorbereidingen richten. Dan ben ík degene die de bemanning uitzoekt, de lading bepaalt, de tussenhavens, de route. Ik heb Sandwich verzocht mij weer op mijn post in het hospitaal te benoemen zodra ik terug ben. Dan weet je dat.'

Hij hield de brief omhoog. 'Dit is een formele stap in de loop der dingen. Het betekent niets. Tot het laatste moment kan ik me laten vervangen als ik dat wens.'

Ze knikte. Het betekende niets dan een zware laars die het gras plette. Kardoen zou ze zaaien dit jaar, tegen de warme tuinmuur. Ze verheugde zich al op de metershoge planten die ze met repen afgescheurd laken zou opbinden, de bladeren dicht in elkaar geschoven zodat de zon het groen niet wakker zou branden. De witte stengels zou ze in stukken snijden en stoven. Dan was het al bijna herfst en zou ze hier staan met een platte buik. Dan zou er een kind in de wieg liggen, dan zou een ander kind vertrokken zijn. Het betekende niets. Ze kon zich er geen voorstelling van maken, net zoals ze niet kon geloven dat er ooit weer iets zou groeien in de bevroren tuin. Eén dag tegelijk, dacht ze, stap voor stap. Wie moest die kardoen eigenlijk opeten?

's Middags werden er twee brieven bezorgd, een voor hem en een voor haar. Ze zaten bij de haard in de grote kamer tegenover elkaar te lezen. James keek als eerste op. 'Antwoord van Sandwich,' zei hij. 'Die is er snel bij. Ik ben benoemd. Morgen ga ik m'n wimpel hijsen op de *Resolution*. En eens kijken of ze opschieten met de reparaties, die ellendige knutselaars in dat dok. Ik kan terug naar Greenwich wanneer ik maar wil, het staat hier zwart op wit. Wat heb jij voor nieuws?'

Ze vouwde haar brief dicht en stopte hem in haar jak. 'Moeder. Dat het gezellig was, laatst, toen ik met Nat op bezoek was.' Tot haar verbazing bloosde ze niet en had ze niet eens over de leugen hoeven nadenken.

'Niets voor je moeder om te schrijven, ik wist niet dat ze het kon. Je moet haar wel een enorm plezier hebben gedaan. Ik ga even weg. Ze wachten op me in het koffiehuis.'

Pas toen ze de deur achter hem hoorde dichtvallen trok ze de brief te voorschijn en las hem opnieuw.

*Elizabeth. Lieve Elizabeth.*

*Ik weet niet waar ik het zoeken moet sinds ons ongelukkig afgelopen gesprek. Ik denk dag en nacht aan je, aan je teleurstelling, aan je woede. Ik praat met je, onophoudelijk. Je verwijt me dat James gaat. Ik begrijp dat. Hij zou niet moeten gaan, hij is te moe, het is in elk geval te snel na zijn terugkeer. Jij moet begrijpen dat ik hem niet kan weerhouden. Ik ken hem langer dan jij, en, als zeeman, beter dan jij. Ik weet dat het zinloos is hem te bewegen thuis te blijven. Geloof me, lieve Elizabeth. Het is niet anders.*

*Wat ik niet verdraag is jouw kilte. Wij moeten elkaar niet misverstaan. Je vriendschap is me meer waard dan ik zeggen kan. Sta me alsjeblieft toe een poging te doen mezelf te verduidelijken. Ontvang mij als ik je vanmiddag bezoek. Alsjeblieft.*

*Hugh.*

De hand met de brief zakte naar haar schoot. Ze bleef bewegingloos zitten, denkend aan bezigheden waar spierkracht voor nodig is: lakens uitwringen, plantgaten spitten, vloeren schrobben. De tijd verstreek.

Toen ze de klopper hoorde veerde ze op, blozend, in verwarring. Ze hoorde de meid de gang in lopen, een vreemde mannenstem, een gesprek, gelach. Nieuwsgierigheid dreef haar de kamer uit, ze stoof de gang op en zag de schoenmaker staan met een pakket in zijn handen.

'De laarzen voor de jongeheer,' zei hij triomfantelijk. 'Wilt u ze zien?' Ritselend viel het papier op de grond. De man streelde het blootgekomen leer en reikte Elizabeth de kinderlaarzen aan. Ach, zulke brede voeten heeft hij al, dacht ze, toch weer groter dan ik vermoedde. Geen vouwen, geen sleetse plekken nog. Met zijn bescheiden gewicht gaat hij zijn stempel in deze schoenen drukken, ze zullen gaan staan naar zijn tenen, zijn hiel. Ze bewoog haar hand over de smetteloze schachten, haar vingers langs het stiksel van de gladde zolen, haar neus even tussen de geurende tweeling.

'Ging ik de kapitein opmeten?' vroeg de schoenmaker. Ze keek op en drukte de laarzen tegen haar borst. 'Ik ben het helemaal vergeten,' zei ze. 'Hij is in het koffiehuis, u kan het even gaan vragen. Ik weet het niet.'

De man knikte en liet haar achter in de gang, omgeven door de geur van leer.

De bel ging voor de tweede keer; ze was gewaarschuwd en wachtte stil op haar stoel in de kamer tot Hugh Palliser werd binnengelaten. Ze legde de laarzen, die ze nog steeds in haar armen hield, op tafel en keek hem aan.

Hij zag er ronduit beroerd uit, bleek, met roodomrande ogen en een slordig dichtgeknoopte jas. Hij ging ongevraagd tegenover haar zitten, schoof de laarzen opzij en boog zich steunend op zijn onderarmen naar haar toe.

Hij, dacht ze, hij. Hij die me zou helpen. Hij die me begreep. Hij die me niet zou loslaten. Die soms beter wist wat ik dacht dan ikzelf. Die naast mij ging achter de kist van mijn dochter. Wat gebeurt er toch, waar gaat dit over? Wat verwachtte ik eigenlijk – dat deze man zich in zou zetten om mijn gezin bij elkaar te houden? Waarom zou hij dat doen? Als hij zich ergens voor inzet is het voor de belangen van James. En ik ben zo stom dat ik die zaken aan elkaar gelijkstel. Deze teleurstelling, deze wrede ontmaskering is mijn eigen schuld. Ik heb me laten gaan. Ik had wensen en verlangens.

Beelden tolden rond in haar hoofd: haar moeder, die met een mond vol grijze stompjes over het gras sprak; James, die met zijn rug naar haar toegekeerd luisterde naar het verhaal over Elly's dood; Palliser, die haar liet huilen tegen zijn blote arm.

Ook Elizabeth legde haar armen op tafel. Ze opende haar handen. 'Ik heb je niets te bieden, niets te vertellen,' zei ze. 'Je kan beter gaan.'

Vliegensvlug greep hij haar onderarmen. Ze schrok van de kracht waarmee hij haar vlees omklemde. Hij bracht zijn gezicht dicht bij het hare en opende zijn mond toen de deur openvloog. Verschrikt keken ze allebei naar James, die met zijn lange lichaam de deurlijst vulde. Zijn blik gleed naar de verstrengelde armen op tafel, naar het vertrokken, ontstelde gezicht van Palliser, naar de bebloste wangen van Elizabeth. Toen keek hij over hen heen de tuin in en konden ze elkaar eindelijk loslaten.

Hij gaat flauwvallen, dacht ze. Pallisers gezicht was lijkbleek. Afwezig keek hij naar zijn doelloos op tafel liggende handen. Van hem zou de redding niet komen. Moest ze nu zelf de stilte doorbreken? Hoe? Het was kil in de kamer; ze keek om en zag dat het vuur in de haard zwakjes lag te smeulen zonder vlam.

'Ik zat op je te wachten in het koffiehuis,' zei James. 'Maar je zit hier. Ga je mee? Ik ben zover.'

Niets te horen aan zijn stem. Toch was hij een begaafd waarnemer. Op zijn reizen was hij totaal afhankelijk van zijn observatievermogen. Aan gezichtsuitdrukking, lichaamshouding en gebaren las hij de bedoelingen van de ander af. Vreedzaam? Vijandig? Hij moest wel, een gemeenschappelijke taal was er niet. Waarom zag hij dan niet wat zich hier afspeelde?

Hij had zich wat ongeduldig omgedraaid en schikte zijn halsdoek voor de spiegel. Even ontmoetten hun ogen elkaar. Er gebeurde niets.

Hugh Palliser stond traag en krakend op. James stapte de kamer weer in en reikte hem, zo te zien net op tijd, zijn stok aan.

'Niet de vlotste vandaag,' zei Palliser schor. Hij hoestte omstandig in zijn zakdoek. 'Laten we eerst maar wat gaan drinken, daarna zal het wel beter gaan. Elizabeth, ik hoop je spoedig wat uitgebreider te spreken. Tot ziens.'

Ze was te zeer verbluft om zelfs maar te knikken en luisterde naar het gestommel op de gang. Toen stond ze op om door het smalle raam aan de straatkant te kijken. James had Palliser een arm gegeven; dicht tegen elkaar aan schoven de mannen over straat. Ze zag hun lippen bewegen, hun ogen oplichten, een hoofdschudden, een glimlach – ze zag twee vrienden die verheugd waren dat ze elkaar hadden getroffen. Het viel haar op hoezeer ze op elkaar leken, zo van achteren gezien. Lang, mager, met smalle kuiten en geprononceerde schouders. De gezichten verschilden: James, met zijn zware wenkbrauwen en priemende ogen, maakte een woeste indruk; Hugh had meestal een vriendelijk-spottende uitdrukking op zijn evenwichtige, ovale gelaat. Maar dat kon ze nu niet zien.

Ik zou iets moeten voelen, dacht ze, woede, verongelijktheid, zoiets. Verdriet, of de somberheid die volgt op een verlating. Maar ik voel niets. Ik wacht tot er een storm opsteekt daarbinnen maar het is windstil. Ze masseerde haar buik tot ze het kind voelde bewegen. Druk en tegendruk, een klein, ontluikend spel.

Nat kwam thuis en straalde toen hij de laarzen zag. Ze dronken thee en spraken over leerverzorging. Hij haalde de pot met laarzenvet uit de bijkeuken en ze begonnen te poetsen en te wrijven, elk met een laars op schoot. Het leer werd donker, verdiepte zich en kwam glimmend onder de poetslappen te voorschijn. Nat zuchtte. Hij schopte zijn versleten schoenen onder tafel en gleed moeiteloos in de soepele, nieuwe schachten. Perfect.

*Lieve Frances, nu is het alweer bijna lente, in onze tuin bloeien winterakonieten en krokussen, het is hoog tijd om je te schrijven. Berichten over de oorlog bereiken ons natuurlijk, ik lees erover in de kranten en denk aan jou. Ik hoop maar dat je geen gevaar loopt, dat je er weinig van merkt in die verlatenheid waar jullie wonen. Van politiek heb ik geen verstand; wel weet ik dat de arrogantie en de machtswellust van onze regering me tegenstaan. Waarom mogen jullie niet een zelfstandige natie vormen? Wat heeft Engeland ermee te maken? En al dat vechten, al die onnodig gestorven jongens – nee. Zinloos.*

*Soms denk ik dat ik het wel begrijp. Het lijkt op het loslaten van een kind. Dan vergelijk ik Amerika met onze Jamie, die zo geestdriftig uit huis is gegaan. Ik zou hem ook wel terug willen halen met een schip vol kanonnen; als ik zie hoe gelukkig hij is in Portsmouth verdwijnt dat verlangen. Dan laat ik hem.*

*Nathaniel heeft zich deze winter verzet tegen zijn toekomst. Hij was erg stil en teruggetrokken. De laatste tijd gaat het hem beter. Mijn neef Isaac, die herinner je je ongetwijfeld nog wel, sprak met hem en heeft hem kennelijk wat gerustgesteld over het zeemansleven. Ik moet je zeggen dat ik het verschrikkelijk vind om Nat te laten gaan. Hij is zo kwetsbaar, zo ongeschikt voor die wilde schoolgemeenschap – maar misschien zie ik het verkeerd en vindt hij daar wel een weg, een manier om toch de dingen te doen waar hij van houdt. Je loopt als moeder altijd achter, het kind is steevast verder en flinker dan je denkt.*

*Ik wil je schrijven over James. Je weet dat hij benoemd is bij het hospitaal, een erebaan, een soort pensionering als dank voor bewezen diensten. Ik was daar erg gelukkig mee, want het betekende eindelijk rust, eindelijk een gezinsleven zonder angst en onzekerheid. Ik schrijf in de verleden tijd, Frances, want het ziet ernaar uit dat de plannen alweer veranderd zijn. De Academie, de Admiraliteit, ja, zelfs de koning – allemaal branden ze van wetenschappelijk vuur en nieuwsgierigheid. Nu het zuidelijk halfrond beschreven is moet de noordkant ook in kaart worden gebracht. James heeft aangeboden de expeditie te leiden. Ze hebben zijn voorstel natuurlijk meteen en met graagte geaccepteerd. Nu ik het zo op papier zet, lijkt het of ik er vrede mee heb, maar jij mag wel weten dat ik geen idee heb wat ik ervan vind. Zal ik deze zomer alleen zijn in dit huis? James op zee, de jongens op school, en ik hier met al die lege kamers en vertrekken. En de baby, al durf ik daar nauwelijks aan te denken.*

*Eigenlijk geloof ik niet dat het doorgaat. Ik denk dat James doet alsof; dat hij op het allerlaatste moment het bevel aan zijn collega zal overlaten en gewoon aan wal zal blijven. Een heel sterk gevoel dat ik niet opzij kan zetten. Ik wéét het gewoon.*

*Hij is nu heel druk met de voorbereiding, hij zegt dat de schepen op de werf in Deptford enorm verwaarloosd zijn, daar moet hij iets aan doen; hij maakt lijsten van dingen die mee moeten, ik zie ze liggen op tafel; hij voert gesprekken met officiers die zich hebben aangemeld. Maar als alles gedaan is, als hij tevreden kan zijn over de toerusting van de hele onderneming – dan zal hij zich terugtrekken.*

*Of houd ik mezelf voor de gek? Ik wil zo graag dat hij dit kind geboren ziet worden, op ziet groeien. Frances, wat moet ik doen?*

*Laatst was ik bij mijn moeder. Ze zei: laat het gaan, verzet je niet. Ik wist niet wat ik ervan denken moest.*

*Ik omhels je, lieve Frances. Schrijf me snel terug.*

Als een kind zo blij, dacht ze, toen ze hem zag. Hij liep met verende tred en rechte rug, hij lachte haar toe en zwaaide met de brief in zijn hand.

'Lid van de Academie!' riep hij, te luid haast, met bijna overslaande stem. 'Ze hebben mij geaccepteerd. Op 7 maart houd ik mijn introductievoordracht.'

Zijn haar stond recht overeind en zijn jas hing open. Het gevoel dat ze iets moest zeggen, iets moest doen werd ondraaglijk dringend. Ze stond op, deed twee stappen in zijn richting; waarom moest ze toch zo blij, zo verbaasd zijn, het lag in de rede dat hij lid zou worden, nooit had ze daar ook maar een ogenblik aan getwijfeld – hij kennelijk wel, maar waarom? Ze schaamde zich.

'Wat fijn, James,' zei ze, terwijl ze hem omarmde. Ze blies haar gelukwensen tegen zijn vest, ze voelde zijn ribben, de aanzet van zijn schouderbladen, het heftig pompen van zijn longen.

Hij maakte zich los, hij moest in beweging blijven. 'Ze loven elk jaar een medaille uit voor de beste lezing, wist je dat? Als je die krijgt ben je echt iemand, dan heb je geconcurreerd met de scherpste geesten. Dan hoor je tot de voorhoede van de wetenschap.'

Een bodemloze put, dacht ze. Nooit zal het genoeg zijn. Je gooit er ladingen erkenning en lof in maar het helpt niet. Ik moet ophouden met denken, ik moet niet zo naar hem kijken, geen kritische afstand bewaren maar gewoon meedoen. Me verheugen met hem.

'Heb je de voordracht al af? Hoe lang moet je spreken? Is het openbaar?'

'Nee, dat denk ik niet,' zei hij. 'Een besloten vergadering, uitsluitend voor de leden. Het moet een uur duren. Ik heb wel wat opgeschreven maar ik heb geen idee of het genoeg is. Of te veel. Wil je het zien?'

Ze knikte en ging hem voor naar de kamer, waar ze afwachtend aan tafel ging zitten met de armen over elkaar.

'Oefenen,' zei ze. 'Geef mij je horloge, dan meet ik hoe lang je erover doet.'

James trok een stapel papieren te voorschijn en begon ze te ordenen. Hij maakte zijn klok los en legde hem voor Elizabeth op tafel. Toen ging hij wijdbeens in de lege ruimte tussen tafel en deur staan en begon te spreken.

'Langzamer,' zei ze. 'Denk je in dat je in een zaal staat, een enorm lokaal vol mensen. Kijk ze aan. Wens ze een goede avond. Trek hun aandacht.'

Verbaasd keek hij haar aan. Hij glimlachte.

'Ik moet een lessenaar hebben, net als daar. Om de boel op te leggen. En een glas water.'

Als kinderen die een toneelstukje voorbereiden, scharrelden ze heen en weer. Hij haalde de muziekstandaard van Nathaniel naar beneden, zij bracht een kan water de kamer in.

Hij trok zijn manchetten recht, legde de tekst voor zich neer en verwelkomde het denkbeeldig gehoor.

'De titel van mijn lezing luidt: Over de gezondheid van zeelieden.'

Hij keek op en begon, zonder verder nog naar het papier te kijken, begeesterd te spreken. Te vertellen, eigenlijk. Hij nam haar mee, ze hoefde geen enkele moeite te doen om geboeid te blijven. Toen hij van start ging dwong ze zich een blik op de klok te werpen. Onthouden, elf uur vijftien, tien vingers en een duim, niet vergeten.

Eerst haakten haar ogen aan afleidende kleinigheden: een vlek op de witte broek, de priemende vinger waarmee hij in de lucht een lijst punten markeerde, het schuren van zijn zolen over de vloer. Al snel merkte ze die dingen niet meer op.

Kleurrijk beschreef hij de bedreigingen van de gezondheid aan boord: de smerige gewoonte van de matrozen om zich, zeker bij slecht weer, in het ruim te ontlasten; de wantsen, vlooien en luizen die zich thuis voelden in ongewassen kleren en vies haar; de hitte in de tropen, de kou bij de pool, oneindig verergerd door de neiging om kleding met inboorlingen te ruilen tegen etenswaren en liefde. De liefde zelf en de ziekte die daarmee verbonden was. Ten slotte de scheepskost – beschuit met maden, stinkend pekelvlees, rottend water.

Hij vertelde over de maatregelen die hij had genomen en hoe hij de bemanning zover gekregen had om zijn aanwijzingen op te volgen. Als uitleggen en voordoen niet hielp dreigde hij met straf. Winterkleding ging achter slot en grendel, werd pas uitgedeeld als het vroor en daarna weer ingenomen. Het ruim waar de matrozen sliepen werd regelmatig aan inspectie onderworpen en moest dagelijks met azijnwater worden gesopt. Vers voedsel had prioriteit boven alles; bij ontstentenis daarvan kwam de zuurkool op tafel.

Aan de liefde was weinig te doen, hij kon zijn mannen niet opsluiten. 'Ik sta het toe omdat ik het niet tegen kan houden,' zei hij. Het deed hem zichtbaar pijn. Natuurlijk controleerde de dokter iedereen die van boord ging, maar het leek of de ziekte zich schuil kon houden in mannen die op het oog een heel gezonde indruk maakten. Het was verschrikkelijk om tegen de avond de uittocht van matrozen en mariniers te zien, verheugd en opgewonden renden ze de inlandse meisjes tegemoet, lachend, dansend en drinkend brachten ze de avond door. De zon ging onder en in zijn hut bedacht de kapitein hoe nu, op dit moment, een ziekte in het eiland werd gezaaid waartegen geen medicijn bestond. Verschrikkelijk. Soms zag hij de gevolgen als hij na jaren toevallig hetzelfde eiland weer aandeed. Dan schaamde hij zich.

Cijfers! Sterftepercentages! Hij vergeleek het verlies aan manschappen op Marineschepen en in de koopvaardij met zijn eigen resultaten gedurende de twee wereldreizen. Scheurbuik bestond niet meer. Hij schetste de weerzinwekkende symptomen. Uit de wereld! Als er al eens iemand na tien weken varen langs het zuidpoolijs de eerste, lichte verschijnselen vertoonde werd er meteen ingegrepen met wortelsap. Direct bij de landing, waar dan ook, stuurde hij een groenploeg op pad om eetbare gewassen te verzamelen. Het hielp. Hygiëne, dieet en discipline hadden de ziekte verdreven.

Ze voelde zich trots op wat hij had bedacht, op wat hij had gedaan en op de wijze van vertellen. Hij was aan het eind van zijn voordracht gekomen en begon een lange opsomming van namen. Dankbetuigingen. Verontschuldigingen voor de eigengereide manier waarop hij de problemen had aangepakt. Verheerlijking van de Marine, een ode aan de goedertierenheid van lord Sandwich, een lofzang op de koning –

'Vijf minuten te lang,' zei ze.

Hij keek haar verbaasd aan, liet zijn armen slap langs zijn lijf vallen en deed een stap achteruit.

'Ik dacht dat het te kort was,' zei hij, wonderlijk schor en zwak klinkend. 'Heb je wel goed gekeken?'

Ze reikte hem het horloge aan. Tien voor half een. Hij glimlachte en borg het klokje in zijn vestzak. Bevrijd dronk hij het glas water leeg.

'Wat vond je? Als het te lang is moet ik sneller spreken. Of zal ik die passage over venerische ziektes weglaten? Dat is beter, denk ik, een onfatsoenlijk onderwerp. En iets waar ik machteloos tegenover sta. Streep ik door, dan is alles binnen de tijd.'

'Onzin,' zei Elizabeth. 'Je voordracht gaat over ziekte. Dit ís een ziekte, of je er nu iets tegen doen kan of niet. Het is wetenschap, James, het gaat niet om succes maar om feiten. Als je daarin niet eerlijk bent en dingen weglaat uit fatsoensoverwegingen heeft het helemaal geen zin. Je moet die dankwoorden en eervolle vermeldingen schrappen, dat slaat nergens op. Waarom zou je dankbaar zijn? Ze mogen blij zijn met jóú, er is geen enkele reden om de koning en Sandwich stroop om de mond te smeren. Gewoon weglaten.'

'Meen je dat? Kan dat?'

'Jazeker. Je geeft de conclusies, de resultaten van je ingrepen en dan zeg je dank u wel tegen het publiek omdat ze zo goed hebben geluisterd. Zo moet het.'

Waar haalde ze het vandaan? Alsof zij wist hoe het moest. Maar dat wist ze, ze voelde dat ze gelijk had, en zijn opgeluchte en tevreden gezicht bevestigde haar daarin. Misschien kon het, dacht ze. Als ze hem maar genoeg steunde, als ze hem maar voldoende begreep – dan konden ze samen die raadselachtige samenleving aan, dan kon hij zich ook in de collegezaal en in het paleis een kapitein voelen.

Ineens was ze uitgeput. Ze hing achterover in haar stoel en steunde haar buik met haar handen. Het vriendelijke gezicht van Palliser kwam haar voor de geest; ze wilde het beeld weg hebben, een verrader was hij toch, hij had haar laten vallen en hij had James' schip verwaarloosd, een dubbel verraad, onvergeeflijk. Maar, dacht ze, maar–. Ze probeerde zichzelf tot de orde te roepen. Ze stond er nu alleen voor, nooit zou ze zich meer toevertrouwen aan iemand die zich als een vriend voordeed. Naïef was ze geweest. Zwak. Hij had haar getroost, hij had haar zijn naakte arm geboden. Het was of een zwarte afgrond zich in haar opende. Daarin verzinken. Verdwijnen. Ze hapte naar adem en hees zichzelf rechtop in de stoel, merkte dat ze bloosde. Ophouden, dacht ze, niet denken. Het gaat nu om James, om ons.

Hij had zijn aantekeningen weer op volgorde gelegd en borg ze zorgvuldig in een leren map.

'Je bent geweldig,' zei hij. 'Dank je. Je hebt me enorm geholpen. Als ik die medaille krijg geef ik hem aan jou.'

Ze stond op om hem te omhelzen. De kreukelige jaspanden streek ze glad, ze veegde de haren van zijn voorhoofd en trok de manchetten over zijn polsen. Met de armen om elkaar heen stonden ze voor het raam en keken de tuin in.

'Hier,' zei hij. 'Dit is het dus. Ons gebied. Hier moeten we het mee doen. Ik zal een paar plantgaten laten spitten voor je kardoenkweek. Daarachter, tegen de muur. Al die grond. Er zit geen beweging in. We liggen hier vast.'

'Ja,' zei ze. 'Een mooie lezing. Je zal er succes mee hebben. Ook als je vastligt kan je goede dingen doen. Laat die dankbaarheid varen. Je bent hier op eigen kracht gekomen.'

Hij knikte en bleef naar buiten kijken.

'Tuinen. Dat had ik er ook in willen verwerken, het wereldtuinenplan. Stel je eens voor: op elk eiland een groentetuin en een fruitboomgaard, een aardappelveld, een weitje met wat geiten en varkens. Kippen. Elk bezoekend schip kan de voorraden aanvullen. Verstandige inlanders kan je opleiden tot tuinier. De koning zou hun een loon kunnen uitbetalen. Een hek eromheen, een toegangspoort met een kroon en een Engelse vlag. Het is vaak zo'n enorm gedoe om eten te kopen, je bent dagen bezig met plichtplegingen en intriges. Soms is er helemaal niets te krijgen. Wat een opluchting zou dat zijn als er gewoon een soort winkel was. Zal ik dat er nog in zetten?'

Ze lachte. Hij keek haar even verstoord aan, lachte toen mee.

Of hij nu gaat of blijft, dacht ze, ik zal bevallen en iemand moet me daarbij helpen. Over drie maanden is het zover, het gaat gewoon gebeuren. Door de onzekerheid over James' vertrek leek alles onzeker geworden en de verleiding om op een stoel te blijven zitten met haar rug naar de toekomst was groot. Het kind trapte tegen haar buikwand. Ze hees zichzelf de smalle trap op naar de zolder om de wieg te inspecteren. Het matrasje en de kleine dekens tilde ze eruit, die kon ze vast luchten, wassen. De wieg zelf was te zwaar en te groot om naar beneden te zeulen, dat moest iemand anders maar doen. Het rook naar schimmel en vocht, licht viel door een raampje aan het einde van de ruimte en de wieg stond als een donker dier in de schemer. Ze schopte ertegen, ineens was ze woedend op die onheilspellende kinderkooi. Drie kinderen waren in dat bedje gestorven, ze was gek dat ze het nog in huis had, verbranden moest ze het, stukhakken, in het fornuis ermee. Voor het nieuwe kind moest er een nieuwe wieg komen, een lichte, van riet, van bamboehout, wat dan ook, iets anders –. Die gore matras zou ze ook wegsmijten, met de dekens erbij. Elly's dekens.

Ze klemde de schimmelige lappen tegen haar borst en wist niet meer wat te doen. Zitten, dacht ze, even zitten op die stoof daar. Ik wil niet, dat is het, ik wil niet verder maar ik moet. Straks ben ik blij met de baby, echt blij. Dat kan toch niet, dat is verraad aan haar. Ik kan nooit meer echt blij zijn. Maar dat is weer verraad aan het nieuwe kind.

Haar ogen wenden aan de schemering en ze ontdekte, schuin achter een grote kist, het speelgoedpaard waarmee haar dochter de straat op was gelopen. Niemand heeft het weggegooid, het is er gewoon nog, Frances zal het naar boven hebben gedragen, uit het zicht, weg.

Ze haalde het dier te voorschijn en nam het touw in haar hand. Het laatste wat Elly heeft vastgehouden in haar vierjarige vuist. Haar paard. Het einde van het touw was smoezelig en versleten. Ze wreef ermee over haar gezicht, haar ogen, ze probeerde de geur van haar kind te vangen, ze zocht naar de lucht van zoutig kinderzweet. Er was niets. Een mottig paard met een stuk touw eraan. Beschimmelde dekens, een smerig matrasje.

Ze drapeerde de dekens zorgvuldig over het paard en schermde het geheel af met de matras. Zo kon het wel blijven staan. Ze had niets te zoeken hier op zolder, tussen de afgedankte meubels en de vreemde voorwerpen die James naar huis had gesleept. Het was een stoffig museum dat haar van minuut tot minuut meer beklemde. Maskers keken haar aan met zwarte gaten als ogen. Gevlochten rietmatten versierd met veren, bewerkte manden, speren met scherpe punten – en tussen alle exotische zaken de schamele restanten van een treurig huishouden: een kastje zonder deur, een stapel versleten handdoeken, een emmer met een gat in de bodem.

De gedachte aan de energie en de wilskracht die het zou kosten om de hele ellendige troep te laten weghalen maakte haar moedeloos. Ze sloot schielijk de lage deur en ging naar beneden.

Hoewel het nog ijskoud was zat er toch een vleug lente in de lucht. Sneeuwklokjes en winterakonieten bloeiden tussen het grijzige gras en als de wind even ging liggen voelde ze de zon op haar gezicht.

De vroedvrouw had haar handen over de buik van Elizabeth gelegd. Ze sloot haar ogen en concentreerde zich op de positie en de omvang van het kind. Twee maanden nog, zei ze. Een levendig kind, hij schopt en trapt. Hij? had Elizabeth verbaasd gedacht, ik draag toch een dochter al deze tijd, hoe kan er ineens een zoon in mij zitten? Die vrouw voelt het verkeerd, het kan niet. Ook een meisjesbaby kan schoppen en trappen. Ze hadden afspraken gemaakt over lakens, warm water en luiervoorraad. Bij de eerste tekenen van een naderende bevalling zou Elizabeth Nat op weg sturen om de vroedvrouw te halen. Urenlang eenzaam wachten hoefde toch niet, had de vrouw gezegd. Ik houd u gezelschap, we wachten samen.

James is er toch, had ze gedacht, hij zit naast het bed; tijdens de bevalling gaat hij naar beneden, we roepen hem als het kind er is. Dan komt hij met een fles port en drie glazen. Hij zal zijn dochter vasthouden, hij zal stralen van trots en blijdschap. Dan drinken we op haar gezondheid, op haar behoud. Ik ben helemaal niet alleen. Maar ze zei niets.

Ze liep om langs de rivier. Het water glinsterde in de zon, en de waterhoentjes, die nerveuze vogels, waren al bezig met nestbouw. Een paar honderd meter voor haar uit liepen twee figuren, een magere jongen en een man. Met een schok herkende ze haar zoon; zo levendig en energiek zag ze hem anders nooit bewegen. Wie liep er naast hem? Ze versnelde haar pas tot ze de man duidelijk zag: Isaac. Nu hoorde ze ook hun stemmen, het opgewonden, hoge geluid van Nat en Isaacs heldere weerwoord. Ze hield in, alsof ze bang was dat Nat zou inzakken als hij haar in het oog kreeg. Laat hem maar, dacht ze, hij lacht, hij stelt vragen, hij heeft belangstelling voor dingen die Isaac hem vertellen kan. Laat het gebeuren, wat het betekent zal ik later wel merken.

Ze koos een paadje tussen de tuinen en liep naar huis. Een half uur later verscheen Nat in de keuken, met hangende schouders. Ze wilde hem vragen wat hij met Isaac besproken had maar voor ze het wist was hij alweer verdwenen en hoorde ze hem zijn instrument stemmen.

Soep. Ze viste de mergpijp uit de hete bouillon en zette zich aan het snijden van kool en winterwortels. Ze schrok toen er tegen de ruit werd getikt, haar mes gleed uit en ze sneed zich in de vingers. Met de bloedende vingertoppen in haar mond keek ze Isaac aan, die zachtjes de deur achter zich sloot.

'Schrok je? Het spijt me. Laat eens zien? Kom maar, ik zal even water voor je pompen. Je moet het goed afspoelen, anders krijg je last.'

Dat schrikachtige, dacht ze, daar moet ik vanaf. Ik gedraag me alsof ze me ieder moment kunnen betrappen op een misdrijf.

'Heb je een schone lap?' Hij pakte haar pols en hield haar hand onder de waterstraal. 'De snee is niet diep. Houd je hand maar even omhoog, dan is het zo over.'

Hij wond een zakdoek om haar vingers en schoof een stoel voor haar aan. Ze zette haar elleboog op tafel en hield haar onderarm recht omhoog, de witte lap als een capitulatievlag in top. Allebei moesten ze lachen.

'Ik zag je lopen met Nat, jullie zagen er zo vrolijk uit.'

'Voorlichting,' zei Isaac. 'Ik maak hem een beetje wegwijs in de regels van de zeevaartschool. Hoe je je daar het beste redden kan. Hij boft dat Jamie er al zit, het is heel gunstig om een oudere leerling als beschermer te hebben, dan durven ze je toch niet zo snel te pesten. Kapiteinskinderen. Dat kan lastig zijn. Ze hebben er respect voor maar ze zijn ook afgunstig. Hij moet voor hij naar bed gaat de knopen van zijn hangmat controleren. De nieuwe laarzen moet hij mee in bed nemen want ze knippen er zo een stuk af! Dat heb ik hem allemaal uitgelegd. En dat hij meteen, de eerste dag al, een vriend moet zoeken. Kijken wie er aardig uitziet, betrouwbaar lijkt. Naast elkaar slapen, elkaar in de gaten houden, helpen. Dat soort dingen.'

Zo jong, dacht ze, zo enthousiast, zo levendig. De toekomst is een feest waar hij zich op verheugt.

'Hij moet iets met z'n muziek,' ging Isaac voort. 'Viool, dat is niks voor aan boord – ja, in de vrije tijd, om liedjes te spelen bij het dansen en drinken. Het is veel beter als hij trompet kan spelen, dan wordt hij scheepsmuzikant. Hij gaat het aan zijn leraar vragen, of hij alvast kan beginnen. Op school kan hij dan verder wel les krijgen. Ik vind het prachtig, trompet. Daar hadden we het over. Komt de kapitein nog thuis? Ik wil hem iets vragen. Of ik op zíjn schip mag, niet op het andere. Vindt hij dat goed, denk je?'

Elizabeth trok de zakdoek van haar vingers en keek naar de bebloede snee. Dit was echt, nog weken zou ze de wond voelen, de strakke streep zien. Tijd. Lichaam.

'Hij wil jou zéker bij zich hebben,' zei ze. 'Als hij gaat.'

'Als? Het is afgesproken, we hebben allemaal bericht gekregen! De kapitein voert het bevel. Je kon je inschrijven. Heb ik meteen gedaan, ik wachtte erop.'

Moest ze hem teleurstellen? Uitleggen dat het een strategie was, een manier om greep op de expeditie te houden? Beter erover zwijgen. Clerke zou ook goed voor Isaac zorgen.

'Ik zal het tegen de kapitein zeggen. Ik breng je complimenten over en zeg dat je je erop verheugt weer bij hem aan de tekentafel te zitten. Goed?'

Isaac knikte stralend. Hij was trots op zijn cartografische competentie, er kwam een door hem getekende kaart in het boek, wist ze dat wel? En nu ging hij weer andere, noordelijke, onbekende kustlijnen en landtongen in kaart brengen, onvermoeibaar, volgens de regels, tot de hele wereld nauwkeurig beschreven zou zijn. Hij wipte heen en weer op zijn stoel en tekende denkbeeldige kusten in de lucht.

'Ik ga even rusten,' zei ze. 'Ik ben blij dat je met Nat hebt gesproken, dat heeft hij nodig en ik kan het niet. Dank je.'

Isaac stond op, verbluft door de wending in het gesprek, door het snelle afscheid.

'Pas op je vingers, je moet geen ontsteking krijgen. Ik kom snel weer.' Hij kuste haar op de wang. Ze bleef zitten en keek toe hoe hij met energieke stappen wegliep.

In de eerste week van maart hield James zijn introductievoordracht voor de Academie van Wetenschappen. Elizabeth had de uniformjas en een nieuw hemd voor hem uitgehangen en hielp hem de pruik vast te zetten. Het rijtuig dat hem kwam ophalen ratelde voor; James vouwde zijn aantekeningen in zijn binnenzak, gaf Elizabeth een kus en rende naar buiten. Hij liet de deur openstaan. Ze zwaaide de koets na.

Uren later kwam hij tevreden thuis en vertelde over de complimenten die hij van de aanwezige geleerden had gekregen. Iedereen was er. Zelfs Forster had aandachtig geluisterd. De voordracht had exact een uur geduurd en daarna was er geestdriftig gediscussieerd. Over feiten, geen speculaties; door de mannen van de praktijk, de artsen, de botanici, en niet door de filosofen, die zich stil hadden gehouden. Een prachtige avond, James was zo opgewonden dat hij niet meteen kon slapen. Ze zaten samen bij de uitgedoofde haard en Elizabeth luisterde naar de muziek van zijn stem zonder dat de woorden tot haar doordrongen.

Nu de lezing achter de rug was, had hij tijd om zich met de benoemingen bezig te houden en de officiers te ontvangen die een aanstelling op de *Resolution* hadden gekregen. Daartoe bleef hij thuis in de namiddag. De ramen van de grote kamer stonden open, het was ongebruikelijk zacht weer en vogels scharrelden in de tuin. Elizabeth hield zich schuil tijdens deze bezoeken en trok zich terug in de slaapkamer. Daar was het benauwd vandaag. Ze was even in slaap gevallen en werd wakker toen beneden de tuindeur openging. Mannenstemmen, geschuifel van leren zolen op steen. Ze gleed van het bed en ging op het bankje bij het venster zitten, verscholen achter het gordijn. Voorzichtig duwde ze het raam verder open.

James kuierde door de tuin met de handen op zijn rug. Naast hem ging een man van een jaar of vijfentwintig in een smetteloos uniform, even lang en even mager als James. Ze bestudeerden de tropische planten in de tuin en spraken over de eilanden waar die gewassen vandaan kwamen.

'In de tuinen van de koning,' zei de jongeman, 'daar zag ik deze planten ook. Ze zijn daar wel een stuk groter.'

'Er werkt daar een zeer goede tuinman,' zei James, 'die waarschijnlijk meegaat op de reis. David Nelson heet hij. Banks geeft hoog van hem op, en met recht.'

De man knikte. 'Wie gaan er nog meer mee? Nelson is geen botanicus, wel? Het lijkt me van het grootste belang dat er voldoende wetenschappelijk onderlegde personen aan boord zijn, geleerden op allerlei gebied, dat is toch een buitengewoon aspect van uw reizen, iets heel bijzonders.'

Het was stil. Toen viel James uit; ze herkende zijn stem nauwelijks, zo woest en doordringend schalde hij tegen de tuinmuren.

'Doodvallen kunnen ze, die geleerden! En de hele wetenschap daarbij! Verdomde pretentieuze ellendelingen zijn het. De orde aan boord verstoren, dat kunnen ze! Denken dat ze boven alle regels verheven zijn, dat ze meer waard zijn dan anderen. Breek me de bek niet open. Nooit ga ik meer met zulke lieden op reis – filosofen, professoren of hoe ze zich maar noemen, als ze bij mij aan boord komen donder ik ze zonder genade over de reling. Kapsoneslijers. Ze kunnen m'n rug op! Schijt heb ik aan ze, schijt!'

Verstijfd van schrik stond de jongeman te staren naar zijn kapitein, die een wervelende dans van razernij uitvoerde op het grasveld. Een ogenblik later kwam James tot stilstand, trok een zakdoek uit zijn mouw en veegde zijn gezicht af. Hij hernam het gesprek op bedaarde toon, alsof er niets gebeurd was; ze hoorde hem de naam van Webber noemen, een jonge landschapschilder die mee wilde. De bezoeker sprak aarzelend zijn bewondering voor de kunstenaar uit, bang dat zijn woorden verkeerd zouden vallen. William Anderson werd genoemd, de scheepsarts die zo bedreven was geraakt in de taal van de eilanders; zijn assistenten Samwell, de muzikale rokkenjager, en Ellis, die met wonderlijk gemak vogels kon schilderen. Geen wetenschappers maar gewone bemanningsleden, tuiniers, timmerlieden en chirurgijns die de wetenschap koesterden als een liefhebberij naast hun werk. Zo wilde hij het dus.

Ze zag de jongeman afscheid nemen met een bedeesde handdruk, de hoed in de andere hand. James ging onder de kwee zitten en zuchtte hoorbaar.

Ook Elizabeth bleef zitten op haar bankje achter het slaapkamergordijn. De heftigheid waar ze getuige van was geweest verbaasde haar eigenlijk niet; het paste dat hij zich tegenover een vreemde zo liet gaan. Thuis gedroeg hij zich niet zo. Thuis beheerste hij zich, net als zij. Thuis hadden zij zichzelf volledig in de hand.

Ze keek opzij naar het grote bed. Daar had ze gelegen vlak na de dood van Elly, niet wetend waar ze het zoeken moest. Toen hadden er onregelmatige voetstappen geklonken op de trap, de deur was opengegleden en Palliser kwam bij haar zitten op de rand van het bed. Ze had hem niet gezien maar voelde de matras inzakken en rook zijn geur. Pijptabak, zout. Ze had gebruld in het kussen, gekronkeld van pijn, gekwijld van ellende. Zolang hij daar zat kon ze baden in haar wanhoop zonder angst te verdrinken. Hij deed vrijwel niets, zijn hand had hij lichtjes op haar rug gelegd en zo nu en dan fluisterde hij een woord. Vergeefs, had hij gezegd, alles voor niets. Verwoest, had hij gezegd, verwoeste toekomst, verloren hoop. Kindje toch. Uiteindelijk was ze bedaard en had hij haar mee naar beneden genomen. Raar dat ze zich nooit tegenover hem geschaamd had. Het was gewoon gebeurd.

Schaamde James zich voor zijn driftbui? Aan tafel was daar niets van te merken. Ze aten lamsvlees, de slager had haar met een vroeg lam verrast dat ze had laten bereiden met uien en winterwortels, want voorjaarsgroenten waren er nog niet. Nat kloof aan een wervel en James zat aandachtig een ribstuk te ontleden. Het zag er vredig uit onder de laag invallende laatste stralen van de lentezon.

'Wie was dat vanmiddag?' vroeg ze achteloos.

James keek op. 'James King. Heeft ook onder Palliser zijn opleiding gedaan. Heel begaafde jongen, hij is er een paar jaar tussenuit geweest om in Parijs te studeren. Parijs! Zoon van een dominee. Maar hij studeerde astronomie. Heel nuttig, hij is precies degene die ik kan gebruiken. Aardige, rustige jongeman. En een goede officier. Maakt betrouwbare verslagen.'

'Was het een leuk gesprek?' Verder kon ze toch niet gaan.

'Ja,' zei James. 'Heerlijk, dat lam. Uitstekende maaltijd, Elizabeth. Vind je het ook lekker, Nat?'

Nat knikte en at door. Was hij thuis geweest tijdens de driftaanval van zijn vader? Waarschijnlijk niet, hij zat weer elke middag bij Hartland, die hem na afloop van de vioolles probeerde bij te brengen hoe je geluid uit een trompet moest krijgen.

Zou hij wreed zijn aan boord? Zou hij in zijn drift onmatige straffen opleggen? Ze had hem altijd als een toonbeeld van rust en rechtvaardigheid beschouwd. Hij zag niet graag een ander lijden en had een aperte afkeer van openbare martelingen en executies. Als kapitein zou hij zijn wil opleggen met behulp van overreding, met kracht van argumenten, daar was ze altijd van overtuigd geweest. Tot vanmiddag. De Marine kende een streng stelsel van straftoedeling, tot bloedens toe werden matrozen afgeranseld met verzwaarde zwepen. Ze werden vastgeklonken aan de mast in de brandende zon, de oren werden van hun hoofd gesneden. Ze wist het, ze had de lijsten gezien waarop de straffen keurig naast de bijbehorende misdaden waren geschreven. Zou James zo'n straf opleggen? Laten uitvoeren? Erbij staan kijken?

Een enkele keer had ze in het journaal over een bestraffing gelezen, een gesnapte deserteur moest aan de mast en iemand die een inlander met opzet had beschoten kreeg zweepslagen. Het klonk redelijk. Maar stond alles wat er gebeurde ook in het journaal?

Hij zette zijn tanden in het vlees en kloof de smalle

ribben af. Misschien liet hij alles weg wat hem in een kwaad daglicht zou kunnen stellen en ging hij als een beest tekeer zonder dat er iets over werd opgetekend. Hij kon kwaad worden, dat wist ze. Het dwangmatige stelen van de eilanders maakte hem razend. Alles namen ze mee, ze trokken de nagels uit het schip en stopten borden, knopen en passers onder hun mantels. Over diefstal van persoonlijke eigendommen maakte hij zich niet druk, maar het ontvreemden van staatsbezit kon hij niet verdragen. Eilanders die de astronomische instrumenten probeerden mee te nemen, die ervandoor gingen met het kwadrant of de kijker, die misschien zelfs de heilige Harrisonklok wilden ontmantelen, die zou hij straffen. Met de zweep. Niet tot bloedens toe, dat vast niet.

Koppige weigering van volgens hem heilzaam voedsel was ook een reden om in woede te ontsteken. Gezond bier, gebrouwen van sparrentoppen, dat moesten ze drinken, en als ze dat niet wilden trok hij de rumrantsoenen in. Pedagogische maatregelen. Beleid. Wat ze in de tuin had gezien was iets anders. Ze zag een man die even volstrekt buiten zichzelf was, onbeheerst, wild. De herinnering viel niet te rijmen met de rustige, smakelijk etende man aan de tafel. Ze schoof de schaal met ingemaakte vossenbessen naar hem toe.

'Laten we een tochtje maken,' zei hij. 'Het blijft nog dagen mooi weer. We kunnen morgen naar Kew varen en de plantentuin bekijken. Het schip is min of meer klaar, ik hoef niet naar de werf en ik heb zin om er even uit te gaan. Ik vraag een boot, ze kunnen ons erheen roeien, dan hoef je niet in zo'n hobbelend rijtuig te zitten.'

Ja, waarom eigenlijk niet, dacht ze. Glijden over de rivier, zon op het water, geschreeuw van meeuwen en kluten boven hun hoofd – waarom niet?

De boot lag gemeerd aan het steigertje tegenover het

pad tussen de tuinen. Zes roeiers in rode jassen stonden te wachten. Ze stapte in, even onzeker gemaakt door de wiegende beweging van de boot. 'Benen uit elkaar,' zei James. 'Meebewegen. Losse knieën. Ga hier maar zitten, op het kussen.'

Hij zette haar op de bank achter in de boot, bleef zelf nog staan terwijl de roeiers afduwden en vaart maakten. Toen kwam hij naast haar zitten.

'Zo varen we altijd aan land,' zei hij. 'Ik ga voor anker in een baai, we takelen de sloep neer en roeien naar het strand. Net als nu.'

Met een noodvaart gleed de boot langs weilanden en bossen, onder de brug, langs het kasteel, op de koepels en kerktorens van Londen aan.

'Vloed,' zei James, 'we hebben het tij mee. Ze roeien ook goed. Er is nauwelijks wind.'

Hoe wist de roeier waar hij heen ging, peinsde Elizabeth. De Marinemannen zaten met hun rug naar de punt van de boot en trokken zich achterstevoren de rivier over. Ze keken misschien uit hun ooghoeken naar de oever, ze voelden misschien aan de subtiele temperatuurverschillen van de lucht of ze open water of land tegemoet voeren. Geheimen van de scheepvaart waar zij geen weet van had. Ze sloeg haar ogen neer om zich niet door de zes roeiers aangestaard te voelen. Het water had een grijsbruine kleur; keer op keer verdwenen de bladen van de roeiriemen, ze werden onzichtbaar en doken aan het eind van de slag weer op.

De boot gleed langs Westminster Abbey en liet de drukte van de stad alweer achter zich. Weer voeren ze langs weiden en rietvelden; James wees haar de kerktorens van Clapham, van Richmond in de verte. Ze liet het gebeuren, ze liet de stad en het land aan zich voorbijtrekken alsof zij vastzat, verstild, en een reuzenhand het landschap langs haar heen sleurde.

Ze legden aan. Geschreeuw, druipende riemen, een touw om een bolder. James gaf de roeiers een fooi. Zodra de passagiers op de wal stapten verdwenen de mariniers naar de kroeg. Eén bleef er achter om de boot te bewaken en zijn maten te waarschuwen als ze weer in actie moesten komen.

James gaf Elizabeth een arm en ze liepen op de poort van de koninklijke tuinen af.

'Banks is hier onbezoldigd directeur. Hij heeft zich de tuinen toegeëigend want hij vindt dat hij er het meeste verstand van heeft. Waarschijnlijk heeft hij daar gelijk in. De koning vindt het prachtig en keurt alle plannen goed. Meer personeel, aanleg van glazen broeikassen, omleggen van beken zodat er watervallen en vijvers ontstaan – je kan het zo gek niet bedenken of het gebeurt hier, met koninklijke zegen. Kijk eens hoe die bloemperken erbij liggen! Toegewijde mensen werken hier, dat zie je zo. Hé, Nelson!' Een magere man stond over een struik gebogen en richtte zich op toen hij zijn naam hoorde. Het rimpelige gezicht vertrok in een grijns zodra hij James herkende. Schuifelende schoenen over het grindpad, een handdruk, een buiging.

'Kisten,' zei de man, 'ik heb dozen, kisten en riemen vloeipapier klaar laten maken. Een bloemenpers, etiketten, een voorraad sterk water. Het staat allemaal gereed om naar Deptford verscheept te worden. Ik ben klaar. Tot we vertrekken houd ik de boel hier nog in de gaten, de vorstschade, het opkomen van de bolgewassen. Mag ik u een prettige wandeling toewensen?'

Landinwaarts liepen ze, over een flauw opwaartse helling. De struiken waren hier voller; hier en daar zag ze hoge bomen met knoppen die op barsten stonden. Ieder jaar weer, dacht ze, die stomme, ellendige lente was niet tegen te houden. Onherroepelijk kwam het in de winter gestolde sap in beweging, de zonnewarmte gaf een bevel en de willoze bomen gehoorzaamden, vergaten hoe ze, gegeseld door de herfststormen, hun blad hadden verloren en begonnen opnieuw, zonder geheugen, met kinderlijke hoop.

'Kijk,' zei James, 'die boom, daar komen vruchten aan die aan brood doen denken. Je doopt ze in zeewater en het is alsof je brood met zout eet. Daarachter staan bomen waar je een soort gom uit kan tappen. Het mooiste zijn de reuzenvarens, maar die doen het hier slecht. En de palmen! Al die soorten en vormen!'

Het was duidelijk dat hij iets anders zag dan zij. Hij wandelde door een tropisch woud, donkergroen en vol economische beloften. Zij liep over een onvruchtbare vlakte met halfdode, grijze staketsels, gekweld door de kou. Hij zag volle struiken met vreemd gevormde bladeren, als handen, als vuurtongen; zij zag slappe, kleurloze stengels op de koude aarde liggen.

Ze hoorden stemmen, ze waren niet alleen in de tuin. Aan het einde van een overgroeide doorgang zagen ze een groepje mensen. Lakeien, ontdekten ze toen ze dichterbij kwamen, een viertal lakeien, geschaard om een man in een eenvoudige groene mantel, blootshoofds, de wind blies zijn warrige haar op, waar was zijn pruik? In de handen van een lakei, zag Elizabeth. De man kreeg hen in het oog toen ze de wandelgang uit kwamen en zijn gezicht lichtte op.

'Kapitein Cook!' riep hij uit. 'Wat een perfecte verrassing!' Hij deed geen moeite om zijn haar te fatsoeneren of zijn mantel dicht te knopen maar liep met uitgestrekte armen op hen toe.

'Goedemorgen, Majesteit,' zei James. Elizabeth tilde haar rok op en maakte een lichte buiging.

'Kapitein! Mevrouw! Laten we wandelen!' De koning maakte een wegwuivend gebaar naar zijn dienaars, die zich prompt terugtrokken in een schuur.

'Onze goede vriend, de onvolprezen Banks heeft het hier mooi voor elkaar. En het wordt nog fraaier! Groter! De oranjerie, de kassen, de plantenvijvers! De hele wereld wordt hier bijeengebracht. Dankzij u!' De koning greep James en Elizabeth bij hun handen, als drie kleuters op een rij liepen ze hand in hand langs de troosteloze perken.

'Dit is mijn grootste vreugde. Ik verheug me zeer op de komende zendingen. De arctische flora! Rijsbessen, vossenbessen, moerasbessen! De dwergberk! U laat me toch niet in de steek?'

Elizabeth voelde krachtige krampen door de koninklijke hand gaan. Moest ze de hand strelen om de opgewonden vorst tot rust te brengen?

'Ze willen dat ik de hele wereld onder mijn heerschappij breng. Britse handelsposten en koloniën overal. Ik geef toe, ik moet wel, maar weet u dat het me niets kan schelen? Ik vind Engeland wel groot genoeg. Natuurlijk, u moet hier en daar een vlag planten, dat is de gewoonte en die moeten we respecteren. Maar meer is het niet! Een vlag krijgt geen wortels, nietwaar?' De koning stootte een vreemde, hoge lach uit.

'Zet ze maar ergens neer, die lappen aan stokken. Mij maakt het niets uit. Als u het maar niet doorvertelt! Het uitwisselen van gewassen, daar gaat het om. De wereld kan delen in de zegeningen van onze velden dank zij de ontdekkingsreizen. Aardappelen! Perelaars! Spelt! Ach kapitein, weet u dat het me zo spijt dat we geneigd zijn de fauna te vergeten? Ik heb een plan! Kom!'

Hij trok hen mee naar een bank onder een enorme treurwilg. Verscholen achter een gordijn van neerhangende takken, gekleurd door een geliggroen waas van bijna barstende knoppen, namen ze plaats. De koning boog zich naar James en begon haast fluisterend te spreken.

'Rundvee – koeien, vaarzen, kalveren, ossen ook! En natuurlijk de rammen en de ooien, de geiten, konijnen, het pluimvee, dat spreekt vanzelf. Maar ook paarden, zes in getal, had ik in gedachten.'

De koning maakte grote gebaren, als streelde hij een paardenflank. Dan weer klemde hij de arm van James tussen zijn handen en sprak hoog en hees in zijn oor.

'We concentreren ons op Tahiti, dat prachtige eiland moet onze voorpost worden. Hoe verplaatsen de mensen zich daar?'

'Ze zeilen, Majesteit,' zei James. 'Ze varen om het eiland heen, gaan aan land en lopen naar de plaats waar ze heen willen.'

'Te voet? Iedereen loopt? Iedereen?'

'Er wordt inderdaad veel gelopen. De personen die ze als heilig beschouwen, de plaatselijke vorst of de hoogste priester, worden ook wel gedragen.'

'Ja, ja, in een draagstoel zeker,' riep de koning. 'Machteloos achter een baldakijn. En hobbelen, en schommelen, en altijd angst dat er een drager struikelt. Nu ben ik er helemaal zeker van: u moet Tahiti het paard brengen. Een geschenk van de Britse koning. Door bossen en over bergen, in galop! Ze moeten leren rijden natuurlijk. De ossen had ik in gedachten voor het op hoger peil brengen van de akkerbouw. De koeien moeten ook mee. Wat kunnen koeien? De weidegronden schoon houden. Bovendien brengen ze het hele zuivelbedrijf met zich mee. Kaasbereiding! Melkdistributie! Ik stel me voor dat de vruchtbaarheid van het eiland door mijn geschenken vertienvoudigd wordt. Wat een vreugde! Wat een dankbaarheid! En u gaat mij helpen.'

'Het wordt passen en meten aan boord,' zei James. 'De dieren nemen veel ruimte in beslag, en het voedsel dat we voor ze meenemen nog veel meer. Water. Ik ga er een plan voor bedenken. Groot vee verdraagt de zee slecht.

Het valt te overwegen om de dieren van de Hollanders te kopen, bij de Kaap.'

De koning keek beteuterd. 'Maar ik wil ze schenken! Engelse paarden, Britse runderen. Een gebaar van eiland tot eiland!'

Hij sprong op en zette de wandeling voort. Elizabeth zag dat de lakeien behoedzaam volgden op enige afstand. Waarom zei James niet dat het een onzinnig plan was? Mest scheppen, watertroggen vullen in vliegende storm, het klagende geloei van die beesten verdragen? Het leven op Tahiti, voorzover ze daar uit de journalen een indruk van had kunnen krijgen, leek haar goed zoals het was. Niemand zat daar op melk en kaas te wachten onder de tropenzon. Ze stelde zich het geluid voor van paardenhoeven tegen de planken van het dek, het schip een immense klankkast voor de angstige roffels. Een heilloze onderneming.

James beloofde spoedig met een plan te komen. De lakeien naderden en trokken de aandacht van de vorst.

'Ik moet u verlaten. U ziet, ze komen me halen. Er is een schema waar ze mij aan houden, ik mag daar niet van afwijken. Een wonder dat ik u hier heb ontmoet, dat ik mijn plannen met u heb kunnen bespreken. Ik maak hier elke dag een wandeling, weet u, dat geeft rust, dat geeft gelegenheid tot bezinning. En dan komen ze weer. Ik wil de hele dag wel met u wandelen.'

Diepbedroefd nam de koning afscheid. Ze zagen hoe de lakeien hem onder de arm namen en in straf tempo wegvoerden. Hij leek tegen te stribbelen en slaagde erin nog een keer zijn hoofd naar hen toe te wenden, de haarslierten wapperend in de wind.

'Britse runderen! Beloof het mij! Brits rundvee!'

James knikte. Elizabeth had de neiging om te wuiven maar hield zich in. De koning verdween tussen de bomen.

De weken vlogen voorbij. De bosanemonen bloeiden, de oevers van de rivier raakten bezaaid met de felle sterren van het speenkruid en op het kerkhof zag Elizabeth de knoppen van de primula's zwellen. April, de maand van doorgebroken groei, niet meer te stuiten.

Aan de voorbereidingen voor de reis kwam geen einde; als de ene kwestie was opgelost diende de andere zich al aan. Ze hield het niet meer bij maar liet de dagen verstrijken. Ondanks haar vergevorderde zwangerschap vergezelde ze James naar diners en theepartijen waar urenlang over de komende expeditie werd gesproken. Ze zat erbij alsof het haar niet aanging; ze keek of James voldoende at en legde haar armen om haar buik.

Hoe bekender de reisplannen werden, hoe meer mensen het in hun hoofd kregen om mee te gaan. Ze hoorde James uitpakken over de ontberingen, de striemende koude en de schamele rantsoenen. De meesten lieten zich afschrikken, maar de schrijver James Boswell gedroeg zich buitengewoon vasthoudend. Hij introduceerde zich als collega-reiziger en zei tegen zware omstandigheden niet op te zien. Elizabeth schatte hem op een jaar of vijfendertig, hoewel hij een glad en kinderlijk gezicht had. Een vest met goudborduursel en een mantel, afgezet met bont – geen zeewaardig materiaal, dacht ze. Hij had alleen oog voor James en wisselde met haar geen woord.

'Hij vindt het spannend,' zei James later. 'Een avontuur waar hij nadien over kan opsnijden. Maar hij zal het niet uithouden aan boord. Hij denkt wel na. We hadden het erover dat je na zo'n verblijf op Tahiti wel kan denken dat je iets weet, maar dat het eigenlijk een illusie is. Je spreekt de taal niet, of slecht. Je kan een boom aanwijzen, ze zeggen een woord, je zegt het na. Dan denk je dat je weet wat "boom" is in hun taal. Misschien noemden ze de naam van die specifieke boomsoort waar je naar wees. Misschien zeiden ze: "hout". Of de kleur van de stam. Je weet het niet. Laat staan dat je iets wezenlijks kunt begrijpen over onzichtbare zaken als strafrecht of liefde of taal. Hij vond dat je er een taalkundige neer moest zetten voor een jaar of drie. Hij heeft gelijk. Als de koning er een subsidie voor zou geven meldde hij zich meteen aan, zei hij.'

Boswell kwam dezelfde week nog op bezoek om James een exemplaar van het boek over zijn Corsicaanse reis te brengen. Hij had er een lange, bewonderende opdracht in geschreven. Het was een stralende morgen en de mannen zaten in de tuin te praten. Elizabeth ving zo nu en dan iets op – reisverslagen, taalgebruik, indeling van hoofdstukken? James is gevleid door zijn belangstelling, dacht ze, hij vraagt advies aan een echte schrijver. Ze hoorde Boswell betogen dat je een nieuw karakter het beste sprekend kunt introduceren om het verhaal levendig te houden. James sputterde tegen, hoe kon hij de letterlijke uitspraken van iedereen onthouden?

'Maar u bent de schrijver! U mag ze zelf bedenken!'

Ze verwachtte een woedeaanval maar James begon te lachen. Ze bracht het theeblad zelf naar buiten en schonk in. James trok haar naast zich op de tuinbank.

'Ik ga niet mee,' zei Boswell.

'Nee,' zei James, 'dat dacht ik wel. U bent hier nodig.'

Het was stil. In de stilte begon een merel te zingen, eerst voorzichtig maar allengs vol overgave. Boswell luisterde met gesloten ogen. James keek Elizabeth aan en glimlachte. De vogel zat op de nok van het dak, de donkergele snavel hooggeheven. Hij floot een cadens van drieklanken, met trillers en triomfantelijke staccatotonen. Het virtuoze vertoon ging over in een lied, een melodie die zuiver door de lucht zweefde en zich als een koepel boven de verstilde tuin spande.

Ze glimlachte terug.

# 8

Het kind daalde in en Elizabeth kreeg meer lucht. Nog een paar weken, dacht ze, dan zie ik mijn dochter. Het werd mei, de kastanjes bloeiden en de kiemplantjes van de kardoen waren opgekomen in de luwte van de schutting. Wachten, in verwachting zijn. Geduldig de geboorte verbeiden.

Het paste haar, ze taalde naar niets anders. Zodra er iets van belang zou gebeuren, stortte de werkelijkheid als schuimend water van achter een doorgebroken rivierdam haar leven binnen: Nat zou het rijtuig in stappen, James zou de kabels van de *Resolution* los laten gooien en Elly zou doder dan dood onder het gras liggen als een ander meisje haar jurken droeg. Wachten betekent besluiten uitstellen, mogelijkheden openhouden, zwijgen. Wachten met een enorme buik betekent nee mogen zeggen tegen verplichtingen, verstrooid en afgeleid mogen zijn, op de sofa mogen liggen midden op de dag.

Ze weigerde James te vergezellen naar het feest op de werf ter voltooiing van de reparaties. Bij voorbaat gruwde ze van de aanblik van benauwde hutten, van het zicht op het boordevol gestouwde ruim en het geluid van het krakende touwwerk. Geur van teer – nee, ze bleef thuis. Dat hele vertrek en alle ceremonies eromheen was toch maar een spel. Het moest gebeuren en iedereen moest erin geloven maar het was een rituele dans die nergens op sloeg. Als James het bericht van de geboorte van zijn dochter zou vernemen sprong hij van boord om de schepen uit te zwaaien en zich naar huis te haasten, dat wist ze zeker. Of zou de bevalling de opmaat vormen voor een totale verlating? Zolang het kind in haar buik zat, stond iedereen om haar heen, haar moeder, haar man, haar zoon. Ze liet geen van die dierbare mensen werkelijk toe maar was zich van hun aanwezigheid en aandacht bewust. Was het denkbaar dat ze zich allemaal om zouden draaien en wegrennen zodra het kind geboren werd? Ze dacht het, dus denkbaar was het zeker, maar ze dacht zoveel en lang niet alle gedachten konden zich transformeren tot iets tastbaars. Het gezicht van Palliser kwam haar voor de geest met een scherpte waar ze van schrok. Ze rilde. Even liggen. Ze zonk neer op de sofa die James voor haar in de kamer had laten zetten en trok een oude sprei over haar buik. Ze duwde een kuil in het kussen en haalde de muts van haar hoofd. Het volle groen van bomen en struiken temperde het licht.

Ze werd gewekt door de scheurende tonen van de trompet. Even was ze volstrekt gedesoriënteerd, ze keek om zich heen – boekenkast, tafelkleed, olielamp – nooit eerder zag ze de kamer vanuit dit lage gezichtspunt; ze voelde de angst in haar maag tekeergaan, waar was ze, hoever was ze, was James er nog en waar, waar was Elly? Pas toen ze overeind ging zitten werd de kamer met zijn meubels weer vertrouwd en kon ze de trompetklanken thuisbrengen als een bekend motief, langzaam, treurig, dat Nat op zijn kamertje aan het instuderen was. Pijn zeurde onder in haar rug. Het zou toch niet beginnen? Nu al? Moest ze de vroedvrouw laten waarschuwen, haar moeder laten halen, James laten zoeken? Ze dwong zich om met aandacht naar haar zoon te luisteren. Nat plaatste de simpele drieklanken perfect in de tijd, nergens gehaast, nergens te traag. Ze luisterde zo intens dat het lied in haar meeklonk waardoor haar ademhaling regelmatig werd en zijzelf tot rust kwam.

En nu? Ze was opgestaan om te gaan plassen, ze had thee willen zetten maar zag daarvan af toen ze in de keuken stond en zich voorstelde dat ze de zware waterketel moest optillen. Langzaam was ze teruggelopen naar de sofa, ze had haar schoenen uitgedaan, moeizaam, met het hoofd tussen de gespreide benen, een pijnscheut in haar rug met opeengeklemde kiezen verbijtend; ze had haar hoofd op het kussen gelegd en uitgeademd als na een zware inspanning.

'Mama?' Nat opende de deur op een kier en stak zijn gezicht naar binnen. Het duurde even voor hij haar in de gaten kreeg; ze keek naar zijn licht geërgerde blik, hij trok zijn wenkbrauwen samen precies zoals James dat kon doen en hij draaide zijn hoofd van tafel naar boekenkast tot hij haar zag. Hij kwam binnen en liep naar haar toe met de trompet in zijn hand.

'Je bent toch niet ziek? Waarom lig je? Heb je me gehoord?'

Elizabeth klopte zachtjes op de bank en schoof wat opzij zodat hij bij haar kon gaan zitten. Achter het dunne haar dat in zijn gezicht hing schemerde zijn kindervoorhoofd, niet meer gaaf zoals een halfjaar geleden maar bezaaid met kleine rode oneffenheden. Op zijn bovenlip groeiden bleke haren. Nog even en het werd tijd dat James hem leerde hoe hij zich moest scheren.

'Wat speelde je mooi. Fijn dat het zo goed gaat.'

Nat streelde de beker van zijn instrument. Hartland had geschreven naar een collega in Portsmouth om te vragen bij wie Nat les zou kunnen nemen als hij daar na de zomer zou zijn, vertelde hij.

'Hij zorgt voor je, Hartland,' zei Elizabeth. 'Ik moet ook voor je zorgen. Zodra ik weer op de been ben gaan we beginnen met je kist. De laarzen heb je al.'

Nat keek naar de grond. Hij wil mijn buik niet zien, dacht ze. De pijn zeurde heftiger in rug en liezen. De jongen moest weg, hoe kon ze bevallen met een angstig kind in huis? Waar bleef James? Kon ze de vroedvrouw al laten halen, door wie dan? De meid, die kon erheen lopen, alleen was het te vroeg. Ze raakte in paniek, dat was niet goed. Nadenken. Rustig blijven.

Vreemd dat het geheugen de hoedanigheid van pijn niet aankon. Het feit dat een bevalling pijnlijk is ligt in het geheugen opgeslagen, ze kon daarover spreken, de ergste pijn die je ooit gehad hebt kon ze zeggen, naar waarheid. Maar hoe dat voelde wist ze niet meer. Die herinnering was verborgen in het lichaam zelf en dat begon zich nu te roeren. O ja, dacht ze, zo voelt het, zo was dat toen en zo zal het straks gaan. Het zweet brak haar uit.

'Naar Barking.' Ze sprak hijgend, nam oppervlakkige ademteugen. 'Je moet wat kleren inpakken. Ik geef je geld. Voor de koets.'

Nat keek haar vragend aan.

'Ga naar oma. Zeg dat zij hierheen komt. Jij blijft daar.'

Ze voelde zich misselijk en beroerd. Waar was James?

'Maar ik moet naar school,' zei Nat, 'en naar les.'

Elizabeth beet op de binnenkant van haar wang om de pijn in haar liezen door een scherpere pijn te overstemmen.

'Een paar dagen maar. Logeren. Ga je spullen halen. Geef mijn beurs even.'

Ze leunde diep in de kussens en deed haar ogen dicht.

Nat sprak in de keuken met de meid. De keukendeur werd dichtgeslagen, klompen kletterden over de stenen van het tuinpad, iemand stoof de trap op, verschoof een zware kist en liep stampend over de planken. Ze hoorde alles haarscherp maar reageerde nergens op.

Ze probeerde het proces dat in haar lichaam aan de gang was stop te zetten tot haar zoon was verdwenen. Hij kwam naar beneden met iets zwaars in zijn hand, ze kon het afleiden uit de lichte onregelmatigheid van de voetstappen en het trage tempo. Hij liet zijn last neerploffen op de gang en stapte de kamer in, de jas los over zijn schouders en de trompet in een foedraal op zijn rug.

'Mijn beurs,' zei ze. De jongen ging op zoek: schoorsteenmantel, vensterbank, tafel, verstelmand.

'Misschien in de keuken? In mijn schortzak? Wacht, ik help je wel even.'

Ze liet haar benen naar de vloer glijden en stond op.

'Je moet dubbel geld meenemen, dan kan oma ook haar reis betalen. Toe nou, je moet gaan.'

Een golf warm water viel uit haar, ineens stond ze met kletsnatte voeten in een lauwe plas. Nat, op weg naar de keuken, bleef geschrokken staan.

'Ik neem mijn spaarpot wel.' Hij rende naar boven. Elizabeth ging op haar drijfnatte rok zitten. Helemaal verkeerd, dacht ze. Hopeloos. Hij denkt dat zijn moeder zich ondergeplast heeft, hij schaamt zich. Als ik hem ga uitleggen wat er werkelijk gebeurt, is het misschien nog erger voor hem.

Stemmen in de tuin. Het piepen van de pomp. De vroedvrouw kwam binnen, James stond achter haar op de gang.

'Het is net gebeurd,' zei Elizabeth. Ze moest ineens onbedaarlijk huilen. James liep op haar toe maar de vroedvrouw wuifde hem weg.

'We gaan de boel eerst even op orde brengen. Ligt er een zeil op het bed? Handdoeken? Water? Mevrouw, we gaan naar boven.'

'Even wachten,' snikte Elizabeth, 'zo meteen gaat het weer. Een wee.'

Nat stond weer in de kamer met een spaarvarken onder zijn arm. 'Ik krijg het er niet uit,' zei hij.

'Vraag maar aan je vader,' bromde de vroedvrouw. Wij zijn bezig.'

'Dekzeil, van de jol,' mompelde James. Hij verdween naar de bijkeuken en kwam terug met een donkerbruin zeil.

'Naar boven! Uitspreiden op het bed. Handdoeken eroverheen. Gaat u maar, wij komen eraan.'

De vroedvrouw hielp Elizabeth overeind. Nat stond bleek en verdwaasd midden in de kamer.

'Geef hem geld. Hij gaat naar Mary. Nu.' Elizabeth sprak zacht en dringend tegen James.

'Ja, natuurlijk.' Hij legde het zeil op de grond om bij zijn zak te kunnen. Nat pakte het geld aan, zocht met zijn ogen naar de trompet en de koffer maar kwam niet in beweging.

'Het is goed. Ga maar,' zei Elizabeth. Ondersteund door de vroedvrouw deed ze een paar stappen tot ze voor hem stond. Zijn donzige bovenlip trilde.

'Misschien kan je morgen al wel terugkomen. We sturen iemand om je te halen. Doe de groeten aan opa en Isaac.' Ze streelde zijn haar en duwde hem naar de gang. Steeds omkijkend liep hij met zijn spullen de deur uit.

'Kapitein!' riep de vroedvrouw. 'Omhoog met dat zeil!'

Eindelijk lag ze. De vroedvrouw liet de natte rok in de wasmand glijden en boog zich tussen Elizabeths opgetrokken benen om te kijken hoever de ontsluiting gevorderd was.

'Wachten,' zei ze. 'Het duurt nog even.' Ze dekte buik en benen toe en tikte Elizabeth tegen haar wang.

'Wakker blijven hoor! U moet werken zo meteen.'

'Waar is mijn man?' vroeg Elizabeth. Door het slaapkamerraam zag ze de felblauwe hemel. Scherpomrande helwitte wolken werden daarlangs voortgedreven door de wind, die ook de boomtoppen liet buigen en langs het loof blies alsof alle stof en vuil met kracht weggevaagd moesten worden vóór de geboorte.

Misdadig om een kind in een wereld vol wind en onrust te zetten, dacht ze. Nu is ze nog veilig, nu neemt ze van mij wat ze nodig heeft en houd ik haar zo warm als ze moet zijn. Straks jaagt de tocht over haar natte huid en zal ze huilen, voor het eerst.

'Die heb ik weggestuurd,' zei de vroedvrouw. 'Hij zal in het koffiehuis op de hoek zitten, dat is het dichtst bij. Hij ging eerst de jongen op de postkoets zetten. Daarna wachten. We laten hem wel roepen als het zover is.'

Alsof hij het kind moet keuren, dacht ze. Ik pers het eruit en het wordt in zijn armen gelegd ter inspectie. Hij moet erkennen dat hij de vader is, hij zal zoeken naar iets in de bouw, in het gezichtje, wat hem bekend voorkomt. Vaderschap blijft een onzekere zaak.

Ze dacht aan de avond die ze gin drinkend had doorgebracht in de taveerne van haar moeder. Isaac had verteld over de laatste reis, over de terugkeer, waar was het toch, een eiland, op weg naar huis? Sint-Helena. Ze werden ontvangen door de gouverneur die ze op de heenreis niet gezien hadden. Skottowe heette hij. De kapitein kende hem van vroeger, had Isaac opgewonden verteld, wat een toeval, de vader van de gouverneur was de landeigenaar voor wie de vader van James gewerkt had! Onbegrijpelijk dat er tijdens de eerste landing geen ontmoeting had plaatsgevonden, de kapitein had toen zo snel mogelijk door willen varen, hij had uien ingekocht en water geladen en meteen de zeilen gehesen.

Op de terugweg hadden ze elkaar gesproken, de gouverneur en de kapitein die vroeger door een immense kloof van klasse en stand gescheiden waren maar nu als gelijken over het eiland kuierden. Het vreemde was, had Isaac gezegd, dat ze als twee druppels water op elkaar leken. Zelfs de manier van lopen was hetzelfde. En de oogopslag! De wenkbrauwen!

Beide mannen waren op dezelfde grond grootgebracht, dacht Isaac; misschien dat de hoeveelheid kalk in de bodem, misschien dat de kwaliteit van de lucht die ze inademden, het water dat ze dronken de opvallende gelijkenis hadden veroorzaakt. Maar vreemd bleef het.

Elizabeth had gezwegen, denkend aan James' moeder die met de oude Skottowe in de schuur had gestaan en fluisterend een heftige discussie had gevoerd waar James, een kleine jongen nog, van was geschrokken. De boosaardige oude man bij de haard in Yorkshire had misschien reden om zich achtergesteld te voelen; de zusters hadden gelijk met hun afgunst.

Een scherpe pijn bracht haar terug bij wat er aan de orde was. Moederschap. Hoe een kind, dat ze liever in zich wilde houden, uit te stoten? De vroedvrouw inspecteerde opnieuw de voortgang van de ontsluiting.

'Probeer het maar,' zei ze, 'bij de volgende wee.'

Maar ze wilde niet. Ze trok weliswaar haar benen op en boog haar hoofd naar haar borst, ze hield haar adem in en perste tot ze rood was aangelopen maar het was een halfhartige poging die tot mislukken was gedoemd.

De vroedvrouw rommelde rond in de kamer en ordende kinderkleertjes en schone lappen in stapels op tafel. Het was benauwd. Elizabeth vroeg of het raam open mocht, ineens verlangde ze intens naar de lucht van haar bloeiende tuin, de wasem van de kastanjebloesems, een vleug van de lelietjes als witte kralen verborgen tussen de rechtopstaande bladeren, seringengeur – maar de vroedvrouw schudde haar hoofd. Geen tocht. Tocht was noodlottig voor moeder en kind. De bevalling moest plaatsvinden in absolute windstilte.

De tijd verstreek. Persen. Pijn. Zwart voor haar ogen. Terug in het kussen. Dan weer de aankondiging van de volgende wee. Het zonlicht werd geliger, de wind ging liggen. Er stommelde iemand de trap op.

Mary kwam binnen en zette een dienblad met glazen en flessen op tafel. Met opeengeklemde lippen knikte ze de vroedvrouw toe. Ze droeg een bonte doek over haar schouders, geel, rood en zwart. Elizabeth werd duizelig alleen al door ernaar te kijken.

'Hoe is het met je tanden, moeder?'

Mary gromde en begon de glazen vol te schenken, bier voor de vroedvrouw, gin in een waterglas voor zichzelf. Met het glas in de hand ging ze naast het bed zitten.

'Hij slaapt vannacht bij Isaac in bed. Maak je niet druk. Toen ik vertrok zaten ze touw te splitsen. Nat steekt er nog wat van op. Hoe lang ben je al bezig?'

Elizabeth, in de ban van de pijn, kon niet antwoorden.

'Te lang,' zei de vroedvrouw. 'Het is de vijfde keer voor u, nietwaar? Het zou sneller moeten gaan. U moet uw best doen.'

'Zesde,' hijgde Elizabeth.

'Nog sneller, dus.'

De vroedvrouw nam een teug bier en begon een gesprek met Mary over Elizabeths puntig omhoogstekende buik heen. Het schemerde. Elizabeth voelde tranen uit haar ooghoeken lopen, vochtige, allengs afkoelende sporen langs haar slapen, in haar oren, op het kussen. Gruwelijke bevallingsverhalen gingen heen en weer tussen de twee vrouwen aan weerszijden van het bed – dwarsliggende kinderen, onwrikbaar vastzittende kinderen, kinderen die te fors waren om ooit geboren te kunnen worden.

Het raakte haar niet. De pijn was zo hevig dat hij haar onderlijf voor eeuwig zou verlammen. Bij iedere wee werd de conversatie stopgezet en bogen de vrouwen zich naar haar toe om haar benen vast te houden en haar aan te moedigen. Ze rook het ongewassen haar van haar moeder en voelde de eeltige hand van de vroedvrouw op haar dij.

'Ik zie z'n kruin!' riep de vroedvrouw. 'U moet dóórgaan met persen, hij trekt zich steeds terug als u niet doorzet.'

Zíj, wilde ze zeggen, zij. Mijn dochter. De dochter met wie ik hier gevangen zit. Geen kant kunnen we op. Ik kan haar niet prijsgeven maar ik kan ook niet terug. Ik zal barsten, knappen van de tegenstrijdige bewegingen. Het is over. Ik kan niet meer. Ze doen maar. Ik sterf wel. Het is goed.

Van heel ver hoorde ze een mannenstem. Een lange gestalte vulde de deuropening. Ze gleed weg. Zwart.

Ze keek in het bleke gezicht van James toen ze bijkwam.

'De kapitein kan beter naar beneden gaan,' zei de vroedvrouw. 'We hebben de ruimte nodig hier.'

Elizabeth ademde oppervlakkig. Ja, weg, dacht ze, ophoepelen, verdwijnen, loslaten. Die zware hand op mijn voorhoofd zou ik afschudden als ik de kracht daartoe had; die klem om mijn arm zou ik losrukken. Die massieve aanwezigheid zou ik wegtrappen. Allemaal wensen ze het kind naar buiten. Ik kan niet meer.

De rug van James. De vroedvrouw met een natte lap om haar gezicht mee te deppen. De grijze tandresten in de mond van Mary, gore adem in haar neus, wat zegt ze? Het begint weer maar ik kan het niet.

Ze perste tot haar ogen uit haar hoofd puilden. Haar onderlichaam was een oceaan van overspoelende pijn die haar de adem afsneed. De vroedvrouw schreeuwde. In de luwte na de wee keek ze door het venster. Het was al donker. Ze hoorde James beneden heen en weer lopen. Het kind zou Grace heten, naar zijn moeder.

'Ze tekent zo,' zei de vroedvrouw die tussen Elizabeths benen gebogen stond. 'Allemaal bloed. Dat gaat zo niet. Ze moet meer kracht zetten.'

'Kan ik niet,' fluisterde Elizabeth.

'Natuurlijk kunt u dat. Wat erin gaat kan er ook weer uit. Het moet. Denk aan het kindje!'

De pijn kwam aanzetten als een huizenhoge golf. Daar ging ze in verdrinken. Het moest maar, het was niet anders. Niemand kon haar redden. Ze hadden alleen aandacht voor het kind, voor de buik, de benen. Achterhoofden zag ze. Ja, ze moesten proberen het kind te redden. Zij zou gespleten en verwoest achterblijven.

'Nu!' riep de vroedvrouw. 'Doorzetten!' Ze wierp zich op Elizabeths buik en duwde het kind naar onderen terwijl Elizabeth perste, uitzichtloos, zinloos. Het gezicht van haar moeder. Een glas. Geur van alcohol. De gin liep langs haar kin haar hals in, ze likte haar lippen af, kreeg nog een slok, dronk, vergif was het, terpentijn, puur gif maar wat kon het schelen? Gras, schoot haar te binnen. Als het gras. Buigend onder het geweld van water dat er onverschillig langsstreek. De vrouwen dwongen haar benen omhoog tot haar knieën in haar oren zaten. Ze dacht niet meer. Voorbij.

De stemmen klonken van heel ver weg. 'De schoudertjes,' zei de vroedvrouw. 'Ik draai hem, kijk, ja, zo, daar komt hij! Reik me die draad eens aan.'

'Ach gottegot, wat een scharminkel.' De stem van Mary, laag en schor.

'Een beetje ingescheurd.' Dat was de vroedvrouw weer. 'Valt mee. Dat heelt wel weer. Eerst het kind. Een pak slaag op zijn billen moet hij krijgen, we laten hem huilen, kom op! Toe nou!'

Het ijle krijsen van een baby. Elizabeth ademde uit en begon zachtjes te huilen. Ze hoorde de vrouwen scharrelen met schalen, schaar, lappen en windsels. Ze is er, dacht ze, ze leeft. Mijn meisje. Nu komt alles goed.

Ze gleed even weg maar kwam weer bij toen James de trap op rende. Mary toonde hem het kind dat al gewassen en ingebakerd was, een schriel bundeltje stof met een gerimpeld, woedend gezichtje daarboven.

Met het kind in zijn armen kwam James bij haar zitten. Zijn handen zijn veel te groot, dacht ze, kijk nou toch, haar hele lijfje gaat schuil onder één handpalm.

'Onze zoon,' zei James zacht. 'Hier, ik leg hem bij je.'

Zoon? Waar heeft hij het over? Dit is Grace, dit is mijn dochter, mijn tweede dochter. Ze is ontstemd, ook zij heeft geleden onder de bevalling, ze moet nu wennen aan de herrie, aan het licht en daarom kijkt ze zo boos, ons meisje. Hij moet haar hoofdje steunen met die kolenschoppen van hem. Geef maar. Kom maar.

Ze vouwde haar armen om het kind en bracht haar neus naar het verkrampte gezichtje. Ja, zo rook een pasgeboren kind. Niet te beschrijven maar onfeilbaar en met vreugde te herkennen om dan weer te vergeten tot de volgende keer. Ze snoof de pure, onbesmette adem van het kind op.

'We hebben geen naam voor hem,' zei James. 'Hij moet een naam hebben. We drinken op zijn geboorte.'

Ze hoorde glaswerk rinkelen; Mary liep rond met een dienblad. De vroedvrouw gooide bebloede lappen in een hoek en zakte daarna achterover in een stoel met een glas in de hand. Ze dronk Elizabeth toe. 'Gelukgewenst!' zei ze. 'Op een lang en gelukkig leven voor uw zoontje. Proost!'

Geen naam? Zoontje? Ze keek naar James, die de hand met het litteken om het wangetje van het kind legde en met zijn duim een kwijlspoortje wegveegde.

'Grace,' zei ze. 'Ze heet Grace.'

'Het is een jongen, Elizabeth. Je hebt een zoon gebaard.'

Ze schudde haar hoofd. Het koude zweet brak haar uit. In een verre hoek van de kamer schemerde de bonte omslagdoek van Mary. Ze probeerde haar moeder scherp te krijgen, zo donker was het hier, je zag helemaal niets, geen wonder dat iedereen zich vergiste.

'Licht,' zei ze, 'laat eens wat meer lampen komen, ik hoef toch niet in het donker te liggen hier!'

Mary kwam dichterbij met een kaars. 'Ik dacht even dat je het niet zou redden,' zei ze, 'maar je bent een doorzetter. Knap gedaan hoor. Weer een knulletje erbij. Nu moet je drinken. Voor het zog.' Ze hield haar dochter een glas bier voor, maar Elizabeth leek het niet te zien en bleef haar moeder vragend aankijken.

''t Is echt een knul, hoor. Hij pieste over m'n handen. Je was zeker even buiten westen dat je 't niet gezien hebt.'

'Het is niet waar,' zei Elizabeth. 'Ik geloof het niet.'

Mary begon de lap rond het onderlijfje af te winden en ontblootte de sprietige beentjes. Ze sloeg de luier terug. Een minuscuul piemeltje op een gezwollen scrotum, rood en rimpelig als een oude granaatappel.

Het verkeerde kind. Elizabeth liet haar armen open vallen en het kind rolde over de deken naar haar voeten.

'Zo. Ik pak hem weer in. Hij kan in z'n wieg. Hij moet slapen.'

Ze voelde hoe Mary het kleine gewicht van haar benen tilde. Oplazeren moesten ze, allemaal. Het verkeerde kind. Al die ellende, al die pijn, al dat wachten. Voor het verkeerde kind.

'Jij moet ook slapen. Eerst geven we hem een naam en dan ga je uitrusten.' De stem van James bij haar oor. Een matroos erbij, dacht ze, voor hem. Hebben ze baby's verwisseld toen ik niet oplette? Dat kan toch niet, er is maar één baby. Maar waar is mijn meisje dan? Het klopt niet. Het is verkeerd.

'Hugh,' zei James. 'Hij heet Hugh. Een eerbetoon aan Palliser. Daar zal hij content mee zijn.'

Hij vernoemt zijn kinderen zoals hij eilanden en baaien naam geeft, dacht ze. Hugh! Hij moest eens weten. Hugh! Dat kreeg ze toch nooit over haar lippen, dat was te zot om waar te zijn. Ze barstte in zenuwachtig gieren uit, ze kon niet meer ophouden, een klucht was het, ze hadden hier in de slaapkamer komedie gespeeld en het hoogtepunt was de komst van het verkeerde kind. Dat Hugh heette. Lachstuipen. Applaus. Doek.

Uit alle macht zoog het kind met zijn oudemannenmond aan haar tepels.

'Ik begrijp het niet,' zei Elizabeth. 'Ik heb altijd melk gehad.'

'Komt wel,' bromde Mary. 'Bier. Dag en nacht bier. Dan schiet het toe.'

Twee dagen en nachten had het kind gekrijst. Telkens als Elizabeth hem aan de borst legde, begon hij hoopvol te zuigen om na een paar minuten vertwijfeld weer te gaan schreeuwen.

'Dit gaat niet goed,' zuchtte Elizabeth. 'Kijk nou, hij verslapt, hij vermagert, hij droogt uit.'

Haar moeder kwam over het bed hangen en gaf haar gelijk. 'Ik geef hem suikerwater, dan slaapt hij even. Maar hij moet voeding hebben.' Ze legde het jongetje tegen haar schouder en liep met hem de kamer rond. Het uitgeputte gezichtje tekende zich bleek af tegen de felgekleurde omslagdoek. Een min, dat was de oplossing. De vroedvrouw wist vast wel een moeder die haar baby had verloren en met gespannen borsten wanhopig zat te wezen. Ze ging er meteen achterheen.

Elizabeth gleed achterover in de kussens. Was het feit

dat ze haar kind niet kon voeden een nederlaag, een bewijs van ondeugdelijkheid? Het kon haar niet schelen. Er zou zes keer per dag een bedroefde vrouw de keuken binnenschuiven, ze zou gaan zitten op een lage stoel naast het fornuis en Elizabeth zou haar het kind brengen. Na een kwartier verdween de vrouw weer en kon Elizabeth haar nieuwe zoon verschonen en te ruste leggen. Zou het kind met de reddende melk ook het verdriet en de woede van de min naar binnen zuigen? Een slecht begin. Maar beter valse melk dan geen melk. Ze sloot haar ogen.

'Mama?' Nat stond naast het bed, met gekamde, natte haren. Hij droeg een matrozenkiel die hem te wijd was. 'Van Isaac gekregen. Alvast voor school. Hij zit heel lekker. Isaac heeft me het kompas geleerd. En ik kan al zes knopen zelf. Ik heb gespeeld, 's avonds. Twee keer. Ze gingen meezingen, en dansen, de mensen.'

Ze glimlachte en keek naar de lange, spichtige armen die slap langs het magere lijf van haar jongen hingen.

'Wil je het kindje even zien?'

Nat keek haar onderzoekend aan en knikte kort. Elizabeth stond op, ze hield zich even aan het hoofdeinde van het bed vast om haar evenwicht te vinden, liep toen naar de wieg en wenkte haar zoon.

'Een jongen. Een broertje. Ik dacht dat we een meisje zouden krijgen maar het is een jongen geworden.'

Nat bleef rechtop staan en keek vanuit de hoogte naar de baby. 'Is hij ziek? Hij ziet een beetje wit.'

'Ik heb geen eten voor hem. Oma haalt een mevrouw die hem kan gaan voeden. Dan zal hij opknappen.'

'Hoe heet hij eigenlijk?'

Elizabeth ging op de rand van het bed zitten en trok Nat naast zich neer. 'Hugh heet hij. Dat heeft je vader bedacht.'

'Naar kapitein Palliser?'

'Ja. Vind je het bij hem passen, die naam?'

Nat dacht een ogenblik na en schudde zijn hoofd.

'Hij ziet er niet uit als een Hugh. Hij ziet eruit of hij Benny heet, vind ik.'

Benny, Benjamin, dacht ze. Het jongste kind. Het laatste.

'Wil je hem even vasthouden?'

Nat stond al bij de deur. 'Nee. Ik ga boten kijken met Isaac. Waar is papa eigenlijk?'

'Bij de schilder. Hij poseert. Voor een portret.'

Nat knikte en verdween.

Mary kwam terug met een inderdaad treurige vrouw die echter vol enthousiasme het kind begon te voeden. Er werden afspraken gemaakt over tijd, over geld, over toegang tot huis en wieg. Elizabeth leunde tegen de deurpost en keek naar de voedster die haar kind tegen zich aan drukte. De verkeerde moeder met het verkeerde kind. Ze haalde haar schouders op en liep de tuin in. Zo snel mogelijk wilde ze weer als vroeger worden: mager, rechtop, flink. Ze probeerde de pijn in haar nog rauwe onderlichaam te negeren en haar buikspieren aan te spannen. Nu de zorg voor het kind geregeld was kon ze de inventaris van de actualiteit gaan opmaken. Wat hield James bezig? Hoe stond het met de uitgave van het reisverslag? Wanneer zou ze met de peetvader geconfronteerd worden? Ze legde haar armen op de tuintafel en keerde zich naar de zon.

Pas toen er een schaduw over haar gezicht viel realiseerde ze zich dat ze zachte voetstappen gehoord had. Zo ging het in de werkelijkheid toe, dacht ze, daar moest ze aan wennen. Eerst iemand horen aankomen, vervolgens die persoon zien. Niet andersom. Eerst weggaan, dan thuiskomen. Eerst het kind zien, dan de naam bedenken.

James ging tegenover haar zitten. Schitterend zag hij eruit, gekleed in de volste glorie van zijn hoge rang. Gouden knopen langs zijn spierwitte broek, manchetten die als blanke bloementrossen uit de goudomrande mouwen puilden en een perfect verzorgde grijze pruik op zijn hoofd.

'Hoe moest je zitten?'

Hij deed het voor: de benen iets uiteen, de rechterhand rustend op een opengevouwen kaart die hij met de linker bij een punt vasthield. De hoed op tafel naast kaart en hand. De blik welwillend-ernstig gericht op een punt iets terzijde van het gezichtspunt van de schilder. Van de tien gouden knopen op het vest waren er op willekeurige plaatsen vijf ongesloten.

'Een staatsieportret,' zei hij terwijl hij de pose liet varen en armen en benen losschudde. 'Ik moest urenlang blijven zitten. Hij zei niets, die schilder. Nathaniel Dance. Hij is beroemd. Overmorgen moet ik weer. Er komt geen eind aan. Ik zat steeds aan Forster te denken. Weet je dat Sandwich hem heeft opgedragen een proefhoofdstuk te schrijven? Dat heeft hij geweigerd. Het is volstrekt onduidelijk wat er nu gaat gebeuren. Je hebt kans dat er twee vrijwel identieke boeken in één band terechtkomen, hij schrijft tenslotte over dezelfde reis als ik. Dat wil Sandwich natuurlijk niet. Als hij Forster de deur uitzet is hij het beloofde honorarium kwijt. Dat wil hij ook niet. In elk geval is Forster nu razend omdat de Admiraliteit twijfelt aan zijn vermogen om Engels te schrijven. Ik hoop dat hij zich uit verontwaardiging terugtrekt, dat is de beste oplossing. Voor ik vertrek wil ik een contract met de drukker en daarvoor moet ik weten of ik alleen publiceer of samen met hem.'

Voor hij vertrekt, dacht ze. Voor hij zogenaamd vertrekt, want hij vertrekt natuurlijk niet, niet echt. Hij zal naar Plymouth of Portsmouth gaan, of hoe die ellendige havens heten, hij zal de bemanning monsteren en de tuigage laten installeren, maar op het laatste moment laat hij zich door Clerke vervangen en stapt hij in de postkoets naar Londen. En dan?

In de pose die de schilder van hem vroeg, zag hij eruit als een competente heerser. Een man op het toppunt van zijn kunnen, blakend van een rustig zelfvertrouwen waar niemand aan kon twijfelen. Een man die met behoud van aanzien en respect vlak voor vertrek zou kunnen zeggen dat hij van gedachten was veranderd en graag het bevel aan zijn collega overgaf. Maar welke man zou dan, moe van het urenlang heen en weer schommelen in de postkoets, bij haar terugkomen? Diezelfde heerser? De in het nauw gedreven schrijver van de journalen? De driftige Admiraliteitsfunctionaris? Of de hulpeloze, eenzelvige zieke die met Kerstmis in de emmer braakte?

'Banks,' zei James. 'Besef je wel dat ik tot in lengte van dagen boven de schoorsteenmantel in de grote salon van Banks zal hangen? Hij betaalt het portret, hij heeft de opdracht gegeven. Ik kon niet weigeren, al komt het me slecht uit.'

Wat heb ik ermee te maken, dacht ze, waar praten we over. Waar praten we niet over. Waarom begin ik zelf niet over de dingen die besproken moeten worden, waarom zit ik hier zo laf te wachten op de griezelige woorden: het kind, het vertrek, de peetvader. Ik laat de tijd verstrijken, hij loopt vol met gebeuzel, tot de rand toe is de beker van de tijd gevuld met boeken, schilderijen en gala-uniformen en ik ben niet bij machte daar iets aan te doen.

'De Admiraliteit spaart het salaris van een astronoom uit omdat King meegaat. En omdat ik aardigheid in de sterrenkunde heb. Samen kunnen we alle berekeningen uitvoeren. Hij kan net zo goed met de apparatuur overweg als ik. Dat scheelt twee- of driehonderd pond, weet je dat? Ik ga Sandwich voorstellen dat bedrag, of tenminste het grootste deel daarvan, aan jou ter hand te stellen. Het komt ons toe. Ik wil dat je je nergens zorgen over hoeft te maken. Een meer dan ruime toelage. Vrije toegang tot alle Admiraliteitsfunctionarissen als je advies wil, over de jongens bijvoorbeeld. De inkomsten van het nieuwe boek moeten rechtstreeks naar jou vloeien. Ik ga naar de notaris, er moet een testament opgemaakt worden. Ik wil jou officieel machtigen om alle nodige beslissingen te nemen. Alles moet perfect geregeld zijn. Hoe het ook zal gaan.'

Hij was sneller en harder gaan spreken en stond op toen het testament aan de orde kwam. Eigenlijk was het geen wonder dat hij zich niet kon verdiepen in de huiselijke werkelijkheid, dacht ze, zoveel verschillende en belangrijke zaken had hij aan zijn hoofd. Pekelvlees, zuurkool, wetenschap, verrot touwwerk, koninklijke koeien, tijdschema's.

De voedster schuifelde de tuin in; Elizabeth had het hek niet open horen gaan, maar ineens bewoog de gestalte van de min langs de muren. De vrouw was gekleed in het zwart, natuurlijk, dacht ze, ze rouwt nog om haar eigen kind, wat verschrikkelijk om dan het kind van een ander te moeten voeden. Hoe kán ze?

De vrouw knikte hun toe met een strak gezicht en ging de keuken binnen.

'Moet je niet helpen,' vroeg James, 'of doet ze alles zelf?'

De baby krijste, het verontrustende geluid klonk gedempt in de tuin door. 'Ze doet het zelf,' zei Elizabeth.

Ze deed haar best aansluiting te vinden bij het leven om haar heen, maar op een of andere manier leek haar die keer op keer te ontglippen. Hoe intens ze ook luisterde naar James' verhalen over de problemen met het boek – verhitte gesprekken met Sandwich, een bespreking bij de drukker die bijna op contractbreuk uitdraaide, moeilijk te interpreteren brieven van Forster – het zakte weg uit haar geheugen zodra ze weer alleen was. Op de tafel zag ze de lijsten liggen waarop James nauwkeurig de goederen had geschreven die mee moesten, netjes in verschillende categorieën ingedeeld. Plattegronden van de ruimtes aan boord waarin hij cijfers had getekend die correspondeerden met cijfers op de lijst. Dit is echt, hield ze zich voor, kijk dan: brandewijn, duffelse jassen, vaten vol azijn. Dit zijn concrete dingen met omvang en gewicht, iemand zal ze aan boord dragen, op de bestemde plaats neerzetten, het stof van z'n handen slaan en tevreden weglopen.

James stoof het huis in en uit, ze zag hem weinig. Hij schafte verrekijkers en sextanten aan, verzamelde alle boeken over de noordelijke zeeën waar hij de hand op kon leggen en liet zich voorrijden bij Banks om de bruidsschat van Omai te inspecteren. Tussen de bedrijven door poseerde hij voor Dance, gekwelde rust uitstralend.

Halverwege juni werd bekend dat Forster zijn medewerking aan het boek opzegde. Er volgden vergaderingen met Sandwich, met Palliser. De heren dineerden aan boord van de *Resolution* in de half ingerichte grote kajuit. Drank. Vloeken. Besluiteloosheid. Sandwich vroeg James nog één keer met Forster te gaan praten om tot een oplossing te komen. Vreesde hij concurrentie van Forsters boek als de reisverhalen tegelijkertijd uit zouden komen? Wie mocht de gravures van Hodges gebruiken? Wat te doen als Forster in zijn tekst de Admiraliteit zou belasteren?

Stampend van ergernis deed James verslag aan Elizabeth. Het interesseerde haar niets. Op zijn vraag naar een verstandig advies kon ze niet antwoorden. Dan ging hij weer, op weg naar een volgende afspraak.

De vertrekdatum werd opgeschoven van week tot week. Omai maakte een afscheidstoernee langs de stadspaleizen en de landhuizen van zijn beschermers. Clerke werd in beslag genomen door familieproblemen en liet de reisvoorbereidingen aan James over. Steeds weer was er iets waar iedereen op wachten moest.

Intussen groeide de bleke baby. Hij werd net zo stil als zijn voedster, maar hij dronk en hij sliep. De min verschoonde hem nu zelf, ze waste het kind en suste het na de voeding in slaap. Elizabeth kwam er niet aan te pas. Ze liet het zo.

Jamie stuurde een briefje uit Portsmouth. Het zomerreces naderde, hij zou thuiskomen en vroeg zich af of hij zijn vader nog zou zien, en hoever zijn broer was met het vullen van de kist.

Elizabeth zuchtte en zette zich aan het schrijven van een antwoord. Ze schreef maar wat. Ze wist het niet.

In de tuin lagen de bladeren van de kardoenplanten tegen de grond omdat ze vergeten was ze te laten opbinden, een woest oerwoud langs de schutting. Geen beginnen meer aan.

James bezocht de notaris en liet zijn testament opmaken. 'Je krijgt een afschrift. Bewaar het goed. Ik heb het precies zo laten opstellen als we besproken hebben.' Ze kon er zich niets meer van herinneren maar knikte bevestigend.

Ruim een week later viel de uiteindelijke beslissing over het boek. James kwam thuis na een extreem frustrerende bespreking met Forster, gesteggel over de gravures en oeverloos heen-en-weergepraat over wie er recht op had welke informatie te geven, en dat alles op een toon die James niet verdroeg, die hem tergde en tot machteloze woede dreef zodat hij in een vlaag van drift ineens tot een besluit kwam. Alleen. Hij ging alleen publiceren. Geen samenwerking meer, geen afhankelijkheid. Het was het beste zo. Hij zou toch geen letter meer aan zijn tekst veranderen, alles was door Douglas gekeurd en deugdelijk bevonden, waarom dan nog onzeker zijn, hij stond achter zijn eigen woorden en wie er geen zin in had las ze maar niet. Afgehandeld. Hij had Forster grootmoedig aangeboden gebruik te maken van de gravures maar sprak met de drukker af dat die de platen pas uit handen zou geven als het boek van James in de winkels lag. Zo was alles geregeld. En nu!

Ineens was het zover. Ze zag het voor haar ogen gebeuren. Het bureautje van zwart tropenhout werd het huis uit gedragen, de kist met boeken, de kleren. Ze zag James staan bij de wieg. Hij boog zich over het kind maar aarzelde om het wakker te maken. Voorzichtig legde hij zijn hand op het babyhoofdje. Nam hij voorgoed afscheid van zijn zoon of sprak hij een onhoorbaar 'tot weerziens' uit? Het was van zijn gezicht niet af te lezen. Hij vertrok voor een laatste bezoek aan het koffiehuis.

'Clerke heeft zich in de nesten gewerkt,' zei hij toen hij terugkwam. 'Zijn broer is failliet gegaan en Clerke, die goedgelovige optimist, had zich voor hem borg gesteld. Nu is die broer hem gesmeerd en wordt Clerke op de verliezen aangesproken. Ze hebben hem ingerekend! Hij zit gevangen! Sandwich is witheet. De ene tegenslag na de andere, alsof die vermaledijde expeditie niet op gang mag komen. We kunnen niet langer wachten, we zijn al maanden achter op het schema. Door die onzin verliezen we een jaar!'

'Wat ga je doen?' vroeg ze. De vraag had betrekking op de werkelijkheid van alledag. Schuldeisers, de macht van de Admiraliteit, de poolwinter. De werkelijkheid daaronder was niet in woorden te vangen, wat ga je écht doen, hoe moet het verder met ons? Waar liggen de grenzen van het toneelspel? Die vragen kon ze niet stellen.

'Ik vertrek morgen naar Chatham. Ik neem Omai mee, de stakker is uitgeput van het huilen, hij neemt al weken afscheid en weent de ogen uit zijn hoofd. We varen naar Plymouth en daar wacht ik op Clerke; Sandwich en Banks proberen hem zo snel mogelijk vrij te krijgen. Zodra hij arriveert zeilen we naar de Kaap.'

Morgen. Vannacht de laatste nacht. We zeilen, zegt hij. Of zeilt Clerke alleen? Is het morgen een afscheid voor twee weken, drie maanden, vier jaar?

'Wat,' begon ze. Haar stem klonk raar schor en aarzelend, ze schrok ervan. 'Wat ben je nu eigenlijk van plan, James?'

Hij verstarde en ze zag zijn schouders inzakken. De armen vielen slap langs zijn lichaam, het witte litteken in de rechter handpalm hing te kijk, weerloos. Stilte hing in de kamer. Het duurde.

'Eigenlijk ben ik er nog niet uit,' zei hij ten slotte. 'Ik kan terugkomen als Clerke in Plymouth aankomt. Of ik kan het bevel aan hem overdragen op de Kaap, nadat ik de aankopen voor de koning heb gedaan. Paarden, ossen, je weet wel. Als dat gebeurd is zou ik op een koopvaardijschip terug kunnen varen. Het is mogelijk. Ik denk erover. Clerkes hechtenis is een complicerende factor. Hij moet snel vrijkomen, de omstandigheden zijn ongunstig daar, nat, koud, je houdt het niet voor mogelijk. Ik vrees dat het een prestigestrijd tussen de instanties wordt. Misschien kan de koning zelf ingrijpen. Oerstom van Clerke, hij had zich nooit in deze positie mogen brengen. Hij brengt de hele expeditie in gevaar. En zichzelf. Onverantwoordelijk.'

Een antwoord, dacht ze, zodat ik weet waar ik me op richten moet. Lig ik vannacht voor het laatst met je in bed? Zal je het kind zien opgroeien? Kom je ooit tot rust tussen de huizen en de straten?

Ze bewogen zich in gescheiden werelden, al deden ze hun best om elkaar te bereiken. Ze volgden elkaars bezigheden, stopten van tijd tot tijd om elkaar aan te kijken en naar elkaar toe te komen maar stuitten op een onzichtbare schutting. Sinds de bevalling lukte het haar niet meer om bij James waarlijk langszij te komen en nu het moment van de afvaart naderde kon hij niet meer bij haar stilstaan. Hij raakte nogmaals het hoofd van het kind aan en zweeg. Zij luisterde naar zijn tirades en liet haar gedachten afdwalen.

'Wat moet ik tegen Nat zeggen?' zei ze, ineens in tranen. 'We kunnen toch tegen hem niet liegen, niet beweren dat je over een paar weken weer hier bent als dat niet zo is? Of andersom.'

Ze snikte het uit en was niet bij machte zich te beheersen. James stond naar haar te kijken, hoe ze daar zat aan de tafel, vegend met een zakdoek over neus en ogen; hij keek naar haar schokkende schouders, hij haalde snel en diep adem alsof hij iets ging zeggen, draaide zich plotseling om en liep de kamer uit. De deur sloeg dicht.

Elizabeth huilde door. Het luchtledige tussen hen beiden bood ruimte voor ontoetsbare vermoedens. Hij was ervan overtuigd, dacht ze, dat zij een veel te intieme relatie met Hugh Palliser onderhield, hij kon het beeld van hun verstrengelde armen op de tafel niet uit zijn gedachten bannen. Had hij niet verstoord naar het tafelblad staan staren? Misschien dacht hij zelfs dat Hugh de vader van het kind was en bevestigde het feit dat zij het moederschap zo slecht verdroeg hem in dat vermoeden. Hij had het kind naar Hugh vernoemd om hem in vermeende grootmoedigheid zijn minachting onder de neus te wrijven. Hij vertrok uit woede.

Ach, onzin. Hij werd verscheurd tussen land en zee, zo eenvoudig was het. Palliser had er niets mee te maken. Of wel? Hij had nagelaten James tegen te houden. Nu stuurde hij hem de zee op met een verwaarloosd schip. Een vastbesloten minnaar verwijderde zijn rivaal om zich eindelijk bij zijn geliefde te voegen. Op perfide wijze maakte hij gebruik van een oude vriendschap. Verraad waar je keek, niemand was te vertrouwen.

Het snikken bedaarde en Elizabeth hernam zich. Het gaf geen pas om vreemde verhalen te bedenken, wat in haar opkwam leek een operalibretto, zo onwaarachtig en onmogelijk.

Toen de voedster kwam dwong Elizabeth zichzelf om erbij te blijven. Ze scharrelde wat met linnengoed en vuile was terwijl het kind aan de borst lag. Het liefst was ze ertegenover gaan zitten om rustig naar het tafereel te kijken, maar dat durfde ze niet. Het was vreemd stil in de kamer, ze hoorde het kind zuigen en slikken. De min sprak niet, dat was eigenaardig, dacht Elizabeth, je keuvelt toch tegen een baby, je zegt: even wachten, nu nemen we de andere borst, toe maar, stil maar, je hebt nog honger, je krijgt nog meer. Maar de min zweeg, het kind dronk en Elizabeth stond verstild in een hoek.

'Ik neem hem van u over,' zei ze toen het gedaan was. 'U kunt gaan.'

De vrouw reikte haar het kind aan, zorgvuldig het hoofd ondersteunend. 'Hij groeit goed,' zei ze, 'ik kan het aan hem voelen.' Ze trok de zwarte lappen waarin ze gekleed ging strak om zich heen en verdween.

Elizabeth ging in de stoel van de voedster zitten met het kind op haar knieën. De kleine voeten drukten tegen haar buik. Ze trok haar benen wat op en het kind kwam omhoog. Zoals toen, dacht ze, zoals toen met haar, zij met de ogen als fonkelende sterren, zij die breed lachte als Elizabeth voor haar zong, die kreetjes van genot losliet uit de zuivere holte achter haar kleine mond.

Dit kind hield zijn ogen dicht. In het langgerekte gezichtje lagen de ogen zilverachtig teer als bolle schelpen. Hij vertrok zijn mond, er ging een rimpeling over het hoge voorhoofd en even hief hij de armpjes in een krampachtige beweging omhoog. Toen zakte het hoofd opzij, er gleed een straaltje melk uit zijn mondhoek, hij boerde en viel in slaap.

Toen kwam de nacht. Elizabeth had het bed op laten maken met schone lakens. Laat in de avond kwam de voedster, het kind werd volgegoten met melk en opgeborgen tot de morgen. Elizabeth waste zich en borstelde haar haren. Ze legde het uniform uit op een stoel, de schoenen zette ze eronder, de kousen rolde ze op, het kraakwitte hemd hing ze tegen de rugleuning.

James glimlachte toen hij de platte, levenloze kapitein in de stoel zag hangen. Hij naderde haar, dichter en dichter kwam hij op haar toe, de planken kraakten, het schijnsel van de lamp verdween achter zijn rug, zijn geur – buitenlucht, zweet, rook – dreef haar neus in. Nog stond ze los, onaangeraakt, alsof ze er niet was, alsof de man dwars door haar heen naar het raam zou lopen om de donkere tuin in te turen. Hij legde zijn handpalmen om haar borsten en ze werd van vlees.

Tot haar eigen verbazing tintelde het bloed onder haar huid en verdween de glasachtige verstijving die haar zo gewoon was geworden. Ook het rusteloos rondmalen van haar gedachten hield op; ze kon zich het tergende denkwerk herinneren als feit, ze kon haar schouders erover ophalen, ze kon het naast zich neerleggen.

De lamp lieten ze branden. Er moest gekeken worden, vorm van schouders en flanken ingeprent, kleur van huid, van haren gezien. Ogen. Mijn lichaam zal hem onthouden, dacht ze, ook als ik het niet meer weet zullen mijn spieren en botten weten hoe hij was. Zijn warmte, zijn zwaarte, zijn gehavende hand op mijn huid.

Ze was zich bewust van wat er gebeurde, ze was er

helemaal bij, maar tegelijkertijd inventariseerde ze haar toekomstig gemis. De raarste dingen leenden zich ervoor gemist te worden. Gewicht. Geur van zijn hals. De jongensachtige, haast vrolijke rand aan zijn stem als hij ontspannen, gedachteloos tegen haar sprak. De helling van de matras die haar dichter naar hem toe dreef. Voor het laatst? Ineens hijgde ze van ontzetting.

Die middag gaf hij haar een afschrift van het testament. Ze had er met afstandelijke bevreemding naar gekeken. Een bescheiden jaargeld voor zijn vader, voor zijn zusters; kleine legaten voor vrienden van vroeger die zij nauwelijks kende. Het huis voor haar, het kapitaal en de rechten van de reisboeken verdeeld tussen haar en de kinderen. Ze was gespannen gaan lezen: de zoons zouden vanaf het tijdstip van hun meerderjarigheid over hun deel kunnen beschikken, *mijn dochter of dochters slechts indien ze gehuwd zijn met toestemming van mijn vrouw.* Dochter? Ze begreep het niet. Was hij in de war? Had hij per ongeluk een oud testament meegenomen? Hij had nooit eerder een testament opgemaakt, zoveel geld hadden ze niet gehad. Dochters? Het kind was er nu toch, geboren en als mannelijke nakomeling ingeschreven vóór James de notaris bezocht.

Plotseling wist ze: hij wilde haar zwanger achterlaten. Hij kon pas van een eiland wegvaren als hij daar een tuin had aangelegd. Dan kon hij de afstand tussen hem en haar vergroten tot er in de ijle ruimte geen mogelijkheid meer was elkaar te bereiken. Achterlaten. De rug toekeren. In de steek laten. Loslaten.

Ze dacht deze dingen op het moment dat ze nog tegen zijn lichaam lag en wist met kalme zekerheid dat het tot de mogelijkheden behoorde. Voor het laatst.

Hij hield haar hand vast. Ze zwegen.

Nat rende de tuin in. 'Hij is er! Jullie moeten komen!' Hij trok Elizabeth aan haar arm mee. James pakte de baby op en volgde. Voor het huis stond het rijtuig van Sandwich, de paarden ongeduldig stampend, het bagagerek volgestouwd met koffers en kisten. Omai stapte over de uitgeklapte traptreden de straat op en viel James snikkend in de armen. Het kind, ingeklemd tussen de schouder van zijn vader en de gloeiende wang van Omai, begon te krijsen.

James reikte Omai zijn zakdoek. 'Kom, fatsoeneer jezelf, we gaan afscheid nemen.' Terwijl Omai zijn gezicht afveegde gaf James het kind over aan Elizabeth. Rimpels van woede tekenden het gezichtje, het brullen hield aan. Elizabeth zag James op Nat toelopen, hij trok zijn zoon tegen zich aan, klopte te hard op de jongensrug en fluisterde dingen die ze niet kon horen. Nat knikte.

Omai greep haar hand: ze hield de kleine onhandig op één arm terwijl Omai diep door zijn knieën ging en haar handrug kuste, langdurig. Het duizelde haar. Toen duwde James de snikkende Tahitiaan het rijtuig in; de koetsier sjorde de laatste valiezen vast; Omai opende het raampje om te zeggen dat hij iedereen in zijn eigen land zou vertellen van de wonderen en de weldaden die hij hier, in Brittanië, had mogen meemaken. "Vaarwel, hoge mevrouw Cook!" riep hij; Nat had de baby van Elizabeth overgenomen en trok zich met zijn broertje terug op de stoep – toen stond ze in zijn armen, sloeg de koele wind van de ochtend tegen haar wangen en stootte zijn hoedrand tegen haar gezicht. 'Elizabeth,' begon hij. 'Ga maar,' zei ze. 'Het is goed. Ga maar.'

'Ik loop van je weg,' zei hij. 'Ik wil het niet. Ik kan niet anders. Ik kom bij je terug zodra ik kan. Ik schrijf je.'

'Ga maar,' zei ze weer. 'Ga nu toch, ze wachten.'

Ze wilde hem zachtjes in de richting van het rijtuig duwen maar haar spieren deden het niet. Hij stapte in, het portier sloeg dicht. Alles was grijs, het ochtendlicht, de gevel van het huis, de onderkant van het gebladerte aan de bomen. De grijze paarden kwamen in beweging, de grijze koetsier zwaaide met zijn zweep, haar man werd de grijze straat uit gereden.

Een paar weken later kwam Jamie met zomerverlof. Hij liep bruinverbrand, met snelle en zekere bewegingen het huis in en keek verbaasd in de wieg. 'Hoe heet hij?'

'Hij heet Hugh,' zei Elizabeth, 'maar we noemen hem Ben.'

Ze dronken thee in de keuken. Buiten zinderde de hitte in de droge tuin, maar hier was het koel.

'Ze liggen in Plymouth,' zei Jamie. 'Stom, hoor. Ik had wel willen kijken aan boord. Hebben jullie die wilde gezien die ze terug gaan brengen?'

Nat deed verslag van het vertrek. 'Zijn jurk zwaaide door de paardenvijgen, dat kon hem niets schelen! Hij beet mama in haar vingers!' De jongens verdwenen naar boven; ze hoorde Nat zijn broer de ingestudeerde klaroenstoten voorspelen. Nat was zijn muziek kwijt, de viool lag al weken onberoerd in het foedraal, en zij was Nat kwijt. Zo voelde het. De komst van het kind had Nat verder van haar weggedreven. Ze zou blij moeten zijn dat hij flinker werd, zelfstandiger. Dat hij het gezelschap van zijn grote broer zocht en zich zonder strijd of dwang had neergelegd bij de zeevaartopleiding.

Ze was blij noch verdrietig. Ze legde de laatste hand aan Nats uitrusting en ze nam de voedster al het werk behalve het voeden zelf uit handen. Ze moest dit kind leren kennen. Ze was de moeder. Ze nam hem op een ochtend mee naar het kerkhof. Hij lag in het gras te slapen terwijl zij de planten begoot en de uitgebloeide bloemen wegplukte. Toen ze klaar was ging ze zo zitten dat haar schaduw over het kind viel. Hij sliep. Zij zat. Er gebeurde niets.

Thuis lag er een brief uit Plymouth. Ze gaf het kind aan de voedster die al zat te wachten, gekleed in haar zwarte pij, en trok zich terug in de kamer. Het lakzegel trok ze open; ze legde de vellen voor zich neer op tafel, schoof een stoel aan en begon te lezen.

*Omai huilt de hele tijd en weet niet of hij wanhopig moet zijn of juist uitgelaten. Hij is voortdurend zeeziek, dat leidt hem gelukkig af van zijn tweestrijd. Ik voelde me vreemd tijdens de reis. In Chatham ging ik plechtig aan boord, de mannen stonden in twee hagen opgesteld en de tamboers en pijpers speelden. Ze maakten er wat van. Toen was ik blij, even. Ze hebben er zin in. Ze hebben vertrouwen. Ze zien mij en denken: nu gaat het gebeuren. Ondanks de enorme onzekerheid – want waar gaan we heen, wat treffen we aan? – denken ze precies te weten waar we aan toe zijn. Ik heb het strengste wachtrooster ingesteld. Burney zeilde Clerkes schip naar Chatham en liet meteen iemand afranselen voor een of ander vergrijp. Hij verbeeldde zich dat hij al kapitein was. Gisteravond kwam hij in mijn kajuit een glas drinken, hij vertelde over zijn vertrek. De vader, trillend en bevend van ouderdom, heeft hem uitgezwaaid. En die zuster natuurlijk. Ze moesten haar van zijn nek losrukken. Ik ben blij dat wij thuis afscheid konden nemen.*

*Ik zit de hele dag brieven te schrijven. Nu kan het nog. De Academie heeft mij de jaarlijkse medaille voor de beste lezing verleend! Een gouden medaille in een met fluweel gevoerde doos. Lag hier op mij te wachten. Ik stuur hem naar jou. Bewaar hem goed, het is een overwinning van de zuurkool op de filosofie.*

*De kok draagt nu de schalen binnen. Ik heb mijn instructies gekregen en ondertekend. Het betekent niets, Elizabeth. Graag had ik hier, aan onze eigen zuidkust, op Clerke gewacht, maar de instructies bevelen mij naar de Kaap te varen en daar te blijven tot mijn collega arriveert. Ze weten het beter dan ik. Ik zal dus overmorgen vertrekken van hier. Kalfsvlees, zo te ruiken. Met jonge peen en snijbonen. De veestapel staat vooralsnog op het achterdek. De beesten loeien dag en nacht.*

Een donkere schim schoof langs het raam. Had ze alweer verzuimd het kind zelf te verschonen. Ze zuchtte, pakte de papieren van tafel en legde ze hoog op een plank. Ze zag Nat door de tuin lopen. Hij schopte lusteloos tegen de stam van de kwee, plukte een paar frambozen van de haag en ging in het gras zitten. Zijn haar was alweer te lang, zag ze. Knippen voor hij vertrekt.

'Mama?' Hij kwam de kamer in, een pluk gras nog tussen zijn vingers.

'Verveel je je?' Hij haalde zijn schouders op, keek naar zijn handen en draaide zich om. Ze liep hem achterna, zag hoe hij het gras de tuin in gooide en besluiteloos bleef staan. Nu gewoon moeder zijn. Frambozensap in een kan gieten, met hem buiten gaan zitten. Een gesprek. Hij mist Isaac natuurlijk. Hij ziet op tegen het vertrek.

Over krap twee weken zou hij afreizen, met Jamie, hun kisten volgepropt voor een heel schooljaar. Als zij er al nauwelijks aan kon denken, hoe moest hij het dan verdragen? De tijdelijke verbintenissen, allianties met een bedrieglijk patina van eeuwigheid, die onverwachts uiteenvielen zodat de wereld er volstrekt anders uitzag en je gedesoriënteerd, verward, teleurgesteld achterbleef met een moeilijk te verklaren gevoel van schaamte. Hoe kon ze het hem uitleggen? Ze begreep er zelf niets van. Dingen doen, handelen, dat was het beste. Dan was er iets om je gedachten op te richten, een taak die vervuld moest worden. Dit doelloze zitten, dit staren naar de bleekgele rozen die tegen de schutting opklommen met zinloos optimisme was gewoon gevaarlijk. De jongen zakte in. Zij kon het niet tegenhouden en dreigde mee te zakken.

'Naar boven,' zei ze schor, 'we gaan je kist inpakken. Kijken wat er meemoet.' Hij stond op en volgde haar. Op zijn jongensbed lag een kluwen van kousen en hemden. De kist stond ernaast op de grond, uitpuilend, boordevol.

'Het kan er niet in,' zei hij. 'Het past niet.' Hij beende in de smalle ruimte heen en weer, onhandig zwaaiend met zijn lange armen.

'Je laarzen doe je aan. Extra schoenen moeten erin. Een broek. Een paar boeken. Hoe komt die kist zo vol?' Elizabeth groef met beide armen in de diepte, tilde boeken en kleren eruit, Isaacs matrozenkiel, de trompet, de oude hoed van James. Haar handen stuitten op een hard voorwerp, een groot blok hout tussen ritselende papieren. De viool lag op de bodem, bedolven onder een stapel bladmuziek. Nat had zijn schat verankerd met proppen kousen en zakdoeken.

'Je mag alleen de kist meenemen. Ik kan alle kleren die er niet in kunnen over elkaar aantrekken. Over alles heen doe ik m'n winterjas aan. Het is toch maar voor één dag.'

Hij moet die viool thuislaten, dacht ze. Gevoeligheid, schoonheid. Het zal hem neerhalen. Die kant van hem moet hier blijven. Bij mij.

'Hij is toch weggevaren. Ik dacht: hij komt terug als hij de wilde aan boord heeft gebracht.' Nat sprak tegen de muur, voor zichzelf heen.

'Het komt door kapitein Clerke. Die kan niet weg. Er zijn problemen. Je vader moet op zijn post blijven tot die opgelost zijn, dat begrijp je wel.'

Ze zat op haar knieën bij de kist en Nat keek over haar schouder mee.

'Weet je wat? We stoppen de kleren die je echt nodig

hebt bij Jamie in z'n bagage. Hij heeft ruimte over.'

Winterjas, hemden, schoenen. 'Hier, breng maar naar je broer.' De instrumenten dekte ze toe met onderbroeken. Het deksel klapte gemakkelijk dicht.

'Dank je wel,' zei Nat.

Ze gingen. De tuinman trok de bagage op een kar naar de halteplaats van de postkoets. Elizabeth volgde tussen haar oudste zoons. De baby bleef thuis in de armen van de min.

'Kom je een keer?' vroeg Nat. Hij had de baard in de keel en leek van de registerwisselingen in zijn eigen stem te schrikken.

'Als het met de baby goed blijft gaan, vraag ik oma om op te passen. Dan kom ik een paar dagen naar Portsmouth om te kijken hoe jullie het daar hebben.'

'Benny,' zei Jamie, 'hij heet toch Ben?'

Ze voelde Nats koude hand in haar hand glijden. Er stond volk om de koets. Doorlopen, eropaf. Het moest gebeuren.

Op een zondag rooide ze de verwaarloosde kardoen. Ze smeet de rafelige bladeren en de aangevreten stengels achter in de tuin op een hoop en harkte de leeggekomen plekken aan. Ze had haar rok opgebonden en voelde de zon bijten op haar kuiten. De min was zwijgend weggegaan, het kind sliep, de kerkklokken waren uitgebeierd.

Augustus. James zou nu zijn schepen over de evenaar leiden. Of zat hij nog op Sint-Helena, bij de gouverneur die zo raadselachtig veel op hem leek?

Ze las de kranten. Het vertrek van de *Resolution* had er uitgebreid in gestaan. 12 juli, in stromende regen, met tegenwind. De journalisten schreven jubelend over de Copley-medaille voor de uitnemendste wetenschappelijke bijdrage van het jaar; ze schilderden het doel van de expeditie in heldhaftige bewoordingen en beschreven de koude in de poolzeeën zo gruwelijk dat je ervan huiverde. Over Clerke, rillend in de kille kerkers van de gevangenis, geen woord. Zou ze Banks een bezoek brengen om te vragen hoe het met de vrijlating stond? Sandwich een brief schrijven? Deden ze voldoende moeite om Clerke, haar verlosser, vrij te krijgen? Misschien werkte het averechts als ze op meer inspanning aandrong, misschien vermoedde Sandwich de reden van haar interesse en zou hij Clerke rustig verder laten rotten zodat hij er zeker van kon zijn dat zijn favoriete kapitein de expeditie bleef aanvoeren.

Nat schreef een brief, één velletje maar, plechtig ondertekend met *Nathaniel Cook*. Zijn hangmat hing bij de muur, dat was goed, schreef hij, en Jamie zag hij zelden. *Zijn klas is vaak op zee. Wij zijn nog in de school om te leren. Morgen is trompetles. Hoe gaat het met Ben? Ik heb nog geen vriend maar ik ga hem zoeken.*

Ze had de brief bij de vellen van James op de kast gelegd. Als James niet terugkwam zou ze Nat van school halen. Ze schrok van de gedachte. Hoezo, niet terug? Als Clerke vast bleef zitten moest James in het ergste geval geruime tijd wachten. En dan terugkeren om te zien dat zijn zoon de school had opgegeven? Hoe kwam ze erbij. Toch had ze het gedacht.

Eigenlijk zou ze James moeten schrijven, een brief naar de havenmeester daar in die zuidpunt van Afrika. Een hoopvolle, ondersteunende brief. Ze deed het niet. Waarvan ben ik zo moe, dacht ze, ik heb nauwelijks meer een huishouding te voeren, het kind wordt gevoed door een vreemde, ik doe niets maar ik ben uitgeput. Ik zou mijn moeder kunnen bezoeken, ik zou het vest voor James kunnen afmaken, ik zou – ze ging zuchtend zitten onder de kwee.

Toen kwam Hugh Palliser. Ze had hem niet meer verwacht; na de geboorte van het kind had hij James bedankt voor de vernoeming en via hem zijn gelukwensen overgebracht aan de moeder, die nog het bed hield. Een zilveren drinkbeker waarin de graveur *Hugh Cook* had geslepen, was twee weken later bezorgd. Rond het vertrek van de *Resolution* was ze beducht geweest voor een ontmoeting, niet wetend hoe ze zich moest gedragen. Sindsdien was ze het kind Benny gaan noemen als ze aan hem dacht, en daarmee bande ze de gedachte aan de peetvader uit.

Maar hij stond in de uitgedroogde tuin, steunend op zijn wandelstok, en keek haar aan. Hij zag er verschrikkelijk uit: oud, vermoeid, versleten. Toch glimlachte hij en klonk zijn stem verassend opgewekt.

'Augustus! Keerpunt van het jaar! Goed nieuws!'

Meteen vergat ze al haar voornemens. Afstandelijk had ze willen zijn, onkwetsbaar, zonder verwachtingen. Haar hart sprong op in haar keel en haar stem was verdwenen.

'Gisteren hebben ze Clerke vrijgelaten. Of hij is ontsnapt, daar wil ik af zijn. In elk geval, hij is naar Plymouth vertrokken, hij heeft de zweep over de paarden laten leggen en was van plan om onmiddellijk uit te varen, dag of nacht. Zo is het, Elizabeth. Eindelijk.'

Ongevraagd ging hij op de bank zitten. Elizabeth viel naast hem neer, hijgend, huilend, lachend. Hij sloeg zijn arm om haar schouders en trok haar tegen zich aan. Haast onmerkbaar wiegden ze samen heen en weer onder de harde, bleekgroene kweepeertjes.

'Een maand of twee doet hij er wel over,' zei Hugh zacht. 'Dan nog de terugreis. Vóór Kerstmis zal het niet zijn. In het nieuwe jaar, dat is realistisch.'

Het waren maar woorden. Een helende, lauwe regen leek op de dorre tuin neer te dalen, een redding, een verlossing, alsof ze eindelijk werkelijk thuis was gekomen en alles goed was.

Ze voelde zijn lippen bij haar oor, in haar hals. Wat deed hij? Tong langs haar oorschelp, hete, onverstaanbare woorden in haar nekharen; duizelig werd ze, licht, afwezig, maar wonderlijk op haar plaats. Hij had haar muts weggetrokken en groef zijn vingers door haar haren, hij omvatte haar gezicht, ze keek in zijn ogen en er was niets anders, alleen deze weg die gevolgd moest worden, goed dat ze haar haren had gewassen, hoe vreemd speelde het zonlicht door de eivormige blaadjes van de kwee, ogen dicht nu, ogen dicht voor de kus.

Wat doe ik, dacht ze, waarom laat ik een oude man aan me zitten in mijn eigen tuin, waarom sta ik niet op, schud ik hem niet van me af, waarom drink ik zijn spuug, lik ik zijn neusgaten? Ze dacht aan de arm, zijn blote arm. Hij legde zijn handen op haar borsten. Ja.

Het was zoals ze zich zwemmen tussen hoge golven voorstelde, steeds kwam ze aan de lichte oppervlakte en dacht: niemand zal ons storen, dat stuk chagrijn van een voedster komt pas over een paar uur terug, er staan volle struiken tussen ons en het keukenraam – dan zonk ze de diepte weer in en dacht niet, bewoog alleen maar.

Waarom ben ik zo blij, zo opgelucht? O ja, James komt terug, zijn vervanger is onderweg, hij raast over de golven om James af te lossen, en dan, en dan –. Ze schrok, trok zich abrupt terug uit de omarming en streek haar kleren glad. Ze voelde haar botten tegen de harde bank. Rechtop zitten. Evenwicht.

De bloemen bogen naar de aarde en stierven. De duisternis drong zich avond aan avond vroeger op. Het kind begon te eten, de min kwam nog maar twee keer per dag.

Elizabeth bezocht haar zoons, ze logeerde boven een taveerne aan de haven en wandelde met Nat over de klippen, hand in hand. De viool lag bij de trompetleraar thuis, klaar om bespeeld te worden als Nat aan het schoolregime kon ontsnappen. Hij klaagde niet.

Van tijd tot tijd verscheen Hugh Palliser. Ze dronken thee aan de grote tafel. Hij sprak over zijn zieke vrouw en Elizabeth luisterde zonder zich ergens over te verbazen. Dat hij soms overwoog haar te verstikken met een donzen kussen, zei hij dat? Ze knipte het verlepte loof op Elly's graf weg, ze zat in kou en regen bij het kleine perk en merkte pas bij thuiskomst dat ze versteend was. November, een gans in de oven voor Mary, voor de stiefvader – en waar bleef James? Nog even, nog één Kerstmis. Het kind kon rechtop zitten en stak zelfstandig een broodkorst in zijn mond. Ze liet de tafel niet ondersneeuwen met troep, het gewreven hout lag glimmend op James te wachten.

Toen kwam de brief. Jamie en Nat waren thuis, met kerstverlof, ze zaten in de keuken te eten en te kletsen. Ze had het kind in bed gelegd en kwam de trap af toen er op de deur werd geklopt. Nat had al opengedaan voor ze beneden was. Hij hield het zware, verzegelde pakket omhoog en reikte het haar aan. Ze herkende het handschrift.

'Lees voor!' riep Jamie. Hij stootte Nat tegen zijn schouder. 'Hebben we wat te vertellen als we terug komen!'

Even was ze in verwarring. Keuken of kamer? Alleen of met de jongens? Ze drukte de brief tegen haar borst en bleef besluiteloos in de deur staan.

Ze bekeek de volgeschreven vellen zonder ze te lezen. Het leek wel een dagboek, de data stonden tussen de propvolle regels gekrabbeld. Het handschrift, zo bekend, begon op de haar vertrouwde, regelmatige manier maar werd verderop door veranderingen geteisterd. Onleesbaar kleine priegelletters wisselden onbeheerste uithalen af. De regels deinden op en neer als golven, bekroond met uitroeptekens als opspattend schuim. Ze begon te lezen.

*7 augustus. Ik vervloek de Admiraliteit. Lek als een rieten mand is dit schip. De eerste regenbuien drongen linea recta de voorraadkamers binnen. Doorweekte zakken meel; de vloer kleverig van de gesmolten suiker. Moest op Tenerife een tussenstop maken om de ergste schade te herstellen en nieuwe leeftocht in te kopen. Wat die veestapel hier aan boord per dag opvreet, daar is geen beginnen aan. Alle hoeken en gaten heb ik met hooi en haver laten volstouwen. Bij de eerste boeggolf kan ik alles weer weggooien, verdomme. Hoe kan ik die ellendige beesten in leven houden op die manier?*

*12 augustus. Slapen lukt me nauwelijks. Ik lig in die belachelijke bak van zeildoek, ik schommel aan touwen boven mijn bureau en luister naar de dieren. Een paard briest of hinnikt, denk je, maar een paard in nood brult! En ik hoor die reusachtige dieren in doodsangst tekeergaan, nacht na nacht. Ze braken de halfverteerde haver weer op, lange slijmdraden hangen uit hun bek. Ik verdraag het niet. Het slaapgebrek speelt me parten, gisteravond heb ik bijna het schip de vernieling in gejaagd. Ik had de wacht en stond met Anderson, de dokter, aan de reling te praten. We hadden een behoorlijk vaartje. De zee was donkerblauw. Ik vroeg hem of hij geen kalmeringsmiddelen voor de paarden kon bedenken. Sint-janskruid mengen door het voer, daar hadden we het over. Ineens: golven die braken op een rif, tien meter voor ons! Niets gezien! Ik schreeuwde naar de stuurman, paniek, door de wind, iedereen aan de touwen. Vandaag nog keelpijn van het brullen. Scherp als messen priemden de rotsen omhoog. Ze zouden de scheepsbuik hebben opengesneden alsof het een gans betrof. Het scheelde een seconde. Anderson werd lijkbleek. Ik begrijp het niet. Ik zie altijd alles. Boavista. Kaapverdische eilanden. Ik weet heus wel dat ze daar liggen. Als die paarden maar eens een moment ophielden met hun geschreeuw!*

*19 oktober. Het is of we per ongeluk zijn aangespoeld op de Kaap. Ik heb niet het gevoel dat ik er bewust naar toe navigeerde. Toen we eergisteren aan kwamen varen, werd ik door emotie overmand. Ik ken dat niet van mezelf en hoed me ervoor om het ergens anders dan hier op te schrijven. De Tafelberg met zijn dikke dek van grijze wolken die vanuit de immense overvloed langzaam neerrolden langs de steile hellingen. Waarom kreeg ik tranen in mijn ogen? Het voelde of ik thuiskwam, of iemand me met donzen dekens ging instoppen en te ruste leggen. Idioot. Heb alle dieren aan wal laten brengen. Slaap zelf ook niet aan boord. Kan die verrotte troep even niet aanzien.*

*5 november. De Hollanders laten geen kans voorbijgaan om je te beliegen en belazeren. Dat was in Batavia al zo. Onze schapen zijn door hun honden doodgebeten, maar ze weigeren enige vergoeding te betalen. Ik heb meteen nieuwe schapen gekocht, magere scharminkels, iets beters is hier niet te krijgen. Ik kocht ook een stier en twee koeien met kalveren. Varkens. Vier extra paarden. Kippen, geiten, konijnen. Alles boven op de veestapel die we al hebben. Ik moet en zal mijn belofte aan de koning gestand doen. We hebben een pauwenpaar aan boord. De vogels doorstaan de reis goed. Omai heeft zijn hut ontruimd om plaats te maken voor de paarden. Hij slaapt bij de onderofficieren nu, dat bevalt hem geloof ik beter dan de eenzaamheid. Het begint hier zomer te worden. De heren maken excursies door de schitterende vallei bij Stellenbosch. Ze bezoeken wijnboerderijen en bewonderen de bergketens. Ze zuipen en hoereren en geven hun geld uit. Ik kan me er nog niet druk om maken, heb mijn handen vol aan de leugenachtige kooplieden hier.*

*Wacht elke dag op de aankomst van Clerke. Als hij mij vervangt zal Gore de* Discovery *onder zich krijgen. Ik kan hem niet passeren maar zou liever King op die post zien. Burney is me toch te labiel. De mannen spreken soms nog over de slachtpartij op Nieuw-Zeeland. Dan wendt hij z'n hoofd af, zakt helemaal in elkaar en kan slechts fluisteren! Een overgevoelige familie.*

*Ik overweeg om William Watman mee terug naar Engeland te nemen. Hij is te oud. Hij wilde dolgraag weer mee maar mist de kracht om bij de schoten en de kaapstaander ingedeeld te worden en gaat zienderogen in conditie achteruit tijdens zo'n vaart van een paar weken. Ik vraag me af of de zeevaart niet zoveel van mensen eist dat het boven een bepaalde leeftijd gewoon niet meer te doen is. De krachtsinspanning. De voortdurende waakzaamheid. De wind om je hoofd.*

*11 november. Clerke is gearriveerd. Hij begon meteen drank uit te delen en niet weinig ook. Hij belooft een deel van de veestapel op de* Discovery *te vervoeren. Hij heeft rode blosjes op zijn wangen en zijn ogen schitteren. Iedereen is verheugd, blij elkaar weer te zien, vol verwachting uitziend naar nieuwe avonturen en oude paradijzen. Ik word gek van zorgen en trek me terug in mijn hut met de kaarten en de voorraadlijsten. Vanavond of morgen moet ik met Clerke spreken. Ik zal een gedetailleerd instructiemanuaal voor hem schrijven. Ik sta er verdomme helemaal alleen voor, iedereen zit te slempen en te zingen of we op een plezierreis zijn. De paarden stampen hun benen stuk tegen de wanden van Omais hut, ik moet er strozakken tegen laten spijkeren.*

*31 november. Elizabeth het spijt me, ik kan niet anders. Clerke was heet. Toen ik hem omhelsde boog hij zijn gezicht af, dat was raar, ik dacht: hij wil niet dat ik zijn beschonken vieze adem ruik. Hij heeft* KOORTS. *De blosjes. Hij trilt en beeft. Niet van geestdrift maar van de ziekte die hij in die vochtige kerker opdeed. Vorige week begon hij te hoesten, een droge kuch die hij niet kan stoppen. We weten allemaal wat dat betekent. Iedereen blijft op zijn post. Morgen varen we uit. Ik kan mijn belofte aan jou niet houden. Het doet me pijn. Het is niet anders. Ik blijf je schrijven al kan je het niet meer lezen. Ik blijf bij je al ben ik er niet meer. Ik heb enorme fouten gemaakt. Onvergeeflijke fouten. Hier aan boord en thuis. Morgen vaar ik in de richting van de verschrikkelijke zuidpool. Ik vraag je niet mij te vergeven. Dat kan je niet. Het ijs moet mij reinigen, schoonbijten, vrijpleiten.*

# Deel III

# 9

Elizabeth werd wakker in de ijskoude kamer. De nacht glom zwartblauw achter het raam. Iemand huilde, het klaaglijke snikken kwam van ver het vertrek binnen. Ze draaide zich op haar rug en bracht haar armen boven de deken.

Het kind. Natuurlijk, het kind. Ze stapte uit bed en ontstak de kaars. Het was of ze door de kille lucht zwom die de grenzen van haar lichaam markeerde. Op de gang hoorde ze hem duidelijker. Hij riep om de min. Ruim drie jaar was hij nu, en de voedster kwam nog steeds. Toen het kind nog geen jaar oud was ontdekte Elizabeth dat de vrouw onder valse vlag binnenvoer en Benny niet de borst gaf maar hem uit een getuit kroesje gekookte koeienmelk liet drinken. Ze had het kind op schoot, ze praatte tegen hem. Hij lachte! Elizabeth, onverwachts teruggekeerd van een bezoek waar ze ineens genoeg van had gehad, stond door het keukenraam te kijken. De voedster heette Charlotte. Er was een confrontatie geweest. Een gesprek.

'Zo'n lief, stil jongetje,' had de voedster die geen voedster was gezegd. 'Ik zie elke morgen naar hem uit. Ik heb geen melk meer. Al twee maanden niet meer. Maar ik houd van hem.'

'Hij groeit,' had Elizabeth gezegd. 'Ook zonder jouw melk groeit hij goed. Geloof ik.'

Na het gesprek was de sfeer in huis veranderd. Charlotte bleef langer, vaak hielp ze Elizabeth met wat er te doen was, soms praatten ze terwijl het kind tussen hen in op de vloer zat en zwijgend houten blokjes in en uit een oude stoof pakte. Als alle blokken waren verdwenen hief hij zijn gezichtje omhoog en keek naar Charlotte. 'Goed gedaan,' zei die, 'alles is weg.' Dan glimlachte het jongetje. Elizabeth zag het aan. Hij moet groeien, dacht ze. Als hij groter is zal ik hem de letters leren.

Nu brulde hij. Ze ging het kamertje binnen waar hij in het smalle bed lag dat van Nat was geweest. Ze zette de kaars op de wastafel, de vlam flakkerde even en kwam tot rust. Het kind keek haar aan, kneep zijn ogen weer dicht en huilde door. Troost, dacht ze, ik moet troosten, ik moet op het bed gaan zitten, het kind tegen me aan trekken, iets zeggen, iets wat hem kalmeert. Maar wat? Is hij bang in het donker? Heeft hij eng gedroomd? Ik kan toch gewoon vragen wat er aan de hand is?

'Zalot, Zalot!' riep het kind. De woorden werden gesmoord in het kussen. Elizabeth zag een vochtige wang, een scherp omhoogstekend schoudertje. Voorzichtig deed ze een stap naderbij. Ze schraapte haar keel.

'Charlotte komt morgen. Je moet nu slapen. Als je wakker wordt, komt ze.'

Ze kon hem niet aanraken. Het ging gewoon niet. Ze stopte lakens en dekens strak in rond het huilende kind. Hij lag op zijn zij met de vuisten tegen zijn kwijlende mond. Hij snikte het uit.

De kaars liet ze staan. Ze sloot de deur en bleef ertegen leunen. Dwars door de kieren hoorde ze hoe het kind zich probeerde te vermannen.

'Slapen. Morgen. Zalot.' Het brullen ging over in fluisteren. Het snikken werd een droevig, gerekt huilen dat geleidelijk aan verstomde. Van tijd tot tijd welde er een sidderende zucht op. Hoe hij daar lag, dacht ze. Klaarwakker. Met stijf toegeknepen ogen, wachtend op de bevrijdende morgen, beheerst, onbeweeglijk.

Behoedzaam keerde ze terug naar haar bed.

Ook zij bleef stokstijf liggen wachten op de ochtend. Als James er eenmaal weer is, dacht ze, dan ga ik het opnieuw proberen. Dan wordt Benny ons kind, dan kan ik het wel. Bijna vier jaar is hij nu weg, het kan niet anders of hij komt in de loop van dit jaar, dit metersbrede jaar dat pas net is begonnen, weer terug. Doodmoe als ik er alleen al aan denk. Al dat gedoe weer opnieuw. Nu blijft hij zeker thuis, dat wel. Misschien moeten we ergens anders gaan wonen, ergens waar het verleden je niet uit alle hoeken aanvalt, verder weg van het water. Ja. Afstand is wonderlijk, soms geeft het rust en soms voedt het een orkaan van verhitte gedachten zodat je niet meer weet waar je het zoeken moet. Wat ga ik doen vandaag? Er moet regelmaat zijn, dat is het beste. Het enige. Zorgen dat de vuren blijven branden. Het vriest niet, maar koud is het wel. 10 januari. Nou ja, elke maand is een gruwel. Charlotte komt. Ik troost mezelf net als het kind. We gaan bij het fornuis zitten. Doorgaan met het verstelwerk. Charlotte naait een nieuwe broek voor het kind. Benny. Denk toch zijn naam. Zijn valse naam. Ik zal verder borduren aan het vest. Het lag er nog, in het papier, felrood. De knoopsgaten deed ik met Kerstmis. Nu de kleine ranken van zilverdraad op de vestzakken. De jongen keek ernaar van anderhalve meter afstand, hij vond het belangwekkend maar durfde niets te vragen. De kleur trok hem zeker.

'Voor papa,' zei Charlotte. 'Mama maakt een vest voor papa. Als hij terugkomt trekt hij het aan. Ik maak een broek voor jou, kom maar kijken.'

Hij leunde tegen de knieën van Charlotte en legde zijn handje op de asgrijze, dikke stof. Elizabeth knipte de zilveren draad af, stak het rafelige eindje in haar mond, hield de naald tegen het licht en stuurde in één keer het vochtige garen door het oog. Als het droog bleef kon Charlotte met het kind naar buiten, 's middags, als zij zelf naar het schooltje ging.

Het was begonnen met een ontmoeting op de trappen van het Admiraliteitsgebouw. Ze had binnen over geld gepraat en was met een triomfantelijk gevoel weer naar buiten gestapt. Een vrouw, iets jonger dan zijzelf, dacht ze, vijfendertig misschien, stond aarzelend aan de voet van de trap. Elizabeth had tot haar eigen verrassing het gesprek geopend, zich voorgesteld, haar hulp aangeboden. De vrouw bleek getrouwd met David Nelson, de bevlogen tuinman van de koninklijke botanische verzameling in Kew. Ze wilde om geld vragen, de heren waren traag en zij zat krap. Elizabeth had zich meteen solidair gevoeld, samen in opstand tegen de mannen met zijden kousen onder hun gespannen kuitbroeken. Ineens had ze beseft dat er wel honderd vrouwen waren in haar positie, wachtend, het huis draaiende houdend tot het schip binnenliep. De vrouw heette Jane; ze was met haar mee terug naar binnen gelopen.

Kinderloos was ze. Nelson had de planten, zij organiseerde een schooltje voor matrozenkinderen die geen geld hadden voor een echte school. Zo was het begonnen.

Sinds twee jaar hielp Elizabeth haar. Lezen, zingen, tellen, tekenen. Opruimen, handen wassen, dansen. Het betalen van de huur had ze meteen van Jane overgenomen. Het gebouwtje was eigendom van de Kerk en het geld moest maandelijks naar de dominee worden gebracht. Jane liet zich intimideren door de man, hij vroeg naar het lesrooster en bemoeide zich met de keuze van de leesteksten en de liederen. Elizabeth had daar wel raad mee geweten.

Van lieverlee was ze op Jane Nelson gesteld geraakt en was er zonder afspraken een taakverdeling ontstaan waar beiden zich goed bij voelden. Wonderlijk hoe dat gaat, dacht Elizabeth. Als je met z'n tweeën bent en elkaar goed aanvoelt gaat elk vanzelf de dingen doen die het beste bij haar passen. Of bij hem. Het kan dus wel. Dat het met James niet zo ging – onzin, niet aan denken nu.

Janes vanzelfsprekende en praktische zorgzaamheid tegenover de kinderen had haar verrast. Een meisje struikelde over een veel te grote schort – Jane legde er een zoom in. Twee jongens mochten van hun moeder niet komen – Jane haalde ze elke dag persoonlijk op. Elizabeth zorgde voor de discipline en het eigenlijke leren, als dat ervan kwam. Jane spitte de achtertuin om en liet de kinderen boontjes en aardappels in de grond stoppen. Elizabeth stond de verontwaardigde dominee te woord. Nu het winter was viel er in de kindertuin weinig te beleven. Om drie uur 's middags deden ze de lamp al aan. De kinderen gingen dicht bij elkaar op de grond zitten en Elizabeth vertelde. Ze had het boek over de tweede reis op schoot. Ze was van plan geweest gewoon de journalen voor te lezen, zoals het daar stond, opgeschreven door James, gefatsoeneerd door haarzelf, geredigeerd door Douglas; al snel keek ze nauwelijks meer op de dichtbedrukte bladzijden maar sprak ze vrijuit in haar eigen woorden. Elk kind aan haar voeten had een vader aan boord. Ze liet sommige passages weg. Vaders moesten niet wegens ongehoorzaamheid worden afgeranseld. Ze verzon er dingen bij. Vaders moesten denken aan Londen, moesten hun kinderen missen en zich afvragen hoe het thuis toeging. Ze hield het boek omhoog om de gravures van Hodges te laten zien en de kinderen vergaapten zich aan het portret van Omai, wezen met hun vingers naar de wonderlijke beelden van het Paaseiland en huiverden bij de aanblik van het zuidpoolijs.

Vanmiddag zal ik over de thuisreis vertellen, dacht ze. Hoe de matrozen het versleten schip naar huis varen, naar ons. Hoe ze zich verheugen op ganzenborst en echt Engels bier. Wat ze in hun scheepskisten verzameld hebben om mee te brengen. Voor ons.

Ze was toch ingedommeld, want het slaan van de keukendeur maakte haar wakker. Even bleef ze liggen, opziend tegen de steile helling van de nieuwe dag. Geschuifel op de gang, blote voetjes op de traptreden. Benny sloop naar zijn redster. Elizabeth hees zich het bed uit. Ze waste zich, bond haar haren op, dwong zichzelf haar lichaam stevig in te rijgen, een schone jurk uit te kiezen en kousen aan te trekken die daarbij pasten. Nu naar beneden, dacht ze, aan tafel met het kind.

Charlotte zette juist het papbord voor Benny op tafel toen Elizabeth binnenkwam. Het kind zat op zijn verhoogde stoel te wachten, een keukenhanddoek was zorgvuldig om zijn dunne nek geknoopt; hij bewoog niet maar volgde met zijn kleine, diepliggende ogen elke beweging van Charlotte. De schrale huid van zijn wangen vertoonde rode vlekken.

'Kom zitten,' zei Charlotte, 'de thee is bijna klaar.'

Benny schepte langs de rand van het bord, systematisch, zodat het kuiltje in het midden, waar Charlotte de zoete stroop in had gegoten, voor het laatst zou overblijven. Toen hij het bord had leeggelepeld bleef hij roerloos zitten en keek Charlotte gespannen aan. Hij verwacht iets, dacht Elizabeth, hij wacht, dat kan hij als de beste, wat erg, zo'n jong kind, hij zou zijn wensen moeten uitschreeuwen, moeten stampvoeten als ze niet snel genoeg vervuld werden. Maar het lijdzaam wachten is hem ingeslepen, voorgedaan misschien. Ik zou moeten ingrijpen, nu. We gaan naar buiten, zou ik moeten zeggen, naar de zwanen kijken. We gaan de blokken pakken en een huis bouwen. Ik ga je voorlezen. Kom.

Ze keek uit het raam. Alles was grijs. Geen regen, maar dichte mist die de keien deed glimmen van vettig vocht. Ze sloeg haar armen over elkaar.

Het ijzeren beslag van rijtuigwielen kletterde over de stenen; een mannenstem brulde een bevel waarop de roffel van paardenhoeven verstomde. In de daaropvolgende stilte werd er op de voordeur gebonsd. Als je maar lang genoeg wacht gebeurt er wel iets, dacht Elizabeth. Kijk maar, nog vóór ik me begin te vervelen stopt er een rijtuig voor de deur. Waarom rent het kind niet naar buiten om naar de paarden te kijken? Het wachten lijkt gewoon door te gaan, voor ons beiden. Wat vindt hij dan toch erger dan wachten?

Charlotte had opengedaan. 'Elizabeth,' zei ze, 'er zijn twee heren die je willen spreken. Ik heb ze in de kamer gebracht.'

Traag stond ze op. Ze keek in het brandschoon leeggegeten bord van haar zoon en stond even stil achter zijn langgerekte hoofd. Toen stapte ze de keuken uit en trok haar jurk recht.

Stephens en Sandwich stonden schouder aan schouder voor de grote tafel. In vol ornaat. Bepruikt.

'Gaat u toch zitten,' zei ze. 'Kan ik u iets laten brengen?' Ze dacht aan verstoring, aan nieuwsberichten die de rust van het wachten gingen doorbreken. De terugkeer. De zoveelste thuiskomst.

'Misschien dat u even moet gaan zitten, mevrouw,' zei Stephens met zijn hoge stem. Hij was kleiner dan Sandwich, gezetter ook, de grijsblauwe jas zat strak om zijn schouders. Niemand had nog geglimlacht.

Sandwich trok een stoel onder de tafel vandaan en nodigde haar met een handgebaar uit om plaats te nemen.

Ze bleef staan. Niemand zei iets. Vanuit de keuken klonk heel vaag de stem van Charlotte, gespetter van water op steen, het piepen van de pomp.

'Er is nieuws?' Ze hoorde de ongeduldige ondertoon in haar stem. Sandwich schraapte zijn keel maar zweeg. Stephens deed een stap naar voren en wreef zijn handen over elkaar voor zijn buik. 'Gaat u alstublieft zitten,' zei hij weer. Er gebeurde niets.

'Elizabeth,' zei Sandwich, 'we moeten je iets vertellen.' Ze schrok van de huiselijke aanspreekvorm, alsof met het wegvallen van 'mevrouw' ook alle bescherming verdween en wat hij ging zeggen haar ook echt zou kunnen raken. Als in een bizarre stoelendans stonden ze gedrieën rond de lege stoel.

'Er kwam een brief van kapitein Clerke. Over land. We zijn meteen gekomen. James is niet meer. James is dood.'

Ze keek naar de traan die uit Sandwich' oog langs zijn neus gleed. Ze hoorde de haperingen in zijn stem.

'Namens de Admiraliteit willen we u onze condoleances aanbieden.' Stephens knikte meewarig en wees nog steeds op de stoel die tussen hen in stond.

Ga zelf zitten, slijmbal, dacht ze, hou op met bevelen en intimideren en laat me met rust, laat me – ze zweeg. Sandwich sprak door.

'Ik heb Banks al op de hoogte gesteld. En Solander. Wij rijden straks door naar de koning. Eerst wilden we hierheen, dat spreekt vanzelf. Maar je wilt ons wel excuseren, we moeten de verschrikkelijke boodschap ten paleize gaan verkondigen, met enige spoed.'

Natuurlijk, dacht ze, de Academie, de Marine, het complete koninklijk huis, iedereen moet subiet op de hoogte worden gesteld zodat ze fijn kunnen gaan treuren met z'n allen. Mijn man is tenslotte publiek bezit en wordt door het koninkrijk betaald. Werd betaald. Verleden tijd.

Het drong niet door, het enige wat ze voelde was een onverklaarbare en genante opluchting. En een heftig verlangen om de heren het huis uit te schoppen. Ze moest denken en vragen stellen, feiten verzamelen.

'Wanneer is het gebeurd?' vroeg ze met vlakke stem. 'En hoe. En waar,' voegde ze er na een korte stilte aan toe. De heren keken elkaar aan. Stephens schuifelde met zijn begespte schoenen over de planken en maakte een geluid als een vluchtende muis; vooruit, dacht ze, zeg eens wat en verdwijn dan, naar die koning van jullie, komt er nog wat van?

'De brief is gedateerd juni vorig jaar,' zei Sandwich. 'Clerke heeft hem in Kamchatka meegegeven aan een handelsmissie. Via Sint-Petersburg kwam de brief bij ons. De beschreven' – hij aarzelde even maar zette door, alsof hij zich bewust werd van de taak die hem nog wachtte – 'de beschreven gebeurtenis vond plaats in februari. 14 februari om precies te zijn. Kapitein Cook, James wil ik zeggen, is gesneuveld in een gevecht met inboorlingen van een eiland dat hij op zijn reis door de Stille Oceaan ontdekte. Clerke noemt het Hawaii.'

Stephens nam het over. 'We zullen meer gegevens krijgen als de schepen terugkeren. Maar nu al kunt u ervan verzekerd zijn dat kapitein Cook tijdens het uitoefenen van zijn plicht op de meest eervolle wijze ten onder is gegaan. Wij houden u vanzelfsprekend op de hoogte.'

Eervol, dacht ze. Waar hebben ze het over. Alsof mij dat iets kan schelen. Niets voor James om met inboorlingen een gevecht aan te gaan. Ze zeggen maar wat. Eervol, hoezo? Wat is er eervol aan een vechtpartij? Hoe krijg ik die kerels mijn huis uit? Ik moet naar de keuken, Charlotte halen, zij kan ze uitlaten.

Ze wilde zich omdraaien en naar de deur lopen maar haar benen weigerden. Het ging gewoon niet. Toen riep ze om de voedster, met stemverheffing. Sandwich en Stephens schrokken. Charlotte kwam haastig de kamer in.

'Wil je de heren uitlaten?' vroeg Elizabeth zacht. 'Het bezoek is afgelopen.'

Ze waren te verbaasd om haar zelfs maar de hand te drukken en slopen stilletjes achter Charlotte de gang in. In het voorbijgaan boog Sandwich zijn langwerpige paardenhoofd naar haar toe. 'Kan ik iets voor je doen? Iemand waarschuwen, de dominee misschien, een dokter?' Het leek haar het beste om helemaal niet te reageren. Toen de deur dichtviel zeeg ze neer op de lege stoel.

Zwart, dacht ze, een nieuwe zwarte jurk moet ik hebben. De gordijnen moeten dicht. Ik moet naar de jongens. Ze moeten weten wat er gebeurd is. Voor het in de kranten staat. Onmogelijk. Zelfs als ik nu in de postkoets zou springen haalde ik het nog niet. Jamie zit ergens op zee. Schrijven. Nu meteen.

Ze keek naar de tafel. Pontificaal lag het rode vest in het midden, keurig opgevouwen, het klosje zilverdraad en de naald erbovenop. Ze kon zo weer doorgaan. Of de hele schitterende ellende wegsmijten, dat kon ook.

Charlotte kwam binnen met het kind aan de hand. Wat lijkt hij op James, dacht ze, die ogen. Dat lange lijf. Benny bleef bedremmeld bij de deur staan en zoog op een houten blok. Charlotte keek Elizabeth aan.

'Is het wat ik denk?'

Elizabeth knikte. 'Gevecht. Februari. Bijna een jaar geleden.' Ze merkte dat het haar grote moeite kostte om te spreken. Charlotte streek met haar hand over Elizabeths arm. 'Wat verschrikkelijk. Al die tijd voor niets gewacht. Wat vreselijk voor je. Wat nu?'

Elizabeth haalde haar schouders op. Het kind had x-benen, zag ze. Geen gezicht. Charlotte had gelijk, ineens was het wachten afgelopen. Dan was het inderdaad de vraag hoe het verder moest. Ze hoopte maar dat Charlotte dat wist.

Tegen de avond kwam Mary met de koets uit Barking. 'Ik heb je moeder laten roepen,' had Charlotte gezegd. 'Dan zijn jullie niet alleen vannacht.'

Mary had al haar tanden laten trekken en zag er met haar ingevallen mond vreemd uit. Is ze het wel, dacht Elizabeth even, komt er een onbekende vrouw binnen die zich voor mijn moeder uitgeeft? Ze kent wel de weg in mijn keuken, ze slingert pannen op het fornuis en weet waar de boter staat.

'Je moet dat kind bij je in bed nemen,' zei Mary, 'dat helpt.'

'Nee,' zei Elizabeth. 'Benny logeert vannacht bij Charlotte.'

Ze gingen aan tafel, net als gisteren, vorige week, vorig jaar. Niemand zei dat ze goed moest eten. Ze zat met haar armen strak tegen haar maag en keek. Benny zat dicht tegen Charlotte aan en observeerde zijn grootmoeder stiekem vanuit zijn ooghoeken. Als Mary het woord tot hem richtte schrok hij en borg hij zijn gezicht in Charlottes zij. Toen ze klaar waren verdwenen voedster en kind naar boven om wat kleren te pakken.

'Je krijgt zeker bezoek,' zei Mary. 'Ze komen hun opwachting bij je maken, hoor, de heren. En hun dames. Ik ben even langs de naaister gegaan, ze komt morgenochtend. Satijn, heb ik gezegd. Het is winter. Voorlopig moet je die oude jurk maar aantrekken, van toen. Ik kijk wel even in je kast zo dadelijk. Heb je het koud? Nee, je voelt niks natuurlijk. Geen honger, geen kou, geen slaap. Zo gaat dat. Port is het toch, vind je lekker, niet?'

Ze dronk en zag zichzelf met James in dezelfde keuken zitten, half aangeschoten van dezelfde drank. Nee, ze voelde niets. Hoe ze toen naar boven waren gestommeld, voor het eerst weer samen in bed. Niets.

'Die hinkepoot,' zei Mary, 'zou die het al weten? Die staat meteen bij je op de stoep. Of is hij dood? Ik volg het allemaal niet zo.'

'Nee, dood is hij niet,' antwoordde Elizabeth. 'Hij moest weg bij de Admiraliteit een paar jaar geleden. Hij verwaarloosde zijn opdracht. James heeft ook ruzie met hem gehad. Ze hebben hem weer de zee op gestuurd, vechten tegen de Amerikanen. Maar hij vocht niet hard genoeg, volgens de Marine. Er was een krijgsraad, weet je niet? Het stond in de krant. Een krijgsraad houden ze aan boord van een schip, in een haven. Daar heerst een andere wet dan aan wal. Zo raar. Hij is vrijgesproken, maar hij werkt niet meer.'

Drinken, dacht ze, heel veel drinken zodat ik bijna ziek word en verdoofd raak en misschien, misschien kan slapen straks. Palliser. Ver weg op zijn landgoed. Slapeloos door de pijn aan zijn been. Waar zou hij aan denken, nu? De dood van James zal hem aangrijpen; een echte vriend, een vriend van vroeger valt weg en je leven versmalt zich. Schuldig zal hij zich ook voelen. Met recht.

Achter de vermoeidheid voelde ze haar woede. Ze was er te uitgeput voor en merkte dat ze zachtjes huilde.

'Vroeger,' zei ze tegen Mary, die haar vragend aankeek, 'vroeger kwam hij altijd als er een ramp was. Altijd.'

Mary vulde de glazen bij. 'Dat zal hij nu ook wel doen, kind, zodra hij het hoort.'

Elizabeth schudde haar hoofd. Niets zou meer zijn zoals vroeger.

Midden in de nacht werd ze wakker met een hevig gevoel van onrust. Mary lag naast haar in het grote bed en snurkte. Voorzichtig stond ze op. De kaars stak ze op de gang pas aan. Het is winter, het is koud. Ze schuifelde Benny's kamer in, rukte de deken van zijn bedje en sloeg die om haar schouders.

Het fornuis gloeide nog na. Ze zette de kaars op de keukentafel. Weduwe, ik ben weduwe. Een belachelijk woord. Na de dood volgde de begrafenis. Nu niet. James zou al begraven zijn, elf maanden geleden, misschien op het strand van dat pas ontdekte eiland, misschien in het water, zoals het een zeeman past. Hoe kon ze aan de jongens schrijven als ze niets wist van de toedracht? Sandwich en Stephens hadden nauwelijks iets gezegd. Gemeenplaatsen. Verhullende onzintaal voor in de krant. Morgen zou die ermee vol staan. Wat er echt gebeurd was bleef vooralsnog een raadsel.

Ze haalde pen en papier uit de kamer en begon met een korte brief aan haar oudste zoon. Er moest een bericht voor hem klaarliggen als zijn schip de haven van Portsmouth binnen zou lopen. Het was niet moeilijk. Ze schreef wat ze wist. Jamie had geen verbeeldingskracht en geen angst. Als hij zich ergens zorgen over maakte zou hij haar benaderen, simpel, zonder omwegen of aarzelingen.

De brief aan Nat was lastiger. Ze begon keer op keer opnieuw, op een schoon vel papier. Denk toch eerst na, spoorde ze zichzelf aan, maak een kladje ergens op een achterkant, een lijstje van zaken die in de brief moeten, rustig, er is nog tijd.

Je vader is overleden gesneuveld verongelukt omgekomen gestorven – er waren te veel woorden, hoe kon je daar ooit het juiste uit kiezen? De brief moest mee met de vroege postdienst, op de zeevaartschool van Nat zou het nieuws vandaag of morgen bekend worden. Het moest.

Met Kerstmis was hij thuis geweest. Hij was steviger geworden, breder. Zijn haar droeg hij kort geknipt. Hij zat in het laatste leerjaar en hoorde bij de groten. Veel had hij niet verteld. Ze hadden kerst gevierd in Barking. Nat had zijn oude vioolleraar bezocht. Voor ze het wist zwaaide ze de postkoets weer na.

*Als je het prettig vindt kom je voor een week of zo naar huis. De schoolleiding zal dat wel begrijpen als ze weten waarom het is. Oma is hier nu. Ik ben van plan in de komende dagen belet te vragen bij lord Sandwich. Hij leest nu de meegekomen journalen en ik hoop dat hij me daarna wat meer kan vertellen. Dan kan ik jou ook beter uitleggen wat er is gebeurd. Neem je viool mee als je besluit te komen.*

Ze las wat ze geschreven had. Niet aan hem trekken, dacht ze, hij is vijftien jaar, hij gaat de wereld in. Of niet, natuurlijk, hij kon ook thuisblijven en viool gaan studeren. Nee, zo moest ze niet denken. Neutraal wilde ze zijn. Nat moest zelf over zijn toekomst kunnen beslissen. Uit loyaliteit aan zijn vader zou hij zeker de opleiding willen afmaken.

Mary stommelde de trap af met de pisemmer in haar handen. Elizabeth schoot overeind en maakte de deur van de bijkeuken voor haar open.

'Ik ben dat zo gewend,' zei Mary, in het midden latend of dat sloeg op het plassen in een emmer of het zelf legen daarvan. Elizabeth keek naar de dunne grijze vlecht op de rug van haar moeder. Het was nog donker buiten.

Ze zaten bij het ronkende fornuis thee te drinken. Charlotte was even langs geweest met Benny; de logeerpartij werd verlengd, nu gingen ze naar de eenden kijken aan de waterkant, zwaai maar naar mama, naar oma, tot morgen –

'Morgen,' echode het kind, en het tuinhek sloeg dicht.

'Wat ben je van plan?' vroeg Mary.

'Niets. Ik heb de jongens geschreven. Ik zal naar Sandwich moeten. Erachter komen wat er gebeurd is. En hoe. Daarna brieven schrijven. Aan die zusters in Yorkshire.

Aan Walker. Wat deed jij toen mijn vader stierf?'

Mary keek weg. Haar mond hing een beetje open, misschien omdat ze geen tanden meer had.

'Jammer dat het niet vriest, dan kon ik een glaasje gin nemen. Dat is goed tegen de vorst. Ik ga voor je koken vandaag, dus daar hoef je niet over te denken.'

'Moeder, geef eens antwoord?'

Mary zuchtte en wreef over haar ingevallen kaken. 'Niet te vergelijken, kind. Wij hadden een gewone begrafenis. Daarna zaten we in de zaak te drinken. Te eten. Jij zat op mijn schoot, dat weet ik nog goed. Je was twee. Jouw vader was een gewone man. Jij bent met een publiek persoon getrouwd. Ze zullen je alles afpakken als je niet uitkijkt. Al zijn brieven en weet ik wat voor teksten komen in de krant en iedereen heeft een mening. Waar blijf jij dan? Zijn portret hangt bij die rijke gast boven de schouw. Waar moet jij naar kijken? Je zal het beleven, hoor. Allemaal weten ze precies hoe hij was, wat hij wilde, wat hij zei en hoe hij eruitzag. En maar tetteren over hun belevenissen, en opscheppen over hun vriendschappen. Hou toch op, wat een ellende. Als jij dat allemaal serieus neemt weet je op het laatst niet meer wat je zelf vindt, dan ga je van armoe al die verhalen geloven en raak je je eigen herinneringen kwijt.'

Elizabeth luisterde aandachtig.

'Ze hébben hun eigen herinneringen, toch? Ze missen iemand anders. De kapitein.'

'Juist,' zei Mary. 'En die kapitein kan jou gestolen worden. Kijk nou, daar begint het al!'

Jane Nelson klopte tegen het keukenraam. Ze had geen muts op. Hijgend kwam ze de keuken in, een krant tegen haar platte borst geklemd. Haar spitse gezicht zat vol rode vlekken en de tranen sprongen haar in de ogen toen ze Elizabeth aankeek.

'Banks,' zei ze, 'de huishoudster van Banks vertelde het. Ik ben meteen een krant gaan kopen. Hier.' Ze spreidde de *London Gazette* uit op de tafel.

'Dit is mijn moeder,' zei Elizabeth. 'Moeder, dit is Jane. Haar man vaart met James.'

Jane veegde de tranen weg met haar mouw. 'Hij is eigenlijk tuinman. Hij werkt in de tuinen van Kew. Hij had nog nooit gevaren.'

Mary droeg de kopjes weg zodat de tafel helemaal vrij was voor de krant. 'Tuinman,' mompelde ze, 'een tuinman op zee. Weglopen, daar zijn ze goed in.'

Elizabeth staarde naar de gedrukte tekst maar kon de letters niet scherp krijgen. Jane las haar voor, berichten in verheven taal, ging het over James? Ze kreeg geen vat op de formuleringen. Een heldhaftige strijd om de vlag tegen de onbetrouwbare wilden, die de kapitein, die weldoener der mensheid, als een god vereerd hadden maar vervolgens op slinkse wijze hadden aangevallen. Nadere berichten zouden volgen. De koning had geweend bij het vernemen van de doodstijding. De Admiraliteit was in rouw gedompeld. De Academie bezon zich op een herdenkingsplechtigheid. Een zwarte dag voor de wetenschap, voor het land, voor de vooruitgang.

Er kwam geen eind aan. Jane citeerde maar door met haar scherpe stem. Elizabeth pakte haar hand.

'Laat maar,' zei ze. 'We weten het wel. Bedankt voor de krant, lief van je. Ga je het vertellen aan de kinderen?'

Jane knikte. 'Vanmiddag. Anders horen ze het thuis. Ze zullen huilen en bang zijn. Hun vaders, weet je. En wat zullen ze het erg vinden voor jou!' Ze snikte weer.

'Port, dat kan eigenlijk de hele dag,' zei Mary. 'Altijd knap je daarvan op. Doe die krant eens weg, kind, zo kan ik niet uit de voeten.' Ze rinkelde met karaf en glazen terwijl Elizabeth de krant opvouwde en naar de kamer bracht. Daar stond ze even doodstil voor het raam.

Ze drukte haar voorhoofd tegen het kille glas. Ik moet, dacht ze. Ik moet eerst weten hoe het gebeurd is. Alles. Mijn rug is kaarsrecht. Het doet me helemaal niets. Er is iemand dood die met mij niets te maken heeft. Die mij komen troosten zijn verdrietiger dan ik. Straks komt de naaister, moet ik passen. Ze werkt als een bezetene, morgen is de jurk klaar. Doe ik hem aan als ik naar Sandwich ga. Ze zijn voorzichtig met mij, maar ik breek niet, ik voel gewoon helemaal niets.

Ze bonkte in een wiegend ritme met haar hoofd tegen de ruiten, schrok van het gonzende geluid en draaide zich om. Het vest van de stof uit Tahiti had ze vannacht naar de rand van de tafel geschoven. Ze pakte het op en vouwde het stevig in de opengeslagen krant. Met het pakket in haar armen keek ze de kamer rond. Nee, niet boven in de kast, niet achter de boeken. Eigenlijk wilde ze de tuin in, een kuil spitten onder de kwee, daar het vest en de krant in begraven. Aarde erover, schop wegzetten, handen wassen, klaar.

In de hoek bij het raam stond de kist waarin ze de verschillende journaalversies van de tweede reis had opgeborgen. Het deksel ging moeilijk open, ze moest kracht zetten. Ze tilde de papieren uit de kist en legde het pakket op de bodem. Toen dekte ze het toe met de grote vellen, gesierd met het regelmatige handschrift van James, met de potloodstrepen die ze er zelf in had aangebracht, met correcties in rode inkt door Douglas. De kist viel dicht.

*[...] Het is nacht, Frances. Aan mij is niets te merken, behalve dat ik 's nachts opsta om brieven te schrijven. Overdag zit ik in mijn nieuwe jurk van zwart satijn in de kamer om allerlei mensen te ontvangen die mij komen condoleren. Mijn moeder heeft hier haar eigen schenkerij opgezet, lijkt het wel, ze loopt af en aan met*

*dienbladen en karaffen. Volgende week gaat ze terug naar Barking.*

*Vanmiddag ben ik naar de Admiraliteit geweest. Ik had belet gevraagd bij Sandwich en werd door een koets thuis afgehaald. Ik was blij dat ik niet met de jurk in een roeiboot hoefde.*

*James heeft talloze malen in die kamer gezeten, aan die tafel, misschien op dezelfde stoel. Stephens was er ook bij, maar ik keek Sandwich aan. Hij formuleert beknopt en zegt geen overbodige dingen. James vond dat ook. Ik vroeg of ze mij wat meer over de precieze toedracht konden vertellen nu ze de journalen hadden gezien. Ze zaten allebei te knikken en te stralen van welwillendheid.*

*De reis werd vanaf het begin gekenmerkt door enorme vertragingen, begon Sandwich. De detentie van Clerke, het oponthoud bij de Kaap, de omzwervingen eer de schepen eindelijk op Tahiti aankwamen om Omai thuis te brengen – dat was nog maar het begin. Of de conditie van het schip daar iets mee te maken had, vroeg ik. Ze keken wat bescheten allebei, en gaven toe dat er steeds ingrijpende reparaties verricht hadden moeten worden. Het daarmee samenhangende langdurige verblijf, op het eiland Tonga bijvoorbeeld, was aanleiding geweest tot brutale diefstallen door de bevolking, zodat James gedwongen werd strenge maatregelen te nemen. Daar heb ik niet verder over doorgevraagd. De veestapel is van boord gebracht, deels op Tonga en deels op Tahiti. Er is een huis voor Omai gebouwd, niet op Tahiti zelf maar op een ander eiland. Alles nam meer tijd dan verwacht. Eindelijk voeren ze naar het noorden, december '78 was dat, als ik het goed begrepen heb. In die onbekende oceaan hebben ze toen een eilandengroep ontdekt waar de mensen dezelfde taal bleken te spreken als op Tahiti. Een wonder. James doopte ze de Sandwicheilanden, dat moest Sandwich er even bij vertellen natuurlijk. De mensen zelf zeiden 'Hawaii'. Ze zijn er niet lang gebleven, James wilde het tweede gedeelte van zijn instructies gaan uitvoeren en zette koers naar de kust van Noord-Amerika om vandaaruit door de Beringstraat naar de noordelijke doorgang te zoeken. Je moet er een kaart bij pakken, Frances, of de wereldbol, want het duizelt je van de plaatsen en richtingen.*

*Er was geen doorgang. Er was ijs, ijs en nog meer ijs. James voer terug naar Hawaii, dat leek hem een geschikte plaats om na de ontberingen van de poolzee op krachten te komen. Voor ze tot een landing overgingen omzeilden ze het hele eiland om de kust compleet in kaart te brengen. Dat zal de bemanning niet leuk hebben gevonden, maar het heeft een fraaie kaart opgeleverd, zei Sandwich. Eenmaal aan land werd James als een koning binnengehaald en als een god vereerd. De schepen met hun uitgeputte bemanning kregen alle medewerking. Ze bleven een week of drie. James werd meegesleept naar allerlei plechtigheden. Watman, die oude matroos op wie James zo gesteld was, stierf en werd op het eiland begraven. De zeilmakers en de timmerlieden werkten dag in dag uit. Iedereen deed zich tegoed aan zwijntjes en suikerriet.*

*Ik zat te luisteren en te knikken. Schiet eens op, dacht ik, kom nu toch eens ter zake. En dat deed hij.*

*De schepen vertrokken op 4 februari 1779 voor een nieuwe poging om de noordelijke doorgang te vinden. Sandwich haalde een papier te voorschijn. Het was een brief die James in oktober 1778 aan hem geschreven had en die hij op het eiland Unalaska aan de gouverneur had gegeven, een Rus, meen ik. James schrijft dat hij niet veel hoop heeft dat er een doorgang is, dat hij nog voor één jaar proviand heeft en van plan is die tijd te besteden aan het verbeteren van de geografie. De handen van*

*Sandwich trilden. De brief was een week voor de doodstijding binnengekomen. Ik zag het handschrift dat ik zo goed ken en besefte ineens dat de tafel waaraan we zaten helemaal leeg was. Geen logboeken, geen brieven, geen kaarten. Ja, wat je niet meeneemt de kamer in kan je ook niet laten zien. Ik vroeg ernaar, het kon me niet schelen wat ze van me dachten.*

*De papieren werden uitgebreid bestudeerd, zei Stephens, door verschillende deskundigen. Ze waren niet beschikbaar. Ik dacht dat ze mij misschien wilden beschermen tegen bloedige getuigenverslagen van de moord en daarom de dagboeken van Clerke en de officieren van me wilden weghouden. Maar het journaal van James? Wat kon daar nou voor ergs in staan? Ik begon daarover en Sandwich gaf me gelijk. Er stond niets in. Het hele verblijf op Hawaii was door James niet beschreven. Zijn aantekeningen stoppen op 17 januari. Ik was verbijsterd.*

*Ondertussen vertelden ze door, in beurtzang. Vertrek op 4 februari. Zwaar weer. Tegenwind. Toch doorzetten. Dan versplintert de fokkenmast van de* Resolution *in een storm. Op de elfde waren ze weer terug. Mast aan land gebracht, timmerwerkplaats ingericht, handel in varkens en kokosnoten hernomen. Deze keer schermutselingen met de bevolking, er werd gestolen en er was geen spoor van de verering die de expeditie bij het eerste bezoek ten deel was gevallen. De mannen werden gedwongen op de dieven te schieten omdat die dreigden zich aan de klok te vergrijpen. Er hing een grimmige sfeer.*

*James was altijd uiterst terughoudend met vuurwapens. Als hij al liet schieten was het met hagel. Bij ernstige diefstallen had hij een andere strategie: hij nam de vorst of de hogepriester in gijzeling en wachtte rustig samen met de gijzelaar in de grote kajuit af tot er een kano langszij kwam om de gestolen goederen terug te brengen. Het werkte altijd.*

*Nu ga ik je vertellen wat er is gebeurd, Frances. Op de dertiende februari was er ruzie, er werd gereedschap gestolen en de matrozen die de watertonnen vulden kregen stenen naar hun hoofd. Het plaatselijke opperhoofd wist rust te brengen. De volgende ochtend bleek de sloep van de* Discovery *gestolen. James liet zich aan land roeien met een stel mariniers. Hij liep de nederzetting in, hij was van plan het opperhoofd te gijzelen. De man maakte zich gereed om mee te gaan, hij kende James en was op hem gesteld. Zijn twee zoontjes nam hij mee. Ze hoorden schoten aan de andere kant van de baai, er ontstond verwarring, onrust, protest. Ineens was James omringd door schreeuwende eilanders en besloot hij naar de sloep terug te lopen. Iemand viel een van de mariniers aan, een ander bedreigde James met een dolk. Er werd geschoten. James gaf bevel om aan boord te gaan en wenkte de sloep naderbij; de luitenant in de boot begreep het niet en begon van het strand af te roeien. De meute drong op maar James liep langzaam en doelgericht de branding in. Iemand sloeg hem met een knots tegen zijn achterhoofd – Sandwich excuseerde zich, zo pijnlijk, zo erg, zei hij, zijn stem klonk dun en haperde –, James viel, kreeg een dolkstoot, richtte zich nog op, zijn gezicht naar de sloep gekeerd; hij werd ondergeduwd, een kluwen inboorlingen stortte zich op hem met messen en stenen. De sloep voer terug. Vier mariniers en James bleven achter op het strand. Het was pas even na achten, de dag moest nog beginnen, het hele incident had nog geen uur geduurd.*

*Het werd stil in de bestuurskamer. Sandwich snoot zijn neus en Stephens keek naar de grond. Ik had het gevoel dat ik naar mezelf zat te kijken, de hele tijd zweefde ik ergens in een hoek van het vertrek en zag ik een vrouw in een zwarte jurk rechtop tegenover twee heren zitten. Ik kon niet goed voelen dat ik dat was.*

*Clerke wilde geen wraak nemen, het had geen zin, het kwaad was al geschied. Trouw aan James verplichtte hem zo snel mogelijk naar het noorden te varen om de opdracht af te maken. Sandwich versnelde zijn verteltempo, ze dachten zeker dat het onderhoud wel lang genoeg had geduurd, maar ik was met mijn gedachten nog op het strand van Hawaii en vroeg naar de begrafenis.*

*Stephens nam het woord. Clerke had dagenlang onderhandeld over het uitleveren van de gesneuvelden. De kapotte mast was ijlings aan boord gebracht, de mannen werkten aan de reparatie op het overvolle voordek. Begrafenis, zei ik. Hij schraapte zijn keel. Uiteindelijk werden de 'stoffelijke resten' van kapitein Cook door de priesters in processie plechtig naar de waterlijn gebracht en aan Clerke overgedragen. Op 21 februari, laat in de middag, kreeg James een zeemansgraf in de baai. De dag daarop vertrokken de schepen.*

*Stephens begon een lofzang op James. Sandwich onderbrak hem met mededelingen over mijn pensioen. Ik krijg een uitkering van de koning, weduwegeld van de Marine en nog veel meer. Ik ben een rijke vrouw, Frances. Het drong nauwelijks tot me door, ik dacht nog na over de woordkeus van Stephens: stoffelijke resten. Er was iets vreemds mee aan de hand, iets wat me niet duidelijk werd. Mijn man is 'stoffelijke resten' geworden, dacht ik, en is met een plons in de oceaan verdwenen. Verder denken dan die plons kon ik niet. Nog steeds niet.*

*Na het gesprek voelde ik me zo intens moe dat ik bang was flauw te vallen. Ik werd thuisgebracht. Ik ben gaan liggen. Ik viel in slaap.*

*Het begint te dagen buiten. Ik kan je niet vertellen*

*hoe het met me is; dat weet ik zelf niet. Ik ga mijn pen neerleggen en omhels je, lieve Frances.*

De brief had haar uitgeput maar zorgde ook voor enige orde in haar hoofd, zodat ze nog even kon slapen. De geur van koffie wekte haar. Het kind moet terug, was haar eerste gedachte. Zijn plaats is hier, hoe erg dat ook is. Ik ga voor hem zorgen, in elk geval ga ik bij hem zijn, in dezelfde kamer. Ik ga hem voorlezen, over zijn vader vertellen, zijn broers. De dood in huis brengt je tot goede voornemens die nooit ten uitvoer worden gebracht omdat je zo onvoorstelbaar moe bent. Je moet het leven juist vereenvoudigen als de dood komt, je moet elke dag hetzelfde eten, steeds dezelfde kleren aantrekken en alle mensen die je vermoeien de deur wijzen. Ik kan beter Charlotte voor het kind laten zorgen. Maar hij slaapt voortaan hier.

Benny keek haar schrikachtig aan toen ze beneden kwam. Hij zat op schoot bij Charlotte. Ze bekeken de gravures in het reisjournaal dat voor hen op de keukentafel lag.

'Ik probeer het hem uit te leggen,' zei Charlotte, 'maar ik weet niet of hij het begrijpt. Waar is papa, Benny?'

'Weg met de boot.' Hij legde zijn vinger op een afbeelding van de *Resolution*, voor anker in een baai bij Tahiti. Op de voorgrond voeren inlanders in kano's en boten met smalle, hoge zeilen; je zag een halfnaakte moeder met een kind, je zag golven en majesteitelijke bergen maar Benny keek aandachtig naar een dikke haan op een vlonder. 'Kip? Kip?'

'Waar is Mary?' vroeg Elizabeth. Voortdurend vragen naar de verblijfplaats van iets of iemand was misschien ook een gevolg van het binnenkomen van de dood, die je onzeker en ongerust maakte. Voor er antwoord kwam stommelde haar moeder de keuken binnen. Ze stootte de deur open met haar achterwerk en klemde een houten vaatje in haar armen.

'Gin,' zei ze. 'Van hiernaast. Je woont naast een ginfabriek, weet je wel. Ik heb maar eens even contact gelegd, ze zien jou nooit zeggen ze. Die opzichter is een geschikte kerel. Hij gaat aan mij leveren. Dit is een relatiegeschenk. Heb je lege flessen? Reuze handig om een voorraadje gin te hebben staan als je veel bezoek krijgt. Geef eens een trechter, dan maak ik de boel in orde.'

Mary begon zorgvuldig de drank in flessen over te gieten. Charlotte prevelde zacht tegen Benny over kokosnoten en bananen. Wat doe ik hier, dacht Elizabeth, dit is mijn huis, mijn keuken. Mijn man is neergesabeld door wilden, is verdronken en doodgestoken aan de andere kant van de wereld en hier zitten we verhaaltjes te vertellen en drank op te slaan. Buiten hangt mist, al dagen, je kan het eind van de tuin niet zien. Bestaat dit wel? Het voelt niet als echt. Misschien zijn wij hier ook niet meer dan een verhaal.

Mary nam een proefdronk en smakte goedkeurend. 'Je boft met zulke buren! Je zou meer moeten drinken, je ziet pips.'

Ze reikte Elizabeth een glas aan. De gin had een lichtgelige gloed en verspreidde een intense foezeldamp. Ze pakte het glas en zette het op tafel. Je kon veel beter overal ja op zeggen en vervolgens niets doen, dan onderhandelen en strijden. Krachten sparen.

Het dienstmeisje kwam binnen met de post. Brieven, brieven, brieven. Douglas bood in verfijnde, beschaafde woorden zijn medeleven en zijn hulp aan. James' zuster Margaret klaagde in een haast onleesbaar woest handschrift over het verlies van de beroemde broer die ze nauwelijks had gekend, zo kort na de dood van hun vader, en koud dat het was, zij en haar zuster zagen uit naar de afwikkeling van het testament want zij leefden in armoede – Elizabeth legde de brief vermoeid terzijde.

Er was een kort bericht van Nat: *We moesten allemaal naar de aula en meester vertelde over kapitein Cook. We gingen zingen en stilte houden. Daarna speelde ik op de trompet. Ik was niet zenuwachtig. Wel bij de toespraak. Ik dacht dat iedereen naar mij keek en werd helemaal heet. Jamie is op zee, hij weet nog niets en dat vinden ze zielig. Mama, ik denk niet dat ik thuiskom, het is straks examen en ik blijf liever hier, dan kom ik tegen de zomer naar jou toe. De hoed van papa die ik op had met de sneeuw, is die bij jou? Wil je hem sturen? Doe de groeten aan oma (heel erg) en Benny. Schrijf je mij nog eens?*

De notaris schreef formele condoleances en nodigde haar, samen met haar 'wettelijke vertegenwoordiger of raadsman', uit voor een onderhoud om de wilsbeschikking van James te bespreken. Raadsman, dacht ze, vertegenwoordiger? Ben ik niet goed bij mijn hoofd, kan ik niet mezelf vertegenwoordigen, kan ik zijn taal niet begrijpen? Wat een verwaand portret, hij zal nog opkijken als ik met mijn papieren aan kom zetten, als blijkt dat ik kan lezen.

In de grote kamer was het stil en koud. Ze ordende de correspondentie: de notarisbrief bij het testament, Douglas op de condoleancestapel. Die moest ze gaan wegwerken binnenkort, een sober en afdoende antwoord bedenken. Komt wel, dacht ze, niet nu. Ze aarzelde met de brief uit Yorkshire in de hand en legde hem uiteindelijk op die van Douglas. Geen haast. De brief van Nat moest op tafel. De hoed zoeken. Antwoorden.

In de kast met de stapeltjes lagen bergen papieren van James. Vluchtig ging haar blik eroverheen. Zijn briefwisseling met Sandwich, met Douglas, met Walker, Banks, Forster. De lijsten met bemanningsleden, met voedsel, met instrumenten, met dieren. Enorme hoeveelheden papier van een levende man met plannen, gedachten, ideeën. Ze zou het allemaal door haar handen moeten laten gaan, blad voor blad, regel voor regel. De brieven aan haarzelf had ze apart gelegd in een lade, ze trok hem uit en zag de laatste, verontrustende brief met het ontsporende handschrift en de niet-bestaande datum. Geheim, dacht ze, niemand mag dat zien. Nooit. Even verlangde ze ernaar om alles te vernietigen, weg met de belastende, de verwarrende informatie, zodat ze alleen haar eigen geheugen zou hebben om James in te bewaren zoals hij was geweest. Ze duwde de lade dicht en sloot de kast. Ze had er geen idee van hoe hij was geweest. Ze moest nog maanden, nog jaren studeren in al deze getuigenissen, nog nachtenlang nadenken, ellenlange wandelingen maken om erachter te komen wie haar man was. Geweest was.

Er is niets veranderd, dacht ze, hij is nog steeds weg zoals hij de voorbije drieënhalf jaar weg was, er zou niets veranderd moeten zijn en toch heeft één bericht, één bezoek gemaakt dat de kamer er onherkenbaar uitziet, dat de kast volstrekt nieuwe gedachten bij me oproept en dat ik mezelf niet meer herken. Toen Banks hier een paar dagen geleden in de kamer zat, met Solander als een trouwe hond aan zijn zijde, gedroeg ik me zoals ik me nog nooit gedragen had. Ik knikte beamend bij al hun lofzangen, mijn instemming met hun elegie kwam fijn als gemalen poppenstront over mijn lippen – het was me aan te zien dat de verering van mijn echtgenoot mij goeddeed. Weldoener van de mensheid. Sieraad van het koninkrijk. Voorvechter van de wetenschap. Goede herder voor zijn mannen. Wijs, bedachtzaam, onzelfzuchtig. Het gemis is een open wonde.

Het kon niet op. Solander klemde een zakdoek tussen zijn worstvingers. En zij maar knikken en zwakjes glimlachen op de juiste momenten. Geen traan, geen onvertogen woord. Een perfecte weduwe-van-groot-man had ze neergezet. Vrijwel zonder moeite ook.

Ik verlies mezelf, dacht ze, ik speel zo goed een ander dat ik het spoor naar binnen bijster raak. Het moet. Hoe meer ik ze gelijk geef, de aanbidders, hoe eerder ze mij met rust zullen laten, met James alleen zullen laten. Ik bescherm hem tegen zijn vereerders. Aan missen kom ik niet toe. Het is niet aan de orde. Als ik iemand mis is het Elly. Twaalf, bijna dertien zou ze zijn, nu. Jamie en Nat kennen haar nog, die waren acht en zeven toen ze stierf. James heeft haar maar een krap jaar meegemaakt. Wie denkt haar elke dag weer in leven? Frances? Mary? Je kan het niet vragen van mensen. Je moet het zelf doen. Een dagtaak is het. Maar wie moet ik gedenken als ik James gedenk? Niet de James van Banks, van Sandwich, van de koning. Wie dan wel?

Ze hoorde dat er weer bezoek kwam, stemmen op de gang, geschuifel bij de kapstok; ze zat klaar, ze transformeerde zich tot openbare weduwe en wachtte. Er kwam niemand. Er moest iets aan het haardvuur gebeuren, het was veel te koud om iemand te ontvangen. Ze zuchtte, rechtte haar rug en liep naar de keuken.

Hugh Palliser zat naast zijn petekind aan tafel kippen te tekenen op een stuk pakpapier. Mary proefde de nieuwe gin op een bankje naast het fornuis en Charlotte stond met de armen over elkaar tegen het aanrecht geleund.

'Het vuur is uit,' zei Elizabeth.

Palliser stond op, steunend op het tafelblad, greep naar zijn stok en wilde iets zeggen.

'Het is gewoon steenkoud daar. Ik weet niet – kan jij er iets aan doen, Charlotte?' De woorden bleven stromen; Palliser kwam er niet tussen. 'Er ligt nog droog hout in de bijkeuken, denk ik. Misschien moet je hem eerst uitvegen, de haard bedoel ik, het is een enorme troep, zo te zien.'

Charlotte bond een schort voor en stapte met de asemmer de keuken uit.

'Kip?' vroeg het kind. Niemand antwoordde.

'Ik hoop dat je me niet kwalijk neemt dat ik onaangekondigd aan kom zetten,' zei Palliser uiteindelijk. Elizabeth zweeg. Zou ze geweigerd hebben hem te ontvangen? Ze wist het niet. Ze keek hem aan. Asgrauw gezicht, tranende ogen, pijnlijk vertrokken mond. Wat moest ze doen? Er was geen vertrek in huis waar ze zich met hem kon terugtrekken. Wegsturen ging ook niet. Ze stonden aan weerszijden van de tafel, vluchtig ademend, in afwachting.

'We gaan naar buiten,' zei Elizabeth. 'Moeder, let jij zolang op Benny?'

Mary schrok op uit haar mijmeringen en knikte.

'Waterkoud,' zei ze, 'doe iets aan. Je wordt kletsnat, alleen van de lucht al. Hier, neem mijn lap.'

Ze rukte de bontgekleurde doek van haar schouders en propte hem Elizabeth in de handen, die er verbluft mee de gang in liep. De stok van Palliser tikte achter haar op de plavuizen.

De mist was zo dik dat die zich als een vettig vel op haar gezicht legde. De boomstammen glommen alsof ze met olie waren ingesmeerd. Ze keek voor zich uit en wandelde in snel tempo door de modderige straat. Naast haar hinkte Palliser, buiten adem. Ze wist het maar trok zich er niets van aan. Als hij maar niet, dacht ze, als hij nu maar niet ook ging vereren en verafgoden. Ze kon niet met hem spreken, maar áls ze met hem sprak moest het echt zijn, niet sentimenteel, niet volgens de conventies, niet, nooit zoals ze met anderen sprak. Hij hijgde. Haar satijnen jurk sleepte door de plassen. De geruite paardendeken van Mary leek een juk dat op haar schouders drukte.

'Sta eens stil,' zei Hugh, 'ik houd dit niet vol.'

Ze stopte abrupt en draaide haar natte gezicht naar hem toe. 'Nou én?! Hoe denk je dat ík het volhoud?'

Hij bracht zijn vrije arm omhoog als om haar aan te raken maar liet hem langs zijn lichaam terugvallen.

'We kunnen naar The Prospect of Whitby. Daar zit je om deze tijd wel rustig. Dan gaan we hier de hoek om.'

'Aan het water! Met uitzicht op die ellendige dokken aan de overkant! Hoe haal je het in je hoofd?'

Ze stapte door, iets meer ingehouden. Kleine, strakke pasjes nam ze, geladen met geweldige spanning.

'Wat wil je dan?'

'Weet ik niet. Jij komt míj bezoeken. Ik wil niets.'

'Ja,' zei Hugh. 'Ik kom je bezoeken want je man is dood, je wordt lastiggevallen door heren die hun opwachting bij je maken, je moet van alles regelen en overal aan denken. Ik kom kijken hoe het met je gaat, hoe mijn petekind eraan toe is, of ik je kan helpen. Ik kom om je te laten merken dat ik aan je denk. Dat ik met je meeleef. Zo is het. En ik zou dat liever doen in een goed verwarmde kroeg dan op deze koude straat.'

'Wat jij liever zou doen interesseert me niet. Als het je niet aanstaat loop je maar weg. Daar ben je toch zo goed in?'

'Doe nou eens rustig. We zijn nat. Geef me een arm, dan loop ik beter. We hebben hier in de buurt vaker gezeten, ergens, toen hadden we ook ruzie. Kom mee.'

Hij klemde haar arm stijf tegen zich aan. Net als toen, dacht ze, ruim vier jaar geleden. Ik was zwanger. Hij zou James thuishouden. Ik rekende op hem.

Ze zaten in dezelfde hoek. Dezelfde waard schonk hun dezelfde warme wijn in. Elizabeth drapeerde de monsterlijke lap van haar moeder over de stoelleuning en keek Hugh aan.

'Eigenlijk kan ik het niet geloven,' begon hij. 'Het dringt niet echt door dat James er niet meer is. Misschien als de schepen binnenvaren zonder hem. Ik denk er steeds aan hoe het voor jou moet zijn, die leegte waar je aan gewend bent maar die plotseling permanent is geworden. De jongens die geen vader meer hebben. Alles is ineens anders. Nooit meer samenwerken met hem. Onvoorstelbaar. Ik ben natuurlijk al jaren weg bij de Admiraliteit, ik zou helemaal niet meer met James samenwerken. Mijn leven was al veranderd, na die mallotige krijgsraad. Ik woon alleen nu, meestal in Chalfont. Ik vind het prettig op het land; als ik in de erker zit kijk ik uit over het park. Gras, hier en daar een donkere beuk en als je geduldig wacht zie je een hert. Mijn vrouw is opgenomen in een rusthuis. Het gaat daar beter met haar. Dat wist je nog niet. Ik wou dat je eens op bezoek kwam, je zou misschien kunnen uitrusten bij mij. Je ziet er opgejaagd uit.'

Hij wreef over zijn gezicht en keek haar tersluiks aan, steeds zijn ogen weer afwendend.

'Ze hebben me eruitgezet, Sandwich en Stephens. Van de ene dag op de andere werd ik uit mijn functie, míjn werk geknikkerd. Ik mocht me niet meer op de werf vertonen en ze lieten mijn kantoor ontruimen. Ze gaven me een schip onder mijn kont en ik moest de oceaan weer op, zoals vroeger. Nou ja, je weet hoe dat is afgelopen. Na die juridische schermutselingen had ik er zelf geen zin meer in, hoewel ik gelijk had gekregen. Ze moesten me iets aanbieden, Greenwich werd het. Ik had er geen zin in. Toen hebben ze me zogenaamd eervol ontslagen. Het steekt me als die oude wond, weet je dat? Ik had moeilijkheden in het jaar dat James zijn reis voorbereidde. Ze hadden geen enkel mededogen. Ontslag. Weggewerkt.'

Hij schudde zijn hoofd.

'Wat zit ik over mezelf te praten. Ik moest het even kwijt. Jij zit er niet op te wachten. Neem me niet kwalijk, Elizabeth. Wil je me vertellen hoe het met jou is, hoe het met je kinderen is, wat je nu denkt? Alsjeblieft? Je jongste is zo groot geworden. Hij heeft iets van James in zijn gezicht. Vind je dat prettig of juist niet, Elizabeth?'

Ze strekte zich en begon zachtjes te praten. Ze hoorde hoe vlak en kleurloos haar stem klonk; ze zag haar handen in haar satijnen schoot liggen alsof ze van een ander waren.

'We noemen hem Benny. Hij is een rustig kind. Meestal zorgt Charlotte voor hem, dat is zo geworden. Ik moet nog steeds aan hem wennen. Hij is wel aan Jamie gehecht, die komt vaak thuis tussen zijn reizen door. Ik geloof dat Benny hem en James door elkaar haalt, of als dezelfde persoon ziet. Weg op de boot, en dan ineens weer terug. Hij snapt er niets van. Ik hoop dat Jamie snel terugkomt. Hij weet nog niets. Nat wel, ik heb hem meteen geschreven.'

'Ook over de toedracht?'

Ze keerde haar gezicht naar hem toe. 'In grote lijnen. Een beetje. Ik wil hem geen angst aanjagen. Eigenlijk zou ik hem voor die ellendige zee willen behoeden, maar ik mag hem niet beïnvloeden. Hij moet zelf beslissen.'

'Hij komt wel,' zei Hugh. 'Hij komt thuis en gaat weer muziek maken. Weet je zelf wel wat er precies is gebeurd? Wat hebben ze je verteld? Heb je journalen gezien?'

'Nee. Ja. Er is een journaal van James, over de reis zelf natuurlijk. Ze hadden het niet voorhanden en vertelden er ook weinig over. Het was niet aan de orde. Na de moord heeft King het journaal overgenomen. Zijn verslag is ook opgestuurd, met een lange brief van Clerke, begreep ik. Eigenlijk weet ik niet wat er gebeurd is. Waarom een landing die honderd keer goed is gegaan nu zo faliekant is misgelopen. Ik weet wat er in de krant stond, dat James werd verheerlijkt en bewonderd door die mensen daar. Waarom ze hem dan vermoord hebben, kan ik niet begrijpen. Hij had ook nog tien mariniers bij zich. Moet je je voorstellen, in die felrode jassen.'

De zon, dacht ze, nog niet verzengend maar behaaglijk. Geluid van roeispanen in het water. Een vogel. James vastbesloten turend naar het strand, geërgerd over het vervelende begin van de dag. In gedachten al bezig met het vertrek. Nog even de gestolen sloep terughalen, de gerepareerde mast oprichten en dan de zeilen hijsen. Ze drong haar tranen uit alle macht terug.

'Wij zien het verkeerd,' hoorde ze Palliser als uit de verte zeggen. 'Wij bezitten de beschaving en daarom denken we dat de inboorlingen blij zijn als wij komen. We brengen hun geschenken die we zelf fantastisch vinden: leren schoenen, orde en regelmaat, bonenstaken op een rij in omgespitte aarde. De zeekaart. Het geschreven woord. Zij laten ons in die waan door als dolle kinderen op onze spullen af te zwermen. Met gevaar voor eigen leven stelen ze zijden kousen weg van onder ons hoofdkussen. Uniformknopen, ijzeren tangen, een kompas, een koevoet – alles willen ze hebben. De andere kant zien wij niet. We ondermijnen het gezag van hun opperhoofd met onze almachtige vuurwapens. We verwachten dagelijkse levering van varkens, loopvogels en bananen – we vreten hún voorraden op. We vrijen met hun vrouwen en verstoren hun sociale orde. Denk je eens in wat we daar achterlaten als we wegvaren. Kapotte huwelijken, lege akkers, onttroonde machthebbers, halfblanke kinderen. Daar denken wij niet aan. Geen wonder dat ze vijandig worden. Angst voor onze kogels is het enige wat die vijandigheid intoomt. Het is niet vreemd dat het uit de hand loopt. Het is eerder wonderlijk als het goed gaat.'

Elizabeth wiegde heen en weer. Ze duwde haar vingers tegen het gladde satijn over haar ribben en hield zichzelf stevig vast. Waarom moet ik hiernaar luisteren. Hij komt me helpen, zegt hij, maar het enige wat hij doet is klagen over zijn ontslag en zeuren over het nut van de expedities. Wat heb ik daaraan? Het lijkt of hij meters van me vandaan zit, ver weg, ik versta hem nauwelijks. Als hij naast me gaat zitten wordt alles anders. Ik weet het. Dan komt er troost.

Plotseling stond ze op.

'Ik ga.' Ze greep de doek en beende naar de uitgang. Palliser hees zich overeind, smeet wat munten op tafel en hinkte achter haar aan.

In de motregen ademde ze op. De straatstenen glommen in het gouden licht dat onder de grijze wolken uit kierde. Midden op straat bleef ze staan. Ze draaide zich naar Palliser toe.

'Jij,' zei ze, 'jij. Mijn zogenaamde vriend. Mijn beschermer, bij wie James met een gerust hart zijn gezin achterliet. Ik rekende op jou, vier jaar geleden. Je hebt me zonder aarzelen laten vallen, druk als je was met knipmessen voor Sandwich. Ik heb geprobeerd het te begrijpen, je te vergeven. Maar ik kan mijn zoon niet aanspreken met jouw naam. Toch wilde ik je niet kwijt. Ik deed mijn best. Maar nu, Hugh Palliser! Nu heb je mij verdomme voor de tweede keer belazerd! Je hoeft niet zo verbaasd te kijken. Ik vloek als jouw mariniers, ja. Het is jouw schuld, wat er gebeurd is. Omdat jij te laks was om toezicht op de werf te houden moest James de zee op met een kapot schip. Radeloos schreef hij me vanaf de Kaap, de verse voorraden vernield door lekkage, de lijnen geknapt, katrollen gebarsten. Aan het begin van de reis!

Door jouw plichtsverzuim moest hij overal te lang blijven om die lekke schuit weer op te lappen. Als jij gezorgd had voor goed materiaal had hij nu nog geleefd. Die broze rotmasten die jij op dat schip liet zetten knapten in de minste storm. Dáárom moest hij terug! Dáárom hebben ze hem doodgeknuppeld! Hoe haal je het in je hoofd om tegen mij te klagen dat ze je slecht behandeld hebben, om een beetje slap te filosoferen over machtsvertoon. Om mij te willen helpen! Hoe krijg je het over je lippen. Van iemand die mij tot twee keer toe zo schaamteloos in de steek heeft gelaten accepteer ik geen hulp. Nooit!'

Ze schreeuwde en stampvoette. Tranen van woede liepen haar over de wangen.

Toen smeet Palliser zijn stok tegen de grond. Het zilveren beslag tinkelde op de stenen. Hij deed twee passen, pakte haar met een ijzeren greep bij de schouders en schudde haar door elkaar.

'Nu moet je ophouden en eens even naar míj luisteren.'

Ze keek in zijn verbeten gezicht en slikte van schrik haar woorden in.

'Je hebt gelijk dat je mij laksheid verwijt. Ik heb mijn taken in Deptford niet naar behoren uitgevoerd. Je teleurstelling dat James tegen onze verwachting, onze hoop in toch vertrok is volstrekt logisch en begrijpelijk. Maar deze extreme woede heb ik niet verdiend. Ik accepteer dat ook niet. Jij vergeet één ding: James was er óók nog! Je doet of hij een willoze speelbal was, overgeleverd aan de listen en wensen van de Admiraliteit, van de koning. Maar zo was het niet, Elizabeth. Hij was er zelf bij. Op grond van zijn status kon hij zich alles veroorloven. Hij had beter naar zijn materiaal kunnen kijken als hij dat gewild had. Hij had kunnen weigeren om met een schip in die conditie de zee op te gaan. Zelfs op de Kaap had hij nog nee kunnen zeggen. Hij heeft dat niet gedaan. Hij ging door. Híj.'

De warmte van zijn handpalmen drong in haar schouders. Ze voelde zijn duimen over haar sleutelbeenderen strijken.

'Je verwijten aan mij zijn rechtvaardig. Ik trek me dat aan. Maar dat je zó boos bent heeft een andere oorzaak. Hoe kan je woedend zijn op iemand die zo wreed aan zijn eind is gekomen? Dat is niet te doen; daarom ga je tegen mij tekeer. Je bent razend op je eigen man. James heeft je verlaten, niet ik.'

Ze hoorde de druppels van de boomtakken vallen. Ze voelde zijn adem tegen haar voorhoofd, heet. Hij heeft gelijk, dacht ze, het is niet te doen. Ze draaide zich om en rende met klepperende schoenen en wapperende rokken naar huis.

# 10

*Stepney, 1 november 1780*

*Geachte mevrouw McAllister,*

*Mijn naam is Jane Nelson. Neemt u mij niet kwalijk dat ik u zomaar benader. Ik schrijf namens en over uw vriendin Elizabeth Cook. Zij is ook míjn vriendin. Mijn man zeilde op het schip van onze betreurde kapitein. De schepen zijn vorige maand na een reis van ruim vier jaar in Londen binnengevaren. Maar daarover gaat mijn brief niet. Mevrouw Cook, Elizabeth dus, en ik raakten bevriend. Wij drijven al jaren een schooltje voor behoeftige zeemanskinderen. Misschien schreef zij u daarover. Zij kan prachtig voorlezen.*

*Ik vraag uw advies. Ik moet u een nieuwe onheilstijding melden. U weet denk ik wel dat Nathaniel deze zomer zijn opleiding aan de zeevaartschool heeft afgesloten, met goede getuigschriften. Zijn hart lag niet bij de zeevaart. Hij was van plan om weer thuis te komen en zijn vioolstudie op te pakken. Elizabeth was daar blij om. Maar nu!*

*Nathaniel was ingedeeld bij het Marinestation in West-Indië, na de zomer. Zijn eerste echte aanstelling. Trompettist en matroos. Uit respect voor de nagedachtenis aan zijn vader wilde hij die verplichting nakomen. Met Kerstmis zou hij dan zijn contract verbreken, dan zou het varen voor hem voorgoed voorbij zijn.*

*Voor zijn vertrek was hij nog een paar dagen bij zijn*

*moeder. Hij was opgelucht over zijn toekomstplannen. Maar ook opgewonden over de reis, hij was nog nooit zo ver weg geweest. Als zij kon zou Elizabeth u zeker zelf schrijven. Wij hebben gelukkig hulp van Charlotte, die als een moeder voor Benny zorgt. Er was een orkaan. Op 2 oktober. Dertien schepen zijn vergaan voor de kust van het eiland Jamaica. Iedereen verdronk. Hij was pas vijftien jaar. Ik schrijf u om het te vertellen. Het bericht kwam tien dagen geleden. Sindsdien ligt zij boven. Zij eet niets. Zij wil niets. Zij leest de brieven niet die voor haar bezorgd worden. Ik maak ze open en lees ze haar voor. Het lijkt of ze het niet hoort. Ik hoop dat ze luistert als er een brief van u komt. Vergeef me dat ik zo rommelig schrijf. We weten ons hier geen raad. De moeder van Elizabeth kan niet komen. Zij houdt het bed in Barking, waar zij woont. Ze was erg aan Nat gehecht. Zij is een oude vrouw, het is te veel. Mijn vraag is: wilt u een opwekkende brief schrijven, dat ze moet eten en opstaan en naar buiten gaan? Zal ik meneer Palliser laten komen? Vindt u dat een goed idee? De officiers van de teruggekeerde schepen hebben zich hier laten aandienen, meneer Burney en meneer King. Ze wilden natuurlijk over de kapitein praten. Maar dat gaat nu niet heb ik gezegd. Zij had er wel naar uitgezien, Elizabeth bedoel ik, naar de terugkeer van de schepen, om meer te horen over de dood van meneer Cook. Nu is alles anders geworden. Als ze maar iets wilde eten! De dokter komt elke dag. Hij geeft haar laudanum tegen het verdriet. Dan kan ze even slapen. Ik hoop dat u snel schrijft en dat u mij mijn verzoek vergeeft. Uw adres schrijf ik over van een oude enveloppe. Met verschuldigde eerbied en de warmste groeten, uw Jane Nelson.*

PS *Ik vergeet te informeren of het u en uw man goed gaat. Omdat de brief nu weg moet kan ik hem niet nog eens overschrijven. Ik moet hem nog aan haar voorlezen. Ik wil niets buiten haar om doen. Het is moeilijk. Het spijt mij. Het is niet beleefd. Met verontschuldiging, uw Jane N.*

Meestal had ze haar ogen dicht. Het geflakker van de kaars en de verschuivende schaduwen hinderden haar. Ze bewoog zo weinig mogelijk, ze had haar lichaam neergelegd op de matras, de benen naast elkaar, de armen gekruist over haar borst – zo liet ze de ledematen liggen tot ze ze eigenlijk niet meer voelde. Haar hoofd lag opzijgebogen tegen het kussen, het gezicht naar het raam gewend. Ze keerde in zichzelf in, alsof ze wilde inventariseren wat zich daar bevond nu haar heerschappij over de dingen buiten haar was vernield. Het leek op zwemmen onder water, waarbij ze zichzelf met kracht naar de bodem stuurde. Kin op de borst. Was het goed dat Nat niet kon zwemmen, had het hem een lange doodsstrijd bespaard? Nee, nee, niet naar de waterspiegel, weg van het licht. Ze hoorde zichzelf een dierlijk gekreun uitstoten, weerzinwekkend. Toen dook ze weer onder, het was zomer en ze zat in de tuin met haar zoons. Benny zat op schoot bij zijn oudste broer, die in een schetsboek aan het werk was. Het smalle kinderlijf leunde tegen de borstkas van Jamie. De jonge zeeman nam zijn taak ernstig op en tekende geconcentreerd een keur aan hoenderachtigen voor het kind. Wat een merkwaardige belangstelling, had Elizabeth gedacht, een jongetje op die leeftijd heeft het toch over hooiwagens, postkoetsen, galopperende jachtpaarden. Ze had de krant voor zich uitgespreid en luisterde naar het gesprek tussen haar kinderen. 'Haan,' zei Benny. 'Sneeuwhaan. Fasáán!'

'Hoen,' bromde Jamie.

'Zwaan! Kor-háán-der!'

'Benny houdt van aa's,' zei Nat bedachtzaam. 'Dat

klinkt ook mooi, daar heeft hij gelijk in. Zeg maar parelhaan hoor, Benny.'

'Hé! Je moet hem geen dingen leren die niet waar zijn. Ik zit hier een beest te tekenen dat sneeuwhóén heet. Niet haan.'

'Hij gaat toch straks naar school,' zei Nat. 'Daar kan hij leren hoe alles echt heet. Of lachen ze hem uit als hij korhaander zegt? Je moet een pauw voor hem maken, Jamie.'

Nats haar glansde in de middagzon. Elizabeth had zich sterk gevoeld, voor het eerst na het doodsbericht van James. Ik heb deze kinderen, had ze gedacht, ze zijn er, ze praten met elkaar, ik ben hun moeder.

'Papa had pauwen aan boord,' had Nat zich herinnerd. 'Een pauwenpaar. Die lopen nu op het strand misschien. Op Tahiti.'

Jamie concentreerde zich op de imposante pauwenstaart. Hij had een nieuw blad genomen zodat hij de reusachtige opstaande veren in volle glorie kon weergeven. Benny volgde het potlood met zijn ogen.

Ze had het gevoel dat ze moest braken van gemis. De herinneringen aan Nat maakten haar werkelijk ziek en toch moest ze ze steeds opnieuw denken. Ze wilde het ook. En ze wilde het niet. Als de dokter met zijn druppels kwam aanvaardde ze dankbaar de geboden vergetelheid voor een paar uur. In het holst van de nacht was de verdoving uitgewerkt en ontwaakte ze in de griezelige wereld die de hare niet meer was. Ze beet keihard in de muis van haar hand en wachtte met gespannen spieren op de dageraad. Soms kon ze zich niet bedwingen en schreeuwde ze. Het geluid kwam zomaar naar buiten, ze kon er niets aan doen. Dan verscheen Charlotte, of Jane, ze wisselden elkaar kennelijk af, in een flanellen nachtjapon, met een kaars, met een beker water, met een vochtige lap om haar gezicht mee af te vegen.

Soms waren beide vrouwen of vriendinnen tegelijkertijd in de slaapkamer aanwezig en ving Elizabeth flarden van hun gesprekken op. Waren zij werkelijk vriendinnen of poseerden ze als zodanig om te verhullen dat ze handlangers van de wereld waren, bezig om haar weer aan boord te slepen?

'Nog weken voor er antwoord komt.'

'We kunnen niet wachten.'

'Nee, gelovig is ze niet. Ze haat dominees. Dat kunnen we niet doen.'

'Neem die kan even van me over, dan doe ik het kussen.'

'Gelukkig komt Jamie morgen. Arme jongen.'

Water klotste in een schaal. Een olielamp verving de spetterende kaars. 'Elizabeth? Elizabeth!'

Ze registreerde alle geluiden maar reageerde nergens op. Ik observeer, dacht ze, ik volg de wet van de wetenschap. Er is rumoer in de kamer, de frequentie en de intensiteit van de voetstappen nemen toe, het fluisteren gaat over in gedempt gepraat. Om mijn aandacht te trekken roepen de vrouwen mijn naam. Dat is een aanname, geen waarneming. Ze raken mijn lichaam aan, eerst de door de deken bedekte rug, dan de blote handen, ten slotte het haar, het gezicht. Ze doen diverse mededelingen: dat ze soep hebben gemaakt, dat het vier uur is, dat er brieven zijn bezorgd, dat mijn oudste zoon eraankomt. Die ene, met die scherpe rand aan haar stem, zegt dat het nu genoeg is. Ze leest een brief voor die ze aan iemand geschreven heeft. Het gaat over mij. Ik hoor haar stem trillen, hij slaat bijna over. Etenswalm drijft de kamer in. Er wordt een kom op het tafeltje naast het bed gezet. Damp slaat eraf. Ze trekken me aan de schouders omhoog. De observator is object geworden.

Charlotte voerde haar zoals ze vroeger Benny voerde. Na een paar lepels soep zakte Elizabeth krachteloos onderuit. Zuchtend droegen de vrouwen hun genezingbrengende waren weer naar beneden. Elizabeth daalde af in haar warrige geheugen, waar Elly en Nat gierend van plezier liederen zongen, twee blonde kinderen, drie en zes jaar oud. Alles wat ze geleerd hebben, de woorden, de regels, hoe je iemand begroet, wat je aantrekt als het sneeuwt – voor niets. De vingerzettingen, de wetten van de stokvoering, de tuigage van een oorlogsschip, de beste manier om een scheepskist in te pakken – vergeefs. De kist was ook vergaan. De gedachte sloeg in als een bliksemflits. Zijn kleren. Een schrift misschien, waarin hij zijn belevenissen had opgeschreven. De trompet. Kon ze maar zelf, kon ze ook maar, kon ze maar op zoek naar hem in het zwarte water ten onder gaan.

Iemand zat naast haar bed bij de lamp iets voor te lezen. De stem van Jane. Door haar oogharen zag ze de rok met de fijne streepjes, de trillende handen die een bleek papier stevig vasthielden. Haar man is terug, dacht Elizabeth, en toch zit ze hier. Ze moet naar huis gaan. Het is aan mij niet besteed, de vriendelijkheid, de zorg, de moeite.

*'Ik hoop dat u troost kunt vinden in de schitterende nagedachtenis aan ons aller geliefde kapitein, die er trots op was dat zijn zoons hun hart aan de zeevaart hadden verpand.'* Elizabeth maakte een afwerend gebaar. *'Wees overtuigd van mijn intens medeleven, uw Joseph Banks,'* zei Jane met afnemende stemkracht. Ze liet de brief zakken. Elizabeth draaide haar gezicht weg.

*'Mijn lieve Elizabeth,'* begon Jane weer. *'Nu heeft het grimmige lot weer toegeslagen en weer ben jij het aambeeld waar de verschrikkelijke smid op hamert. Hoe moeilijk om nog in de vooruitgang te geloven als je er deze prijs voor moet betalen. Hij was zo'n lieve, gevoelige jongen. Ik mis hem met pijn in mijn hart en kan me er geen voorstelling van maken hoe dat voor jou moet*

*zijn. Ik zou zo graag –'* Elizabeth draaide zich bruusk om en sloeg Jane de brief uit haar handen. Terwijl het papier schommelend naar de vloer zweefde, de ferme handtekening van Palliser duidelijk zichtbaar, schoten Jane de tranen in de ogen. Ze veegde ze af met de punt van haar schort, ze bukte om de brieven op te rapen en verdween naar beneden.

Elizabeth was duizelig van uitputting. Er was geen onderscheid meer tussen dag en nacht, de tijd was een richtingloze klont geworden. Ze hoorde Nat Corelli spelen in de kerk, ze zag zijn profiel verdwijnen achter de geheven arm die de strijkstok op de snaren zette, ze voelde de gespannen aanwezigheid van James naast zich. De dokter. De druppels. Een nieuwe kaars. Harde voetstappen die doelbewust de kamer binnendrongen.

'Moeder, je moet opstaan!' Jamie stond wijdbeens aan het voeteneind. Ze zag het onzekere gezicht van Jane achter zijn brede schouders.

Als híj nou, schoot het door haar heen, in plaats van Nat? Was dat beter te verdragen geweest? Het was niet aan de orde. Een zieke gedachte die alweer weg was voor ze ervan kon schrikken. Strakke wangen had hij, Jamie. Een mond met smalle lippen die weigerden te glimlachen.

'Wij eten allemaal. Jij moet ook. Het is een bevel.'

Charlotte bracht een bord met een stuk vlees tussen bleke koolslierten. Ze schudde haar hoofd en zakte onder de dekens. Het volgende moment was het vet gestold, de weerzinwekkende geur verdwenen.

Jamie hurkte naast het bed en keek haar aan. Het lichtgrijze venster achter zijn vierkante kop. Dag? Tijd?

'Ik moet weer weg. Ik wil dat je iets eet voor ik ga.'

Ze ging hem iets zeggen maar er kwam geen geluid. Het vel van haar lippen was gebarsten, ze voelde de rafelige flinters toen ze probeerde te praten. Jamie maakte aanstalten om op te staan. Ze strekte haar hand naar zijn knie, wees toen naar de beker die op het tafeltje stond. Hij reikte haar het water aan. Ze hoorde zichzelf slikken, oorverdovend.

'De dingen, Jamie,' fluisterde ze. 'Waar zijn de dingen van Nat?'

'Lig je daarover te tobben? Je moet daar niet aan denken. Je moet eten. Overeind komen. Dat bed uit.' Wat had hij toch een harde stem. Hij vulde de kamer; bed uit, bed uit, echode het in haar hoofd.

'Ik ga het navragen,' zei Jamie wat zachter, 'maar ik weet bijna zeker dat er niets is. De kist heb je altijd bij je. Daar zit alles in.'

Ze deed haar ogen dicht en liet hem vertrekken. Iemand had het raam opengezet en ze rook de mist die de kamer in zweefde, vermengd met de geur van brandend hout. Ze had het niet koud. Ze had niets.

'Kijk, Elizabeth,' zei Charlotte, 'deze brief werd zonet bezorgd. Zal ik hem je voorlezen?' Charlotte hield het couvert in haar blikveld. Dunne, spitse letters, als door een bevende hand geschreven. Ze zweeg. Charlotte ritste de brief open.

*Ik heb geaarzeld om u te schrijven. Het verdriet was mij de baas. Ik heb de partituren van de stukken die hij speelde bij elkaar gezocht. Ze liggen hier voor me en ik lees erin. Mijn lichamelijke conditie maakt het helaas onmogelijk om u te bezoeken. Sinds enige maanden kom ik mijn huis niet meer uit. U zou mij een groot genoegen doen met een visite. Ik weet dat ik veel van u vraag, maar uw zoon is voor mij een licht geweest, een brandende lamp. Ik zou hem graag met u gedenken. Zijn spel draag ik altijd mee in mijn gedachten.*

Een schrale wind blies door de straat. Wolkenflarden raasden voorbij. Vrijwel kaal waren de bomen alweer. De enkele vogel die zich op volle wieken waagde werd door de wind aan het tollen gebracht.

Elizabeth liep midden op de weg, blootshoofds. Ze verborg haar handen onder haar oksels en hield haar rug recht. Na Elly's dood had ze de straat niet op gedurfd, en als het echt moest verstopte ze haar gezicht achter een sluier. Mismaakt had ze zich gevoeld, geschonden, voor iedereen zichtbaar aangetast en zwak. Ze had zich voor haar toestand geschaamd, ze kon haar verlies niet tonen omdat het schandelijk was. Nu bood ze haar bleke gezicht met de diepe voren te kijk aan elke voorbijganger. In het verweerde spiegeltje boven haar wastafel had ze naar de donkergrijze kringen om haar ogen gekeken. Ze had geprobeerd het platte, levenloze haar te fatsoeneren maar legde de kam al snel weg. Het kon haar niet schelen hoe ze eruitzag en hoe men over haar dacht. Ze was tien jaar ouder dan toen, een vrouw van veertig is anders dan een vrouw van dertig – maar dat was het niet, bedacht ze, terwijl ze voortstapte tegen de wind in, het leek er meer op dat er nu een onverschilligheid in haar was geslopen waarvan ze als dertigjarige nog geen idee had gehad. Dat je zo los kon zijn van de mensen om je heen die voor je zorgden en kookten en over je nadachten, dat je zo intens helemaal niets meer kon willen waardoor ineens allerlei vreemde impulsen een kans kregen en je jezelf niet meer herkende; een peilloze vermoeidheid was het, die wel met tijd maar niet echt met leeftijd samenhing.

Zonder aarzelen sloeg ze de ene zijstraat na de andere in tot ze bij de organist op de stoep stond. Ze klopte aan. Toen een jonge vrouw met een fris hoofddoekje opendeed besefte ze dat ze het beeld van de oude huishoudster in zich omdroeg. Het verwarde haar. Ook hier was tien jaar verstreken. Ze keek zeker raar, het meisje vroeg of ze wel zeker wist dat ze hier moest zijn, er kwam nooit bezoek, zei ze.

'Vroeger,' zei Elizabeth, 'toen kwam ik hier wel. Meneer Hartland heeft me zo'n aardige brief geschreven. Ik ben Elizabeth Cook.'

Het meisje sloeg een hand voor haar mond en trok de deur wijder open.

'Natúúrlijk, komt u binnen. Wat zal hij blij zijn! Mijn moeder werkte hier vroeger, zij vertelde weleens over u, vorig jaar nog, toen de kapitein – o, het spijt me, mevrouw, mag ik u mijn medeleven aanbieden. Ik heb de brief gisteren gebracht, gaat u mee, wat fijn dat u meteen komt, meneer zit bij de haard. Hij slaapt erg weinig, hij zal u graag ontvangen.'

De korte, brede gang met de zwarte en witte tegels. De haken aan de muur waar Nat zijn jasje aan hing als hij naar vioolles kwam. De deur van ongeverfd eikenhout die anders openging dan je verwachtte. Het meisje trok hem naar zich toe, deed een stap achteruit en liet Elizabeth de muziekkamer binnengaan.

De oude man zat met een deken over zijn knieën voor zich uit te staren.

'Meneer Hartland, kijk eens, bezoek voor u! Mevrouw is gekomen! Ik zal thee voor u maken, gaat u toch zitten, hier.'

Ze glipte langs Elizabeth de kamer in, schudde een kussen op in de stoel bij de haard, raakte de broze knieën van Hartland even aan en leek zich met moeite ervan te weerhouden haar gast de kamer in te trekken.

Elizabeth bleef stilstaan en keek om zich heen. Tegen de muren hingen instrumenten: een viool met een strijkstok, een veel grotere viool ernaast. Dat was een alt, dacht ze. Een trompet, blokfluiten, de zachtglanzende, opgerolde buis van een hoorn. Bij de muur tegenover de haard, zo ver mogelijk van het vuur verwijderd, stond een klavecimbel, open, alsof er net op was gespeeld.

Ze zag de kast met partituren, stapels en stapels naast en boven elkaar. Voor de kast stond een tafel waar nog meer muziek op lag, en papier, een inktstel. Langzaam draaide haar blik weer naar het haardvuur. Het meisje was allang de kamer uit geslopen en rinkelde met vaatwerk in de keuken.

De man had een partituur op schoot. Benige handen met lange vingers klemden zich om het papier. 'Corelli', las ze. De bladen zagen er vlekkerig uit en vertoonden scheuren aan de randen. Ze deed een stap naar voren. Hartland hief zijn gezicht naar haar op. Zijn wangen glommen van de tranen. Hij snikte niet maar huilde geluidloos, met open mond. Geelgrijze haarslierten hingen in zijn hals. Zijn muts was afgegleden en lag tegen zijn schouder.

Elizabeth zweeg. Ze voelde zich rustig, geen spoor van ongemak kon ze bij zichzelf gewaar worden. Ze keek in de oude, huilende ogen en voelde haar eigen ogen prikken. Heel traag liep ze op Hartland toe. Ze legde haar handen even op de zijne en ging op de stoel tegenover hem zitten.

Stilte. De man knikte haar toe. Hij glimlachte niet. Ze knikte terug en legde haar hoofd tegen de leuning.

Het meisje worstelde met de deur en kwam binnen met het theeblad balancerend op één hand. Vlot schonk ze in, ze plaatste de kopjes op taboeretjes naast de stoelen, ze kwetterde wat over waar ze de theepot zou neerzetten, dan kunt u zelf bijschenken, pas op, nog erg heet – en verdween weer.

Een tak in de haard knapte; vonken daalden in een boog naar de vloer en doofden daar, de een na de ander, uit. Hartland greep zijn afgezakte muts en wreef daarmee zijn wangen droog. Hij tilde de partituur op.

'Als ik hierin lees hoor ik hem spelen.' Zijn stem was

zacht maar krachtig en paste niet bij het versleten lichaam. 'Hij had zo'n mooie, warme viooltoon. Waar u nu zit heeft hij gezeten, deze zomer. Hij was gelukkig omdat u het goed vond dat hij het varen eraan zou geven. Hij verheugde zich op wat er daarna komen ging. Maar eerst de verplichtingen, zei hij. Hij kon die reis makkelijk aan omdat hij wist dat het voor het laatst was. Hij voelde zich sterk. Hij leek mij gelukkig.'

Hij streelde de partituur. 'Ik kan me haarscherp voor de geest halen hoe hij lachte. Haarscherp. Hij had een glimlach die je dag goedmaakte.'

Het knisperen van de vlammen. Het zwijgen. Elizabeth had haar ogen gesloten. Ze zag Elly voor zich, in een kinderstoel. Hoe oud? Een jaar, anderhalf hooguit. Ze knoeide met pap in een houten kommetje, het was in de taveerne in Barking. 's Morgens, donker nog, geur van oud bier. Er was een gast, hoewel de zaak nog niet open was, een reiziger misschien, die er gelogeerd had en nu zat te ontbijten. Hij staarde geboeid naar het kind. Elly had hem aangekeken. Er verscheen een stralende glimlach op haar ronde gezichtje. De man tastte in zijn vestzak en haalde een muntstuk te voorschijn dat hij met zijn servet, waar hij eerst in spuugde, begon op te poetsen. Als maanlicht had het zilver geblonken. Hij stond op en legde de munt voor het meisje neer. Elizabeth, rommelend met glaswerk achter de toog, had opgekeken.

'Haar glimlach doet zeven jaar rouw verbleken,' had de man gezegd. Hij was weer achter zijn tafeltje gaan zitten. Elizabeth had zich ineens angstig gevoeld. Ze was zwanger ook nog, van Joseph; James was net weer op reis. Zo was het. Ze had Elly uit de hoge stoel getild en naar achteren, naar de keuken gedragen. Het kind klemde de munt in haar kleffe vuistje. Geen idee waar die gebleven was. Haar kinderen bezaten een lach waar anderen gelukkig van werden. Ze moest die lach onthouden, het beeld van het lachende kind nooit kwijtraken zodat ze het altijd kon oproepen, net als Hartland met zijn bejaarde hersenen. Alles onthouden. Hoe Nat in de keuken op een krukje zat om zijn haar te laten knippen. In de smalle nek een geultje. Ze had zijn haren nog, in een papier gevouwen, gedachteloos ergens weggeborgen.

'Verbazingwekkend hoe het nieuwe verlies het oude wakker schudt,' zei Hartland, alsof hij toegang had tot haar gedachten. 'Toen uw dochter werd begraven heb ik naar u gekeken. Ik wilde u troosten, zoals ik dat nu ook wil. Maar troost is eigenlijk iets voor gave mensen die hoogstens een deukje hebben opgelopen. U kunt geen troost verdragen, denk ik.'

Hij rustte even uit en wreef over de muziek op zijn knieën. Dikke, donkerblauwe aderen op zijn handrug. Nat was bang geweest dat het gesjor aan de touwen zijn handen zou beschadigen.

'U duidt mij niet euvel dat ik me tegenover u uitspreek?' vroeg Hartland met een dringende klank in zijn stem. Ze schudde nee en bleef kalm tegenover hem zitten.

'Ons verdriet is niet van belang. Het neemt al onze uren in beslag, het vreet aan ons en put ons uit. In wezen is het niet aan de orde. Het gaat niet om ons, de achterblijvers. U denkt misschien: waarom is Nathaniel niet hier, bij ons? Waarom is hem de tijd niet gegund om te genieten van zijn talent? Dat denk ik ook, met verbittering. Toch doet het er niet toe. Hij is er geweest, hij heeft bestaan. Dáár zouden wij aan moeten denken. Onze levens zijn door zijn aanwezigheid onnoemelijk verrijkt. Het klinkt als een vloek, maar ik probeer zo te denken. Dankbaar dat hij bestond, dat ik in mijn nadagen zijn spel heb kunnen horen, zijn stem. Dat doet pijn. Maar de gedachte aan hoe hij werkelijk was is het enige van belang.'

Hij huilde niet meer. De thee dampte niet meer.

'Zo bang,' fluisterde Elizabeth. 'Ik ben zo bang dat hij wanhopig was, in doodsangst, door alles en iedereen verlaten. Dat hij om ons heeft geschreeuwd. Als ik aan hem wil denken schuift de manier waarop hij stierf daarvoor. Zwarte golven, storm. Brekend hout. Dan kan ik niet verder. Ik bereik hem niet, zijn dood staat in de weg. Wat hij voelde toen hij stierf staat in de weg. Ik kan het niet.'

Hartland boog voorover en pakte haar hand. De muziek gleed naar de grond.

'Wie leeft met muziek heeft een goed leven. Hoe kort het ook is. Nat is nooit alleen geweest, nooit verloren. Hij had altijd muziek in zijn hoofd. Ook op het moment van zijn dood. Hij was niet verlaten. Hij was vervuld van het mooiste wat hij kende, opgenomen in het enige wat verlossing kan bieden.'

Dorstig voelde ze zich, en het was of hij haar helder water te drinken gaf. Wat hij daar zegt, dacht ze, ik moet het bewaren, straks is het weg, onbereikbaar geworden. Het verdriet is niet van belang, zegt hij. Wie sterft met muziek is niet verloren, zegt hij. Ze ademde diep uit en voelde de uitputting van haar schouders glijden.

'Ik wil iets voor u spelen,' zei Hartland. Hij drukte zich uit zijn stoel omhoog. Elizabeth bleef zitten en keek toe hoe de oude man naar het klavecimbel schuifelde.

'Een lied. Een aria.' Hij zette zich schuin op het bankje dat voor het instrument stond en leunde met een arm op de lessenaar terwijl hij haar aankeek.

'Bach. De grootste. Dertig variaties schreef hij over dit lied. Het is een volkomen werk dat alles omvat. Nathaniel hield ervan. We hebben het nog samen bestudeerd toen hij hier voor het laatst was.'

Hartland ging recht voor het klavier zitten en keek naar de ebbenhouten toetsen. 'Ter ere van Nat. Om hem te gedenken,' zei hij voor zich uit.

Toen hief hij zijn hoofd en bracht hij zijn handen boven de klaviatuur. Er klonk nog geen enkele toon maar het stuk was al begonnen. Langzaam ontvouwde zich het lied boven een rustig voortschrijdende baslijn die de dikke snaren met hoorbare klikjes deed trillen. Was het een klacht, dacht Elizabeth, een klaaglied? De dalende melodielijntjes deden dat vermoeden, maar steeds weer werden de zuchten opgevangen in de stevige omhelzing van de onderliggende akkoorden. Een vraag- en antwoordspel. Een stem die zich uitsprak, die stelling nam, die simpelweg vertelde hoe het was.

De organist herhaalde het eerste gedeelte en versierde de melodie met trillers en guirlandes van tinkelende tonen waartussen de herinnering aan het oorspronkelijke lied opklonk. Een fluisterzacht akkoord vormde een voorlopige afsluiting. In het tweede gedeelte werd zelfs de baslijn door vertwijfeling getekend. Daarboven vulde de melodie met klaaglijke snikken en uitroepen tot barstens toe de strakke cadans van de maat. Alles daalde, viel, stortte neer.

Toen gebeurde het wonder. Vanuit de diepte kwam de melodie, nu gevormd door regelmatige, zekere tonen, gestaag omhoog, gesteund door de stevig meeklimmende bas. Het kwam Elizabeth voor alsof een venster opensloeg en zicht bood op een oneindige weidsheid. Daar zou zij kunnen gaan, met opgeheven hoofd en zonder tranen, in het besef dat haar zoon deze muziek had liefgehad. Bij iedere stap zou ze hem missen. Ze zou die pijn kunnen verdragen omdat dit lied bestond.

Hartland zat na het plechtige slot minuten lang stil achter het instrument. Achter de ramen had de schemering ingezet. Het hout in de haard vlamde niet meer maar lag zacht te smeulen. Heel langzaam, in haar eigen tempo, begon ze zich te voegen naar de tijd buiten de muziekkamer. Ten slotte stond ze op, drukte de organist woordeloos de hand en stootte de deur naar de gang open.

Kapitein King was van de teruggekeerde bemanningsleden de meest vasthoudende. De officiers die onder James gevaren hadden schreven zijn weduwe brieven met condoleances en zorgvuldig verwoorde herinneringen; sommigen maakten hun opwachting en lieten briefjes achter als Charlotte of Jane hun de deur wees. King hield vol tot Charlotte hem op een sombere januaridag de grote kamer binnenbracht.

Elizabeth zat, gekleed in een van haar zwarte jurken, bedankbrieven te schrijven aan de tafel. Ze monsterde het lange lichaam waarop het hoofd iets te klein leek, ze onderdrukte een steek van pijn bij het zien van het kapiteinsuniform en reikte James King de hand. Ze dacht aan de woedeuitbarsting van haar man toen King zich was komen presenteren.

'Mijn man sprak met veel respect over u,' zei ze.

King glimlachte als een kind dat naar complimenten hongert. Hij condoleerde haar met het verlies van haar zoon en begon toen meteen over James te spreken.

'Wij hadden de liefde voor de astronomie met elkaar gemeen, en we waren gelijkelijk doordrongen van het belang van een goede verslaglegging. Ik heb de afgelopen tijd met bewondering het journaal van de tweede reis gelezen. Een schitterend boekwerk met goedgekozen illustraties. Het geeft een compleet beeld van de grootheid van uw man.'

'Ik hoorde dat u het logboekschrijven hebt overgenomen?'

King knikte. 'Kapitein Clerke maakte vanzelfsprekend ook aantekeningen, hij was tenslotte expeditieleider na de dood van uw man. Zijn gezondheidstoestand beperkte hem erg in zijn activiteiten. U weet dat hij in augustus van hetzelfde jaar gestorven is? We hebben hem aan land kunnen begraven, op Kamchatka. John Gore kreeg na hem het bevel. En ik werd kapitein van de *Discovery*. Gore is geen liefhebber van het geschreven woord, dus die taak bleef mij toevallen.'

Gore op de *Resolution*, wat zou James dat erg hebben gevonden, dacht ze. Besluiteloos, deloyaal en een kop als een aardappel. Beter maar niets zeggen. Er ging natuurlijk een boek over deze laatste reis verschijnen. Over de royalty's zou ze met deze King moeten overleggen. Ze moest zich maar op de vlakte houden. Hij had absoluut iets weg van James, zei ze hem. Hij bloosde.

'Weet u dat ik weleens voor de zoon van de kapitein werd aangezien? De eilanders dachten dat wij een religieus ritueel uitvoerden als we met onze kijkers en sextanten de hemel bestudeerden. Als we ergens voor langere tijd bleven brachten we de klok aan land en stelden hem op in een speciale tent waar altijd twee mariniers de wacht bij hielden. Kapitein Cook en ik hadden natuurlijk vrij toegang omdat we de astronomische waarnemingen moesten uitvoeren. Ze dachten dat hij de hogepriester van die vreemde godsdienst was, en ik zijn zoon en opvolger! We wilden wel uitleggen hoe het zat, maar dat was te ingewikkeld in die vreemde taal. Ik liet weleens iemand door de verrekijker turen. Dat gaf een enorme schrik, dat je een voorwerp uit de verte zo dichtbij kon halen. Een wonder. Ik liet hen graag in de waan van verwantschap. Ik vond het een eer.'

'De reis,' vroeg Elizabeth. 'Ik weet dat er geen doorgang bleek te zijn, maar hoe is het met de andere reisdoelen afgelopen? Omai? De dieren?'

Eigenlijk wist ze niet of ze de antwoorden op haar vragen echt wilde horen, wat hij vertelde interesseerde haar nauwelijks maar het moest gebeuren, de uren moesten gevuld, de goede manieren gerespecteerd en in stand gehouden.

'Kapitein Cook maakte zich grote zorgen om Omai. Hij was op hem gesteld, hij waardeerde zijn opgewektheid en geestdrift, maar hij had ook z'n bedenkingen. Géén vuurwapens, zei de kapitein. Omai zou zich onmogelijk kunnen beheersen als zijn stamgenoten hem aanvielen. Uit vrees voor jaloerse vergeldingsacties hebben we Omai uiteindelijk naar een kleiner eiland gebracht waar niemand hem kende. We bouwden een huis voor hem, met een voordeur waar een echt slot in zat. Een tuin eromheen, aangelegd en wel. Het afscheid was ontroerend; hij hield zich flink tot het moment dat hij de kapitein omarmde. Toen schreide hij en klampte zich aan hem vast. De kapitein hoopte dat Omai zich om de tuin en de achtergelaten schapen en geiten zou bekommeren, maar veel vertrouwen had hij er niet in. Omai had een kano gekocht, een schitterende boot die hij *De koninklijke George* doopte. Zijn huis noemde hij "Brittanie". Ontroerend, ja.'

Zorg, dacht Elizabeth. Vaderlijke zorgzaamheid. Waarom maakte het haar zo kwaad? James droeg toch ook zorg voor zijn eigen kinderen, hij hielp ze met hun loopbaan, hij dacht aan ze. Toch?

'Het vervoer van de dieren was een grote belasting. De kapitein vond het buitengewoon belangrijk dat het meegevoerde vee over de verschillende eilanden werd verdeeld. Hij had daar uitgesproken ideeën over. Op het eiland dat ze Tonga noemen, lieten we een stier, een koe, een hengst en een merrie achter. De kapitein was verontwaardigd toen de bevolking na die ruimhartige schenking een geit stal, en een paar kalkoenen die hij bestemd had voor de kleinere eilanden rondom Tahiti. Hij trad streng op tegen de dieven. Te streng, vonden sommigen. Ze weerstreefden zijn plannen, daardoor kwam het.

Op Tahiti wachtte ons een grote teleurstelling. Wij hadden ons verheugd op de ongelovige en geestdriftige reacties van de eilanders bij de aanblik van onze paarden, maar het bleek dat de Spanjaarden een jaar vóór ons bezoek al paarden aan land hadden gebracht. Heel mooie, heel grote paarden. We voegden onze veestapel erbij. De verrassing was eraf, maar iedereen was opgelucht toen de dieren eindelijk voorgoed van boord gingen. De missie van de koning was volbracht. Er werden trouwens ook op Tahiti twee geiten gestolen. Het bracht de kapitein tot grote razernij.'

King zweeg. Elizabeth wilde doorvragen: hoe woedend was James geweest, wat deed hij om de diefstal te wreken, waarom onderbrak King zijn verhaal? Ze wachtte. King dronk zijn koude thee en keek naar zijn schoenen.

'De kapitein had een sterk plichtsgevoel. De inlanders gedroegen zich veelal vriendelijk tegenover ons, maar er speelden ongetwijfeld fantasieën en misschien zelfs plannen een rol waar wij geen weet van hadden. Ze wilden ons en onze macht betrekken in inlandse twisten en werden boos als wij weigerden; ze waren misschien ook afgunstig op onze rijkdom. We moesten altijd rekening houden met dreiging, met gevaar, hoe ontspannen de situatie er ook uitzag. De kapitein vond het raadzaam om van tijd tot tijd te tonen wie de baas was.'

Charlotte kwam binnen met een dienblad en schonk madera in. 'Mag ik drinken op de nagedachtenis van onze kapitein?' vroeg King. Ze hieven de glazen.

Wat doe ik, dacht Elizabeth. Drinken op James. Ik lijk wel gek. Zo feestelijk voel ik me niet. Hij vertelt wel veel, die King, maar met grote gaten ertussen. Selectief, zoals de heren van de Admiraliteit. Ben ik achterdochtig? Misschien is het onmogelijk om een reis van vier jaren binnen anderhalf uur te vertellen. Misschien zit hij gewoon zijn best te doen en komt hij er niet uit.

De drank had King kennelijk nieuwe moed gegeven.

'De noordelijke doorgang, u zei het al, dat is niets geworden. Op weg naar het noorden brachten we de westkust van Amerika in kaart, zodat de tocht niet vruchteloos genoemd kan worden. We zijn door de vorst tegengehouden, we konden de schepen ternauwernood uit het ijs redden. Uitgeput en teleurgesteld koersten we naar het eiland Hawaii, dat we op de heenweg ontdekt hadden. U weet hoe ons verblijf daar is afgelopen.'

King schudde vertwijfeld zijn kleine hoofd.

'U sprak over dreiging en ik vroeg me af of het wel verstandig was om het verblijf op de eilanden zo lang te rekken,' zei Elizabeth zacht. 'Misschien was het anders gelopen als – '

'Het had een reden, mevrouw, verschillende redenen zelfs.' Hij viel haar in de rede en sprak in versneld tempo.

'Er waren tijdrovende reparaties te verrichten, dat weet u. Maar er was meer. De kapitein wilde zo veel mogelijk gegevens verzamelen die licht konden werpen op het raadsel van de Zuidzee. Hoe kan het dat op die minieme stipjes land, gescheiden door duizenden mijlen zeewater, overal dezelfde taal wordt gesproken, hetzelfde type kano wordt gebouwd, dezelfde stof wordt gemaakt uit boombast? Hij wilde voorbij aan de voorwerpen, hij wilde zicht krijgen op het landsbestuur, de omgangsvormen, de godsdienst. Dat kan alleen bij een langer verblijf. De kapitein deed moeite om de mensen te leren kennen en te observeren. Hij bezocht religieuze plechtigheden, hij verkeerde met koningen en priesters, hij woonde sacrale dansen bij en deed mee aan geheime rites. Later schreef hij alles wat hij gezien had op in zijn journaal.

Hij probeerde ook ónze verworvenheden uit te leggen. Hij toonde een slimme eilander een kaart van het eiland die hij zelf net had getekend. De kapitein straalde toen de man zijn eiland meteen en feilloos herkende. Ze noemden het tatoeëren als ze ons zagen schrijven of tekenen. Dat is hun woord voor de versieringen die ze op hun lichaam aanbrengen. Deze man had in de gaten dat onze tatoeages iets betekenen, naar iets verwijzen, iets kunnen samenvatten. Het verheugde de kapitein in hoge mate. Welke goden werden vereerd? Hoe was de opvolging van de koning geregeld? Welke rol speelde zijn vrouw? Waarom leek de jonge koningszoon machtiger dan de koning zelf? Op al die vragen zocht de kapitein een antwoord. Hij vond het niet, nog niet, maar hij verzamelde alle bouwstenen die hem konden helpen.'

'Had hij er plezier in?'

King dacht even na. 'Een zekere voldoening was soms merkbaar, ja. Maar het viel de kapitein ook zwaar. De taal was een enorm probleem. Het ergste was dat zijn goede bedoelingen en zorgen niet altijd gewaardeerd werden. De vernietiging van zijn zorgvuldig aangelegde tuinen, het opeten van het moeizaam verscheepte vee. Dat was moeilijk te verdragen.'

Hoe kreeg je een paard aan land, dacht Elizabeth. Neerlaten, met een takel, in de grootste sloep? Nauwelijks plaats voor de roeiers naast het doodsbange beest. Vastgesnoerde poten, zo'n hoef ging dwars door de bodem heen. Dan liep de sloep vast op het zand in de branding en moesten ze het paard de zee in jagen. James zou met zijn verrekijker op het dek van de *Resolution* staan, met verbeten mond, met gespannen kaakspieren, vloekend.

'Hij begaf zich in situaties die anderen misschien liever uit de weg zouden gaan. Zijn nieuwsgierigheid was groter dan zijn voorzichtigheid. We kunnen dat moed noemen. Of trouw aan de vooruitgang.'

King viel stil. Elizabeth, ineens bevangen door volstrekte uitputting, bedankte hem voor zijn bezoek en nam afscheid. De magere kapitein, zijn hoed tegen de borst geklemd, week haastig uit naar de gang.

Benny stond op een kruk voor het aanrecht naast Charlotte. Zorgvuldig duwde hij hazelnoten in de deeghoopjes die voor hem op de bakplaat lagen. Elizabeth ging bij hem staan en hoorde hem fluisterend tellen. Ik moet mijn hand op zijn hoofd leggen, dacht ze, zijn nekje strelen, zijn stijve rug aanraken. Een heel gewoon gebaar. Hij zou schrikken, dus laat ik het maar. Het kind leek haar gedachten te raden en schurkte zich dichter tegen Charlotte aan. Elizabeth ging zwijgend aan de tafel zitten.

Iemand stootte de deur van de bijkeuken open en schraapte met zijn zolen over de stenen.

'Zijn jullie thuis?' De stem van Isaac. Iets donkerder geworden, dacht ze, wat fijn dat hij weer komt. Hij is nu een volwassen man, hij voelt stevig aan en ruikt naar buitenlucht.

Na de omhelzing bleven ze tegenover elkaar staan. Hij had een ernstige uitdrukking op zijn gezicht, dat almaar roder werd.

'Goed dat je weer beneden bent,' zei hij. 'Ik kan er niet over uit. Hoe erg het is. De kapitein, dat is een ramp. Maar Nat, dat is, dat is – ' Tranen sprongen weg toen hij woest zijn hoofd schudde. Elizabeth legde haar hand tegen zijn wang. Wat was hij warm, hij gloeide.

'Mary ligt in bed met haar kop in haar schort. Ze eet niet, ze praat niet. Alleen vanochtend zei ze iets tegen me, je moet naar Elizabeth, zei ze. Dus ze denkt wel aan je. Dat je dat weet.'

'Als je teruggaat moet je even hiernaast langs,' zei Elizabeth. 'Neem een vaatje gin voor haar mee. Misschien doet dat haar goed. Ze hield zoveel van Nat. Ze is oud. Ik begrijp het wel.'

Charlotte had de koekjes in de oven gezet en maakte

aanstalten om met Benny naar buiten te gaan. De keuken geurde zo sterk naar kaneel en gebrande suiker dat Elizabeth er misselijk van werd. Ze liet Isaac het raam openzetten.

'Sinds de poolzee kan ik alle kou hebben,' zei hij, 'maar jij moet uitkijken.'

'Ik heb het niet koud. King was hier. Allemaal lofzangen en succesverhalen. Hoe het echt was, daar kom ik niet achter. Dat kan jij me misschien vertellen.'

Isaac zweeg. 'Moet dat er niet uit?' vroeg hij na een tijdje, wijzend op de oven. Elizabeth opende het luik, trok het bakblik naar buiten en zette het in de bijkeuken op een schap. Deur dicht, stank weg, raam weer sluiten.

'Of James het naar zijn zin had, vroeg ik aan King. Hij wist daar weinig op te zeggen. En jij, Isaac?'

Isaac zette zijn ellebogen op tafel en steunde zijn hoofd met zijn handen.

'Enorm gedoe met die beesten. Verschrikkelijk was dat. De kapitein, James bedoel ik, werd razend als ze een beest stalen. Maar toen we die ellendige paarden eindelijk aan land hadden gekregen op Tahiti galoppeerden Clerke en hij samen over het strand. Die baai daar heeft een zwart strand van minstens een kilometer. Daarover draafden ze, steeds harder, aan het eind maakten ze een snelle draai, de paarden kwamen op de achterpoten omhoog alsof ze rechtop stonden, het zand spoot op als een fontein van gruis en James schaterde; lachend lieten ze de paarden over het natte zand terugrennen, vlak langs de branding. De eilanders stonden met open mond te kijken. En wij ook. We hadden James nooit zo uitbundig gezien.'

Ze zag het voor zich, ze hoorde de golven aanspoelen en de paardenhoeven dof op het zand stampen, gedreven door de twee kapiteins die nu allebei dood waren.

Zo makkelijk is het, dacht ze, om in het gevoel van

vergeefsheid weg te zakken. Niets is van belang, niets doet ergens toe. Mijn onderzoeksdrift is een houtvlot waar ik me aan vastklamp, maar net zo lief kan ik me in het water laten glijden. Dat verdom ik. Het is mijn taak erachter te komen hoe James is gestorven. En waarom. Het moet gewoon gebeuren.

'Was hij ziek, Isaac?'

Isaac stond op. 'Jij moet zelf zorgen dat je niet ziek wordt. Zullen we een eindje gaan lopen? Kom, ik neem je mee, of je wilt of niet. Doe iets aan.'

Ze liet zich leiden. Een wolkenveld hing laag boven de rivier. Ze zoog de vochtige lucht naar binnen en hield zich vast aan Isaacs arm. Stap voor stap. Ze herhaalde haar vraag.

'Ik weet het niet goed,' zei Isaac. 'Hij had soms pijn. Reumatiek, jicht, zoiets. Dan kon hij nauwelijks bewegen. Die Tahitianen wisten daar een remedie voor, niet te geloven! Een kano vol vrouwen kwam aanzetten, ze klommen tegen de boot op en dromden binnen in de kajuit, James moest op de grond gaan liggen, we vroegen ons nog af of hij eindelijk eens voor de verleiding zou zwichten – raar hoor, Elizabeth, zo'n troep meisjes en vrouwen met blote borsten en getatoeëerde billen – ze krioelden op en om hem heen en begonnen hem stevig te masseren. Je hoorde de botten kraken! Hij schreeuwde van pijn, maar de vrouwen lachten hem uit en gingen rustig door met hun werk. Met heel haar gewicht zat er een op zijn ruggengraat, een ander stompte uit alle macht tegen zijn heup, twee vrouwen rukten zijn been bijkans uit de kom, en hij maar kreunen. Toen ze klaar waren stond James moeiteloos op, als een jonge man. De vrouwen bleven die nacht aan boord en herhaalden de behandeling nog een paar keer. Zo hebben ze James verlost van zijn pijn.'

Hij keek haar schuin aan. 'Of ze hem nog van iets anders verlost hebben weet ik niet. Wij hadden allemaal vriendinnen, ze waren zo gastvrij, zo zorgzaam en lief, sommigen van ons wilden gewoon niet meer weg. James was ertegen. Zelfs als hem een vrouw werd aangeboden, dat is hun vorm van beleefdheid, weet je, dan weigerde hij met een grapje en zei hij dat hij te oud was, krachteloos.'

Elizabeth zette haar ene voet voor de andere. Ze zou zich gerustgesteld moeten voelen, haar man was haar trouw al werd hij besprongen door een dozijn naakte vrouwen, maar ze raakte de vage onrust in haar borst niet kwijt.

'Hoe was hij, Isaac, heb je veel met hem gepraat, zocht hij je op, was hij vriendelijk?'

'Soms werkten we samen aan een kaart, dan nodigde hij me uit in de grote kajuit. Dat was fijn. Hij zei niet veel. We zaten te meten en te schetsen. Maar vaak was dat niet. Hij stond onder druk, zijn plannen werden steeds bedreigd door tijdgebrek of door het gedrag van de inboorlingen. Diefstal. Hij was wel streng, vond ik. Vonden wij allemaal.'

'Wreed?'

Isaac zweeg. Ze wandelden langs de dofgrijze rivier. Wat haat ik het water, dacht Elizabeth, waarom ga ik niet elders wonen, tussen weilanden en bossen, zo ver mogelijk weg van deze gruwelijke grijparm van de zee.

'Hij leek soms buiten zichzelf van woede,' zei Isaac zacht. 'Iemand had een geit gestolen en dat maakte hem dol. Hij gaf opdracht de dief kaal te scheren en z'n oren eraf te snijden. King heeft de barbier op het allerlaatst nog tegengehouden en liet de arme man overboord springen. Ik moet het je misschien niet vertellen. Wij begrepen het niet. Als hij echt razend was liet hij kano's vernielen en hutten in brand steken. Zo'n kano, daar werkten die mensen jáRen aan. Prachtige boten, met schilderingen en houtsnijwerk erop. James had daar enorm veel waardering voor. En dan toch die vernielingen. Dat was wel wreed, natuurlijk. Maar uit woede, uit machteloosheid. Niet dat hij in de wreedheid een soort behagen schepte. Begrijp je?'

Ze knikte. 'Was er meer? Andere dingen waar jij je zorgen over maakte?'

Ik moet ophouden, dacht ze. Hij is er ongemakkelijk onder, ik zie het gewoon. Zíjn kapitein, leermeester, vader. Maar als hij niets vertelt zijn we snel uitgepraat, misschien voorgoed. Dat wil ik ook niet.

'Wat ik veel wreder vond zijn de gijzelingen,' zei Isaac. 'Ik weet dat veel mensen het een slimme strategie vonden, want het leidde eigenlijk altijd wel tot een oplossing zonder bloedvergieten. Maar ik vond het wreed. Die gijzelaars hadden niets gedaan. Ze waren bang. De verkeerde werd gestraft. Toen we Omai eindelijk geïnstalleerd hadden gingen we naar Raiatea, je weet wel, waar Orio koning is. James en hij zijn vrienden. Waren vrienden. Ze hadden namen geruild. Het was het laatste eiland in die archipel waar we aanlegden. Veel mannen hadden het daar moeilijk mee, ze wilden blijven en smeerden hem. Twee van de deserteurs waren niet te vinden, James vermoedde dat ze door de bevolking werden verborgen en beschermd.

Toen heeft hij de dochter van Orio gegijzeld, Poetua. Het duurde wel vijf dagen. Die prachtige prinses zat al die tijd in de grote kajuit terwijl haar vader de weglopers moest opsporen. Ze was ook nog zwanger. Webber heeft haar geschilderd, ze zat er toch, zei hij. Ze moest bloemen achter haar oren steken en tegen de wand gaan staan. Ze deed alles wat haar werd opgedragen, zonder protest. Ik heb het gezien want ik werkte aan een kaart en had tabellen uit de kajuit nodig.

De vrouwen van het dorp verzamelden zich om de

boot, op talloze kano's. Ze stonden rechtop in de boten te huilen en te schreeuwen. Ze krabden hun gezichten open met scherpe schelpen zodat het bloed langs hun blote lijven liep. Het gekrijs was al niet te verdragen als je in de kajuit stond. Buiten was het helemaal oorverdovend. Poetua bleef kalm en beleefd. Waardig, als een echte prinses. De mannen gluurden natuurlijk naar haar borsten. Ik hoopte de hele tijd dat James haar vrij zou laten, dat het gruwelijke gegil eindelijk zou verstommen. Hij deed het niet. Hij gaf opdracht een eind de baai uit te varen, dat was het enige moment dat ik angst zag op Poetua's gezicht. Ze was denk ik bang dat ze naar Engeland gevoerd zou worden en haar vader nooit meer zou zien. Terwijl ze nergens schuld aan had!'

Ze liepen een poosje zwijgend naast elkaar voort.

'Je wordt nu zeker bevorderd,' zei Elizabeth.

Isaac lachte. 'Vanuit het vooronder ruk ik langzaam op. Bij de volgende reis mag ik in de middenboeg slapen, want ik denk wel dat ze me nu luitenant maken. En dan is de weg vrij om uiteindelijk als kapitein in het achterschip terecht te komen. Ik zie wel verschrikkelijk tegen die oorlog op. Geen ontdekkingsreizen meer. Vechten tegen de Fransen, als ik pech heb.'

'Met wie was James nou echt bevriend?'

Isaac dacht even na. 'Hij kon het goed vinden met Clerke. Die kon hem opvrolijken. Maar Clerke zat op het andere schip, ze zagen elkaar alleen als we ergens aan wal gingen. Op de *Resolution* voelde James zich geloof ik het prettigst bij Anderson. De dokter, weet je wel. Die sprak heel goed de taal, dus ze konden samen overleggen over wat ze meemaakten, wat het allemaal betekende. Hij stierf ook, onze dokter. Net als Clerke, aan dezelfde ziekte. Ze wisten het van elkaar. Ook dat het zou verergeren als we de kou weer in gingen. Eigenlijk hadden ze op Tahiti moeten achterblijven, het klimaat daar is gunstig voor hun kwaal. Beiden zijn op hun post gebleven, gelukkig voor James. Watman, die oude matroos die we op Hawaii hebben begraven, was ook een vriend. James was volstrekt ontoegankelijk toen Watman stierf, hij maakte zich verwijten dat hij zo'n bejaard persoon had meegenomen. De man had zijn pensioen ervoor opgegeven, hij zat al in Greenwich!

James heeft een uitgebreide begrafenis georganiseerd in een heiligdom daar, dat mocht van de priesters. Zijn gezicht stond hard en strak als een rots. Hij las zelf de bijbeltekst.

Ik denk dat hij wel erg op King gesteld was, en op mij ook. Meer als een vader. Clerke en Anderson waren echte vrienden voor hem. En die brandden langzaam weg aan de tering. James kon daar niets tegen doen.'

'Hij had ze kunnen dwingen om in de tropen te blijven. Daar te sterven.'

Isaac schudde zijn hoofd. 'Hadden ze nooit gedaan. Je hebt toch je eer, als officier. Ze hebben er onderling over gesproken, maar geen kans dat ze zoiets ooit zouden doen. Toen we eindelijk naar het noorden voeren moest ik wel voortdurend aan de ziekte denken. Ik hield Anderson in de gaten. Je glijdt heel langzaam de koude lucht in, onmerkbaar haast, een frisse bries, denk je, straks wordt het weer warm, maar na een paar dagen sta je te bibberen in je hemd en nog wat later komt de bootsman duffels en wanten uitreiken. Ik vond het wel lekker eigenlijk, winterweer. We zagen de westkust van Amerika liggen, reusachtige bergketens, wit van sneeuw. Als je de wacht had kleefde de rijp aan je haren. Je begon te verlangen naar hete soep.

Aan die kust woonden indianen, die een andere taal spraken dan de eilanders. We verstonden ze niet. Ze droegen bontvellen. Jagers. Altijd denken aan dieren. Daar heb ik die vogel voor Benny gekocht, voor een pijp en een zakdoek.'

'Een schot in de roos, Benny is gek op die vogel.'

Elizabeth had onmachtig boven gelegen toen Isaac Londen binnenvoer en meteen op bezoek kwam. Een man met woest haar en een groot pak in zijn armen had ineens voor de deur gestaan, vertelde Charlotte later. Een roofvogel, gesneden uit bijna zwart hout, was sindsdien Benny's metgezel. De vleugels licht gebogen, de klauwen verkrampt om een tak. Loodzwaar. Het kind sjouwde hem dagelijks de trap op en af. Hij stond op tafel als Benny at.

'In die inham waar we lagen was het prettig, ondanks de kou. We onderzochten de rivieren om te zien of we binnendoor naar de ijszee konden komen. Ik herinner me een dag, zo'n bewolkte, haast Engelse dag, dat we in de sloep op ontdekking gingen. James was zo ontspannen, zo gewoon. Hij kletste met ons, vroeg allerlei persoonlijke dingen. Vanaf de bergen om ons heen hoorden we de inboorlingen zingen, de klank zwol aan en nam weer af, dat deden ze zo kunstig en mooi dat de tranen je in de ogen sprongen. Terwijl het zulke smerige mensen waren, onder de vette smurrie; en stinken! We roeiden die dag wel dertig mijl, doodmoe waren we, maar het leek ons een tochtje op de Theems. We plukten bosbessen ergens aan de oever en hadden allemaal een blauwe bek. James sneed gedroogd vlees op zijn knie en bood ons een voor een een stuk aan op de punt van zijn mes. We zaten stil te kauwen, leunend op onze roeiriemen. Er vloog een visarend over, hij volgde zwevend een tijdlang de rivier. Ik denk dat iedereen in die sloep gelukkig was, die dag.'

Ze hadden de rivieroever verlaten en wandelden over een landweg tussen de velden in de richting van het kerktorentje in de verte. Ik vraag naar vrienden en hij noemt twee doodzieke mannen, dacht ze. Ik vraag naar tevredenheid, naar geluk en hij noemt twee onaanzienlijke voorvallen. Waarom was James zo gespannen, wat dreef hem tot die razernij? Dacht hij aan ons, had hij de kinderen, mij in zijn hoofd en troostte hem dat? Sprak hij over de toekomst, en hoe dan? Ik zal het nooit weten, hoezeer ik die trouwhartige man naast me ook onder druk zet.

'Wil je me vertellen over het einde, Isaac? Wat jíj gezien hebt?'

Isaac drukte haar arm stevig tegen zijn ribben. 'Je kwelt jezelf. Waarom wil je alles zo precies weten? Het is toch al erg genoeg dat het gebeurd is?'

'Het moet. Ik wil erover kunnen denken. Ik wil het voor me zien. De feiten. Dat heb ik van James geleerd.'

Isaac liet haar arm los en krabde zich op zijn hoofd. 'Ik weet niet of het goed voor je is. Ik ben bezorgd, weet je. Je ziet er zo slecht uit. Je eet niks. Je lijkt mijlen ver weg.'

'Niemand kan me vertellen hoe Nat aan zijn einde kwam,' fluisterde ze, 'ik ben overgeleverd aan mijn fantasie. Jij was erbij toen James stierf. Je kan me tegen mijn fantasie beschermen.'

Isaac sloeg zijn arm om haar schouders. 'Ik heb niets gezien,' zei hij. 'Ik was gewoon aan boord, in de kajuit. Ik pakte de kaarten en de schetsen in dozen omdat we zouden vertrekken. Ik hoorde wel dat er iemand naar James toe kwam en dat ze samen het trapje op gingen. Dat het om die gestolen sloep ging had ik niet in de gaten. James vloekte. Ik heb er geen aandacht aan besteed, er was zo vaak wat. Later hoorde ik knallen, schoten natuurlijk. Ik zat eerlijk gezegd met een tekening van de Amerikaanse kust in mijn handen en dacht dat die aardig gelukt was. Het geschreeuw en gedraaf op het dek hield niet op. Toen pas ben ik naar boven gegaan. Alles was al voorbij. Ik heb niet gevoeld dat er iets ergs gebeurde. Ik fantaseerde over publicatie van de kaarten. Hoe trots ik dan zou zijn. Daar schaam ik me voor.'

'Maar later, hoe het verder ging, dat kan je wel vertellen?'

'Chaos. Iedereen was volslagen van z'n stuk. Ze wilden wraak nemen, het eiland in puin schieten, ze waren de kanonnen al aan het richten. De baai afsluiten en iedereen in de pan hakken, dat waren ze van plan. De hele nederzetting in de hens jagen. Clerke heeft grote moeite gehad om die wraakzucht een beetje te temperen. Ik zie hem nog aan boord komen, hijgend, bleek, met kleine, felle blosjes boven aan zijn wangen. Ineens was hij onze kapitein geworden. Waarom nog meer doden, zei hij, het lost niets op. Hij liep zelf met de dood natuurlijk, daarom bleef hij zo kalm. Hij heeft niet alles kunnen verhinderen, want de ploeg die de mast van het eiland kwam halen heeft zeker tien inboorlingen vermoord, en het grootste gedeelte van het dorp ging in vlammen op. King liet zich met een witte vlag in z'n handen naar de kust roeien om te onderhandelen uit naam van Clerke, die zo beroerd was dat hij nauwelijks aan dek kon blijven. Het nam nog een week heen-en-weergepraat voor we James konden begraven.'

'Voor ze zijn lichaam uitleverden, bedoel je?'

Isaac bukte zich om de gesp van zijn schoen vaster te trekken. Met een rood hoofd kwam hij weer overeind. 'De stoffelijke resten, ja. De 21ste was de plechtigheid. 's Avonds, tegen zessen. Op het dek.'

Weer die idiote term. Waar haalde Isaac het vandaan, het lag meer voor de hand dat hij 'James' zou zeggen, of desnoods 'het lijk'.

'Ze hadden de hele baai taboe verklaard, dat betekent dat er niemand mag komen. Doodstil was het. Geen wind ook. Ik zag ineens hoe dreigend die hoge bergen daar oprezen. We kwamen allemaal aan dek, iedereen in z'n beste uniform.'

Waar zijn de kleren eigenlijk, dacht ze, de blauwe jas,

de hoed? Minstens twee uniformen had hij mee. In een daarvan zullen ze hem begraven hebben, maar het andere? Een derde jas hing boven in de kast, voor als hij thuis zou komen.

'Kapitein Clerke haalde mij naar voren. Omdat ik familie ben. Ik stond naast Anderson, de dokter. De tamboers hadden hun trommels bedekt met lappen, ze speelden heel langzaam. Die gedempte klank was onheilspellend, alsof iets verschrikkelijks onontkoombaar naderbij kwam. Daar achter de reling is de zee, dacht ik; daar moet hij in, straks. Ik was eigenlijk helemaal verdoofd. Het was niet voor te stellen dat het echt gebeurde. Clerke had te weinig adem om de Schriftlezing te doen en Gore kan dat niet. Luitenant King heeft gelezen. De kist stond op een plank, de vlag lag eroverheen. De doedelzak speelde een lied. Daarna zwollen de trommels aan, hun roffels werden sterker en sneller tot ze allemaal tegelijk ophielden. Op datzelfde moment kiepte de plank omhoog en werden de lijnen waar de kist mee vastzat, gevierd. We hielden onze adem in. De plons was eigenlijk niet hard, het leek of de zee zich makkelijk opende om de kist op te nemen. Wij bleven met gebogen hoofd staan tot Clerke met een gebaar het bevel tot inrukken gaf.

Ik weet niet meer hoe het verder ging, die dag. We zullen wel gegeten hebben. We waren het vertrek aan het voorbereiden. Ik kan me er niets van herinneren.'

Ze hadden niet op de omgeving gelet, ze hadden flink doorgestapt en stonden ineens bij de kerk. Daar was het grafje van Elly, overwoekerd door bruingrijs gras. Elizabeth leunde tegen de muur die het kerkhof omsloot. Ze zag het dek van de *Resolution* voor zich, propvol verslagen mannen die hun hoeden en mutsen in hun handen hielden. Een rij mariniers in rode jassen tegenover de officiers in het blauw; Isaac bedremmeld ernaast. Het beeld kwam haar compleet en besloten voor, als een schilderij in een lijst.

'Hij had nooit moeten gaan. Heeft iemand van jullie daar weleens een gedachte aan gewijd? Je bewijst hem de laatste eer alsof hij van jullie is. De leider. De vader. Vanzelfsprekend. Jullie zijn radeloos als hij verdwijnt, onthand. En wij? Zijn kinderen, zijn vrouw? Hoe moeten wij die verdwijningen verdragen? Je vertelt hoe hij zich heeft ingespannen voor jullie, uitgesloofd. Hij zat met een naakte prinses in de kajuit, maar had hij niet bij mij in de keuken moeten zitten? Hij roeide langs die beboste hellingen met jullie, maar niet met zijn zoons over de Theems. Je vertelt hoe erg het was om hem te laten gaan, maar hoe was het om hem keer op keer uit te zwaaien? Heb je daar weleens aan gedacht?'

Isaac keek haar verstoord aan, alsof hij niet begreep waar ze het over had.

'Wij,' zei ze nogmaals, 'zijn gezin. Levend, dood.'

Hij draaide zijn rug naar haar toe en liep een paar stappen de weg op. Toen keerde hij plotseling om, stampvoette en sloeg met de vlakke hand tegen zijn voorhoofd.

'Stom, stom! Je hebt gelijk!' Hij kwam naast haar staan. 'Nooit aan gedacht. Of het niet bestond, alles hier. Weet je, ik was alleen maar blij dat ik weer mee mocht, trots als ik een schets maakte waar hij tevreden over was, gespannen als we een landing gingen maken in een vreemde baai. Ik heb alleen aan mezelf gedacht. Stom.'

Elizabeth had haar armen over elkaar geslagen en keek naar de grond. Palliser had gelijk, dacht ze, er is in mij een sluimerende vulkaan van pure razernij, gericht op een onbereikbare. Iedereen die ik wel bereiken kan krijgt de volle laag. Die stakker van een Benny die nergens iets aan kan doen. De trouwhartige vrienden van James die mij willen steunen en door Charlotte op straat worden gezet. Omdat James er niet is zit ik die arme Isaac te treiteren. Kijk hem nou toch berouw hebben over dingen die hem volstrekt niet zijn aan te rekenen. Ik moet ermee ophouden, maar hoe doe je dat? Ik spat uit elkaar als ik voel hoe het echt is.

Isaac stootte haar aan. Hij haakte zijn wijsvingers in elkaar en bewoog zijn handen op en neer.

'Zo doen de eilanders om te laten zien dat ze iets echt menen. Dat ze de waarheid spreken. Het is een eed. Ik ga voor je zorgen. En voor Benny. Ik zweer het, Elizabeth, ik laat je nooit meer in de steek.'

Hij sloeg zijn armen om haar heen en hield haar vast. Roerloos stond ze in de hete omheining. Ze klemde haar kiezen op elkaar.

# 11

'Ik zit hier nooit,' zei Hugh Palliser. 'Het is me te weids, het is net een balzaal.'

Elizabeth wiegde met haar heupen en maakte een paar danspassen. Ze bleven staan voor de reusachtige schouw. Op het rooster lag een immens houtblok te smeulen, een ongekliefde boomstam die totaal verkoold leek. Ze zakte door haar knieën en begon te blazen, te hard eerst, zodat een wolk van fijne as omhoogdwarrelde, dan met rust en regelmaat. Op de rug van het hout verscheen een blauwe lijn die zich opdeelde in talloze, dansende vlammetjes. Ze stond op en zwaaide met haar rokken lucht het vuur in tot de stam in lichterlaaie stond. Triomfantelijk keek ze Palliser aan. Hij lachte en legde zijn hand tegen haar verhitte wang.

'Kom, we gaan naar mijn werkkamer, daar zal ik je koffie inschenken.'

Glazen deuren gaven uit op het terras. Daarachter liep het park door zover je kon kijken, de bomen in de vroege lente getooid met verschillende nuances van groen die later, als de zomer ten einde liep, allemaal zouden oplossen in dezelfde vermoeide, donkere tint. Plassen blauw onder de boomkruinen; blauwe klokjes, dacht ze, die hadden wij vroeger ook in de tuin maar het werd nooit wat. Hier zat hij dus naar die herten te staren. Dat ik nooit eerder hier geweest ben, erg eigenlijk. Moest ik drieënveertig voor worden. Moest hij me twintig keer voor uitnodigen. Moest hij me praktisch voor ontvoeren met die opzichtige karos die hij voor liet rijden.

Palliser zonk weg in zijn leunstoel en legde zijn been op een versleten kussen. Hij zag er voor zijn doen niet slecht uit en zijn ogen glommen. Hij klopte op de stoel aan zijn rechterzijde.

'Ik vind het fijn als je naast me zit. Beter dan tegenover elkaar. Ik wil zien wat jij ziet.'

Ze gleed in de stoel. Zou je gek worden van die stilte of was dat juist goed? Hij vond het kennelijk prettig. Het boek over de tweede reis van James stond opengeslagen op een lessenaar. In de boekenkast zag ze de ruggen van het vierdelige werk van Hawkesworth.

'Wanneer komt het nieuwe boek uit? Dat moet nu toch wel klaar zijn. Heb jij er iets over gehoord?'

Palliser schudde zijn hoofd. 'Douglas is ermee bezig, dat is het enige wat ik weet. En dat het drie delen worden, twee van James en een van King. Dat weet jij ook, je hebt een contract als het goed is. Laat Douglas je geen proeven zien?'

'Tot nu toe niet. Er is ook geen afspraak over.'

'Dus eigenlijk weet je nog steeds niets, behalve wat Stephens en Sandwich je verteld hebben.'

'En King,' zei ze. 'En Isaac natuurlijk. Ik weet alles. Maar je hebt gelijk, eigenlijk weet ik niets. Niet hoe en waarom het kon gebeuren, niet wat er aan de begrafenis vooraf is gegaan; ja, ik zou er een heleboel over kunnen vertellen maar in wezen weet ik niets. Ik wil Isaac niet onder druk zetten. Heb ik wel gedaan hoor, maar hij weet ook niet veel. Hij was maar een gewone matroos, toen. Ik heb steeds gedacht dat ik op de uitgave van de journalen moest wachten. Nu denk ik: dat is ook maar een verhaal, een door de Admiraliteit gecensureerde versie van wat James heeft opgeschreven. En het laatste deel? Ik weet het niet. In elk geval is het iets wat ze op die manier de wereld in willen laten gaan. Of dat de waarheid is?'

Hij had haar hand genomen en streelde haar vingers een voor een.

'Waar jaag je op?'

'Begrip,' zei ze zonder aarzelen. 'Als ik begrijp wat hem bezielde kan ik misschien eindelijk tot rust komen. Ik voer elke nacht gesprekken met hem. Ruzies, verwijten. Daar wil ik van af. Het gaat niet meer. Ik ben zo moe.'

Hij kuste haar vingers. Ze reageerde er niet op en tuurde de tuin in terwijl ze haar hand tussen zijn handen liet liggen.

'Isaac vertelde over de begrafenis. Of hoe je dat noemt als je iemand de zee in stort. Ik stel het me voor. In alle details, maar het voldoet niet. Ik heb er geen vrede mee.'

'Je moet lopen,' zei Palliser. 'Je moet iemand wegdragen. Wegbrengen. Stap voor stap, terwijl je weet dat het de laatste tocht is.'

Elizabeth keek hem aan. Als vanzelfsprekend had hij haar meegenomen toen Elly begraven werd. Hij had naast haar gelopen. Hij wist dit soort dingen.

'Het ergste wat er is,' zei ze. 'Het is eigenlijk niet te doen en toch doe je het. Er moet ook een graf zijn, al is dat net zo erg. Ik zit thuis en hoor regen en wind over haar graf gaan. Verschrikkelijk. Maar de volgende morgen ga ik de afgewaaide takken opruimen. Ik weet waar ze is. Ik zou haar op kunnen graven. Ik zou haar schedel kunnen vasthouden.'

Niet verder, dacht ze. Ik spreek hier gedachten uit die in mijn hoofd thuishoren en nergens anders. Ik moet daarmee ophouden. Waarom eigenlijk? Hij kan het kennelijk horen. Hij heeft er weet van. Ik zou bij haar willen kruipen in de vochtige aarde. Ik zou mijn wangen langs haar botten willen leggen.

'We gaan straks wat eten. Je bent nog steeds veel te mager. Daarna wil ik je iets laten zien, in het park. Misschien vind je het vreselijk, smakeloos, overdreven. Ik wilde het graag. Waar we het zonet over hadden, dat er geen graf is, geen plaats. James was mijn vriend, wat er ook gebeurd is. Ik mis hem. Ik heb een monument voor hem laten maken. Van hieruit kun je het niet zien, het staat verderop, we zullen er vanmiddag naar toe lopen, ik wil het je tonen. Het is een vierkante zuil vol woorden. Zijn levensgeschiedenis. Zijn daden. Zijn betekenis. Alle kanten van de zuil zijn beschreven. De tekst is uit het gedenkschrift van de Admiraliteit. Zelf zou ik het anders geformuleerd hebben, maar ik wilde dat het officieel was. In mijn eigen park, maar zo officieel mogelijk. Als wij allang gestorven zijn zullen hier mensen wandelen en een moment stilstaan om de tekst te lezen. Ze zullen aan hem denken, over honderd jaar nog. Ik heb buitengewoon bestendig marmer uitgekozen.'

'Soms weet ik niet meer hoe hij eruitzag,' zei Elizabeth. 'Dan weet ik alleen nog zijn rug, iets te smal voor zijn lengte, weet je nog? En licht gebogen. Zijn gezicht kan ik me niet voor de geest halen. Als ik het probeer zie ik het schilderij van Dance. Alleen zijn rug.'

Ze keken naar buiten. Een tuinman was in de weer met planten in tobbes. Er stond een kruiwagen op het gras met een spade erin.

'Praat je over hem met je jongste, mijn petekind?'

Elizabeth maakte haar hand los en wreef over haar wangen. 'Noem hem toch Benny. Dat is de naam waar hij naar luistert. Hij leest. Hij verslindt de reisboeken. Of het tot hem doordringt dat het om zijn vader gaat weet ik niet. Nee, ik spreek er nauwelijks over met hem. Eigenlijk weet ik helemaal niet wat ik tegen hem moet zeggen. Hij vindt het heerlijk op school, hij zuigt alles op wat hij daar te horen krijgt. Zorgelijk is dat. Maar ik ben niet in de positie om ertegenin te gaan, helaas. Misschien valt alles wat ze hem daar vertellen wel in een openliggende kuil die ik verzuimd heb te vullen in zijn kinderjaren.'

Palliser trok zijn wenkbrauwen op. Elizabeth praatte door, met iets te schelle stem, ze hoorde het zelf.

'Toen hij geboren werd was ik somber. Daarna was ik boos. Zodra ik sterker werd ging ik me om de matrozenkinderen bekommeren. Ik dacht steeds dat ik wel nader tot hem zou komen als hij wat groter was. Nu het zover is klampt hij zich vast aan zijn leraren en kom ik er niet aan te pas.'

Hugh masseerde zijn enkel.

'Is het pijnlijk voor je dat ik je petekind heb verwaarloosd? Ben je kwaad?'

In de stilte hoorde ze het vuur aan het brandhout vreten. Eigenlijk was er altijd wel een proces aan de gang waarbij het ene element het andere vernietigde of duurzaam in zich opnam. Je moest je voortdurend verzetten om niet zelf geïncorporeerd te worden. Geen wonder dat ze zo moe was.

'Waar maak je je dan zorgen over? Getuigt het niet van een soort levenslust dat hij zo graag leert?'

'Hij is gelovig geworden. Ik breng hem naar bed, wens hem goedenacht, ik blijf op de gang staan en loer door een kier van de deur, ik zie hem uit bed stappen, hij ligt op z'n knieën, handen gevouwen, ogen dichtgeknepen, hij prevelt woorden die ik niet versta, minutenlang! Dan kruipt hij weer onder de dekens. Ik maak me geluidloos uit de voeten.'

'Een onverwachte ontwikkeling,' zei Palliser. 'Maar ik kan het niet onlogisch vinden. Ook niet echt zorgelijk, trouwens. Een jeugdbevlieging die wel weer over gaat, lijkt me.'

Elizabeth snoof. 'Je moet het niet afdoen als een bagatel. Je zou dat ernstige gezichtje eens moeten zien. Ik breng het niet op hem erover te bevragen. Ik ben veel te bang voor wat ik dan te horen krijg. Maar ik denk dat James zou verwachten dat ik hem corrigeer en de pracht van het wetenschappelijk wereldbeeld laat zien.'

'Dat doe je toch. Je leest hem voor. Je geeft hem boeken. Los daarvan heeft hij kennelijk, op dit moment althans, nog iets anders nodig. Bij hele volksstammen is dat het geval, dat weet jij ook wel. Je bent huiverig om hem dat af te pakken want je weet niet precies wat het voor hem betekent.'

'Ik kan hem niet bereiken. Papa is bij God, zegt hij. Nee, zeg ik, je vader is dood. Hij is er niet meer. Jawel, papa is in de hemel, hij zingt met de engelen en hij kijkt naar ons. In de hemel zijn de sterren, zeg ik, donkerblauwe leegte met sterren; ik wijs hem de Poolster, Orion, de Melkweg. Daarachter, zegt hij, daarboven, daar is God. De meester zegt het, want het is zo. Dan ben ik uitgepraat. Hij zingt psalmen voor hij in slaap valt. Heel zuiver. Komend schooljaar mag hij meezingen in het kerkkoor. Eigenlijk voel ik me buitengesloten, onmachtig gemaakt. Het is mijn eigen schuld. Engelen! James kon helemaal niet zingen.'

De ergernis deed haar opspringen. Hugh verhief zich langzaam uit zijn zetel en tastte naar zijn stok. De deuren wijd open, het terras op, de prikkelende lentelucht in. Arm in arm daalden ze de trappen af naar het park. Golvende velden, heuvels bedekt door een netwerk van stenen muurtjes, groepjes donkerrode beuken her en der verspreid. Nergens water, nergens zee.

'Laat hem toch,' zei Hugh. 'Er schuilt geen kwaad in. Hij heeft er troost aan. Hoe oud was jij toen je ging twijfelen?'

Ze lachte en legde haar hoofd tegen zijn schouder.

'Ik heb je gemist,' zei hij. 'Ik heb je zo gemist.'

Vanuit de struiken woei een geur van uien en knoflook

aan, licht en raadselachtig. 'Daslook,' zei hij, wijzend op een beschaduwd veld witte bloempjes.

Hij voerde haar naar het monument. Op de pompeuze sokkel was een vrij kleine wereldbol bevestigd. Ze zag de Stille Zuidzee waaruit hier en daar een kleine verhevenheid opstak. Het is niets, dacht ze, zoveel ellende, zoveel opwinding. Speldenknoppen zijn het, die theaters van de vooruitgang. Het strand van Hawaii, de baai van Tahiti.

Ze maakte een onwillekeurige, dierlijke beweging met haar schouders, alsof ze de gedachte aan de onheilsplaatsen van zich af wilde schudden. Het gevoel van vergeefsheid verlamde haar zo dat ze er niet in slaagde hem een compliment te maken over zijn gedenkteken. Langzaam liepen ze weer op het huis aan.

Ze had te veel gedronken, woorden en tranen gingen los zitten. Palliser vroeg hoe het met haar moeder was en Elizabeth huilde, tot haar eigen verbazing. Ze snoot haar neus in zijn zakdoek.

'Niet zo goed,' zei ze. 'Ze raakt steeds verder weg. Ze hebben de zaak verpacht en wonen erboven. Het is groot genoeg. De nieuwe mensen zijn aardig, die vrouw kookt voor ze. Ik hoor het van Isaac, zelf kom ik er niet vaak. Ze moet onbedaarlijk snikken als ze mij ziet. Dan denkt ze aan Nat. Dat verdriet is elke keer weer even overweldigend. Mijn vader, stiefvader moet ik zeggen, is kromgetrokken van ouderdom en reumatiek. Ik weet niet wat ze de hele dag doen en ik wil er liever niet aan denken. Elke veertien dagen laat ik een vaatje gin bezorgen, daar is ze gek op. Dan heeft ze in elk geval iets wat haar plezier doet. Een hel, de ouderdom. Ik ben een slechte dochter.'

'Goed genoeg,' zei Hugh, 'zo goed als je kan.'

'Ik ben ook een slechte vriendin voor jou geweest. De deur heb ik voor je dichtgedaan, zo kwaad was ik.'

'Het stormde in die jaren. Bij ons allebei.'

'Je had het je vast anders voorgesteld. Ik heb er spijt van.'

Hugh zweeg en staarde in zijn glas. 'Wat ik me heb voorgesteld,' zei hij na een lange stilte, 'gaat alle perken te buiten. Ik hoef het je niet te zeggen, tussen ons kon het altijd met erg weinig woorden. We waren zielsverwanten, Elizabeth. Daar ben ik je dankbaar voor.'

'Zijn we dat niet nog steeds? Ik zit bij je haard, ik houd je hand vast!'

Hij trok zijn hand terug en schonk haar glas vol.

'Je bent nog jong. Ik ben een oude man,' zei hij schor. 'We zouden – het zou een ramp worden, Elizabeth. Ik ben er niet geschikt voor. Jij hebt nog een leven voor je. Je hebt twee zoons. Je moet jezelf niet opzadelen met een gebrekkige grijsaard. Ik meen het. Het is te laat.'

'Zo voel ik dat helemaal niet,' zei ze prompt. 'Hoe kom je erbij, ik denk nooit aan jou als een oude, invalide man.'

'Toch is het zo. Ik vind het moeilijk om erover te praten. Die wond, weet je. Die verwonding heeft veel functies aangetast. Invalide, zeg je. Onmachtig. Ja.'

Ze schrok. 'Dus dáárom heb je geen kinderen, kon zij geen kinderen krijgen!'

Palliser ging rechtop zitten. 'Ik. Ik kan geen nageslacht verwekken sinds die kwetsuur. Daarvoor wel. Ik heb een zoon, George heet hij.'

Ze was verbijsterd. 'Een zoon? Bij wie dan?'

'De naaister van mijn moeder. Ik was zestien of zo. Ik zie hem nooit, maar ik betaalde voor zijn opleiding. Hij zal dit allemaal erven. Zoveel geheimen, Elizabeth. Geheimen die jij weten moet omdat ze gevolgen hebben voor ons. Ik heb van geen vrouw zo veel, zo vanzelf gehouden als van jou. Dat blijft zo, dat verandert niet. Je hoort onvervreemdbaar bij mij.'

Hij zweeg en begon weer over zijn been te wrijven.

'Maar ik kan niet met je verder. Niet verder dan dit, een visite op zondagmiddag. Ik zou je doodongelukkig maken, dat weet ik zeker. Het kan niet. Ik kan niet.'

Ze keek hem vol onbegrip aan.

'Al die beloftes,' ging hij door, 'tussen ons. Die vreemde, onontkoombare aanrakingen die nooit zullen leiden tot – nou ja, tot datgene waartoe ze zouden moeten leiden.'

'Wat kan mij dat schelen,' riep ze met hoge stem. 'Je bent mijn vriend. Je móét mijn vriend zijn.'

Ze hoorde hoe kinderlijk haar woorden klonken.

'En de jaren,' zei hij zacht. 'Ik ben aan het einde gekomen, alles staat meer en meer stil om mij heen en dat is passend, dat is goed. Dan kom jij en je roert mijn ziel in beweging, ik weet niet of ik dat goed zeg, maar zo voelt het. Als je me aankijkt steekt er een storm op bij mij van binnen. Ik kan daar niet meer tegen. Ik versplinter. Ik kan je nooit geven wat je nodig zal hebben, waar je recht op hebt, wat ik je zou willen, zou moeten geven.'

Het klopt niet, dacht ze. Hij mag niet zo zwak zijn als hij zich voordoet. Ik laat me niet wegsturen. Alles heeft hij achter zich gelaten: zijn werk neergelegd, zijn vrouw ondergebracht, zijn onbekende zoon verwaarloosd. En nu ontdoet hij zich van mij. Als een steen in het water laat hij mij vallen.

Een heftige voorstelling van haar dochtertje diende zich aan. Op schoot, de bolle kinderrug in de kromming van haar arm, de hooigeur van haar haren. De hoogtepunten, de iconische momenten doen zich voor en gaan voorbij. Je verdriet en je woede groeien als klimop over de herinnering heen. Donkere heuvels vol spinnen en harige takken, je wil er ver vandaan blijven, maar het zijn de ankers van je bestaan. Warme kinderdijen op je schoot. Een blote mannenarm tegen je wang. Niet wegdoen. Niet ontkennen.

'Ik blijf je vriend,' zei hij. 'Natuurlijk blijf ik bij je betrokken. Ik zal je helpen met alles waarbij je mijn hulp nodig hebt. Maar je bent jong, net veertig, je zou een jonge man moeten hebben aan je zij.'

Ik wil geen jonge man, dacht ze, ik wil hém. Was dat zo? Wie was hij dan voor haar? Wilde ze dichterbij komen juist omdat hij haar zo zelfzuchtig wegschoof? Of mocht er gewoon niets veranderen, had ze altijd haar geheime hoop op hem gevestigd en verdroeg ze het gewoon niet dat daar een eind aan kwam?

Hij schaamt zich, dat is zeker, dat ligt vooraan. Maar niet alleen zijn liezen zijn kapot. Er is een andere ravage waar hij me niet mee wil confronteren. Hij wijst me af en toch voel ik dat ik belangrijk ben voor hem. Ik ben razend en toch blijf ik naar hem luisteren.

'Geen van ons beiden komt los van James,' zei Hugh. 'Hij blijft tussen ons in staan. We zouden hem misschien wel willen buitensluiten door ons aan elkaar vast te klampen, maar ik denk dat dat onmogelijk is. Mijn geweten kastijdt mij dagelijks. Aan jou zie ik dat je geen rust hebt voor je begrijpt waarom hij ging. Het houdt je bezig, elke dag. Het verhindert je om van je kind te houden. Je weet je er geen raad mee en je komt bij mij, die ook geen raad weet.

Ik heb nog nooit zoveel tegen je gezegd. Deze dingen. Verschrikkelijk. Zullen we gaan eten? Ik heb patrijzen besteld, ik zag ze gisteren al hangen in de bijkeuken.'

Later wist ze niet meer hoe ze die maaltijd had doorstaan. Keek ze naar zijn strakke, gekwelde gezicht, dan verging ze van medelijden. Keek ze naar de uiteengerafelde vogel op haar bord, dan kwam er een woede op die haar sprakeloos maakte. Ze had verwarrende gedachten voorbij voelen schieten: dat hij van haar had gedronken, gegeten, en haar wegwierp nu de honger was verdwenen. Dat het hele debat alleen om zijn noden ging en de hare niet meetelden. Veel had ze niet gegeten, dat wist ze nog wel.

Het afscheid. Hij op het bordes, met stok. Zij in het rijtuig, dat al vaart maakte. Hij strekte zijn arm naar haar uit, riep iets, ze zag zijn wijdopen mond. De wielen knarsten door het grind. Bruusk had ze haar gezicht afgewend. Eenmaal rijdend in de beschutting van de oprijlaan bonkte ze met haar hoofd tegen de wand van de koets, voorzichtig, zodat de koetsier geen argwaan zou krijgen.

De kleine zinnen bleven gonzen in haar hoofd, dagen en weken na haar bezoek aan Chalfont.

'Het zou een ramp worden.'

'We komen niet los van James.'

'Het verhindert je om van je kind te houden.'

De woorden tolden om elkaar heen in haar hoofd, ze kon haar gedachten er niet van vrijmaken.

Ze keek met nieuwe ogen naar haar zoontje, dat ernstige, lange kind. Hoe treurig, dacht ze, dat ik geen verwantschap met hem voelen kan. We zijn door dezelfde man in de steek gelaten, waarom is er dan die kloof tussen ons? Het voelt of James dit kind aan mij heeft opgedrongen als een plaatsvervanger voor hem – aan mijn keukentafel neergezet: hier, hiermee moet je het maar redden –, zodat ik alleen van het kind kan houden als ik me met de vader heb verzoend. De gedachte gaf haar een soort verlichting, ze zag duidelijk de logica die erin lag vervat. Even later was het gevoel ongrijpbaar geworden en wist ze alleen nog dat ze in haar denken een pad had gezien dat ergens toe leidde, dat een uitweg bood uit de krachtvretende beklemming waaraan ze zo gewend was geraakt, maar de weg zelf kon ze niet meer vinden.

Ze zorgde dat ze er was als Benny uit school kwam. Ze at met hem. Ze liet hem zijn lessen maken aan de keukentafel en bleef daarbij zitten, niet met een boek maar met een borduurwerkje, zodat ze zijn vragen meteen kon beantwoorden zonder zich door hem gestoord te voelen. Dat ze een taak verrichtte die haar grote inspanning kostte merkte ze pas als hij eenmaal sliep. Dan trok ze zich terug bij de haard in de kamer, de portkaraf nam ze mee; ze zakte onderuit in de leunstoel, staarde in de vlammen en voelde zich uitgeput. Charlotte, steeds meer een toegewijde huishoudster geworden, was bezig met de laatste werkzaamheden in de keuken en schrobde de pannen schoon, die ze met een zacht getinkel omgekeerd op het aanrecht zette.

Zo'n avond was het – april, het raam naar de tuin stond open, het was zacht weer, 's middags had het nog geregend maar tegen de avond was de hemel opengebroken – toen zwaar de klopper tegen de voordeur viel. Elizabeth hees zich wat overeind en hoorde Charlotte door de gang stappen om de deur te openen. Een mannenstem met een vreemd accent dreunde door de hal.

'Zal ik uw jas aannemen? Ik ga even kijken of mevrouw u kan ontvangen. U kunt hier wachten.'

De bank in de gang kraakte of er een enorme last op werd neergelaten.

'Een heer,' zei Charlotte terwijl ze de deur op een kier zette. 'Hij komt een brief brengen. Een vreemdeling.'

Achter Charlotte verscheen een brede gestalte. Een beer, dacht Elizabeth, een bruine beer komt mij bezoeken. Ze stond op. De man deed een stap de kamer in en trok een grote bontmuts van zijn hoofd. Zware, zwarte wenkbrauwen stonden als een ononderbroken wal boven zijn ogen. Een rood litteken op de linkerwang; volle, rozige lippen onder een hangsnor. Hij reikte haar zijn grote, wat smerige hand. De nagel van zijn pink stak centimeters boven de vinger uit, een vreemd, matglazen aanhangsel dat in haar handpalm sneed en haar deed huiveren.

'Mevrouw! Eindelijk! Een vredige nacht gewenst!'

Ze staarde de bezoeker verbaasd aan. Hij had een bultig valies mee de kamer in genomen.

'Boris Afanisovitsj. De naam!' brulde de man terwijl hij een kleine buiging maakte. 'Chlebnikov. Handelaar in pels. Bont. Van de dieren het vel.' Hij wees op zijn bagage. 'De wolf. De beer. De zeeleeuw!'

Waarom wil iemand mij zo laat op de avond een bontjas aansmeren, dacht ze, wat doet die man hier?

'De wereld rondgereisd om u te vinden. Mile End, Stepney, aan grijze rivier. U wilt mijn huid zien?'

Elizabeth schudde ontkennend haar hoofd. 'Waarom zocht u mij?'

Hij bukte en maakte de tas open. Zijn broek, gemaakt van materiaal dat aan fluweel deed denken, spande om zijn dijen. Hij zag haar kijken en streek met zijn hand over de stof.

'Zuigeling van zeehond,' zei hij. 'U vindt dat interessant? Alles in de tas, u zult zien. Maar éérst!'

Onder uit het valies had hij een vierkant, plat pakket opgediept dat hij nu omhoog hief.

'Doel van reis! Overhandigen aan mevrouw Cook of zonen. Van hand naar hand.'

Ze nam het pak van hem aan.

'Volbracht,' zuchtte de man. Hij begon weer in de tas te rommelen.

'Gaat u toch zitten,' zei Elizabeth. 'Wilt u iets drinken? Van wie komt deze brief?'

De man zette zich bij de haard, en dankbaar zeeg Elizabeth neer in haar stoel. Het pakket was gewikkeld in zeildoek, zorgvuldig vastgezet met kleine steekjes ijzergaren. Het doek was vettig en besmeurd met donkere vlekken. In een zwierig handschrift stond haar naam erop. Haar adres. Geschilderd, leek het, met Oost-Indische inkt. Ze liet het pak op haar schoot vallen en legde haar handen eroverheen. De man had zich een glas ingeschonken en dronk smakkend van de port.

'Ik vertel u sprookje. U hoort aan. Ik koop de vellen van de jagers. Zij kunnen niet handel doen, spreken geen tong. Taal. Ik reis naar Kamchatka met geld, reis terug met bont. Te paard, met de slee, te voet. Ik heb de schepen gezien. De zieke kapitein kwam niet aan land. Zijn mannen wilden mijn huiden wel kopen! Voor de muts! Voor de schoen zelfs! Zij vertelden de zieke over mijn reiskunst.'

'Kapitein Clerke is al meer dan vier jaar geleden gestorven,' zei Elizabeth. 'Zijn laatste brieven kwamen hier in 1780 aan.'

'Dít is laatste brief,' bulderde de man, terwijl hij met een enorme vinger naar haar schoot wees. 'Andere brieven waren voor Admiraalheren. Hij gaf ze aan de gouverneur. Het was openbaar. Maar toen. Maar 's nachts! Iets krabt aan mijn raam. Vogel, denk ik. Kloppen. Fluisteren. Een matroos! Hij trekt aan mijn arm. Sluipen door sneeuw. Ik moet in kleine boot! Door mist over water. Niets zie ik, blind ben ik! Ik zeg u: angst kwam over mij. Er was geen einde aan witte zee. Toen: een zwarte berg. De boot. Een trap van touw moest ik beklimmen, ik zag niet waarheen. Bang was ik. Ik ben man van het land. Ze brachten mij bij de zieke. Slechte lucht. Hij spuugde in een schaal. Weg, zei hij tegen de dienaars, deur dicht, laat mij alleen met beroemde bonthandelaar! Zijn gezicht wit als oude sneeuw. Hij groef onder de kussens en gaf de brief. Zeer geheim, zei hij. Alléén aan mevrouw. Of zonen. Anders in water van grijze rivier. U gaat in herfst? Ik ga in herfst, zei ik. Moskou, Warschau, Parijs. Met de vellen. U kunt gerust zijn. Ik zorg!'

'U hebt vertraging gehad, begrijp ik.'

De man sperde zijn ogen wijd open. 'Geëerde mevrouw! Handel is onvoorspelbaar. Tegenslag, maar: eerste pannenkoek is klont! Opnieuw proberen! En steeds brief van zieke kapitein op borst!' Hij klopte op zijn borstkas, de slag weerklonk als een gedempte gong. In beeldende uitspraken schetste hij de gevaren van het reizen, een overval, een vechtpartij; hij duidde discreet op de prijs van de tocht over het gehate water. Wat de verkoop van de vellen betreft had het hem ook niet meegezeten en de juiste toegang tot bemiddelde Londense dames had hij nog niet gevonden.

Hij rukte een grijzige pels uit het valies en spreidde hem uit op de grond.

'Voor u? Echte vrouwenwolf! Ik maak u een zak voor vermoeide voeten. En hier, wonder van Siberië, voor mantel tot eeuwigheid. Voor u!'

Hij wierp een immense hoop bont op haar schoot, een zilverachtig glanzend vel dat in het kaarslicht nu eens blauwgrijs, dan weer goudkleurig oplichtte. Ze liet haar hand gaan over de gladde, korte haren; ze dacht aan de schoonheid van het dier dat deze huid had bezeten en hoe onvatbaar het was om zo'n schitterend overblijfsel op schoot te hebben.

'Ja, ik zie u! U paddestoel, u in mandje! U koopt mijn schoonheid van zeeleeuw. Ik zie het.'

Ze schudde haar hoofd en probeerde het zware vel op te vouwen en aan hem terug te geven. Hij keek haar teleurgesteld aan en leek niet van zins de last aan te nemen. Ze legde de huid op de grond, naast de tas.

'U bent bekend met Admiraalsvrouwen. Zij allen gaan mijn huiden kopen. Londen is koud. U geeft namen van beroemde vrouwen, ik breng warmte. Allen blij. Ik heb u de brief gebracht en nu ben ik moe in ver land. Geld is op. Handel moet. U gaat helpen. Wij helpen elkaar! Maar eerst: bed voor nacht. Bij u. In grote kapiteinswoning.'

Nou, liever niet, dacht Elizabeth. Ze moest zich even vermannen om onder dit geweld tot een goed plan te komen. Eerst iets geven, dan pas wegsturen. Niet andersom. Maar wie in godsnaam zou die vreselijke vellen willen afnemen?

'Banks,' zei ze gedecideerd. 'U moet morgenochtend meteen naar Joseph Banks. Hij is de belangrijkste man in Londen, een vriend van onze koning. Hij heeft de grootste kundigheid en belangstelling als het gaat om dieren en hun vel. Hun huid. Ik zal het adres voor u opschrijven. Hij zal verheugd zijn met uw bezoek.'

Het opstaan om een vel papier te pakken doorbrak de beklemming van het gesprek. Met de pen nog in de hand riep ze Charlotte binnen.

'Meneer heeft ver gereisd, hij verdient een goede nachtrust.'

Charlotte bekeek verbaasd de her en der uitgespreide dierenvellen.

'Een muts voor uw hoofd?' vroeg de handelaar hoopvol. 'Een mof misschien? Steppenkonijn is hier, sneeuwhaas. Wit!'

Elizabeth trok haar beurs onder haar rok vandaan. 'Wij kunnen u helaas geen logies aanbieden hier in huis, maar vlakbij, aan de rivier, vindt u tal van goede herbergen. Twee minuten gaans. Charlotte zal u de weg wijzen. Het is niet moeilijk. Mag ik een bijdrage leveren aan de kosten?'

Ze stopte de man het geld in de hand voor hij iets terug kon zeggen. Ze bleef staan.

De wolf verdween weer in het valies. De zeeleeuw. De haas. Boris Chlebnikov pakte haar hand en drukte een kus op de handrug. Ze voelde zijn verrassend stevige snorharen tegen haar huid kriebelen en glimlachte. Charlotte nam de man en zijn bontschatten mee.

Voor ze naar boven ging met de driearmige kandelaar pakte ze haar schaar uit de borduurmand. In de slaapkamer ging ze op de rand van het bed zitten. Voorzichtig knipte ze de zwarte steekjes los en boog het stijf geworden zeildoek opzij. Uit een verzegeld couvert waar weer haar naam op stond bevrijdde ze ten slotte een aantal dichtbeschreven vellen papier. Ze trok de kandelaar dichterbij en las.

*Geachte, gewaardeerde Elizabeth,*

*sta mij toe dat ik je zo noem. Ik schrijf vanaf de* Resolution, *voor anker bij het schiereiland Kamchatka aan de Siberische kust. Gisteren heb ik aan de gouverneur alhier, de betrouwbare en ijverige majoor Behm, het kostbare journaal van onze betreurde kapitein meegegeven, benevens enige kaarten, de astronomische observaties van Bayly, een rapport over de rampzalige gebeurtenissen van de hand van luitenant King en een brief van mijzelf. Behm reist naar Sint-Petersburg en zal er zorg voor dragen dat de documenten spoedig, en veilig, naar de Admiraliteit in Londen worden verzonden. Dan zal het verschrikkelijke nieuws ook jou en je kinderen bereiken en mijn hart breekt als ik me dat tafereel voorstel.*

*Over een separate brief aan jou heb ik lang nagedacht. De tering heeft zijn klauwen in mijn lichaam geslagen en ik weet dat ik van deze reis niet zal terugkeren. Zo graag had ik je onder vier ogen verteld wat er werkelijk heeft plaatsgevonden op het strand van Hawaii, maar het mag niet zo zijn. Nu is mijn kracht nog toereikend om zelf de pen op te pakken en mij ervan te verzekeren dat mijn brief aan jou buiten alle officiële kanalen om Mile End zal bereiken. Ongetwijfeld heb je dan al de versie van de Admiraliteit vernomen aangaande de toedracht.*

*Waarom ik je dan toch schrijf? Omdat je recht hebt op de waarheid. James sprak met het grootste respect over jouw waarheidsliefde. Dat geeft mij moed voor deze brief.*

*James heeft zijn leven gewijd aan het observeren van de werkelijkheid, dat weten wij allebei. Geen moeite was hem daarbij te veel. Ik heb daar altijd bewondering voor gehad. Nu, in de pijnlijke avond van mijn leven, twijfel ik aan de waarde van de waarneming. Degenen die de gebeurtenissen op het strand aanschouwden hebben daar getuigenissen over geschreven, aangrijpende, emotionerende verhalen. Maar: verhalen! Wat de zintuigen waarnamen is verborgen geraakt achter het verhaal en wat men met heel zijn hart waar wilde hebben heeft de herinnering vervormd.*

*Ik heb geen baat meer bij enige verdraaiing van de werkelijkheid. Begrijp me goed, ik wil mijn collega's niet afvallen en ik wil evenmin de Admiraliteit in de wielen rijden. Het verhaal over de lafhartige, slinkse aanval waarbij James het leven liet, past bij zijn heroïsche nagedachtenis. Iedereen zal die, in deze vorm, in ere willen houden. Daar is helemaal niets op tegen – alleen: het is niet de waarheid. Het is een schitterende schil om de wrede werkelijkheid, geschilderd door mannen die loyaal zijn aan hun kapitein, die ontzag voor hem hadden en daardoor hun ogen lieten verblinden.*

*Ik kan de waarheid niet met mij laten sterven en ben uit mijn kooi opgestaan om op te schrijven wat ik weet. Het is een windstille nacht.*

*Over enkele uren zal de bonthandelaar Boris Chlebnikov door mijn bootmansknecht worden opgehaald. Hem vertrouw ik de brief toe omdat hij een ondernemende en vindingrijke indruk maakt. Ook ziet hij er zeer sterk en intimiderend uit.*

*Maar terzake. Tijdens de hele reis werden beide sche-*

*pen geteisterd door diefstallen zodra we waar dan ook aan land gingen. James verdroeg dat slecht, vooral als het om rijkseigendommen ging. Diefstal moet bestraft worden, daar waren we het over eens, maar ik moet zeggen dat ik de strengheid van James' straftoemeting steeds minder kon volgen. Het leek me dat hij geen afstand kon houden tot de gebeurtenissen en de gevolgen van zijn handelen op de wat langere termijn niet meer overzag. Het kan zijn dat mijn oordeel is beïnvloed door mijn ziekte. Wie ongeneeslijk ziek is heeft vanzelf meer afstand. Ik geef je een voorbeeld.*

*Als op mijn schip, de* Discovery, *een dief werd betrapt liet ik de barbier de helft van het hoofdhaar afscheren omdat ik van mening ben dat de spot van familie en vrienden voor de vandaal een grotere straf betekent dan de vrees die wij hem inboezemen, toch mensen met wie hij geen enkele verwantschap voelt. De halfgeschoren dief werd overboord gezet, zwom naar het strand en werd uitgelachen. Het werkte.*

*James begreep dat niet. Hij liet de dieven afranselen als waren ze deserterende soldaten in oorlogstijd. De wreedheid stond niet in verhouding tot de gepleegde misdrijven. Hij liet diepe voren kerven in de armen van een inboorling, tot op het bot. Hij gaf opdracht iemand de oren af te snijden. Ik heb er veel over nagedacht en heb tot nu toe de drijfveren voor zijn acties niet kunnen bevatten.*

*Het zette kwaad bloed, bij de inlanders, maar ook bij de bemanning, die zich veelal spiegelt aan het gedrag van de officiers. De wreedheid in het algemeen nam toe. Althans, zo leek het mij.*

*Het verblijf op Hawaii verliep aanvankelijk vlekkeloos omdat de bevolking een eigenaardige verering voor James had opgevat. Hij kon niets verkeerd doen. Misschien hebben wij daar misbruik van gemaakt en groeide er, onder de haast slaafse onderwerping, in het verborgene een sterke wrok. Het afscheid was een massale, indrukwekkende gebeurtenis. Ik was blij dat we vertrokken, al wist ik dat het poolklimaat mijn ziekte ongunstig zou beïnvloeden. Ik voelde mij ongemakkelijk bij die vergoddelijking.*

*Stomme pech noopte ons binnen enkele dagen weer terug te keren met een versplinterde mast. Nu was de sfeer duidelijk anders, de inboorlingen gedroegen zich stug en afwijzend en vroegen hoge prijzen voor de etenswaren die zij ons daarvóór ten geschenke plachten te geven. Er vonden pesterijen plaats, en diefstallen. James strafte streng en had volstrekt geen geduld meer. De diefstal van onze sloep, die noodlottige ochtend, was de druppel die de emmer van zijn razernij deed overlopen.*

*Hij was van plan het opperhoofd te gijzelen. Ik kon niet in actie komen en lag in mijn kooi. Ongerustheid heeft mij het dek op gedreven. Vandaaruit observeerde ik de gebeurtenissen met behulp van het kijkglas.*

*James roeide naar het strand met een ploeg mariniers. Ze werden afgezet en renden spetterend door het water. De boot bleef achter de branding wachten. Luitenant Williamson voerde het bevel. Aan de bosrand, achter op het strand, werd vergaderd. Na enige tijd verscheen James met het opperhoofd en diens twee zoontjes. Talloze Hawaiianen dromden naderbij. Ik zag hun ongeduldige gebaren en stampvoetende benen. Ze drongen James en de mariniers op het strand bijeen.*

*Toen gaf James bevel om te schieten, zijn stem schalde over het water. De mariniers legden aan en vuurden, niet met hagel, zoals gebruikelijk was, maar met scherp. Ook James schoot. De ene na de andere inboorling viel bloedend in het zand. Het was een slachting.*

*Midden in het gevecht draaide James zich om en liep langzaam de zee in, zijn rug naar de inboorlingen ge-*

*keerd. Iemand stootte hem omver.*

*Toen was het gebeurd. Hij stak zijn arm op naar Williamson in de boot, om ook van die kant het vuren aan te moedigen. Vijf man stortten zich op hem, er was geen redden meer aan. De overlevende mariniers, vier waren er al gevallen, zwommen in paniek naar de boot. De lijken werden achtergelaten op het strand. Ik liet verbijsterd mijn verrekijker zakken. De hoog oprijzende bergketen, die mij tot dan toe altijd een esthetisch genot had bezorgd, kreeg ineens een donker en verwijtend aspect. Ik rilde, hoewel de zon al meedogenloos uit de ochtendmist was opgerezen.*

*De wreedheid verspreidde zich als een plaag. De bemanning zou het liefst alle eilanders en hun bezittingen vernietigen. Met diepe schaamte denk ik aan die dagen terug. Het hele dorp in brand. Tientallen brute moorden bij het waterladen. Onthoofdingen. Een man die als gevangene aan boord werd gebracht kreeg de druipende hoofden voor zijn gezicht gehangen en viel flauw van angst. Ja, het was een ziekte.*

*Het enige wat ik wilde was de lichamen van de doden. Daartoe moest de wraakneming stoppen en de onderhandeling over een wapenstilstand op gang komen. Beschermd door het duister van de nacht kwamen er twee priesters aangevaren. Ze brachten een pak dat we huiverend openden in mijn kajuit. Een vleesklomp in bananenbladeren: een bil van James. Leeggebloed, gelig.*

*Pas zes dagen na het gevecht bereikten we een overeenkomst. Toen kwamen de eilanders met offergaven en een bundel van die prachtige, vuurrode stof die ze uit boomschors maken. James' hoofdhuid zat daarin, de haren stug van geronnen bloed. De botten van armen en benen. De schedel, vreemd klein omdat de kaak ontbrak. In een aparte doek waren de handen gewikkeld.*

*Daar zat het vlees nog aan, ingesneden en volgepropt met zout. We herkenden het litteken aan zijn rechterhand.*

*De mariniers waren door de bevolking opgegeten. Het lijk van James was in stukken gehakt en verdeeld over de opperhoofden van de verschillende provincies op het eiland. Daarom duurde het zo lang om alles weer bijeen te brengen. Wat er gebeurd is met ribben en bekkengordel weet ik niet. Wat ik denk dat er gebeurd is met het vlees, de geslachtsdelen en de ogen durf ik niet op papier te zetten.*

*De volgende morgen meldde het opperhoofd zich weer en bracht hij ons de voeten, de schoenen, de kaak met de gezonde, gave tanden er nog in, en de verbogen geweerloop. De dag daarop hebben we alle resten van James begraven. We verzwaarden de kist met kanonskogels.*

*Eén vreselijk voorval moet ik nog beschrijven. Ik was er zelf niet bij, ik lag in bed, in het bed van James dat nu míjn bed was, want ik was naar de* Resolution *verhuisd toen het bevel mij toeviel. In de nacht van de 14de februari kwamen de officiers samen; ze schreeuwden, ze dronken grote hoeveelheden brandewijn en rum, en tussen zich in op tafel hadden ze kleren en bezittingen van James op een hoop gegooid. Ze hebben gedobbeld om zijn hemden, zijn uniform, zijn laarzen, horloge, zakdoeken, bestek, borstel, pruik – alles, alles, Elizabeth, alles hebben ze onderling verdeeld en zich toegeëigend. Ik hoorde het weken later pas van een van de luitenants die zich achteraf schaamde. Ik zal zijn naam niet noemen.*

*De reden van dit respectloze gedrag ken ik niet. Er is nooit meer over gesproken en de persoonlijke eigendommen van James werden door iedereen verborgen gehouden alsof ze in het niets waren opgelost.*

*Nu weet je alles. Ik voel me opgelucht. Misschien heb ik je belast met feiten die je liever niet gekend had. Ik besef dat je ze nu nooit meer niét kan weten, en als mijn oordeel over de noodzaak van deze brief misplaatst was spijt mij dat. Ik draag de feiten over aan jou. Of je ze aan de openbaarheid prijsgeeft of ze in je hart bewaart is een kwestie waarover jij alleen kan beslissen.*

*Ik prijs me gelukkig dat ik James heb gekend. Ik neem nu, op de drempel van de dood, afscheid van de vrouw die van hem hield. Ik groet je, Elizabeth, voorgoed.*

*Charles Clerke*

Jane Nelson was zichzelf niet. Al maanden, dacht Elizabeth. Schrikachtig, slordig, snel uit het veld geslagen. Vanmorgen, tijdens de pauze, had ze een jongen die per ongeluk zijn chocolademelk omgooide een klap gegeven. Daarna was ze in huilen uitgebarsten. Elizabeth had haar in de consistoriekamer neergezet, in de leunstoel van de dominee, en nam de leiding van het schooltje over. Toen de kinderen naar huis gingen kwam ze bij Jane zitten.

'Gaat het?'

Jane verfrommelde een zakdoek met haar spitse vingers. 'Zenuwachtig,' zei ze. 'Ik weet niet wat er met me aan de hand is. Geen rust. Ik kan ook helemaal niet slapen. Moet ik ophouden met de school, denk je? Ik ben zo niet goed voor de kinderen. Vorige keer toen David op zee was had ik hier helemaal geen last van. Hoe kan dat nou?'

Wachten vergiftigt je, dacht Elizabeth. Het wordt niet beter met de jaren, maar erger. Je raakt uitgeput en je kan er steeds minder goed tegen. De huid hangt losser om je botten en er komen nieuwe rimpels in je gezicht. Zo gaat het.

David Nelson was nog maar twee maanden geleden met kapitein Bligh vertrokken op het schip *The Bounty*, dat zaden en kiemplantjes van de broodboom ging halen op Tahiti. Duizend potten heeft hij mee, had Jane verteld. Ze gaan de jonge boompjes uitplanten op Jamaica. Goedkoop en gezond voedsel. Dankzij James en zijn Zuidzeecontacten komt de handel op gang. Banks zit erachter, hij is gek op de broodboom.

'We gaan lopen,' zei Elizabeth. 'Hier, je jas. Natuurlijk moet je niet stoppen met school, je moet juist doorgaan. Weet je niet meer dat je dat tegen mij hebt gezegd toen Nat stierf, zeven jaar geleden? Ik kon het niet, ik had geen idee wat ik in dat lokaal deed en ik wist de namen van de kinderen niet meer. Toch ging ik erheen, elke dag. Het hielp. Het was een goed advies.'

'Ik zit rechtop in bed als het stormt. Slaat nergens op, David zit aan de andere kant van de wereld. Hoe doe jij dat?'

'Eruitgaan,' zei Elizabeth. 'Lezen. Beetje door de kamer drentelen. Glaasje port. Dat heb ik van mijn moeder geleerd.'

Mary was een paar jaar geleden definitief in de mist van de kindsheid verdwenen en lag naast Elly begraven. Elizabeth had haar ook in die laatste periode weinig kunnen bezoeken omdat Mary ontroostbaar verdrietig werd zodra ze haar dochter in het oog kreeg. Niemand had ze meer herkend, maar de reactie op Elizabeth was tot het laatst toe in stand gebleven.

'Mensen in huis, zoals jij dat hebt, dat helpt,' zei Jane. Ze liepen arm in arm, hun hoofden in de wind.

'Ze komen, ze gaan. Als ze vertrekken ben ik bang dat ze niet meer terugkomen, altijd. Gelukkig zijn het steeds korte reizen, voor allebei. Isaac is eerste luitenant geworden, weet je dat? Jamie is reserve. Hij rijdt paard tegenwoordig, alsof hij ook aan wal alleen maar gelukkig is in een schommelende beweging. Benny is altijd thuis natuurlijk.'

Het kind zou twaalf worden in de lente. Ze moest hem weghouden bij het water, het was ondenkbaar hem naar de zeevaartschool te sturen. Er was ook niemand meer die daarop aandrong.

Ze nam afscheid van Jane en liep naar huis. De vertrouwde zoete damp van de ginfabriek, het eeuwige geflonker van de rivier in de doorkijkjes tussen de huizen. Het pasgeverfde, glimmende hek van haar eigen tuin. Daarvóór, midden op de weg, altijd het steigerende paard en de wagenwielen over een roerloos meisje.

Isaac had een kaart op de keukentafel uitgevouwen. O nee, dacht ze, ik wil die getuigenissen van de zee niet in huis hebben, het is geen kajuit hier.

'Kijk eens,' zei Isaac. Het bleek een plattegrond van Londen en omstreken. De Theems kronkelde door het midden als een ader op een oudemannenhand.

'Clapham!' Isaac wees met een potlood. 'Aan het einde van de Hoofdstraat, je kijkt uit over velden en weiden en toch zijn de winkels vlakbij. Een groot huis, goed onderhouden. We kunnen er zó in.'

Zevenenveertig ben ik nu, dacht ze. Tijd om deze wachtkamer te verlaten. Om eindelijk eens ergens te gaan wonen waar water niet de hoofdrol speelt. Waarom zou ik hier blijven? Omdat James hier afscheid nam. Omdat Nat hier op zijn viool speelde, omdat Hugh met mij in de tuin zat. Omdat Elly –

'Ik ben eens gaan informeren,' zei Isaac. 'Naar scholen en zo. Er is een prima school voor onze kleine professor. Vlakbij. Ze leiden op voor de universiteit.'

Alsof hij werd geroepen kwam Benny op dat moment binnen. Hij keek nieuwsgierig naar de kaart maar vroeg niets.

'We gaan verhuizen, Ben,' zei Isaac. 'Je moeder neemt een huisknecht in dienst. Elke week ontvangst voor vrienden en bekenden. Met fazantenboutjes en kervelsoep.'

'Gaat Charlotte mee?' vroeg de jongen. 'En Jamie?' Hij keek onderzoekend naar het gezicht van zijn moeder.

Nu, dacht Elizabeth, nu moet ik hem tonen dat veranderingen zijn toegestaan. 'Isaac gaat mee en Jamie woont bij ons als hij niet op zee is. Charlotte gaat voor het huishouden zorgen. En jij gaat in Clapham naar school.'

Isaac trok een papier uit zijn zak en las voor. 'Filosofie, letterkunde, logica, eloquentia! Ga je allemaal leren, daar. Latijn. Geometrie. Je kan na de zomer beginnen.'

Benny knikte. Zijn gezicht toonde geen emotie maar hij bleef dicht tegen de tafel aan staan.

'Jamie gaat een paard kopen,' ging Isaac verder. 'Er is een stal verderop in de straat. Als hij thuis is kan hij rijden. Jij krijgt een grote kamer met een boekenkast. De eetkamer is een záál! Achter in de tuin is een pruimenboomgaard. Het wordt geweldig, je zal het zien.'

De kwee, dacht Elizabeth. Die blijft hier. Isaac moet me helpen. De zolder. Al die troep van James. De mottige mantels met veren, de manden van riet en boomschors, de speren, de roeispanen – wat moeten we ermee? Misschien kunnen we alles in één kamer proppen, hoog in het huis, met de deur op slot. Voor de papieren zorg ik zelf. Die gaan in de kist met geheimen. De snuisterijen zijn voor de openbaarheid. Die idiote herdenkingsmedaille van goud. Dat belachelijke zogenaamde familieblazoen. Die rarigheid zet ik in een vitrine in de eetkamer, samen met de reisboeken. Zal ik het boek openslaan bij de bladzijden met Kings verhaal over de tragische dood van James? Om te weten hoe het echt was moet je in de kist zijn. De sleutel hangt onder mijn rok. Ik kan het geheim niet ontlopen al zou ik alles in de rivier gooien. Het zit in mij.

Na het bezoek van de bonthandelaar had Elizabeth overwogen een rijtuig naar Chalfont te nemen en Clerkes brief aan Palliser voor te leggen, alsof er niets was veranderd. Ze had de tijd genomen om over dat voornemen na te denken en haar beweegredenen te onderzoeken. Ik ben geschrokken, had ze gedacht, ik wil gerustgesteld worden. Maar dat kan helemaal niet, de feiten zélf zijn onrustbarend en niemand kan ze veranderen.

Ze was gaan lopen over het kronkelpad tussen de weilanden, alleen. Ik wil zijn hulp, had ze gedacht. Hij moet met me praten zodat ik weet wat me te doen staat. De Admiraliteit inlichten? Isaac uithoren? Dat hele circus van heldenverering opblazen? Misschien weet ik heel goed wat ik wil doen en zoek ik alleen maar een excuus om bij Hugh te zijn. Ze schudde haar hoofd en beet op haar lippen. Zonlicht schitterde in de plassen op de weg. Ze sprong van de ene graspol naar de andere om haar schoenen droog te houden. Het vroeg al haar aandacht.

Ze had de brief van Clerke opgeborgen zonder er met iemand over te spreken. Het verslag van de derde reis kwam uit, een prachtige editie in drie delen die binnen enkele dagen was uitverkocht. Als een wetenschapper had ze het verslag over de dood van James gelezen: met distantie, er zorg voor dragend dat haar observaties niet door enige voortijdige interpretatie werden besmet. Door de hiaten in het verhaal zag ze de gebeurtenissen die Clerke haar had beschreven. De woorden op het blanke papier vormden één waarheid; wat er was weggelaten een andere.

Ze kon zich niet voorstellen dat het over haar eigen man ging. James, dacht ze, hoe hij aanvoelde, rook, hoe zijn stem klonk. Ik móét het me te binnen brengen. Ze omringen hem met leugens en ik doe daaraan mee. Hoe vaak zit ik niet aan tafel bij deze of gene te vertellen hoe kalm, menslievend en vindingrijk hij was. Dan haalt iemand de zuurkoolsage weer op en zit ik zoet te knikken. Isaac vertelt hoe James hem de eerste stap liet doen op het grote Zuidland en ik glimlach een beetje droevig maar heel tevreden. Banks put zich uit in een lovende beschrijving van de gewassen die James voor hem verzamelde, uit liefde voor de wetenschap, uit liefde! Mijn man had grote eerbied voor alles wat groeit, beaam ik, zonder een spier te vertrekken.

Er klopt niets van. Hij is een raadsel. In explosies van drift vernielde hij alles wat hem dierbaar was. Waarom? Ik moet erachter komen, ik wil verdomme mijn man terug, ik wil aan hem kunnen denken zonder weg te zinken in een enigmatisch moeras. Ik wil hem begrijpen.

Ze had lang gestaard naar de afbeelding van prinses Poetua, tijdens haar gijzeling geschilderd door Webber in de grote kajuit. De licht zijwaarts uitstekende kleine borsten. De tatoeages. De blik: berustend, verachtend? Ze is zwanger, had ze gedacht, de linkerarm ligt over haar zwellende buik en dat maakt haar sterker dan al die kerels in de bedompte kajuit. Wat bezielde James een halfnaakte zwangere vrouw dagenlang gevangen te houden om een gestolen geit terug te krijgen?

Isaac verloste haar ten slotte. Hij dwong haar de plattegrond van het nieuwe huis te bestuderen en beslissingen te nemen over behang en meubels. Hij was een paar maanden op halfgeld en had alle tijd om haar met inpakken te helpen. De beslissing om samen te gaan wonen was nooit echt genomen, het voornemen was vanzelf ontstaan. Gaandeweg was hij bij haar in getrokken, na elk verlof liet hij meer bezittingen achter in haar huis. Zijn jas hing in de gang.

'We verhuizen zodra Benny klaar is op school,' zei Isaac. 'Wat wil je met de tuin, moet er veel mee? Dan gaan we spitten.'

'Alleen het kaasjeskruid,' zei Elizabeth. 'We beginnen

in Clapham opnieuw. Geen exotische planten meer. Voor James hoeven we het niet te doen, alles staat ook in Kew. En beter.'

De tuin van het nieuwe huis was licht en overzichtelijk. Martin, de huisknecht, maaide met de zeis het gras weg onder de pruimenbomen. Ze keken toe vanaf de overdekte houten waranda.

Elizabeth voelde zich ongewoon tevreden. Haar slaapkamer, een groot, L-vormig vertrek, bood plaats aan een bureau, een wastafel, het grote bed, en nog was er volop ruimte. De kist met geheimen had ze na lange overwegingen een plaats in deze kamer gegeven, diep achter in een muurkast. Soms, in de nacht, leek het haar of er een siddering, een vijandig suizen uit de richting van de kast kwam zodat ze overeind moest gaan zitten en een kaars ontsteken om zich ervan te overtuigen dat alles in orde was.

Elke donderdagmiddag organiseerde ze een ontvangst. Een vrouw uit Clapham kwam koken, Martin liet de gasten binnen en bediende aan tafel.

'Je hebt vrienden,' had Isaac gezegd, 'mensen die het leuk vinden je te zien. Doe iets aardigs voor ze. Laat een nieuwe jurk maken. Verzin een menu. Je kan het.'

Wie moest ze in godsnaam uitnodigen? Charlotte, in haar dubbelrol als vriendin en huishoudster, was er altijd. Jamie zat aan in zijn verlofperiodes. Benny at mee, altijd dicht naast Charlotte, zwijgend tenzij iemand hem een directe vraag stelde. Jane Nelson kwam aanrijden uit Stepney. Ze had nieuwe hulptroepen gerekruteerd voor het schooltje; Elizabeth kwam nog maar één keer per week om voor te lezen en bleef de onderneming financieren. Eens in de twee of drie weken kwam Douglas uit Windsor. Bij die gelegenheden bloeide Benny op. Elizabeth zag ze samen fluisteren, de jongen gebaarde en knikte, er kwam kleur op zijn gezicht.

'Waar ging het over?' vroeg ze een keer na afloop van het diner.

'Wat je kan studeren,' antwoordde haar jongste zoon. 'Wat je later kan worden. Dominee bijvoorbeeld. Ik mag boeken van hem lenen.'

Graag had ze de organist aan haar tafel gezien, maar daar was geen sprake van. Elizabeth bezocht hem op de dagen dat ze naar het schooltje ging. Hartland lag in bed. Hij speelde niet meer. Op de stoep voor het huis had ze een keer een jongeman ontmoet die een instrument in een groot foedraal meedroeg. Zijn bruine haar had hij in een staartje gebonden. Hij wilde net de deur dichtslaan toen hij Elizabeth in het oog kreeg.

'Robert Hartland,' zei hij terwijl hij haar de hand reikte. 'Neef van de oude. Ik heb voor hem gespeeld. Hij ziet uit naar uw bezoek. Mag ik u een keer uitnodigen voor een concert? Mijn oom vertelde dat u van muziek houdt.'

Robert bespeelde de cello in een orkest in Londen. Ze was met Isaac naar een uitvoering gegaan. Er werden werken van Haydn gespeeld, een symfonie en een reeks langzame stukken voor strijkorkest, die uitmondden in een enorm kabaal dat een aardbeving moest voorstellen.

'En,' vroeg Robert in de pauze, 'schitterend, niet? De inkt is nog nat! Het was oorspronkelijk een koorwerk, hij heeft het bewerkt. Zeven adagio's. Dat hij dat durft! Een groot musicus, de grootste. We proberen hem naar Londen te halen, maar die Hongaarse vorst bij wie hij in dienst is houdt hem vast en put hem uit. Hij moet voor die Esterházy elke week nieuwe kamermuziek schrijven. Een artistieke gevangenschap is het. Roofbouw! Straks komt het vioolconcert, je weet niet wat je hoort.'

En zo was het geweest. De concertmeester was gaan staan, pal voor het orkest, en nam haar mee de onpeilbare hoogte in. Ze vergat de geur van de mensen om haar heen, de hoorbare ademhaling, het geschuifel op de harde banken. Toen het stuk uit was voelde ze zich bedroefd en dankbaar tegelijk. Sindsdien was Robert Hartland een welkome gast aan haar tafel.

'Moet je Palliser niet eens uitnodigen?' vroeg Isaac. 'Hij wil vast weten hoe het met zijn petekind gaat. Zo'n eenzame man in een groot huis is toch blij als hij er een keer uit kan. Doe dat nou. Of zal ík hem schrijven?'

Ze stelde zich voor hoe ze samen aan tafel zouden zitten in de vrolijke, lichte eetkamer. Al die loyaliteiten, die geheimen, het bedrog. Het toneelspel en de woede daaronder. Ze had nu, dankzij Isaac, een leefbaar bestaan gevonden dat ze vol kon houden. Als ze besefte hoe genadeloos Palliser haar in de steek had gelaten, deed ze alle winst teniet. Hij is een oude man, fluisterde ze zichzelf in, hij schaamt zich, hij voelt zich mislukt, gekrenkt. Hij geneert zich voor zijn versleten lichaam. Ik moet begrip hebben, mededogen. Hij vertrouwt mij niet. Hij schuift me opzij of ik een oude stoel ben. En dan dat andere, dat moeilijke: James staat tussen ons in, zei hij. Ik weiger om erover na te denken.

'Geen goed idee,' zei ze. 'Je kan beter eens een collega van je uitnodigen. Jonge mensen aan tafel, dat is voor Benny veel leuker.'

Maar wat haar jongste eigenlijk leuk vond was haar een raadsel. Hij leerde Latijn, hij las ijverig in de theologische geschriften die Douglas hem gegeven had en hij zong, ook op de nieuwe school, in het koor. Soms hoorde ze hem oefenen op zijn kamer; zijn hoge stem had een metalige klank. 'Blijf bij mij, Heer, want d'avond is nabij,' zong hij. Het maakte haar op onverklaarbare wijze doodsbang.

Hij bestudeerde het familiewapen dat in 1785 aan Elizabeth was geschonken. Ze had het recht om het op een rijtuig te voeren, als ze een rijtuig bezat. Een onzinnig, overdreven eerbetoon, vond ze. Tegen een azuurblauwe achtergrond lag een kaart van de Zuidzee gevangen in een net van lengte- en breedtegraden. Een rode lijn gaf de weg van James aan, eindigend op Hawaii. Benny tekende het wapen over op een vel papier. Boven de Zuidzee hing een losse arm in kapiteinsuniform, getooid met een lauwerkrans.

'*Circa orbem* staat daar,' zei Benny. 'Dat betekent: de wereld rond. Heb ik grootouders?'

Elizabeth ging tegenover hem zitten. Zijn haar lijkt op dat van Nat, dacht ze. Waarom knip ik hem nooit zelf, waarom stuur ik hem met Isaac mee naar de barbier?

'Ze zijn dood. Je grootmoeder was erbij toen jij geboren werd. Ze heeft je gezien.'

De jongen schreef de namen op: Grace en James, Mary en John. Achter elke naam tekende hij een kruis.

'Bij ons is Jamie de oudste. Wie komt daarna?'

'Nat,' zei Elizabeth. 'Elly. Joseph. George. En dan jij.'

Tergend langzaam vormde zijn pen de kruisen. Waarom vraagt hij niets, dacht ze, hoe George eruitzag, wie Joseph was, waarom hijzelf nog leeft en al die anderen niet? Hij zou mijn antwoord niet verdragen. En waarom vraag ík niets? Kan hij zich Nat nog herinneren, wil hij een keer mee als ik naar Stepney rijd, naar Elly, hoe voelt het om zoveel dode kinderen boven je te hebben? Ik zou zijn antwoorden niet kunnen aanhoren.

'Jamie moet kinderen krijgen, anders sterven wij uit,' zei Benny. Hij tekende vlijtig verder aan zijn stamboom.

Gedreven door wilskracht en plichtsbesef bezocht ze hem elke avond als hij in bed lag.

'Slaap lekker, Benny.'

'Welterusten, mama.'

Als ze weg was kroop hij het bed weer uit en knielde

hij op de kale vloer. Tok, tok. Ze luisterde met ingehouden adem op de gang.

'Heer ontferm u over de doden. Over Nat, over Elly, over Joseph, over George, over papa en over al mijn grootouders. Amen.'

Er laaide een vuur in de haard. De ruiten van de eetkamer, zwart door de vroeg invallende duisternis, weerspiegelden de vlammen. Boven de tafel hing een kroonluchter met dertig kaarsen. Martin had de borden en schalen naar de keuken gedragen en een blad met port en glazen op tafel gezet. Elizabeth leunde achterover in haar stoel en keek naar de gezichten van haar disgenoten. Isaac tegenover haar, met zijn vriendelijke en vertrouwde kop; Charlotte; Jamie, net bevorderd tot luitenant, in een splinternieuw uniform; de druk pratende Robert Hartland. Volgend jaar ben ik vijftig, dacht ze, en nog steeds ben ik er. Ik ben er meer dan ooit, sinds we verhuisd zijn. Isaac dwingt me om gewoon te leven, lekkere dingen te eten, gesprekken te voeren, naar concerten te gaan. Nooit gedacht dat ik dat weer zou kunnen. Waarom is Benny nu verdwenen? Zeker boven bij z'n boeken. Een jongen van veertien zit niet graag zo lang aan tafel.

Jamie was aan het woord en iedereen luisterde geboeid. Op een Indiëvaarder was kapitein Bligh in Portsmouth aangekomen. De marinebasis gonsde van de verhalen.

'Door de muiters is hij in een sloep gezet, een open bootje! Ze kregen nauwelijks voorraad mee, Bligh en de mannen die hem trouw bleven. Het is een hellevaart geweest, maar het is ze gelukt. Ze zijn uiteindelijk veilig ergens op Java aangekomen. Het komt allemaal omdat er geen mariniers mee waren, dan heb je geen middelen om je gezag te laten gelden. Ze gaan een krijgsraad houden.'

Arme Jane, dacht Elizabeth. David Nelson, opkweker en verzorger van duizend broodboomstekjes, was zijn kapitein gevolgd in de sloep en had de gevaarlijke reis goed doorstaan, maar aan land was hij snel aan de moeraskoorts bezweken. Morgen ga ik haar bezoeken; de zinloosheid, het absurde toeval, de machteloosheid.

Over opstand en revolutie ging het tafelgesprek. Wat er in Frankrijk gebeurde zou overwaaien naar Engeland, het hing in de lucht en misschien was de muiterij op *The Bounty* een voorteken. Nee, meende Isaac, dat bandeloze bloedvergieten van de Fransen zou in Engeland niet gebeuren, de verhoudingen tussen de verschillende standen waren hier anders en de mensen hechtten meer aan traditie. De muiters zouden zeker veroordeeld worden en met ieders instemming worden opgehangen aan de ra van de grote mast. Parijs! Gék waren de mensen daar. De verspilling! De chaos!

Robert Hartland was in Londen naar een Franse voorstelling geweest, een toneelstuk over de dood van Cook; in Parijs waren er menigtes op af gekomen. Omdat de arme inboorlingen korte metten maakten met de welvarende bezoekers? Zou kunnen, hij wist het niet. Hier, in Engeland, kwamen de mensen op het spektakel af, kijk maar naar het succes van de voorstelling over Omai een paar jaar geleden. Het stuk over James liep nu in Covent Garden, er was muziek bij, ballet en schitterende kostuums met glitters en veren. Drie bedrijven! Het verhaal was onzin, zei Robert, iets over een liefdesgeschiedenis en een jaloerse minnaar, James kwam op voor de een of ander en werd vermoord. Het sloeg nergens op maar de muziek was prachtig, zeer goed uitgevoerd ook. Op het toneel was een vulkaan gebouwd die tijdens het derde bedrijf echte rook uitbraakte.

Over de tafel heen zocht Elizabeth Isaacs blik. Ze keken elkaar aan en schudden allebei haast onmerkbaar het hoofd. Die voorstelling zouden zij niet bezoeken.

Het gesprek over de revolutie in Frankrijk bleef in haar

nazinderen. Hoe de beul het haar in de nek van het slachtoffer wegknipte. Hoe het mes van de guillotine neerviel. Hoe een lichaam ineens geen geheel meer was. Ze kon de gedachte aan James' einde niet tegenhouden; met mes en bijl hadden ze hem in stukken gehakt, als een varken dat door zes gezinnen samen gekocht was. De slager had verstand van gewrichten en sneed pezen en banden door zodat ieder het zijne kon krijgen. Ze werd misselijk. Ze kreeg het koud. Hoe heeft hij het zover laten komen? Waarom moest hij alles wat hij had verworven zo achteloos verloren laten gaan?

Ze dwong zichzelf naar Isaac te luisteren, die sprak over de vreugde van de cartografie; de blijdschap na een goedgelukte tekening van een onbekende kust, de tevredenheid na het rondzeilen om een eiland om het compleet in kaart te brengen.

'De hele wereld kan je tekenen, en dat zal ook gebeuren. Elke ontdekkingsreis levert een schat aan fragmenten op, en dankzij de nauwkeurige plaatsbepaling sinds de uitvinding van de zeeklok kunnen we die allemaal aan elkaar verbinden. Als steentjes in een mozaïek. Wat wij getekend hebben bestáát. Ik was verschrikkelijk uit m'n humeur als we van de kust af moesten, te ver om nog iets te onderscheiden. Ergerlijk dat achter mist en wolken een landschap ligt dat je niet te zien krijgt. James kon daar ook slecht tegen, hij zeilde weleens terug als het weer was opgeklaard. De mannen werden daar kwaad om, maar ik begreep het wel.'

'Je moet alles door je handen laten gaan,' zei Robert. 'Met muziek is dat net zo. Elke noot moet je spelen, je strijkt hem aan en dan bestaat hij, dan is hij er geweest, ook als je hem niet meer hoort. Daarom wil ik die nieuwe symfonieën van Haydn allemaal spelen, meteen als hij ze geschreven heeft. Alsof ik ze tot leven kan wekken.'

Isaac leek nauwelijks te horen wat de muzikant zei. Hij keek Elizabeth strak aan en sprak door, over James.

'Je had hem moeten zien als er land in zicht kwam! Hij kon dat al van heel veraf vermoeden, hij zag het aan de golfslag, aan de kleur van het water. Dan stuurde hij iemand naar boven om uit te kijken. Na een tijd kwamen de vogels, dan wisten we dat er iets in de buurt moest zijn waarop ze konden uitrusten. Of er dreven takken in het water, een boomstam, een kokosnoot. Dan schreeuwde de matroos van boven uit de mast en gingen we aan de reling staan turen tot de kust aan de einder verscheen. James verzon een naam. Hij doopte het eiland en voegde het toe aan wat we al wisten. Dan was hij gelukkig. Winst, zei hij tegen me, we hebben winst geboekt vandaag, een fragmentje kennis bevochten op de onwetendheid; pak je potloden en teken het op! Hij heeft een standaard gezet. Zo doen we het nog steeds. Of zo zouden we het doen als we niet steeds aan het oorlogvoeren waren.'

Isaac had rode blossen op zijn wangen gekregen. Elizabeth liet zijn blik los en keek in haar schoot. Alles heeft hij gewonnen, roem, aanzien, acceptatie in kringen waar hij niets te zoeken had. Een gezin. Zeevarende kinderen. Vrijheid om te beslissen wat hij wel of niet op zich nam. Alles gewonnen, alles verloren. Hij zeilde met de tijd mee, benieuwd naar wat er nu weer aan de horizon zou opdoemen. Op Hawaii, het laatste eiland, is hij uit de tijd gevallen en schreef hij niet meer in zijn logboek. Waren er geen fragmenten van de werkelijkheid meer die hij aan zijn corpus van kennis moest toevoegen? Was het belang van de klok tenietgedaan? Waardoor dan?

Ik ken het, dacht ze, ik viel zelf uit de tijd toen de kinderen stierven; ik stond buiten die stroom waar alle anderen in opgenomen leken. Het uur van de dag, van de nacht, was ik kwijt en ik wist van gebeurtenissen niet of ze kort of lang geleden hadden plaatsgevonden. De tijd stond in mij stil, daarom kon ik er geen schatting meer van maken. Het was ook niet van belang.

Later merkte ik dat alles was doorgegaan en ik achterliep. Ik probeerde de stroom te volgen, strompelend, op m'n knieën, halfhartig. Ik bleef achteraan gaan, omkijkend naar vroeger, naar de tijd waarin ik wilde zijn. Ik ken het.

Het gesprek was een wolk van geluid, een kabbelende achtergrond voor haar gedachten. Ze moest beter opletten, het ging om háár tafel, haar gasten, haar tijd.

'Hij nam een schoon vel papier,' zei Isaac, 'en wij ruimden de tafel leeg. We tekenden de lengte- en breedtegraden in, met potlood natuurlijk. In een hoek begon ik aan de windroos, heerlijk was dat. Dan brachten we alles wat we wisten bij elkaar en ontstond er voor onze ogen iets nieuws, ja, het eiland leek ons volstrekt nieuw al kenden we alle onderdelen, het groeide onder onze potloden tot een overzichtelijk geheel, alsof we het pas echt kenden als het helemaal op papier stond.'

'Ik vind het altijd jammer dat het maar de buitenkant is,' zei Jamie. 'Alleen de kust, want verder kan je meestal niet kijken. Binnen in die eilanden van jullie ligt een witte vlek. Ja, een enkele berg, de vermoedelijke loop van een riviertje, zo'n vulkaan, die kan je er nog wel in kwijt. Maar verder? Je zou dwars door dat land moeten raggen. Meten. Weten.'

Ik ook, dacht ze. Ze vertellen me wat ik moet doen. Gegevens verzamelen, de dingen die ik weet met elkaar in verband brengen, ze zo naast elkaar leggen dat er iets nieuws ontstaat, iets wat ik begrijpen kan. Dankzij Isaac en de jongens loop ik weer aan de leiband van de tijd, ik moet het nu kunnen aanpakken. Ik ben het aan James verplicht.

Het schoot haar te binnen dat de kaart van Hawaii

was ondertekend door William Bligh, het onfortuinlijke slachtoffer van de recente muiterij. James was zelf niet in staat geweest zijn waarnemingen bijeen te voegen. Als hij het al niet opbracht, hoe moest zíj het dan kunnen?

Ze leunde achterover in haar stoel en voelde de gloed van het haardvuur. Voor haar ogen schemerde de omtrek van het eiland en al haar aandacht werd getrokken naar het lege middelpunt, een hart dat bonsde van witte, laaiende hitte.

# 12

Ze had de verstreken jaren verprutst en verbeuzeld met kleinigheden zonder belang. De vastberadenheid waarmee ze het onderzoek naar de dood van James ter hand wilde nemen was ongemerkt verdwenen. De ene taak na de andere plicht schoof ervoor, er was geen ontkomen aan en het leek of ze dat ook niet wilde.

Jane Nelson had haar aandacht in beslag genomen. In de tijd van haar verse weduwschap bezocht Elizabeth haar vrijwel dagelijks. Ze maakten lange wandelingen en gingen samen op bezoek bij Joseph Banks om een pensioen voor Jane los te krijgen. Vanaf de muur keek James streng op Elizabeth neer.

'Het blijft een schitterend portret,' zei Banks. 'Dance heeft hem zo goed getroffen. Zeer herkenbaar.'

Onzin, dacht ze. Hij is afgebeeld zoals hij misschien zou willen zijn, niet zoals hij was. Met pijn herinnerde ze zich hoe James haar in de tuin de pose had voorgedaan.

Het schooltje liep leeg omdat er steeds meer ook voor de armsten betaalbare scholen werden opgericht. Elizabeth had erop aangedrongen nog een tijd door te gaan als opvanglokaal voor de kinderen die na school in een leeg huis terecht zouden komen, maar uiteindelijk besloten ze tot opheffing.

Jane herstelde zich wonderwel. Ze was altijd mager en pezig geweest maar werd nu zonder meer dik. 'Ik weet niet wat het is,' zei ze verbaasd. 'Ik heb al twee keer nieuwe kleren moeten aanschaffen. David had het prachtig gevonden, hij zei altijd dat ik veel te iel was.'

Bezig blijven, dacht Elizabeth, er moet iets in de plaats komen van de school, anders heeft de dag geen vorm en blijft ze maar zitten. Jane stelde voor om middagen te organiseren voor jonge zeemansvrouwen.

'Toen David wegging wist ik niet wat me overkwam,' zei ze. 'Als ik jou toen niet was tegengekomen was het slecht met me afgelopen. We moeten die meisjes met elkaar in contact brengen, dan gaan ze elkaar helpen. Op elkaars kinderen passen, dingetjes voor elkaar doen, elkaar een beetje in de gaten houden. Er zit er vast een tussen die goed naaien kan en die leert dat weer aan de anderen. Of eentje met verstand van geld. Twee keer in de week een middag. Uitjes! We kunnen met ze naar Kew varen.'

Elizabeth had Jane geholpen met de organisatie maar had daarna toch snel afgehaakt. Het idee beviel haar beter dan de uitvoering, merkte ze toen de vrouwen die eerste keer binnenkwamen in het zaaltje achter de kerk. Meisjes nog, giechelend, verlegen, uitdagend, zich flink houdend, slank, stevig, zwanger. Elly, had ze gedacht, ze zou vijfentwintig zijn, ze had hier bij ons kunnen zitten. De afgunst was zo hevig en bitter dat ze op moest staan om even buiten rond te lopen. Hoogzomer was het, de meisjes hadden blote armen. Door het open raam hoorde ze de stem van Jane en daarna het gekwetter van de vrouwen, een opspattende lach, een uitroep. Ik kan dit niet, had ze gedacht. Ik moet het niet doen, ik bederf het voor iedereen.

Jane had het begrepen en was alleen met het project doorgegaan. Ze vertelde erover op de donderdagdiners en maakte een tevreden indruk.

De oude organist stierf in het seizoen dat de door hem bewonderde Haydn naar Londen kwam. Zonder angst of pijn gleed hij weg vlak nadat Robert de sarabande uit de vijfde suite van Bach voor hem had gespeeld. Nu zijn Hartlands herinneringen aan Nat verloren, dacht Elizabeth. Goed dat hij mij zoveel verteld heeft, dan kan ik eraan denken. Ze plantte helleborus op zijn graf.

Het muziekseizoen dat in de herfst van 1791 begon was opwindend. Haydn had nieuwe symfonieën geschreven om het Engelse publiek te plezieren en Elizabeth ging luisteren. Een langzame, plechtige inleiding, zodat je overvallen werd als het echte thema zich in volle vaart aandiende. Een menuet dat zo snel ging dat je er nauwelijks op zou kunnen dansen, alleen maar zwieren en vliegen. Het orkest zag er voller uit dan anders. Ze hoorde niet alleen hoorns en hobo's maar ook klarinetten, fluiten, fagotten. Midden achter zijn collega's zat de paukenist, hij keek recht in het gezicht van de dirigent. De klare, doordringende klank van de trompetten overviel haar met gedachten aan de onschuld en de ernst van haar muzikale zoon.

'Het is te veel voor je,' zei Isaac, 'we gaan niet meer.' Maar ze wilde alles horen. Hij pakte haar hand als ze het te kwaad kreeg. Het was een mooi seizoen.

De zomer verraste iedereen. Het werd gewoon niet warm. De gewassen groeiden op halve hoogte en rotten weg in de modder. IJzige regenbuien geselden het land en de dieren kropen bij elkaar tegen de stenen muurtjes rond de velden. Martin, die de tuin mooi wilde maken, was ten einde raad.

'Laat het maar,' zei Elizabeth. 'Misschien krijgen we een mooie herfst. Anders wachten we op volgend jaar. Het is niet erg.'

Omdat het najaarsachtig donker was had ze 's middags de lamp al aan. Ze las. Ze schreef naar Frances, naar

Douglas, naar Robert. Ze dacht na.

De mannen bij wie ze te rade zou kunnen gaan in haar speurtocht naar de lotgevallen van James waren de een na de ander gestorven. Anderson en Clerke al lang geleden, daarna King, onlangs Burney en Gore. Het zou haar moeten verontrusten maar het kon haar niet schelen, alsof haar begrip van James niet afhankelijk was van feiten die een ander haar zou kunnen vertellen, alsof al het materiaal al klaarlag en het er alleen nog maar om ging de fragmenten in een nieuw verband samen te brengen. Ze concentreerde zich, ze liet het boek in haar schoot zakken en sloot haar ogen om nergens door afgeleid te worden. Voor ze het wist zat ze over de verzopen anemonen te denken, het menu voor donderdag, de toestand van het haardvuur. Dan ging ze maar naar buiten en liep door wind en regen zodat ze in elk geval iets voelde, kou die in haar wangen beet, kil vocht op haar schouders, zwaarte in haar bemodderde voeten. Tijd, dacht ze, er is toch tijd. Niet alles hoeft nu meteen. Ik kan met Isaac kletsen, naar Jamie kijken als hij ronddraaft op zijn paard. Doen wat er te doen valt. Niet meer.

Benny's achteloze zinnetje over het uitsterven van de familie was in haar gedachten blijven hangen en maakte dat ze haar oudste nauwlettend in de gaten hield.

'Ik zag Jamie door de hoofdstraat lopen,' zei Charlotte. 'Hij was met de dochter van de dokter, zo'n lief kind, een beetje mollig. Susanna heet ze.'

Met Kerstmis kwam ze eten. Ze keek bewonderend naar Jamie en vroeg Benny met oprechte belangstelling naar zijn bezigheden. Schutterig en blozend sprak ze Elizabeth aan in de gang: 'Zo erg vind ik het voor u, alles wat u verloren hebt, ik durf er niet over te praten. U moet weten dat ik het heel bijzonder vind, dit, dat u het aankunt, zo'n gezellige avond.'

Elizabeth was ontroerd en zei iets aardigs terug. Isaac wilde drinken op het nieuwe paar en Jamie keek trots.

Ze dacht aan Hugh Palliser, misschien niet dagelijks maar wel vaak. Van tijd tot tijd gingen er brieven heen en weer tussen Chalfont en Clapham, oppervlakkige brieven waarin ze hem op de hoogte hield van het leven van zijn petekind; nietszeggende brieven waarin hij vertelde over de dieren op zijn landgoed; brieven met een vreemde onderstroom en onduidelijke toespelingen waar ze beroerd van werd. Hij schreef haar op de sterfdagen van Nat en Elly. Dat waardeerde ze. Althans de bedoeling. De moedeloze distantie die er uit zijn woorden sprak maakte haar kwaad.

*Het heeft geen zin om elkaar te zien*, schreef hij, *mijn leven is erg beperkt geworden en ik wil dat graag zo houden. Ik heb aan de herinneringen genoeg. Het is jammer dat we elkaar niet de troost konden geven die we nodig hadden, maar het is niet anders. We moeten daar vrede mee hebben.*

Razend werd ze ervan. De woede hield haar uit de slaap, ze componeerde vlijmscherpe replieken die ze met krassende pen opschreef maar uiteindelijk in een lade liet liggen.

Niemand heeft mij ooit zo wezenlijk gesteund als hij, dacht ze, en ik op mijn beurt heb nooit voor iemand zo opengestaan als voor hem, zo onbevangen, zonder bijgedachten. Dat hij weigert om nog iets te delen terwijl we er nog zijn, dat hij wegzakt in herinneringen terwijl we nog bestaan – ze gromde en vloekte van vernedering en verontwaardiging.

Dan kwam de dageraad door de ramen en zag ze zijn geteisterd gezicht voor zich. Wat hij wil, dacht ze. Ik doe wat hij wil, ik maak het hem niet moeilijker dan het al is. Ik begrijp niet goed waar hij mee worstelt, maar ik houd genoeg van hem om hem te laten.

Ze vermoedde een geheim waar hij haar niet mee wilde belasten en kon zijn opmerking over James niet vergeten. Het lukte haar niet om helder door te denken, er liepen te veel lijnen door elkaar. Dan stopte ze haar boze kladbriefjes weg en maakte koffie voor zichzelf in de nog kille keuken.

Benny werd zestien jaar. Hij was langer dan zij en begon eruit te zien als James toen ze die voor het eerst ontmoette. Hij was een plooibare, stille jongen gebleven die soms tot haar verbazing al uren in de kamer zat zonder dat ze het had gemerkt. In de opgewonden gesprekken tussen Isaac en Jamie, altijd over roddels en misstanden bij de Marine, mengde hij zich nooit. De verhalen van Robert Hartland over de spannende nieuwe muziek lieten hem koud; uitnodigingen voor concerten sloeg hij af omdat hij nog wilde leren. Het enige wat hij uit zichzelf en met hartstocht ondernam was kerkbezoek. Hij kon enthousiast vertellen over wat de dominee nu weer in zijn preek had aangesneden. Elizabeth wist niets beters te doen dan Benny's bijdragen aan de conversatie te negeren. Ze verachtte zichzelf erom. De jongen getuigde van wat er in hem omging, ze zou daar belangstelling voor moeten hebben. Waar was ze bang voor?

'Ik zie jou niet naar zee gaan als je klaar bent met deze school,' zei Isaac. 'Wat ga je eigenlijk worden, denk je?'

Benny wierp een schuine blik op zijn moeder. 'Dominee. Ik ga theologie studeren. In Cambridge.'

Hij bloosde en keek naar zijn lege bord.

Ze voelde haar hart razen. Omdat haar eigen zoon wilde toetreden tot het gilde dat zij als huichelachtig beschouwde? Omdat ze er niet in geslaagd was hem zoveel veiligheid te verschaffen dat hij het zonder geloof af kon?

'Fantastisch!' zei Jamie. 'Naar een echte universiteit.

Dat is nog eens iets anders dan knopen leggen en bestek maken. Een geleerde in de familie, heel goed.'

Nat geloofde in muziek, Benny gelooft in God. Waarom verdraag ik het een en niet het ander? Ik moet met hem praten. Hij ontglipt me.

's Avonds zat ze alleen in de kamer toen Benny goedenacht kwam zeggen. Isaac was uitgegaan.

'Kom even zitten.'

De jongen liep aarzelend naar de haard. 'Ik moet naar bed. Morgen overhoring op school.'

'Kom even zitten.'

Hij liet zich voorzichtig neer op het puntje van een rechte stoel en keek haar vragend aan.

'Meende je dat, vanmiddag?' Wat een vraag, hij meent altijd alles wat hij zegt. Net als James.

'Cambridge is het beste, zegt de directeur. Voor theologie.'

'En dat is wat je het liefste wilt.'

Hij knikte. Nu niet afdwalen, niet gaan raaskallen over allerlei prachtvakken die je kan gaan studeren, literatuur, recht, filosofie – niet doen.

'Je bent vast op je plaats daar,' zei ze. 'Iemand die zo graag en goed leert als jij hoort thuis op de universiteit. Maar Benny, waarom theologie?'

Hij wiebelde heen en weer en zweeg.

'Heeft de directeur je dat aangeraden? Een leraar?'

'Ik heb morgen stamtijdenoverhoring. Latijn. Ik wil het nog even nakijken boven.'

'Is het omdat je het fijn vindt in de kerk?'

Benny leek ineen te zakken en zat met gekromde rug op zijn stoel. Hij zette zijn ellebogen op zijn knieën en liet zijn hoofd op zijn vuisten rusten.

'Je weet hoe het moet,' zei hij, 'hoe je moet leven. Wat belangrijk is. Dat moet je doen. Dan is het goed. Ik vind het prettig in de kerk, het is heel mooi, vooral als we zingen. Maar het gaat om wat de dominee zegt. Wat in de Bijbel staat. Dat je gered kan worden.'

Zijn gezicht was donkerrood opgekleurd. Elizabeth deed haar best om hem niet aan te kijken en hem toch het gevoel te geven dat ze luisterde. Ze zag haar handen verkrampt van spanning op de stoelleuningen liggen.

'Hij legt moeilijke dingen uit. Dat wil ik ook leren. Waarom mensen doodgaan. Hoe het dan verder moet. Over troost en genade. God ziet alles. Dat je nooit alleen bent. Nooit.'

Het was of ze zich, nu ze tweeënvijftig was geworden, eindelijk weer aan het leven toevertrouwde en kon genieten van haar samengestelde gezin, haar vrienden en haar tuin.

's Avonds wandelde ze gearmd met Isaac diep de boomgaard in. Geleund tegen de kunstig gestapelde stenen muur keken ze uit over golvend land vol grazende dieren.

Benny deed met glans zijn toelatingsproef voor de universiteit en Elizabeth hielp hem met het inpakken van zijn boeken en kleren. De houten vogel die Isaac had meegebracht van de derde reis moest mee.

'Ik geloof toch dat het een visarend is,' zei Isaac.

'Nee.' Benny klonk vastbesloten. 'Het is een adelaar.'

Jamie, al enige tijd geleden bevorderd tot eerste luitenant, kreeg het commando over een bescheiden schip. Dertig jaar, dacht Elizabeth. Een volwassen man. Laat hem toch eens werk maken van dat meisje, waarom aarzelt hij zo?

'Ze wil wel,' zei hij. 'Het ligt aan mij. Kan ik haar dat aandoen, denk ik steeds, trouwen met iemand die altijd weg is? Zij is bang als ik op zee ben. Begreep ik eerst niets van, ik ben niet angstig aangelegd. Wat komt dat komt. Toen ik het in de gaten kreeg, ging ik nadenken. Jij was altijd alleen, wij vonden dat gewoon, maar voor jou moet dat erg geweest zijn, toch?'

'Jij moet niet voor haar beslissen. Als ze van je houdt kan ze ertegen, je zal het zien.'

Kleinkinderen, dacht ze. Leven in huis, speelgoed, houten nappen met aangekoekte pap. Verbaasd merkte ze dat ze plezier had in die fantasie.

Vooralsnog bleef een verloving uit. Hij moet nadenken, zó oud is hij nog niet, James was ver in de dertig toen we trouwden. Maar in zijn vrije tijd dwaalde Jamie niet meer met zijn vriendin door de hoofdstraat. Geschoeid in zijn glimmende laarzen liep hij naar de stal; hij dreef zijn paard de heuvels in en kwam 's avonds bezweet thuis.

'Jamie is geen tobber,' zei Isaac. 'Eigenlijk houdt hij niet van overwegen en beslissen. Hij wacht tot het duidelijk is en dan doet hij wat hem te doen staat. Maak je geen zorgen.'

Benny vertrok na de zomer. Hij sloeg Elizabeths aanbod om mee te reizen af. Hij heeft zeker genoeg aan God, dacht ze bitter. Met tweeslachtige gevoelens zag ze hem met koffer en adelaar naar de koets stappen. Op het laatste moment gaf ze hem wanten en een sjaal mee. Ze kuste hem onhandig, zich bewust van haar behoefte zich een goede moeder te betonen. Isaac had de jongen tegen zich aan gedrukt en laten merken dat hij hem ging missen. Zwaaien, roepen, wuiven. Het kind zien verdwijnen.

Er kwamen brieven, met ijzeren regelmaat. Het curriculum was naar verwachting, de docenten konden hem boeien en de adelaar stond op zijn boekenkast. Met Kerstmis zou hij thuiskomen, de groeten aan Charlotte.

Hij kwam met Kerstmis niet thuis. Hij was ziek geworden en lag met laaiende koorts in bed. De huismeester schreef een kort briefje, hij had de dokter laten komen en rekende erop dat mevrouw hem de kosten zou vergoeden. De jongeheer was er slecht aan toe.

Elizabeth pakte een reisvalies. Isaac, toevallig met verlof, ging ongevraagd met haar mee. Toen ze 's avonds in Cambridge aankwamen, verdoofd door de herrie en de beweging van de reis, toen ze verloren met de tassen aan hun voeten voor de poort van het studentenverblijf stonden, toen de huismeester hun opendeed, zwijgend, met een strak gezicht – toen wist Elizabeth dat haar jongste was gestorven.

In de Spartaans ingerichte studentenkamer lag Benny uitgestrekt op het bed, met opgebonden kin en de handen vroom gevouwen op zijn borst. De huismeester roffelde de trap weer af om de dokter te gaan halen. Isaac, buiten zichzelf van verdriet, ging op het bed zitten en kuste Benny op het wasachtige gezicht. Elizabeth trok zich terug bij het raam. Het voelde of ze er niet was.

'Ernstige koortsen,' zei de dokter. 'Vanmorgen vroeg is hij bezweken. De dominee was erbij. Vannacht heb ik nog een aderlating verricht, maar het mocht niet meer baten. Wreed, zo'n veelbelovende knaap.'

Hij drukte Elizabeth de hand. Isaac droogde zijn tranen met een enorme zakdoek en bood zich aan als gesprekspartner over de zakelijke afhandeling. Hij betaalde de dokter op de gang, het leek hem oneerbiedig om dat in aanwezigheid van Benny te doen, zei hij later.

Er werd een herberg gezocht. Isaac maakte afspraken voor de begrafenis, de dienst, het ontruimen van de kamer. Verdwaasd zaten ze in het logement aan tafel.

'Ik kan het niet helpen,' zei Isaac. 'Ik moet gewoon eten, anders gaat het niet. Het spijt me.'

Toe maar, eet maar, wilde ze zeggen. Maar ze zei niets.

'Ga nou naar boven, een uurtje liggen. Je ziet gewoon grijs.'

Ze lag op het bed onder haar reismantel. Isaac was teruggelopen naar Benny's kamer om nogmaals afscheid te nemen en een poosje bij hem te waken.

Ze wist met dit verlies geen raad. Een ontoelaatbare, onverdraaglijke opluchting had ze gevoeld, en tegelijkertijd het doffe verdriet dat met verspeelde kansen gepaard gaat. Ze viel in slaap.

Een van Benny's docenten ging voor in de dienst. Benny zou dat willen, had Isaac gezegd, en wij moeten doen wat hij wil. Charlotte kwam, behuild en in de war. Palliser schreef om zich te excuseren en zijn deelneming te betuigen. Op het allerlaatste moment kwam Jamie, door de havenmeester van zijn schip gerukt zodra hij aanmeerde.

Elizabeth stond op en knielde op de juiste momenten. Ze luisterde naar de koorzang en keek in haar schoot tijdens de gebeden. De tekst had de dominee, zelf nog een jongeman, uit de eerste brief van Petrus gehaald: 'Want alle vlees is als gras en alle heerlijkheid als een bloem in het gras; het gras verdort en de bloem valt af.'

Elizabeth keek scherp in zijn ernstige gezicht toen hij de preek begon met het uitspreken van die woorden, alsof hij iets zou gaan zeggen wat zij mee kon nemen, bewaren, gebruiken om de herinnering aan deze absurde dagen aan vast te knopen. Al snel hoorde ze niet meer wat hij zei.

In het middenschip van de kerk was een graf gedolven. Ze vond het vreemd dat de achterblijvers niet naar buiten hoefden, maar Isaac zei dat dit het allerbeste was. Benny had toch voor de Kerk gekozen en op deze manier konden ze die keuze honoreren.

Jamie en Isaac verzamelden Benny's bezittingen; de adelaar ging terug naar huis in de postkoets, op schoot bij Charlotte, die steeds haar handen over de hals van het dier liet gaan.

*Je had erbij moeten zijn,* schreef Elizabeth aan Palliser. *Je petekind. Hij was een schim voor jou, dat weet ik wel. Maar toch. Het verdriet lijkt zwaarder bij dit kind dat mij altijd vreemd is gebleven. Ik heb daar veel last van. Isaac en Charlotte huilen en missen hem. Ik ben van ijs. Jamie, met zijn praktische aard, heeft de vogel op het buffet gezet en is naar Portsmouth vertrokken op de eerste dag van het nieuwe jaar. Hij is commandant van een oorlogsschip, de* Spitfire.

Ze plaatste Benny's boeken terug in zijn kamer. Met ijzeren discipline ging ze daar elke dag even zitten achter zijn werktafel. Ze wierp een blik in een theologisch geschrift, ze rook aan een hemd, ze streelde het tafelblad. Het was januari, ze keek dwars door de kale zwarte pruimenbomen de leegte in.

Er stak een storm op, die nacht. Ze zat rechtop in bed en wist met zekerheid dat er een ramp stond te gebeuren en dat zij die ramp zou moeten doorstaan. De volgende dag ruimde Martin de afgerukte takken op in de boomgaard. Elizabeth wachtte achter het raam. 's Avonds weigerde ze naar bed te gaan.

Om tien uur in de ochtend reed de karos van de Admiraliteit voor. James Cook junior, commandant van de *Spitfire,* verdronken in de haven van Portsmouth toen hij met spoed in een open sloep op weg was naar zijn schip terwijl de storm al woedde. De sloep aan barrels tegen de rotsen. Het lichaam van Jamie, met ingeslagen schedel, beroofd van geld en horloge, aangespoeld op het strand. De bemanning van de sloep voortvluchtig. De Admiraliteit overmand door spijt. De woordvoerder bol van de condoleances. Het weer ineens wonderlijk rustig. De gordijnen dicht, de deur gesloten.

Ze begroeven hem bij zijn jongste broer. Isaac vertoonde opmerkelijke daadkracht en organiseerde de hele plechtigheid. Daarna legde hij zijn volle gewicht in de schaal om bij de Marine te onderzoeken wat er precies gebeurd was, die nacht van de 25ste januari. Hij kwam er niet achter. Een ordinaire roofmoord onder de dekmantel van de opstekende storm, zei men. Zoiets gebeurt, je kan pech hebben met die roeiers, als ze weten dat je geld op zak hebt slaan ze je neer. Of niet.

Isaac brak. Hij kwam zijn bed niet uit en at niet meer. Als hij in zijn kamerjas beneden kwam, huilde hij. Zijn donkere krullen zaten zweterig tegen zijn hoofd geplakt en hij had smerige zwarte randjes onder zijn nagels.

Elizabeth drong er in haar correspondentie met de Admiraliteit over Jamies nalatenschap op aan haar neef Isaac Smith zo spoedig mogelijk weer voor actieve dienst op te roepen. Ze was opgelucht toen hij snel daarna een schip kreeg toegewezen. Plicht deed hem goed. Hij vermande zich, liet een nieuw uniform maken voor zijn vermagerde lichaam en vertrok.

Toen kon ze zich eindelijk laten gaan. Uit brieven van Frances, jaren later, begreep ze dat buurvrouwen en vriendinnen in wanhoop naar Amerika hadden geschreven over haar beklagenswaardige toestand. Dat ze niet meer buiten, zelfs niet meer beneden kwam. Dat ze in drie weken maar één klein stukje vis had gegeten. Dat ze maandenlang iedere ochtend en iedere middag een uur lang brullend huilde. Dat niets haar helpen kon.

Het was een gevecht met haar lichaam. Zij verloor. Haar drieënvijftigjarige botten, spieren en organen vierden de overwinning, beschadigd maar intact. Elizabeth stond op, kleedde zich aan en ging naar buiten.

Ze had verwacht dat alles grijs zou zijn, kleurloze schakeringen van zwart en wit zoals op de gravures van Hodges in het reisjournaal, maar de donkergroene winkelpuien met hun gouden letters spatten haar tegemoet en het zonlicht ketste brutaal op een felrode koetsiersjas, een mand met paarse violen, een hemelsblauwe gevelsteen.

Ze had verwacht dat ze, net als na de dood van Nat, woedend zou zijn op iedereen die haar aansprak zonder het verlies aan te roeren – alsof er niets gebeurd was, alsof zij dezelfde was als daarvoor! –, maar ze merkte dat het haar niets kon schelen als de mensen om haar heen haar zonder meer betrokken in het leven dat nu aan de orde was. Er viel niets meer uit te wisselen, wat haar was overkomen onttrok zich aan de gangbare gesprekken en de gedachten daarachter. Het was eenvoudiger om niet naar medeleven te haken.

Ze hernam de ontvangsten op donderdagmiddag, ook als Isaac op zee was. Ze vergezelde Robert Hartland naar een kamermuziekconcert waar strijkkwartetten van een jonge componist uit Oostenrijk werden uitgevoerd, opgedragen aan de grote meester Haydn. Het deed haar meer dan de volle klank van het symfonieorkest, ze kon beter onderscheiden wat er gebeurde nu er maar vier muzikanten bezig waren hun melodielijnen door elkaar te weven. Ze onthield de naam van de maker: Mozart.

Ze schreef met enige regelmaat brieven, het moest gebeuren en ze deed het. Als Isaac thuis was zorgde hij trouwhartig voor haar. Hij kon niet over de jongens spreken, zodra hij zijn mond opendeed werd hij door huilbuien overmand. De aanblik van Benny's adelaar op de kast deed keer op keer de tranen opwellen. Eens per maand huurde hij een rijtuig en bracht haar naar Elly. Twee maal per jaar bezochten ze Cambridge en legden bloemen op het dubbele graf in het middenschip van de kerk.

Waarom sliep ze niet met hem, dacht ze terwijl ze

de trap op klommen in het logement, op weg naar hun gescheiden kamers. Zou het niet voor hen beiden beter zijn om samen in bed te kruipen? Hoe zag Isaac haar eigenlijk? Als hij haar goedenacht wenste kneedde hij haar schouders en bovenarmen met zijn stevige handen. Ze bleef in zijn omhelzing staan, te lang, in de hoop een teken te krijgen van haar wensen. Alles aan hem straalde troost uit. Het boezemde haar louter weerzin in. Het idee van zijn gezonde, schuldloze lichaam tegen het hare maakte haar onpasselijk. Die warmte. Die koestering. Ze kon het niet.

'Hij is erg ziek,' zei Isaac. 'Ik hoorde het op de Admiraliteit, het loopt op z'n eind. Hij is ook al op jaren. Echt gezond was hij nooit, met die verwonding. Raar dat hij je niet geschreven heeft.'

Die nacht bleef ze op om in stilte aan haar vriend te schrijven.

*Wat er ook tussen ons in staat, het mag een afscheid niet verhinderen. Ik wil niet veel, vrijwel alle dingen doe ik omdat het moet, niet omdat ik er zin in heb. Het verlangen jou in de ogen te kijken is echter bij me gebleven. Ik zou het verschrikkelijk vinden als je uit het leven gleed zonder dat ik je vaarwel kan zeggen. Bij je kan zijn. Het is nacht. Charlotte en Isaac slapen. Ik waak en denk aan je.*

Drie dagen later werd het doodsbericht in Clapham bezorgd. *Admiraal Hugh Palliser ontviel ons op 19 maart 1796 na een moedig gedragen ziekbed. Hij werd vierenzeventig jaar.*

'De titel gaat naar een achterneef,' zei de notaris, een kleine, spitse man die Elizabeth aan een vogel deed denken. Met snelle, schokkerige bewegingen boog hij zijn hoofd over het ene document na het andere, alsof hij graankorrels oppikte. Elizabeth zat tegenover hem aan het volgeladen bureau en keek.

'Er was een aanzienlijk legaat voor uw zoon, petekind van de overledene. Wij hebben het testament na diens verscheiden helaas moeten herzien.' De notaris kuchte nerveus.

'Buitengewoon. Een buitengewone man. Schenkingen aan liefdadige doelen. Zal ik u niet mee vermoeien. Het fortuin als geheel, het grootste gedeelte bedoel ik, gaat naar meneers buitenechtelijke zoon. George Palliser. Verrassend, mag ik wel zeggen. Wij dienen de laatste wilsbeschikking te respecteren. Vanzelfsprekend. Kan ik u iets aanbieden? Nee? Ter zake dan. Waarom ik u heb uitgenodigd hier te verschijnen. Waarvoor mijn welgemeende dank. Testateur heeft mij bezijden de juridische verzorging van de nalatenschap een andere taak toevertrouwd. Namelijk. Het overhandigen van een document aan mevrouw de weduwe van de fameuze kapitein Cook.'

Ze schoot overeind. De notaris pikte een map tussen zijn papieren uit en legde die voor haar neer.

'Ik werd ontboden. Enige dagen voor het intreden van de dood. Erflater moest het bed houden. Het spreken ging hem moeilijk af. Maar de opdracht was duidelijk. Genoemde documenten dienen mevrouw persoonlijk ter hand gesteld te worden. Zonder inzage door wie dan ook. Ik stelde mij garant. U ziet: het pak is verzegeld. Ik, op mijn beurt, heb mij vergewist van uw identiteit. Niets staat de tenuitvoerlegging van de wens van de overledene in de weg. Ik dank u nogmaals voor uw komst. Het is een vreugde voor onze broederschap als het publiek meewerkt aan een rappe afhandeling van zaken.'

Ze nam de map in ontvangst en vertrok. De notaris hipte achter haar aan door de vestibule. Wat ze gekregen had klemde ze tegen haar borst, de hele weg naar huis in het traag voortrollende rijtuig.

Het pakket bestond uit drie onderdelen. Er was een mapje met brieven in haar eigen handschrift. Ze keek er vluchtig in voor ze het wegborg in de kist waarin ook de brieven van James lagen. Alles zat erbij: neutrale berichtjes over de kinderen, emotionele brieven uit een later tijdperk en de dubbelzinnige boodschappen van de laatste jaren. Haar laatste woorden. Alles.

Er was een grote, apart verzegelde enveloppe. En er was een brief, gedateerd op 17 maart 1796, gericht aan haar. Ze trok de kaarsenstandaard naderbij en begon te lezen.

*Lieve, lieve Elizabeth,*

*Vanmiddag ontving ik je briefje. Ja, ik ga sterven, uit het leven glijden zoals jij dat noemt. Het heeft geen zin afscheid van je te nemen. Ik wil niet dat je mij ziet in mijn huidige staat. Ik zou het niet verdragen jou te zien. Dat is geen afwijzing, dat is de werkelijkheid. Ook al ben je niet fysiek aanwezig – met je tengere, maar stevige lichaam dat mij vaak zo hevig in verwarring bracht – je bent hier altijd. Ik denk aan je, je vormt de achtergrond van al mijn gedachten. Een afscheid is onmogelijk, ik neem je mee tot het einde.*

*Het had anders moeten gaan tussen ons. Wij hadden hier – bomen, herten – of elders, maar samen, samen. Vergeef me mijn incoherentie. Ik sta op het punt iets te doen wat ik nooit van plan ben geweest.*

*James. Mijn vriend. Jouw echtgenoot. Over zijn vertrek en zijn ondergang hebben wij gesproken en hadden wij beiden ook onze eigen, meer verborgen gedachten. Jouw verwijt over mijn aandeel in de rampzalige afloop heeft me nooit losgelaten en kwelt mij tot in dit uur. Ik weet dat jij hardnekkig bent blijven zoeken naar de feiten en denk dat je tot een, wellicht voorlopige slotsom bent gekomen waarin nalatigheid op de werf en vermoeidheid of ouderdom van James beide figureren, maar de hoofdrol is weggelegd voor het wrede toeval. We hebben er nauwelijks over gesproken de laatste jaren. Ik hield het af. Ik hield jou af. Dit is de reden.*

*Toen Sandwich begin januari 1780 de zending van Clerke met de doodstijding binnenkreeg was hij volstrekt in paniek. Hij moest naar jou, naar de koning, naar Banks. Op zijn bureau lag een vracht aan logboeken, brieven en kaarten. En het journaal van James. De doodzieke Clerke had al het materiaal haastig en zonder enige ordening bijeengeschoven, ik denk zonder het te bestuderen. Alles moest zo snel mogelijk bekeken en beoordeeld worden. Sandwich deed een beroep op mij. Hij liet me halen, duwde me het journaal in handen met de opdracht het vluchtig maar oplettend te lezen en nota te nemen van alle erin verwoorde kritiek op de Admiraliteit. Binnen drie dagen moest het manuscript terug zijn, met een samenvatting en commentaar. Ze hebben mij indertijd eruitgewerkt, maar ze wisten ook dat ik van de hele aanloop tot de reis het beste op de hoogte was. Hij had eigenlijk geen keus.*

*Ik ging naar huis en las. Je kent het verhaal, je hebt de versie van Douglas gelezen. Je hebt gezien dat James zijn laatste notities maakte op 17 januari 1779, een maand voor zijn dood. King nam het over. Voortijdig. Vreemd, nietwaar? James was een begeesterd journaalschrijver, hij betrad een eiland waar niemand eerder voet aan wal had gezet en hij schreef niets op. Onmogelijk, zal je gedacht hebben. Je had gelijk. Hij heeft zijn journaal bijgehouden tot op de vroege morgen van zijn sterfdag. Ik heb het gelezen. Het was of ik op de kraterrand van een vulkaan stond en de rookwolken wegdreven, zodat ik een blik kon werpen in de angstaanjagende diepte van zijn ziel. Ik was in verwarring, maar ik wist zeker dat dit geschrift buiten de openbaarheid moest blijven. Het toeval had het mij in handen gespeeld vóór iemand anders het las, en dat was goed. Ik heb zoveel steken laten vallen dat het mij toekomt een zware last te dragen.*

*Ik onderzocht de binding van het schrift. Die bestond uit losse, met garen aaneengenaaide katernen. Ik wreef de draad stuk met een bot mes, zodat men de rafels aan gewone slijtage zou kunnen toeschrijven. Ik was in de verleiding om twéé katernen te verwijderen, want in de aantekeningen van december trof ik een furieuze passage aan over de ondeugdelijkheid van het materiaal en de verwerpelijke laksheid van de Marine. Zeildoek, touwwerk, katrollen – waardeloze rommel was het, door waardeloze verantwoordelijken gebruikt om het schip op te tuigen. Ik heb dat katern laten zitten. Sandwich moest het lezen. Ik moest het verduren. James had gelijk.*

*Het andere katern dacht ik mee te nemen in mijn graf. Helaas ga je daar zelf niet meer over als het zover is. Ik besef dat deze laatste weken pas goed. Als ik niets doe zal iemand ooit deze papieren vinden en het beeld van James voor altijd besmeuren. Ik zou ze kunnen vernietigen, de haard in mijn kamer brandt op volle kracht. Maar jij dan? Ik heb daar nachtenlang over nagedacht. Als ik je bij mijn leven het journaal had gegeven was het alsof ik je had aangespoord over James heen te stappen – naar mij toe. Ik heb niets liever gewild, maar ik heb het niet op kunnen brengen. Het zou verkeerd zijn. Het is zuiverder als je het pas leest als ik er niet meer ben. Zo ben je onbezwaard in staat om je onderzoek naar zijn dood af te maken en met de conclusies te handelen zoals jou dat goeddunkt. Ik trek me terug en laat jou alleen met James. Het is niet aan mij om informatie voor jou te verbergen. Als iemand dat doet moet jij het zelf zijn: je kan het journaal ongeopend verbranden. Het is aan jou.*

*En nu laat ik je gaan, Elizabeth, lieve vriendin. Onze levenslijnen kronkelden om elkaar heen en op de knooppunten ontstond steeds zo'n moderne elektrische ontlading. Nu ga jij alleen door.*

*Ik merk dat het me zwaar valt deze brief te beëindigen. Laat Isaac goed voor je zorgen. Ik hoorde dat hij zijn bevordering tot kapitein gekregen heeft.*

*Vanmorgen kwam mijn huisknecht me scheren. Toen hij klaar was liet hij me het resultaat zien. Ik zag jouw gezicht in de spiegel. Je bent een deel van mij. Zo is het.*

*Hugh*

Ze borg alles in de kist, ook het verzegelde journaal. Doodmoe stortte ze in bed, waar ze de hele nacht wakker lag. Rustig, dacht ze, geen overhaaste handelingen, eerst wachten op de kalmte. Midden in de nacht stond ze op om de kist terug te sjouwen naar de diepe kast. Hout kreunde tegen hout. Ze draaide de kastdeur op slot en viel in slaap met de sleutel in haar hand.

Eind maart vertrok Isaac met de boodschap dat hij zeker vier weken weg zou blijven. Goed, dacht ze, nu alleen nog al die ingehuurde dienstmeiden wegsturen en dan is er rust. Charlotte had het initiatief genomen tot een vroege voorjaarsschoonmaak en overal in huis waren meisjes bezig om de tapijten met theebladeren te borstelen, de kandelaars te poetsen en het stof van de boeken te slaan met ganzenveren.

'Ik kan er niet tegen,' zei ze tegen Charlotte. 'Laat ze terugkomen over een maand, dan is het nog vroeg genoeg.'

Toen werd het stil in huis. In de boomgaard bloeiden de witte bosanemonen. De knoppen van de pruimelaars zwollen. Elizabeth sloot zich op in haar kamer, trok het journaal uit de kist en legde het op haar tafel. Ze verbrak het zegel en schoof de dichtbeschreven vellen uit de verpakking. Het was tijd.

Ze had de voorbije dagen het officiële journaal herlezen. De moeizame tocht langs de Amerikaanse kust, de hopeloze poging een doorgang te vinden en ten slotte het besluit om op de pas gedoopte Sandwicheilanden te overwinteren. Ze las de woorden van haar man en stelde zich voor hoe hij zich voelde. Teleurgesteld en woedend toen hij ontdekte dat de gevreesde geslachtsziekte zich in de loop van het jaar dat na de eerste landing verstreken was over alle eilanden had verspreid; kreunend kwamen de inlanders met roodopgezette geslachtsdelen aan boord in de hoop op genezing. James verbood zijn geïnfecteerde bemanningsleden elk contact met inlandse vrouwen en wist dat ze zijn verbod gingen negeren.

Even teleurgesteld was hij toen de matrozen het heilzame bier dat hij van vers suikerriet liet brouwen, versmaadden. Ze las over de tergende tocht rond het grote eiland Hawaii. De mannen wilden voor anker, het strand op, het paradijs in. James laveerde, bleef liggen om een kustvorm te bestuderen, draalde om een koraalrif in kaart te brengen en nam alle tijd. Uit elke inham die ze passeerden kwamen kano's met groente en fruit aanpeddelen; meisjes sprongen in de golven en voerden een waterballet uit voor de matrozen, die zo ver over de reling hingen dat ze bijna overboord tuimelden. Eindelijk, op 16 januari 1779, gaf hij toe aan zijn ontevreden bemanning en bracht de schepen tot rust in een ruime baai, overschaduwd door machtige bergen.

*Ik nam King, Anderson en Webber mee in de sloep. Landing op een smal strand waarachter een soort heiligdom zoals wij dat uit Tahiti kennen. Koa, de priester, stond ons op te wachten met Palea. Hij is ons handelscontact.*

*Ik lette scherp op, want de informatie die je bij een eerste landing verzamelt telt zwaar. De priester pakte mij bij de hand en leidde ons naar het altaar. Zijn duim ging tastend over mijn litteken voor hij zijn greep sloot. Ineens besefte ik dat het vreemd stil was, het strand was verlaten en je kon de vogels die hun nesten op de berghelling hebben, horen krijsen. Toen we ons verder van de branding verwijderden ving ik een soort gemurmel op. We bleven staan voor een stel houten beelden, Koa begon te bidden en ik had de gelegenheid om rond te kijken. Aan de bosrand hadden zich honderden inboorlingen verscholen. Ze bogen toen ze ons in het oog kregen. Geen gewone buiging, nee, ze strekten zich uit op de grond. Dat is nog eens iets anders dan de gebruikelijke ontvangst, waarbij ze de knopen van je jas rukken en horen en zien je vergaat van de herrie. Deze mensen fluisterden steeds dezelfde klanken die ik ook al van Koa had gehoord: 'Lono, Lono, Lono.' Omdat Anderson achteraan liep kon ik hem niet naar de betekenis vragen. We sjouwden door naar het altaar en terwijl Koa mij hielp erop te klimmen – het was schrikbarend hoog – kwam er een processie aan van mensen die varkens en palmbladeren droegen. Hun voorman, een oude baas zonder tanden, gaf Koa een rode lap. Die hingen ze mij over de schouders. Het is een zware taak, het aanvoeren van een ontdekkingsexpeditie. De functie van kapitein is al buitengewoon veeleisend als ik denk aan het bewaren van de vrede en de gezondheid aan boord, het navigeren, het foerageren en het onderhoud van het schip. Daar komt de rest dan nog bovenop! Ik heb de indruk dat de heren van de Admiraliteit zich daar geen rekenschap van geven. De personen die wij ontmoeten, met hun vreemde talen, gewoontes, uitdossing! De landschappen, de gewassen, de dieren! Het eist een permanente nieuwsgierigheid en een perfect geheugen.*

*Aandacht, nooit verslappende aandacht. Ik moet deze passage later herschrijven.*

*Toen ik op dat altaar geklommen was voelde ik een dodelijke uitputting. Er stond een beeld, net als ikzelf omhangen met een rood kleed over de gespreide armen. Er lag een varken te rotten. De priester tilde het op, de darmen vielen eruit, overdekt met dikke maden. Met zijn blote handen verzamelde hij de stinkende onderdelen en duwde ze terug in de buik van het ontbindende beest. Ze trokken aan mijn armen, ik moest net zo gaan staan als het beeld, als Christus aan het kruis. Ik liet hen begaan. Koa plukte vlees van een ander varken, kauwde het fijn en spoog het in zijn gore hand om het mij aan te bieden. Behalve het gefluister was er niets te horen hoewel het wemelde van de mensen rond het altaar. Ik hield mijn kaken stijf op elkaar. Wel dronk ik de kawa, hoewel ook daar behoorlijk in gespuugd wordt, dat is een essentieel onderdeel van de bereidingswijze. Ze smaakte scherper en kruidiger dan ik gewend ben en verhoogde mijn staat van verdoving. Je moet niet alleen alles observeren en onthouden maar nog opschrijven ook.*

*De vermoeidheid is geweken nu ik in de kajuit zit. Het maakte de indruk of de mensen mij hadden verwacht en met een zekere eerbied verwelkomden. Ben ik ergens aangekomen waar ik thuishoor?*

*18 januari, midden in de nacht. Ik ben mijn bed uit gekomen om aan het kleine bureau te gaan schrijven. Ineens wist ik waar die kust me aan deed denken. De donkere rotswand die het dorpje in zee lijkt te willen duwen: Staithes! Dat betekent dat het binnenland daarachter mijn geboortegrond is. Ik moet daar zo snel mogelijk naar toe. Nu ik hier zo overeind zit bespringt mij de voorstelling van de ijszee die we achter ons lieten.*

*Mijn haar stinkt naar kokosolie. Zij zalfden ons daarmee vanmiddag. IJs ontstaat op volle zee, er is geen rivier voor nodig. Dat weet ik nu zeker. Waar Azië en Amerika elkaar bijna raken voeren wij noordwaarts. Er is geen doorgang. Geen triomf. Geen twintigduizend pond. Het is volstrekt zinloos om komende zomer nogmaals daarheen te varen. Weer zal ik thuiskomen met een negatief resultaat. Vorige keer geen Zuidland, nu geen handelsroute. In zekere zin bevredigt mij dat; een aantrekkelijk zwart gebied, alles wat er niet is. Geen succes, geen vrouw, geen dochter. Dit zijn werkaantekeningen. Mijn geheugen behoeft steun zoals Hugh Palliser zijn stok nodig heeft. De komende dagen zal ik wijden aan onderzoek betreffende zeden en gewoontes, religie met name. Gore kan de dagelijkse klussen afhandelen. Na mijn speurwerk vervat ik alles in een nieuw hoofdstuk 'opmerkelijke gebeurtenissen'. Dat is mijn plan.*

*20 januari. King heeft de observatietent opgezet vlak bij het altaar. Noorderbreedte 19.30, westerlengte 155.30. Iedereen kan rustig zijn werk doen want de priesters hebben het gebied taboe verklaard met hun toverstokken, versierd met hondenhaar. Ik hoef maar iets aan te wijzen en ze brengen het. Waar ik loop vallen de mensen plat op de grond uit eerbied. Voor de foerage betalen wij niet meer. Alles komt mij toe. Koa, mijn hogepriester, heeft het uitgelegd. Elk jaar roeien de inlanders een staketsel bedekt met een wit laken het eiland rond, met de klok mee, ter ere van hun god Lono. Zij brengen offergaven om Lono gunstig te stemmen. Zij verbeiden zijn komst als de maand januari aanbreekt. Nu is Lono echt gekomen, op een reusachtig schip dat volhangt met witte zeilen. Ik wist niet dat ik een god was. De eilanders bezitten een wijsheid die niet door praalzucht en ambitie is bedorven. Tegenover mijn bemanning, ach-*

*terdochtige en afgunstige lieden, doe ik of er niets aan de hand is. Krijgt Lono slechts zwijnen of komt hem het uiterste offer toe? Wat vreemd dat ik op het moment dat de mislukking mij verplettert tot god verheven word. Ik moet alles honderdtachtig graden omdraaien om het te begrijpen. Jarenlang heb ik gezwoegd om deze eilanden werkelijk te bezitten. Met bezitten bedoel ik: verslinden.*

*Mosterdzaad legde ik in de grond, pompoenpitten, pootuien. Ik zette geiten en rundvee uit, ik deed alles om de donkere aarde te doorboren en af te grazen. Bezitten, ja.*

*Mijn laaghartige matrozen noemen Koa 'de bisschop' en maken vernederende grappen over het respect waarmee ik tegemoet word getreden, als ze niet bezig zijn de Hawaiiaanse vrouwen te bespringen en zich te bezatten. Overal waar ik kwam heb ik bergen beklommen om uit te zien over het land. Hier bevangt mij een aarzeling, een angst misschien. Moet ik het idee van beheersen en bezitten misschien loslaten? Mijn gedachten gaan een richting uit die ik niet wil volgen.*

*26 januari, althans volgens Britse tijdsrekening. Vandaag verscheen de koning. King noemt hem een uitgeteerd oud kereltje maar zou er goed aan doen respect op te brengen voor deze heerser die spontaan zijn koningsmantel afrukte om hem mij over de schouders te leggen. In totaal kreeg ik zeven mantels ten geschenke, dichtgeweven uit de fijnste vogelveertjes in felle kleuren. Gore kwam aan mijn kop zeuren over het inslaan van brandhout, verder had hij alles binnen voor het vertrek, zei hij: water, gepekelde varkens en kokosnoten. Ik schreed achter mijn mantels aan naar de sloep, tussen twee rijen plat vooroverliggende inlanders, en dacht aan de betekenis van giften. Ik wees Gore op de verzakkende omheining van de tempel. Als hij die gebarsten palen inlaadt heeft hij genoeg. King had bezwaren en bemoeide zich ermee, tussen de palen stonden houten beelden, van hun goden zei hij. Maar wie is hier de hoogste god? Ik beheerste me en zei dat ze het maar met Koa moesten overleggen. Men voelt zich gevleid bij het ontvangen van een geschenk. Zeker een geschenk van onschatbare waarde plaatst de ontvanger ver boven de schenker. Ik probeer mijn geheime denkoperatie van de omkering toe te passen en besef dat het geschenk ook een aanslag is, een poging om de ontvanger in de macht van de gever te krijgen. Waarom zeulde ik anders die paarden naar Tahiti? Ik moet hier goed over nadenken vannacht. Zij willen mij hebben, dat is duidelijk. Ik ben niet langer een toeschouwer. Mijn gedachten gaan terug naar ons verblijf op Tonga, waar ik tegen ieders wens in getuige wilde zijn van het mensenoffer waarover wij zoveel gehoord hadden. Het grootste geschenk. Mijn hemd en hoed en pruik moest ik afleggen, naakt, met hangend haar, zat ik tussen de priesters en staarde naar de man die, met handen en voeten aan een paal gebonden, lag te wachten. Ze hadden hem met een knots op zijn hoofd geslagen. Ze verhitten stenen in een groot vuur en legden die met gevorkte takken in een kuil. Daarop werd het offer neergelaten en toegedekt met aarde tot het vlees gaar van de botten valt. Lang varken, zeggen ze. Je hebt varken en lang varken. Dat is het lekkerste. Godenspijs.*

*Lang gesprek met Koa gevoerd. Razend dat ik hem zo slecht versta. Als hier iemand met koninklijk bloed sterft, snijden ze het lijk in stukken die ze over alle provincies van het eiland verdelen zodat de aarde gelijkelijk deel heeft aan de koninklijke kracht. Degene die de botten uiteindelijk begraaft wordt daarna plechtig vermoord zodat hij niets meer kan onthullen. Wat gebeurt er met het vlees? Koa begreep mij niet. Geen antwoord.*

*Ik wilde Anderson er niet bij hebben als tolk. Ik werd licht in het hoofd bij het idee dat zo'n gestorven prins zich over het hele eiland uitstrekt, het als het ware binnendringt om vanuit de diepte zijn krachten uit te stralen.*

*2 februari. Zij aan boord dwingen mij tot een bestaan als kapitein. Gesteggel en gezeur over die heilige palen. Alsof die mij niet zouden toekomen! Een tragisch ongeval bracht mij terug in mijn oude functie. William Watman, mijn oudste matroos, viel neer toen hij een rol touw optilde. Er vloog schuim uit zijn mond en hij trok vervaarlijk met al zijn ledematen. Toen het gedaan was kon hij de rechterhelft van zijn lichaam niet meer gebruiken en niet meer spreken. We legden hem in de kooi van King. Samwell waakte bij hem. Hij stierf in de ochtend. Gisteren hebben we hem begraven. Aan land! Op verzoek van de priesters, dacht iedereen. Maar de priesters voerden uit wat ik hen had ingefluisterd. Mijn trouwste dienaar alvast omsloten door deze aarde. De eilanders gooiden noten en bananen in het graf. Toen wij klaar waren met onze dienst begonnen zij aan hun rouwzang, die beduidend meer allure heeft dan de onze.*

*3 februari. Mijn luitenants zijn ongedurig. Ze willen weg. Ten afscheid stapelden de inlanders bergen voedsel op het strand, in ruil voor een paar nietige brokken ijzer. Het is een complexe samenzwering. Koa nam mij apart en vroeg of ik mijn 'zoon' bij hem achter wilde laten. Hij bedoelt King. Waarom King?! Zijn verzoek geldt míj, denk ik. King is louter een embleem. Ik zei dat ik mijn zoon nog nodig heb. Misschien volgend jaar. Koa knikte en vroeg niet verder. Op dit eiland heeft men weet van het belang van de maaltijd. De matrozen eten het liefst wat ze van thuis hebben meegebracht, maar zo is er geen thuiskomen aan! Ik at pinguïns bij de zuidpool, zeeleeuwen boven Unalaska en schildpadvlees bij de koraaleilanden. Verzwelgen betekent: je uitbreiden, je iets nieuws toeëigenen. Ik heb besloten niets te doen. Het complot zal zich ontvouwen.*

*6 februari. Iedereen geroerd door het afscheid. Alles is hier anders geweest dan op de andere eilanden. Nergens werden we met meer respect bejegend. Toch lijken mijn mannen opgelucht nu we weer op zee zijn. Op weg naar het noorden, denken ze. Ik heb aangekondigd dat we eerst de kleinere eilanden in deze archipel gaan onderzoeken. Werd onpasselijk toen ik het zei. Onderzoeken! Ik weet nu dat onderzoek niets oplost. Feiten verzamelen, observeren, verslag leggen – zinloos. Het verleent je een schijn van weten, een schaamlap voor de machteloosheid. De tijd van onderzoek is voorbij! Het ware begrip onttrekt zich aan onderzoek. Ik weiger om aan dek te komen, ik zoek de uitputting die ik op het altaar ervoer. Toen was het ware begrip vlakbij, het ontglipte me op een haar na. God, wat haat ik die stinkende matrozen. Er staat een flinke bries. Ga me er niet mee bemoeien.*

*9 februari. Met dreunend gekraak brak de fokkenmast en veroorzaakte een complete chaos aan dek. Ik deed of ik woedend was, hield een tirade tegen de Marine en schold de schuldloze Bligh uit. Zorgde ervoor dat ik in razernij tegen de planken stampte maar de storm woedde nog zo hevig dat het weinig indruk maakte. Ze wilden koers zetten naar de dichtstbijzijnde kust; aflandige wind maakte dat echter onmogelijk. Ik liet de officiers zelfstandig tot het besluit komen dat er niets anders opzat dan terugkeren naar Hawaii. Daar kenden we de ligging van het land en zouden we ongestoord door die-*

*ven of dwarsliggers een snelle reparatie kunnen uitvoeren. In mijn hut ging ik glimlachend in bed liggen. Lono keert terug!*

*12 februari. Ik klom aan dek om de tempel te zien opdoemen. O, mijn land. Het was of de vulkaan mij zacht grommend een welkom toesprak. Ik had verwacht dat de baai binnen de kortste keren gevuld zou zijn met kano's maar er was geen belangstelling voor onze schepen.*

*'s Avonds kwam de koning aan boord. Hij was terughoudend en kortaf. Ik bewonderde hem om zijn toneelspel. Die nacht kon ik slapen.*

*13 februari. Ze stellen mij op de proef. De inlanders, aangevoerd door de koning, maken bezwaar tegen de werkplaats die wij natuurlijk op onze oude plek naast de tempel hebben ingericht. De timmerlui werken aan een nieuwe mast. Tangen, zagen en schaven worden onder hun handen vandaan geroofd. De priesters staan aan mijn kant, maar hun protest is halfhartig. Ik kon mezelf niet weerhouden van een landing en stormde met getrokken pistool het dorp in. Geen buigende, eerbiedige haag vereerders maar slinks wegspringende onverlaten met stenen dreigend in hun geheven handen! Heb ik me zo vergist? Er brak een vechtpartij uit in het water bij de rotsen, om een boot, inlanders en matrozen sloegen elkaar met peddels en roeiriemen op de kop. Palea was erin gemengd. Ik heb de mannen bevolen alleen gewapend aan land te gaan. Clerke wil mij spreken, hij zond zijn bediende om mij te halen. Ik heb hem weggestuurd.*

*Het is nacht. Vanmiddag vroeg een brutale inlander me of ik wel vechten kon. Hij wilde bewijzen van mijn moed zien. Ik toonde hem mijn rechterhand met het lit-*

*teken. Er hing dreiging in de lucht. Ik heb me afgezonderd om na te denken. Ik moet alles vertalen, omwentelen. Dreiging betekent verleiding, een uitnodiging om dichterbij te komen. Zojuist viel ik bijna in slaap aan mijn bureau. Vlak voor ik weggleed, gewerd mij een belangrijk inzicht. Ik moet het terughalen. Het ging over het uitdelen van geschenken. De gever is oppermachtig. Ik geef dit eiland, mijn eiland, het grootst denkbare geschenk en het zal voor eeuwig aan mij gebonden zijn. Nu weet ik het. Het uiterste offer.*

*Volkomen rust sinds die gedachte. Heb zelfs even geslapen, volledig gekleed. Begrijp niet dat ik dat niet eerder heb kunnen denken. Op het eiland is het allang bekend, Palea weet dat ik hiervoor ben teruggekeerd, Koa is op de hoogte, de koning ook. Alle inlanders doen mee. En ik dacht dat ze zich tegen mij gekeerd hadden! Integendeel, iedereen werkt mee aan mijn plan. Palea kwam gisteren aan boord en weigerde een uitnodiging voor het avondmaal, zogenaamd omdat hij woedend was vanwege de aanval met de roeispaan. Hij liep hooghartig aan mij voorbij, ik voelde in mijn onnozelheid een vlaag van drift opkomen! Nu zie ik zijn vindingrijke opzet. Hij droeg een korte dolk die hij quasi-dreigend even op mij richtte. Een superieure list! King trapte erin, trok Palea mee, weg van mij. De priester wendde zijn gezicht korzelig en geërgerd van mij af. Vlak daarvoor trok hij zeer snel een wenkbrauw op. Ik zag het. Ik begreep.*

*Door de patrijspoort de bleke hemel van de dageraad. 14 februari zou ik moeten schrijven, ware het niet dat ik de band tussen mij en de tijd heb doorgesneden. Volstrekt kalm wacht ik op het sein dat mij zal worden gegeven. Dan zal ik mij opmaken voor de maskerade die mijn verlossing inluidt. Het is in gang gezet!*

*Geschoren. Beste uniform aangetrokken. De zon likt aan de bergkam. De koksmaat vroeg of ik iets wilde eten. Belachelijk voorstel. Integendeel, wilde ik zeggen – ik voelde een onbedaarlijke lachbui opkomen. Eten! Het wonder van de omkering is aan deze mannen niet besteed. Ik verborg mijn gezicht achter mijn zakdoek en wuifde de man weg.*

*In haast, nu. Het is zover. Clerke liet zich aandienen met een zorgelijk gezicht. De grote sloep van de* Discovery *is vannacht gestolen. Om helemaal zeker te zijn informeerde ik naar alle details. Uiteindelijk hoorde ik wat ik moest horen: de lijn waarmee de boot vastzat, was doorgesneden. Hij was zelf gaan kijken: met één zwaai van een scherp mes rafelloos afgehakt.*

*Ik weet genoeg. De mariniers staan klaar. Williamson, mijn nurkse derde luitenant, die alles altijd verkeerd doet, geef ik het bevel over de roeiers. Ik grijp mijn wapen, geladen met kogels. Nog even moet ik waakzaam zijn om mijn rol in dit magnifieke spel perfect te vervullen. Ik pak mijn hoed. Ik sluit de deur van mijn hut. Ik verlaat mijn schip.*

Elizabeth stond behoedzaam op en trok de gordijnen wijd open om de zon toe te laten. Ze knielde bij de grote ladekast en wrikte de onderste la open. Daar lag het uniform, toegedekt met vergeeld papier. De blauwe jas met de gouden tressen tilde ze voorzichtig uit zijn schuilplaats. Ze legde hem uit op haar bed. Toen pakte ze de witte kniebroek met de gouden knopen. Het vest. Het hemd, dat ze even uitschudde voor ze het neervlijde, zodat de ruches aan de mouwen als grote witte vlinders door de zonnestralen fladderden. De zijden kousen, opgerold tot een glimmende bal, wikkelde ze uit. De hoed met de gouden rand lag achterin en was een beetje ingedeukt. Met gebalde vuist duwde ze de stugge stof omhoog.

Ze stond wijdbeens voor het bed en knoopte haar jurk los. Ze haalde de spelden uit de borstlap, trok het sleutelkoord van haar middel en stapte uit de onderrok. In hemd en corset liep ze naar de manshoge spiegel in de hoek van de kamer. Kousen, haar katoenen kousen moesten uit, natuurlijk. Ze smeet ze in een hoek. Een voor een trok ze de zijden kousen van James over haar benen en bevestigde ze ver boven de knie met haar eigen kousenbanden. Eroverheen kwam de broek, waar ze haar onderhemd zo plat mogelijk in vouwde. Ze hees hem op tot ver boven haar middel en sjorde het sleutelkoord eromheen. Ze ging op de rand van het bed zitten om de knopen bij de knieën vast te maken. Het overhemd met de ruches lag daar nog. Vergeten. Ze trok het aan, maakte de geïmproviseerde broekriem weer los en herhaalde de handelingen om de broek vast te zetten. Geduld. De mouwen bond ze op zodat de ruches net over haar handruggen vielen. Halsdoek. Lag nog in de la. Ze vouwde de witte doek strak om haar nek en gleed in het roomwitte vest. Het reikte tot ver over haar heupen. Nu moest ze haar eigen schoenen aandoen, die van James waren veel te groot. Aarzelend drentelde ze voor de spiegel heen en weer tot ze moed vatte en de jas over haar schouders trok. Ze nam de hoed onder haar arm en stapte het strand op.

De koning slaapt nog in zijn hut. De twee kleine jongens spelen met kokosnoten voor de ingang en willen hun vader wel wakker maken. Het duurt en duurt, de dorpelingen komen hun hutten uit en verdringen zich rond de mariniers. Als de koning eindelijk naar buiten komt, ongewassen, in een wasem van slaaplucht, beginnen de vrouwen aan zijn mantel te trekken. De jongens zijn al naar het strand gerend, de oudste is in de sloep geklommen en wacht daar op zijn vader. Er weerklinkt een knal, er vallen schoten aan de andere kant van de baai. De vrouwen gillen, ze laten hun koning niet gaan. Dreigend dringen de eilanders op, iedereen beweegt door elkaar, je voelt de warmte van de lichamen stralen. Een knik naar de mariniers en ze brengen hun wapens omhoog. De inlanders grommen, pakken stenen en stokken van de grond; ze steken hun tong uit en rollen met hun wijd opengesperde ogen. Een dolk, het staal flitst in het zonlicht; de stoot is met moeite te pareren. Het is de uitnodiging tot een schot. Vuur! Nu is het oorlog, nu storten ze zich van alle kanten op ons, een onontwarbaar kluwen van mariniers in rode jassen en inlanders in rieten vechtmatten danst op het zwarte strand. We moeten vluchten naar de sloep, zegt de Marinecommandant, dit gaat niet zonder bloedvergieten, missie mislukt.

Integendeel. Ik geef die stomme Williamson in de sloep een teken, schieten, vooruit, rugdekking hebben we nodig. Rug? Jazeker, ik beveel de mariniers zich met mij om te draaien en we staan in gelid langs de vloedlijn tegenover de razende meute inlanders. Aanleggen! Vuren, brul ik de mannen toe. Ze aarzelen, kijken verbaasd maar gehoorzamen uiteindelijk. Ik doe mee. Geen hagel, maar kogels. De ene na de andere Hawaiiaan valt neer, we maaien ze gewoon tegen de vlakte. Als de verwarring en de woede een hoogtepunt bereiken voel ik dat het moment is gekomen.

Ik laat mijn wapen zakken en draai me om. Ik wist de hele tijd het water achter me, hoe het zich uitstrekte, golf na golf, hoe het met een zucht door het vulkaanzand werd opgezogen. Nu zet ik, traag, met lome achteloosheid, mijn voeten op de vochtige bodem. Zonlicht tinkelt op de beweeglijke golfjes, het weerkaatst in mijn gouden knopen, het verwarmt mijn rug. De sloep is ver uit de kust gevaren, die achterlijke luitenant wenste mijn gebaar niet te begrijpen, zoals voorspeld.

Bijna glijd ik uit over de met algen begroeide stenen. Ik kan gelukkig mijn evenwicht bewaren. Dat moet, het gaat niet aan om zelf te vallen, zo is het niet beschikt. Doodkalm stap ik de zee in. Nog enkele ogenblikken, dan zal de steen mijn hoofd raken, het mes mijn rug openrijten; nog even en ik val verlost mijn toekomst in om waarlijk thuis te komen –

Voetje voor voetje klom ze de trap op. Sinds Isaacs dood kwam ze nog maar zelden in haar oude slaapvertrek met de grote ramen die zo weids uitgaven op de boomgaard. Ze sliep nu beneden, zoals het een vrouw van boven de negentig paste, tussen muren die behangen waren met tekeningen en schilderijen uit Isaacs verzameling. Louter ijsbergen en zeegezichten. Hij had zijn koude fascinatie nooit bevredigend kunnen toelichten, de vorst bijt in je wangen zei hij, de ijsbergen zeilen stil voorbij, tot er onverwachts een kantelt en een vloedgolf veroorzaakt.

Hij was tevreden gestorven, Isaac Smith, schout-bij-nacht, haar vriend en huisgenoot.

Ze rouwde nauwelijks om hem; het was of alles zich toespitste op een zo kaal mogelijk einde. Het scheppen van leegte was het enige wat haar bezighield.

Ze zag zichzelf in de staande spiegel: een kaarsrechte, magere vrouw in het zwart. Gouden ringen aan stevige vingers, grijs haar opgerold en vastgestoken in de nek, wenkbrauwen verbleekt. De blik uit de donkere ogen nog scherp, maar getuigend van afstand.

Ze opende de muurkast en haalde de kist te voorschijn. De sleutel zat nog aan haar sleutelbos, hij paste, het slot klikte moeiteloos open. Nu vooruitdenken, ze moest iets hebben om de papieren in op te bergen. Kussensloop. Ze trok een bankje naderbij en ging naast de kist zitten met de sloop op schoot. Stapels documenten tilde ze uit hun schuilplaats: de briefwisseling met Hugh, de brieven van James, het door de bonthandelaar bezorgde verslag van Clerke en ten slotte het geheime logboek. Ze twijfelde over de briefjes van Jamie en Nat voor ze die ook in de opbollende sloop stopte.

Het rode vest met zilverdraad liet ze liggen.

De vorst was de grond nog niet uit maar door het uitbundige zonlicht leek het al lente in de boomgaard. Achterin, bij de muur van dwarsgestapelde platte stenen, stond de vuurkorf waarin Martin van tijd tot tijd takken en knoesten verbrandde. Elizabeth schreed door de windstille tuin, droeg de driearmige kandelaar met brandende kaarsen voor zich uit en sleepte de sloop aan een punt mee. Een processie, dacht ze, een optocht van herinneringen op weg naar een plechtige vernieling.

Ze zat op het hakblok waar de tuinman het hout op kliefde en trok de papieren een voor een uit de sloop om ze in de vlam te houden. Brandend dwarrelden de brieven de korf in. Lichtgrijze as viel neer op de stenen eronder. Boven het vuur trilde de lucht.

Ik sta mijn leven op te stoken, dacht ze, het zou me bitter moeten stemmen maar het voelt als een opluchting. Alles uitwissen: de vreemde liefde met Hugh, de resten van de kinderlevens, de schande van James. Alles omvormen tot een zinderend niets.

Achter de muur begon het golvende land. Op ruitvormige velden, tegen de heuvels gevlijd, graasden schapen en koeien. Heet het landschap mij welkom, dacht ze, troost het mij? Nee. Elke bemoeizucht is dit landschap vreemd. Het is ook niet lijdzaam, niet gedwee. Er gaat rust van uit, zo anders dan van het water, dat nerveus en grillig is en veel te plooibaar, behaagziek haast.

Dit land is onverschillig maar dat is het woord niet;

wat zoek ik toch, welk woord ontglipt me steeds? Aanvaardt dit landschap mij? Nee, dat is te sterk. Het duldt mij.

De scherpe stenen van de muur drukten tegen haar heupbeenderen. De verbindingen met de liefsten zijn er; dan gaan ze voorbij en zijn ze er geweest. Dat je er deel van uitmaakte is het enige. Ze vliegen weg op de trillende wind, ze verkruimelen als as op de grond, ze raken bedolven onder de aarde. Je hoeft niets te bewaren. Dat is de wijsheid van de schapen tegen de helling.

Glashelder ziet ze James. Hij trekt haar mee door de regen, ze rennen naar hun schuilplaats en hij kust haar koude gezicht. Daar is Nat, hij loopt op haar toe met de vioolkist in zijn hand, een scheve, verlegen glimlach achter zijn blonde haarlok. Een man die haar liefheeft stroopt zijn mouw op en ze huilt tegen zijn naakte arm alsof ze eindelijk is thuisgekomen.

Het meisje staat op de keukenvloer, ze klemt het vettige touw van haar speelgoedpaard in haar knuistje. Vonken van plezier schieten uit haar ogen; haar vreugde is zo tastbaar dat je vergeet te ademen en het moment zich voorgoed vastnagelt in je geheugen, zo sterk dat het pijn doet, een klare, welkome pijn.

Elizabeth legt haar armen op de muur en ziet uit over het geduldige landschap.

Elizabeth Cook, door een onbekende schilder.
Mitchell Library, Sydney.

# Nawoord

Over het leven en de dood van James Cook is veel bekend. Ik heb mij bij de compositie van deze roman in de mate van het mogelijke gehouden aan de historische feiten. Data van geboorte en sterven, van vertrek en terugkeer, van brieven en vergaderingen heb ik in acht genomen. Tussen de kieren van deze vaststaande gegevens is het verhaal geweven. De lezer die de grens tussen feiten en fictie nauwkeurig wil langslopen verwijs ik naar de in de literatuurlijst genoemde biografieën.

Alle personen die in de roman optreden hebben werkelijk bestaan, met uitzondering van de organist Hartland en zijn neef Robert, de voedster Charlotte, de bonthandelaar Boris Chlebnikov en Jane, de echtgenote van David Nelson.

Een dergelijk boek schrijft men niet zonder hulp. Op deze plaats wil ik de personen en de instanties die mij deze hulp gaven, noemen en dankzeggen.

Aan het begin van de onderneming stond een bezoek aan het Captain Cook Memorial Museum in Whitby. Van verschillende excursies naar het National Maritime Museum in Greenwich heb ik veel geleerd, net als van de website van de Captain Cook Society (www.captaincooksociety.com) en van een rondgang aan boord van de replica van de *Endeavour*, die in de lente van 2004 Nederland aandeed. De boeken die ik gebruikte heb ik in een aparte literatuurlijst opgenomen.

In het najaar van 1992 wandelde ik met mijn vriendin Joan Baggerman via Cooks geboortestreek naar Staithes en Whitby. Sindsdien heeft zij onderzoek en schrijfproces ondersteund en met belangstelling gevolgd.

Omdat de onontbeerlijke biografie van Beaglehole niet meer verkrijgbaar bleek plaatste ik een advertentie. De heer D. Greidanus was zo vriendelijk mij zijn exemplaar te schenken. Het boek werd de basis voor mijn research.

Al in een vroeg stadium maakte Roland Fagel, destijds werkzaam bij De Arbeiderspers, tijd vrij om middagen lang met mij over Cook en een eventuele roman te praten. De gesprekken openden mij de ogen voor de mogelijkheid als schrijver de geschiedenis binnen te dringen.

Ik begon pas daadwerkelijk te schrijven in de herfst van 2003, aangespoord door de kennismaking met Diederik van Vleuten, een bevlogen Cook-kenner die mij alles wat ik wilde lezen uit zijn rijke bibliotheek te leen gaf. Wij onderhielden een elektronische briefwisseling die mij dwong uitspraken te doen over vorm en inhoud van het boek, wat in hoge mate aan de voltooiing ervan heeft bijgedragen.

Mijn redacteur Peter Nijssen heeft het opgebracht jarenlang louter belangstelling voor het project te tonen, zonder enige druk uit te oefenen. Zijn welwillende en geïnteresseerde houding, gedeeld door uitgever Lex Jansen, heb ik erg gewaardeerd.

Schrijfadviezen, in de akelige periode voorafgaand aan het plaatsnemen achter de tafel, kreeg ik van Heleen Brokmeier ('doe het uit het perspectief van zijn vrouw'), Hugo Claus ('nooit meer of minder dan twee A-viertjes per dag') en Marcel Möring ('niet plannen, gewoon gaan zitten en beginnen'). Ik heb er veel baat bij gehad.

De volgende personen stuurden mij in de loop van de jaren belangrijke informatie op, van wetenschappelijke artikelen tot kardoenzaden: Marleen Chrisstoffels-Speelman, Luc Coorevits, Roelof van Gelder, Leo van der Kamp, Simon Kuper, Tjark Kruiger, Harriët Mastboom, mevrouw I. E. Sprey, de heer P. H. Spruit, Ger van Unnik en Manfred Wolf.

Alle genoemde personen ben ik erkentelijk voor hun steun, belangstelling en bijdragen aan het totstandkomen van dit boek. Mijn bijzondere dank gaat uit naar mijn gezin. Bengt gaf mij letterlijk en figuurlijk de ruimte om dit boek te schrijven. Wouter informeerde vrijwel dagelijks hoe het met de vorderingen stond. Beiden lazen het manuscript toen de eerste twee delen klaar waren en wisten mij het gevoel te geven dat ze er wel iets in zagen.

Margit, die ik niet meer bedanken kan, belde mij kort voor haar dood om te vertellen dat er een bericht over Cook in de krant stond. Het besef dat zij weet had van mijn plannen en daar nieuwsgierig naar was heeft mij geholpen om door te zetten.

*Anna Enquist, januari 2005*

# Literatuurlijst


Alexander, Caroline: *The Bounty*; Harper Perennial, Londen, 2004

Beaglehole, J.C.: *The Death of Captain Cook*; Alexander Turnbull Library, Wellington, 1979

Beaglehole, J.C.: *The Life of Captain James Cook*; Adam and Charles Black, Londen, 1974

Collingridge, Vanessa: *Captain Cook, a Legacy under Fire*; The Lyons Press, Guilford, Connecticut, 2002

Cordingly, David: *Captain James Cook*; Campbell Publishing, Sydney, 1988

Dash, Mike: *Batavia's graveyard*; Crown Publishers, New York, 2001

Dugard, Martin: *Farther than any Man*; International, Inc., Armonk, New York, 2001

Gelder, Roelof van: *Naporra's omweg. Het leven van een* VOC*-matroos*; Atlas, Amsterdam/Antwerpen, 2003

Gelder, Roelof van: *Het Oost-Indisch avontuur. Duitsers in dienst van de* VOC; SUN, Nijmegen, 1997

Hardyment, Christina: *The Housekeeping Book of Susanna Whatman*; The National Trust, Londen, 2000

Horwitz, Tony: *Blue Latitudes. Boldly going where Captain Cook has gone*; Henry Holt and Company, New York, 2002

Hough, Richard: *Captain James Cook, a Biography*; Hodder and Stoughton, Londen, 1994

Hough, Richard: *The Murder of Captain James Cook*; Mac Millan London Limited, Londen, 1979

Leuftink, A.E.: *Chirurgijns Zee-Compas*; Het wereldvenster, Baarn, 1963

Macintyre, Captain Donald: *The Adventure of Sail 1520-1919*; Paul Elek Productions, Londen, 1970

Moorehead, Alan: *The Fatal Impact. The Invasion of the South Pacific*; Harper and Row, New York, 1966

Obeyesekere, Gananath: *The Apotheosis of Captain Cook*; Princeton University Press, New Jersey, 1992

Quilley, G. en Bonehill, J.: *William Hodges, The Art of Exploration*; Yale University Press, New Haven/Londen, 2004

Smith, Bernard: *European Vision and the South Pacific*; Yale University Press, New Haven/Londen, 1985

Sobel, Dava: *Longitude*; Walker and Company, New York, 1995

Thomas, Nicholas: *Discoveries, the Voyages of Captain Cook*; Allen Lane, Londen, 2003

Wain, John: *The Journals of James Boswell*; Mandarin, Londen, 1992

White, T.H.: *The Age of Scandal*; Penguin Books, Londen, 1962

Wilford, John Noble: *The Mapmakers*; Vintage Books, New York, 2001

Williams, Glyndwr: *Captain Cook's Voyages*; The Folio Society, Londen, 1997

# Chronologisch overzicht

| | |
|---|---|
| 1728 | Geboorte James Cook |
| 1741 | Geboorte Elizabeth Batts |
| 1746 | J. C. gaat in de leer bij J. Walker in Whitby |
| 1755 | J. C. neemt dienst bij de Marine |
| 1762 | Huwelijk James en Elizabeth |
| 1763 | Geboorte zoon James ('Jamie') |
| 1764 | Geboorte zoon Nathaniel ('Nat') |
| 1767 | Geboorte dochter Elizabeth ('Elly') |
| 1768 | Aanvang eerste reis (*Endeavour*)<br>Geboorte en dood zoon Joseph |
| 1771 | Dood Elly<br>Einde eerste reis<br>J. C. gepromoveerd tot kapitein-luitenant-ter-zee |
| 1772 | Aanvang tweede reis (*Resolution* en *Adventure*)<br>Geboorte en dood zoon George |
| 1775 | Einde tweede reis |
| 1776 | J. C. wordt lid van de Royal Society (Academie van Wetenschappen)<br>Geboorte zoon Hugh ('Benny')<br>Aanvang derde reis (*Resolution* en *Discovery*) |

1778 Ontslag Hugh Palliser

1779 Dood J.C. op Hawaii

1780 Einde derde reis

1781 Dood Nathaniel

1784 Publicatie verslag derde reis

1788 Elizabeth verhuist naar Clapham, met Isaac Smith

1793 Dood zoon Hugh

1794 Dood zoon James

1796 Dood Hugh Palliser

1831 Dood Isaac Smith

1835 Dood Elizabeth